A pequena padaria do Brooklyn

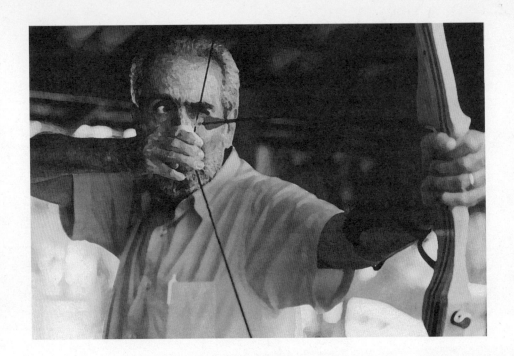

O Arqueiro

GERALDO JORDÃO PEREIRA (1938-2008) começou sua carreira aos 17 anos, quando foi trabalhar com seu pai, o célebre editor José Olympio, publicando obras marcantes como *O menino do dedo verde*, de Maurice Druon, e *Minha vida*, de Charles Chaplin.

Em 1976, fundou a Editora Salamandra com o propósito de formar uma nova geração de leitores e acabou criando um dos catálogos infantis mais premiados do Brasil. Em 1992, fugindo de sua linha editorial, lançou *Muitas vidas, muitos mestres*, de Brian Weiss, livro que deu origem à Editora Sextante.

Fã de histórias de suspense, Geraldo descobriu *O Código Da Vinci* antes mesmo de ele ser lançado nos Estados Unidos. A aposta em ficção, que não era o foco da Sextante, foi certeira: o título se transformou em um dos maiores fenômenos editoriais de todos os tempos.

Mas não foi só aos livros que se dedicou. Com seu desejo de ajudar o próximo, Geraldo desenvolveu diversos projetos sociais que se tornaram sua grande paixão.

Com a missão de publicar histórias empolgantes, tornar os livros cada vez mais acessíveis e despertar o amor pela leitura, a Editora Arqueiro é uma homenagem a esta figura extraordinária, capaz de enxergar mais além, mirar nas coisas verdadeiramente importantes e não perder o idealismo e a esperança diante dos desafios e contratempos da vida.

Julie Caplin

A pequena padaria do Brooklyn

DESTINOS ♥ ROMÂNTICOS

ARQUEIRO

Título original: *The Little Brooklyn Bakery*

Copyright © 2018 Julie Caplin

Copyright da tradução © 2023 por Editora Arqueiro Ltda.

Todos os direitos reservados. Nenhuma parte deste livro pode ser utilizada ou reproduzida sob quaisquer meios existentes sem autorização por escrito dos editores.

coordenação editorial: Taís Monteiro
produção editorial: Ana Sarah Maciel
tradução: Carolina Rodrigues
preparo de originais: Sheila Til
revisão: Mariana Bard e Suelen Lopes
diagramação: Natali Nabekura
adaptação de capa: Miriam Lerner | Equatorium Design
capa: © HarperCollinsPublishers Ltd 2018
imagem de capa: © Shutterstock.com
impressão e acabamento: Cromosete Gráfica e Editora Ltda.

CIP-BRASIL. CATALOGAÇÃO NA PUBLICAÇÃO
SINDICATO NACIONAL DOS EDITORES DE LIVROS, RJ

C242p

Caplin, Julie
  A pequena padaria do Brooklyn / Julie Caplin ; tradução Carolina Rodrigues. - 1. ed. - São Paulo : Arqueiro, 2023.
  352 p. ; 23 cm. (Destinos românticos ; 2)

Tradução de: The little Brooklyn bakery
Sequência de: O pequeno café de Copenhague
ISBN 978-65-5565-431-8

1. Romance inglês. I. Rodrigues, Carolina. II. Título. III. Série.

22-80580 CDD: 823
CDU: 823(410)

Gabriela Faray Ferreira Lopes - Bibliotecária - CRB-7/6643

Todos os direitos reservados, no Brasil, por
Editora Arqueiro Ltda.
Rua Artur de Azevedo, 1.767 – Conj. 177 – Pinheiros
05404-014 – São Paulo – SP
Tel.: (11) 2894-4987
E-mail: atendimento@editoraarqueiro.com.br
www.editoraarqueiro.com.br

Capítulo 1

– É uma ótima oferta – disse Sophie. Ela sentia um leve aperto no coração por ter que recusar. Um dia ainda visitaria Nova York. – Mas não vejo como ir no momento – acrescentou.

Angela, a editora-chefe de Sophie, fez uma careta.

– Eu entendo, foi mesmo de última hora. Quero esganar a Mel por ter quebrado a perna.

– Acho que ela não fez de propósito – observou Sophie.

– Ainda assim, é um grande inconveniente. Tem uma fila de gente querendo a vaga dela de seis meses em Nova York, mas você é minha melhor colunista de culinária. Você seria *incrível* lá.

– É muita gentileza sua, Angela.

– Gentileza?

A mulher ergueu as sobrancelhas finíssimas.

– Não é gentileza, Sophie, é sinceridade. Você é uma colunista extraordinária, e eu queria... e não ouse repetir isso... que você expandisse seus horizontes.

– Você só está dizendo isso porque ficou sem saída – provocou Sophie.

– É, por isso também – concordou Angela, colocando a caneta na mesa com uma risada autodepreciativa. – Mas pelo menos pense a respeito, está bem? É uma oportunidade extraordinária. Não é sempre que aparece uma chance de ir para outro país. Se eu não tivesse os gêmeos, nem pensaria duas vezes.

– Você falou com Ella? Acho que ela adoraria ir – sugeriu Sophie.

Angela inclinou a cabeça.

– Aquela lá tem 29 anos, mas cabeça de 15. Seria um desastre.

– Talvez não seja tão ruim assim.

Angela arqueou novamente as sobrancelhas.

– Eu sei como você a ajuda, Sophie. Acho que Ella não sobreviveria aqui sem você.

Sophie deu um sorrisinho atrevido.

– Mais um motivo para não me mandar para Nova York.

Com uma risada que mais parecia um latido, Angela fechou o laptop.

– Nisso nós podemos dar um jeito.

O rosto da editora-chefe voltou a ficar sisudo no instante em que Sophie se levantou para sair.

– É sério, Sophie. Pense no assunto.

Sophie voltou para o escritório principal, onde todos ainda falavam sobre o som horrível de osso se quebrando quando Mel pulou de uma mesa no pub no final de sua despedida para "ir morar em Nova York por seis meses". O balão murcho em que se lia "Vamos sentir saudade" ainda balançava acima da cadeira dela. Precisavam tirar aquilo antes que a mulher com o americaníssimo nome Brandi Baumgarten chegasse para se apossar do espaço. A coitada merecia mais do que marcas pegajosas de prosecco e migalhas do biscoitinho favorito de Mel espalhadas pela mesa.

Sophie pegou uma tesoura e foi até o balão. Cortou a linha e, satisfeita, o tirou dali. Tinha feito a escolha certa ao recusar a oferta de Angela. A ideia de assumir o posto de Brandi do outro lado do oceano era mais do que aterrorizante. E pensar que a pobre mulher iria sozinha para Londres, para uma cidade desconhecida. Sophie quase estremeceu. Talvez devesse fazer uns cookies para ela, daqueles bem grandes e macios, com muito chocolate, para dar as boas-vindas e fazê-la se sentir em casa. E café. Os americanos adoravam café. Talvez um pacote completo de boas-vindas à Inglaterra. Explicar Londres de A a Z. Um guarda-chuva. Um...

– Terra chamando Sophie. Como se escreve *gâteau*?

– Desculpe. O que você disse? – perguntou Sophie.

Ela puxou o balão e o furou com a tesoura.

– Boa – disse Ella, a outra colunista de culinária da *CityZen*. – Eu ia fazer isso. Quer dizer, pensei em fazer. Como se escreve *gâteau*? Nunca lembro.

Sophie soletrou a resposta e sentou-se à sua mesa, de frente para Ella.

– O que Angela queria? Algum problema?

Sophie fez que não com a cabeça, ainda meio perplexa com a sugestão de ir trabalhar na *CityZen* de Manhattan. Se contasse aquilo, Ella nunca mais pararia de falar sobre o assunto.

– Como foi o fim de semana? – perguntou Ella, e fez uma careta. – Ah, pelo amor de Deus! O corretor mudou a palavra. Pode soletrar de novo? Eu fui àquele restaurante francês que abriu em Stoke Newington. Tem que andar um pouco pra chegar lá, mas... Ah, como estava o Le Gavroche no sábado? O que foi? Não, ele não fez isso!

Sophie se encolheu e se forçou a dar um sorriso.

– Infelizmente não fomos lá. A mãe dele estava doente.

– Ah, pelo amor de Deus, essa mulher vive doente.

– Ela não tem culpa – contrapôs Sophie, ignorando a vozinha na sua cabeça que concordava com Ella.

Era errado desejar que a Sra. Soames adoecesse em momentos um pouquinho mais convenientes?

– E foi uma emergência dessa vez. Ela teve que ir de ambulância para o hospital. Coitado do James, passou a noite toda lá, aguardando notícias.

– Você é legal demais – repreendeu Ella. – E complacente demais. Ele não te merece.

– Eu não o amaria se ele não fosse legal. Quantos homens você conhece que colocam a família em primeiro lugar?

Ella contraiu os lábios pintados de rosa-claro cintilante. Aparentemente, ela fizera outra incursão ao armário da editoria de beleza.

– Bem, isso é verdade. Greg esqueceu o Dia das Mães, o meu aniversário e o nosso aniversário de namoro.

Sophie quis revirar os olhos, mas se conteve. Greg não se lembrava de quase nada além dos próximos jogos de seu time de futebol.

– Você cozinha maravilhosamente bem – elogiou James ao pousar o garfo e a faca.

Sophie assentiu, muito satisfeita com o resultado do curry: adocicado e condimentado na medida certa, com batatas na consistência perfeita.

Eles estavam na cozinha espaçosa dela, sentados à mesa decorada com uma vela. As noites de segunda-feira eram as favoritas de Sophie. Era quando cozinhava algo especial, porque sabia que James teria voltado de um fim de semana inteiro cuidando da mãe. Ele passava três dias da semana com ela e ficava com Sophie nos outros quatro. Sophie suspeitava de que a Sra. Soames não estivesse tão mal assim, apenas gostasse de ter o filho por perto. E quem poderia culpá-la?

– Eu deveria me casar com você.

Ele deu uma piscadela e pegou a taça de vinho, girou o líquido, inspirou o aroma e o apreciou. E era para apreciar mesmo, pois se tratava de um Merlot australiano do qual ela correra atrás por recomendação do sommelier do trabalho e que lhe custara uma pequena fortuna.

– Deveria mesmo – respondeu ela, o coração martelando desconfortavelmente.

Não era a primeira vez que ele dizia algo assim. E ela se lembrou de sábado, do Le Gavroche e do segundo aniversário de namoro deles, da esperança que tivera de…

– Então, como foi o trabalho hoje?

Isso era algo adorável em James: sempre se mostrava interessado.

– Lembra que contei que a Mel saiu na sexta? Ela quebrou a perna e agora não pode mais ir para Nova York – contou Sophie, que riu e hesitou antes de acrescentar: – Angela me pediu para ir no lugar dela.

– O quê? Para Nova York?

James pareceu assustado.

– Não se preocupe, eu recusei. Não vou abandonar você.

James sorriu e deu tapinhas de leve na mão dela.

– Se você quisesse ir, eu não ficaria chateado.

Ele parou e então levou a mão dela aos lábios.

– Mas ia morrer de saudade, querida. Seria horrível você estar tão longe.

Sophie se levantou e o abraçou, feliz por não ter dado muito crédito aos elogios de Angela. Ela adoraria ir a Nova York um dia. Talvez ela e James pudessem ir juntos. Em lua de mel, quem sabe?

James se virou e se aninhou no pescoço dela.

– Vamos para a cama cedo? Estou moído. Dirigir da Cornualha até aqui é de matar.

– Só preciso arrumar as coisas.

Sophie deu uma olhada nos utensílios espalhados. Desejou não ter feito tanta bagunça e que James não estivesse sempre tão cansado. Mas não podia pedir que cuidasse da cozinha, não depois de ele ter dirigido mais de 300 quilômetros.

E ela realmente não podia reclamar. Quantas pessoas da idade dela tinham uma cozinha como aquela? Ou moravam em um apartamento incrível em Kensington? O pai dela insistira no presente, teria sido rude recusar. Ela o amava demais, mas isso não significava que o deixaria mandá-la para uma escola particular elitista (ela estava acostumada à escola local) ou ajudá-la a conseguir um emprego (falar com alguém do conselho diretor). Não parecia certo usar seu título.

Depois de limpar tudo, foi para o quarto. James dormia profundamente e o cômodo estava às escuras. Ele nunca se lembrava de deixar a luz da cabeceira acesa para ela. Em silêncio, Sophie tirou a roupa e se deitou. Aconchegou-se perto dele, mas não foi correspondida. O coitado estava exausto. Acabado. Ela sorriu e afastou a franja desgrenhada da testa dele. Era um bom homem. Cuidava da mãe sem reclamar. Sophie fechou os olhos. Era uma mulher de sorte. Quem precisava de Nova York?

Atrasada. Vejo você lá. E é meu dia de folga, mas amo que você seja tão leal. Bjs, Kate.

Sophie sorriu com a mensagem. Kate era ainda pior do que ela: sempre tentando fazer mais do que o humanamente possível. E Sophie podia apostar até o último centavo que a amiga dormira na casa do namorado, Ben, o que era o motivo real de estar atrasada. Os dois estavam no início do relacionamento, a paixão pegando fogo, não se desgrudavam. Não que

Sophie se lembrasse de ter tido algo assim com James. Tudo entre eles tinha sido mais leve, um pouso suave no amor, sem o mergulho no precipício. Sophie não sabia se conseguiria lidar com uma atração sexual tão intensa feito aquela. Não fazia seu estilo e parte dela se perguntava se aquele comportamento não era meio egoísta. O amor não deveria ser gentil, acolhedor e aconchegante, algo que cresce ao receber atenção e cuidado? Mas a euforia e a felicidade de Kate deixavam o coração de qualquer um quentinho. E Sophie não podia negar que ficava arrepiada com a intensidade do olhar que Ben direcionava à amiga.

Enquanto esperava seu cappuccino ouvindo o sibilo industrial da máquina de café pilotada por uma das garotas de sábado, ela olhou mais uma vez para os doces dinamarqueses. Não deveria, mas eles pareciam tão saborosos... É, ok. Era impossível resistir ao pãozinho de canela.

Com um prato em uma das mãos e a xícara na outra, enquanto tentava manter o ombro reto para que a bolsa não escorregasse e batesse em alguma mesa, Sophie conseguiu abrir caminho por entre as cadeiras vagas e seguir em direção a seu lugar favorito, no canto, de onde podia observar as pessoas na rua.

Infelizmente, a mesa estava ocupada por uma mulher jovem de ar cansado e uma criança pequena que se esgoelava. Indignada, a menininha de olhos azuis acenava com a colher de plástico para o pote de iogurte que a mãe mantinha longe de seu alcance. Sophie entendeu por que ele estava fora da área de risco: a menininha já conseguira sujar o cabelo todo, e a mãe tentava limpá-la. Parecia uma luta contra um polvo.

Ela se sentou à mesa ao lado, observando a cena com um sorriso terno. Estava prestes a se virar quando a mulher lhe lançou um olhar indócil, a boca retorcida em puro desgosto.

Sophie bebeu o café quente rápido demais e sentiu a bebida queimá-la garganta abaixo. Desviou o olhar, estarrecida pelo menosprezo que a fizera se sentir quase agredida fisicamente. Respirou fundo algumas vezes. A pobre mulher provavelmente só estava muito estressada, não era pessoal. Sophie colocou um sorriso no rosto, tomou um gole mais comedido de café e olhou de novo para a mesa ao lado, na esperança de que uma expressão amistosa fizesse aquela mãe se sentir melhor.

Na verdade, se enganou. A raiva no rosto da mulher se intensificara. Rugas se formaram ao redor de sua boca feito uma noz velha, e ela limpava o rosto da menina de forma brusca, os guardanapos em sua mão esvoaçando como lençóis ao vento.

Era impossível não sentir o martírio da situação. Sophie titubeou por um instante, mas foi incapaz de ignorar o sofrimento da mulher, que estava claramente muito infeliz.

– Você está bem? – indagou Sophie com um sorriso hesitante, sentindo que tentava conversar com uma leoa.

– Se eu estou bem? – perguntou a mulher com rispidez.

A menininha começou a choramingar. O rosto da mulher se contraiu, a raiva e o rancor sendo substituídos pela mais pura infelicidade.

– Ah, Emma, meu amor.

Ela aninhou a menininha, com as mãos sujas e tudo, e a abraçou, esfregando suas costas.

– Pronto. Pronto. Desculpa a mamãe.

Sophie sentiu uma ligeira pontada de inveja e uma ínfima contração no útero. Um dia, quem sabe...

A menininha se segurou com firmeza na mãe e parou de chorar, depois se atirou com uma súbita felicidade na direção do pote de iogurte. A mãe sorriu, resignada, e balançou a cabeça.

– Sua sapequinha.

Ela deu um beijinho no topo da cabeça de cachinhos delicados como algodão-doce e pegou a pequenina no colo, pondo o iogurte na frente delas e oferecendo-lhe a colher.

Com um olhar tranquilo e comedido, embora seus olhos estivessem cheios de raiva e desgosto, a mulher encarou Sophie.

– Você perguntou se estou bem?

Seus olhos estavam marejados e a cabeça, erguida em um ar de desafio.

– Sim. Precisa de alguma ajuda? Parece um trabalho árduo. – Sophie sorriu para a menininha, que parecia muito mais feliz agora. – Ela é linda. Embora eu não inveje a bagunça. Quer que eu pegue mais guardanapos ou alguma outra coisa?

– Linda e *minha* – disse a mulher, parecendo assustada.

Ela passou o braço ao redor da menina em um gesto protetor.

– Sim – concordou Sophie, cautelosa.

Não era possível que a mulher a julgasse uma sequestradora de crianças.

– Embora você não se importe muito com isso, não é, Sophie? Pegar o que não é seu.

A mulher soou cansada, e Sophie viu seus ombros afundarem e uma expressão de dor surgir em seu rosto.

O sorriso de Sophie congelou. Algo no tom da mulher sugeria que ela sabia o que estava acontecendo. E como aquela desconhecida sabia seu nome?

– Eu só estava tentando ajudar.

Sophie já se arrependia até de ter feito contato visual.

– *Você? Ajudar?* – zombou a mulher, soltando uma risada amarga. – Acho que já ajudou demais, servindo meu marido.

– O quê?

A mão de Sophie parou no ar, a xícara de café a caminho da boca.

– Está orgulhosa? A vagabunda cheia da grana, com um apartamento em Kensington e a propriedade do papai em Sussex. Pesquisei sobre sua vida, lady Sophie Bennings-Beauchamp.

Sophie ficou boquiaberta. Aquela mulher tinha feito o dever de casa. Nenhum de seus colegas de trabalho fazia a menor ideia de nada disso. Sophie mantinha o passaporte bem longe dos curiosos. Na verdade, Kate já o vira, mas fora profissional e não comentara nada.

– Eu não uso... – começou a protestar ela de forma automática, porque sempre fazia isso.

Mas a mulher a interrompeu:

– Vida boa, cheia de conforto. Não é de admirar que James prefira passar metade do tempo com você. Sem roupa pendurada pela casa, sem bebê chorando a noite toda.

Sophie enrijeceu. Quando abriu a boca, teve consciência de que suas palavras soariam como os clichês dos romances.

– James? O que James tem a ver com isso?

– James Soames. Meu marido. Passa a semana em Londres, fica com a esposa e a filha em Newbury de sexta a domingo.

Foi como se as pernas de Sophie virassem chumbo e ela afundasse na cadeira.

– Mas ele vai para a Cornualha. Está lá neste exato momento.

– Não, não está, sua burra. Ele está cortando grama no número 47 da Fantail Lane, em Newbury, e depois vai construir um balanço para Emma.

Capítulo 2

O coração de Sophie deu um pulo desconfortável quando o aviso de "Aperte o cinto" acendeu. Tarde demais para mudar de ideia. Para ficar se perguntando se tomara uma decisão precipitada.

Ao seu redor, as pessoas começaram a arrumar os pertences que tinham espalhado durante a viagem de sete horas – guardavam laptops e iPads, marcavam a página em que pararam no livro, dobravam cobertores. Do outro lado do corredor, Sophie viu luzes piscando pela janela, cada vez mais nítidas conforme o avião descia. Sentiu a pressão nos ouvidos.

Então, com um baque e um solavanco, o trem de pouso tocou o solo e o avião começou a desacelerar. Ela estava mesmo ali, com a bolsa cheia de dólares, um endereço no Brooklyn e uma mala com pouquíssimas roupas para os seis meses seguintes. Será que pegara um suéter mais quente? Luvas? O inverno de Nova York era bem rigoroso, não era?

Ainda pensando na própria incompetência em arrumar a mala, Sophie se obrigou a dar um tchauzinho para a tripulação sorridente na cabine, recusando-se a ceder à fortíssima tentação de agarrar um deles e implorar para retornar a Londres.

Era o cansaço, disse a si mesma ao percorrer o túnel cheio de eco. O piso balançava de leve sob seus pés e o ruído de malas ricocheteava nas paredes de metal. Ainda havia muita coisa pela frente: passar pela imigração, arrumar um táxi, conhecer pessoas e morar em uma casa nova. Nas últimas horas, Sophie tinha vivido no limbo quase agradável de uma terra de ninguém, na qual não era preciso pensar em mais nada além de a qual filme assistir, se comeria carne ou frango e como abrir a embalagem do pãozinho.

Agarrou com mais firmeza a alça da mala de mão, como se isso pudesse lhe dar algum tipo de coragem mágica, e seguiu a fileira de pessoas à frente, a maioria andando de forma objetiva, sabendo aonde ir. Sophie virou em uma esquina e entrou na área de controle de passaporte. Olhou para cima na mesma hora e viu a bandeira americana pendendo do teto. Sentiu o estômago revirar. Sabia que seus documentos estavam em perfeita ordem, mas ouvira histórias pavorosas sobre a imigração dos Estados Unidos.

A situação não parecia mesmo boa. Havia apenas alguns guichês abertos e a fila estava imensa. No instante em que a fila andou, Sophie segurou o passaporte com mais força e tentou parecer inocente, uma resposta instintiva à expressão severa dos policiais armados.

Quando finalmente chegou sua vez, ela estava exausta, mas também irritada. O avião pousara fazia mais ou menos uma hora e meia, seu corpo ainda operava no fuso horário do Reino Unido e ela estava acostumada à inspeção indiferente dos europeus. Aquele longo processo de varredura completa e coleta de digital àquela hora, quando ela já sentia as pernas doloridas e a cabeça pesada, colocava à prova até mesmo sua considerável gentileza estilo Poliana.

Vários minutos se passaram enquanto o oficial de meia-idade esquadrinhava o passaporte dela com uma expressão impassível, as sobrancelhas grisalhas separadas apenas por um vale de rugas. Ele olhou para Sophie, depois para o passaporte e então de novo para ela, que sentiu um frio na barriga. Sua cabeça pesada a fez oscilar de leve. Ele voltou a fitar o passaporte.

– Isto aqui é sério? – perguntou o homem, semicerrando os olhos para o passaporte e depois para ela. – Lady Sophie Amelia Bennings-Beauchamp.

Ela levou um instante para se adaptar ao sotaque americano nasalado e assentiu com um sorriso, como quem diz "Bom, é o que tem pra hoje", dando de ombros.

– Tem uma coroa na sua mala?

A pergunta foi feita com um misto de agressividade e curiosidade.

Algum diabinho malicioso a fez responder, muito séria:

– Desta vez, não. Não tenho o costume de viajar com as joias da família.

– Muito bem, senhora. Ou devo chamar de Vossa Graça?

– Sophie está bom.

Ele pareceu estarrecido.

– Ou Srta. Bennings – acrescentou ela com um sorriso, satisfeita por ter quebrado aquela expressão oficial assustadora.

– Não de Srta. Bennings-Bowchamp.

Ele pronunciou errado o sobrenome Beauchamp, mas Sophie achou melhor não corrigir. Não àquela hora da noite. Ela chegou para a frente e sussurrou:

– Tento viajar incógnita. Por isso, uso só Srta. Bennings. É mais fácil.

Ele assentiu e pôs o dedo na frente da boca, olhando por cima do ombro dela e por todo o ambiente.

– Boca de siri.

– Obrigada.

– É um prazer, Srta. Bennings-Bowchamp – disse ele, errando a pronúncia mais uma vez.

Deu uma piscadela para Sophie e então franziu a testa.

– Está aqui a trabalho? – As sobrancelhas se uniram ainda mais. – Visto de trabalho?

– Meu pai perdeu minha herança em uma aposta – disse Sophie, como quem conta um segredo, começando a se divertir.

– Entendi.

Ele balançou a cabeça em pesar.

– Que tristeza, Vossa Graça.

– Eu não poderia vender os bens da família. Então tive que arrumar um emprego.

– Não parece justo.

Ele parou, o rosto contorcido em uma expressão de desgosto e empatia, e então, com um aceno educado de cabeça, acrescentou:

– Mas que bom para Vossa Graça.

Houve uma breve pausa quando ele lembrou, com um leve sobressalto, que tinha um roteiro a seguir.

– Então, onde vai ficar durante sua viagem?

Ela recitou o endereço que havia decorado.

– No Brooklyn?

– Isso – respondeu Sophie, sorrindo diante da decepção evidente do homem. – Não é ótimo?

Ele se endireitou e ergueu o queixo.

– Nasci e cresci lá, senhorita... Quer dizer, Vossa Graça. O Brooklyn mudou bastante com o passar dos anos. – Ele estremeceu. – Está em alta hoje em dia. Não é como no meu tempo. Espero que goste.

– Com certeza vou gostar.

– Posso fazer uma pergunta?

– Claro.

– A senhorita conhece a rainha?

Os olhos do homem brilharam de esperança e expectativa.

Sophie se ajeitou e olhou atentamente por cima do próprio ombro antes de se virar de novo para ele, arregalando os olhos como se o alertasse de que estava prestes a revelar algo supersecreto.

– Sim, minha família passa a Páscoa no Palácio de Buckingham todo ano – disse, baixinho. – O príncipe Philip é um doce de pessoa e os filhos de William e Kate são umas gracinhas. Mas não fale para ninguém que contei isso. Não devemos fazer comentários por aí.

Com uma rápida saudação, ele assentiu.

– Boca de siri. Mas mande um oi pra ela por mim. Meu nome é Don. Don McCready.

O homem sorriu.

– Espere só até eu contar pra Betty-Ann, minha esposa, que conheci você. Ela *adora* a realeza. Vai ficar doidinha.

As luzes neon passavam em um borrão enquanto o táxi acelerava, a rua movimentada mesmo tarde da noite. Sophie torceu o nariz ao notar o cheiro de comida no banco de trás do carro sujo, a horrível grade de metal que separava o assento do passageiro da parte da frente e a carranca e indiferença do motorista. Uma torrente de palavras em espanhol saía do celular acoplado ao painel do veículo, pontuada por algumas observações monossilábicas do homem.

Ela se recostou de novo no banco puído e ficou observando a rua através do vidro manchado conforme o carro mudava de uma pista para outra. Parecia o país que vira na televisão quando criança, nos episódios de *Nova York contra o crime*. Pessoas de todas as etnias seguiam pelas calçadas.

Salões de beleza eram vizinhos de borracharias, a grafia estrangeira das palavras a atingia em cheio e havia as franquias desconhecidas de fast-food – Golden Krust, Wendy's, Texas Chicken & Burgers –, além da onipresença de McDonald's, Dunkin' Donuts e Seven Eleven, com a aparência de sempre, mas de alguma forma diferentes ali.

Por um instante, Sophie sentiu a forte tentação de cutucar o motorista no ombro e pedir que ele desse meia-volta. Respirou fundo e estremeceu. *Levanta a cabeça, Sophie, você optou por isso. Foi escolha sua.*

Ela pegou o celular e releu o e-mail com as informações do que fora combinado. A empresa tinha arrumado um apartamento para ela. Um imóvel de um quarto no Brooklyn, perto do metrô e a uma caminhada rápida do trabalho. Por um instante, a imagem do balão murcho de Mel passou por sua mente. A mesa de Brandi Baumgarten estaria pronta e à espera de Sophie na segunda-feira, dali a meras 31 horas.

Rolou a tela do celular e abriu o mapa do metrô que tinha baixado. Parecia loucamente intrincado em comparação com o mapa a que estava acostumada. Respirou fundo mais uma vez e fechou o aplicativo. No dia seguinte haveria tempo suficiente para se situar e planejar o caminho para o trabalho.

O táxi reduziu a velocidade ao sair da avenida principal e as ruas de repente ficaram mais interessantes, com vários bares, muita gente, cadeiras nas calçadas, um mundo de diversas nacionalidades nos restaurantes e estabelecimentos por onde passavam.

Com um guincho súbito do freio, o táxi parou e o motorista imediatamente se virou para trás.

– Quarenta dólares – informou, seco.

– É aqui? – perguntou ela, olhando pela janela na direção de várias lojinhas.

– Número 425. É bem aqui, moça – garantiu ele, e indicou o prédio com o polegar. – Como pediu.

– Ah, tudo bem.

Sophie não sabia como ele conseguira enxergar alguma numeração. Talvez fosse fácil para um morador local, talvez ela estivesse procurando no lugar errado.

O motorista já tinha descido e descarregava as malas dela na calçada.

– Obrigada – disse Sophie, com educação.

Vasculhou a bolsa cheia daquele dinheiro esquisito e pegou uma nota de 50 dólares. Sabia que dar gorjeta era importante nos Estados Unidos e, por um momento, entrou em pânico. Ela não fazia ideia se era muito ou pouco, mas, quase às três da manhã, só queria encontrar a fechadura eletrônica prometida, entrar no apartamento e desmaiar na cama.

– Pode ficar com o troco.

Ele pegou o dinheiro e pulou dentro do táxi antes que ela pudesse dizer mais alguma coisa, então as luzes vermelhas do carro se afastaram pela rua, dois olhos brilhando no escuro feito os de um demônio.

Com duas malas grandes e uma de mão, Sophie se viu parada ali na calçada. Sentiu um medo repentino e um aperto no peito ao inspecionar a fachada das lojas. Nenhuma tinha número na porta. Ela olhou para a rua, comprida a perder de vista. Havia algumas pessoas por ali e o som de gente falando alto na esquina mais próxima.

Sophie se virou e levou um susto quando um homem surgiu do nada. Devia ter mais de 2 metros; era o sujeito mais alto que ela já vira. Tinha pernas compridas e finas, ligeiramente arqueadas, e parecia saltitar enquanto andava até ela.

Mesmo pega de surpresa e sozinha em plena madrugada em um bairro desconhecido, Sophie sentiu o medo recuar quando dentes brancos contrastando com a pele escura sorriram para ela.

– Ei, moça, está tudo bem? Você parece meio perdida.

– Estou... hum... procurando o número 425.

Ele era muito maior do que ela e, estranhamente, tinha cheiro de alecrim. Farejando o ar de forma discreta, Sophie também identificou manjericão.

– Fica aqui em cima da Padaria da Bella.

Ele apontou para uma padaria, e só então Sophie identificou uma passagem estreita entre dois estabelecimentos.

– Você deve ser a moça inglesa.

– Sou eu mesma.

O aroma de manjericão tinha ficado mais forte, e ela deixou escapar, ainda sob efeito do jet-lag:

– Você tem cheiro de ervas.

– Ervas, Temperos e Tudo de Bom.

– Parece frase de livro infantil – refletiu Sophie.

E ela era quase uma Alice no País das Maravilhas.

O sorriso do homem se abriu ainda mais e ele apontou para uma vitrine algumas portas adiante. Sophie assentiu e se sentiu meio tola ao ver que "Ervas, Temperos e Tudo de Bom" era o nome da loja dele.

– Acabou de chegar? – perguntou ele, então riu na mesma hora. – Mas é claro que sim. Senão, por que estaria aqui na calçada, de madrugada, com um monte de malas? Meu nome é Wes. Deixa eu ajudar você com essas coisas.

Cansada demais para protestar, ela concordou. Ficou aliviada ao encontrar a fechadura eletrônica, que se abriu assim que ela inseriu o código. Wes a conduziu pela escada estreita, carregando as bagagens sem dificuldade, enquanto Sophie penava atrás dele. Seguia o aroma de ervas que escapava de alguns potes entocados na bolsa de lona que ele levava a tiracolo.

Lá no alto ele parou, em frente a uma porta pintada com um tom de vermelho muito vivo.

– Aqui está, 425-A. Bella mora aqui em cima. Ela aluga o prédio todo.

Ele pegou a chave da mão dela e fez as honras. Depois colocou as malas no corredor pequeno e acendeu a luz.

– Bem-vinda ao bairro.

Wes então lhe deu de presente um pote de alecrim, se despediu e, curvando-se um pouco ao passar pela porta, desapareceu assobiando alegremente escada abaixo.

Com toda a exaustão que sentia, o encontro rápido e amigável com um homem que lhe deu um pote de tempero fez Sophie achar que talvez a vida no Brooklyn pudesse ser tolerável, no fim das contas.

O corredorzinho dava em uma sala grande com várias portas. Ela viu o piso de madeira polido e duas janelas grandes e compridas, por onde entrava a luz da rua, e notou também alguns móveis na penumbra. Pôs o potinho em uma mesa e abriu a porta mais próxima. Acertara de primeira: era o quarto. Uma cama de casal, edredom, travesseiros, nenhum lençol. Droga. Não tinha pensado em levar essas coisas. Fazer o quê?

Ainda totalmente vestida, ela se jogou em cima do edredom e se enrolou nele. Seu último pensamento foi que dedicaria um tempinho extra a escovar os dentes pela manhã.

Capítulo 3

Apesar do horário tenebroso, Sophie estava totalmente desperta às cinco da madrugada. Dormira apenas cinco horas, mas seu relógio biológico seguia a todo vapor no horário de Londres e, de acordo com ele, já passava da hora de deixar de preguiça e se levantar.

Com um gemido, ela se revirou. Sentia-se suja, grudenta e com um odor azedo de viagem, o corpo moído pelas horas de voo. Encarou o teto desconhecido enquanto a luz opaca do dia se infiltrava pela cortina fina. Como sempre, os pensamentos começaram a se amontoar. Lembranças dos últimos dois anos assomavam como gremlins subindo pelas rachaduras. Não, nada disso. Nada de seguir por esse caminho. Tomar um banho. Desfazer as malas. Encontrar chá. Prioridades.

Sophie jogou as pernas para fora da cama, plantou os pés com firmeza no piso de madeira de tábuas largas e olhou o quarto. Era tão pequeno que se ela entrasse correndo poderia cair pela janela, mas era limpo e recém-pintado. O tom verde de sálvia era de bom gosto e complementado pela cabeceira de madeira clara que combinava com uma cômoda e um espelho oval pendurado. A cama ficava na parede oposta.

Não havia nem sinal de armário, porém Sophie descobriu o motivo quando abriu a segunda porta no quarto. Dava em um corredorzinho com um armário e, lá no fim, ficava outra passagem que conduzia a um banheiro bem comprido e estreito. No entanto, os azulejos reluzentes e as peças cromadas imaculadas mais do que compensavam o espaço apertado.

Ao avistar o boxe supermoderno – todo cromado, com várias saídas de água, chuveiros e torneiras, grande o bastante para receber um time de rúgbi –, ela se despiu e entrou debaixo da água quente. Só quando a água que vinha de jatos opostos já escorria por seu longo cabelo louro é que percebeu que não tinha xampu nem sabonete, muito menos toalha.

Sophie piscou com força ao se dar conta da própria estupidez. Por que não se lembrara de colocar toalhas e lençóis na mala?

Enquanto se sacudia como um cachorro para tentar se secar, usando a calça jeans como tapetinho, ela encarou o reflexo decepcionado no espelho, o cabelo enrolado na camiseta para não respingar água pelo cômodo.

A situação era inacreditável, já que, em geral, ela era a pessoa que sempre tinha itens de sobra para distribuir para todo mundo.

Sophie foi até a mala e começou a tirar as coisas de dentro, horrorizada com a aleatoriedade do conteúdo e as ausências evidentes. Chapinha. Nenhum secador. Catorze calcinhas. Um sutiã. Três pastas de dente. Nenhuma escova. Pinça. Nenhuma tesourinha de unha. Seu segundo livro de receitas favorito. E sachês de chá descafeinado? Justo agora que ela queria consumir cafeína como se não houvesse amanhã. Quem, em sã consciência, bebia qualquer coisa descafeinada? Deveria ser proibido.

Sentou-se apoiada nos calcanhares e repassou a semana anterior em um súbito momento de clareza. Meu Deus, essa coisa de olhar para o passado era maravilhosa. Agora, tarde demais, ela percebia que fizera as malas em um borrão de negação e indecisão. Estivera convicta de que não iria embora. Até o último minuto, quando o motorista tocara a campainha, ela não tinha certeza de que levaria aquilo adiante.

Ajoelhada entre camisas, jeans e tênis de cano alto espalhados, relembrou seus últimos dias em Londres. Depois de aceitar a oferta de Angela, foi como se tivesse subido em uma esteira e não encontrasse ânimo, energia nem racionalidade para fazer qualquer coisa além de colocar um pé na frente do outro. A infelicidade, como acabara descobrindo, era muito útil como escudo: nublava a realidade até que fosse tarde demais para descer da esteira. De repente, o táxi chegara e lá estava ela com seu passaporte, tendo ao lado duas malas grandes e uma bagagem de mão.

E agora ali estava. Nos Estados Unidos.

– Tá legal.

Ela se levantou, desenrolou a camiseta do cabelo molhado e olhou resoluta para o espelho.

– Você está aqui agora.

Ela encarou os próprios olhos.

– Você, você mesma, Sophie Bennings... Beauchamp, *Bow*-champ, como diria o cara legal da imigração, precisa se esforçar. Tomar tenência. Lençol. Toalha. Produtos de higiene.

Aquela ausência de itens essenciais pelo menos lhe dava uma missão a cumprir. Sophie precisava sair para comprar o básico.

– E ir ao shopping.

Pelo amor de Deus, ela estava toda molhada, não tinha nem explorado a casa nova. E estava falando sozinha.

– E o que tem de mais nisso? Qual é? Isso aqui é uma oportunidade.

Dizer as coisas em voz alta fez com que se sentisse menos boba. Talvez devesse comprar um daqueles livros de autoajuda com bons mantras.

– É uma oportunidade. Tem gente que daria tudo para estar no meu lugar.

Tá bom, talvez nem tudo, mas todos os amigos dela tinham ficado com inveja de verdade. Nenhum deles falara "Ai, meu Deus, Nova York é grande e assustadora, você vai se sentir muito sozinha".

Sua expedição não demorou muito. O apartamento era pequeno, mas perfeitamente funcional. Moderno, urbano e sofisticado. Muito diferente das coisas a que estava acostumada, mas, ali na sala/cozinha em conceito aberto, ficou satisfeita. Sim, dava para morar naquele lugar. O piso polido de tábuas de madeira era lindo e as imensas janelas de guilhotina deixavam entrar muita luz, além de proporcionarem uma vista incrível da rua. Havia uma televisão e uma caixinha preta com vários controles remotos, para os quais ela deu uma olhadinha e estremeceu de leve. James costumava ser o responsável por esse setor. O sofá vermelho com almofadas cinza ficava de frente para a lareira e parecia convidativo e aconchegante.

Do outro lado do cômodo, na parede dos fundos, ficava a cozinha estreita, com azulejos retangulares brancos entre os armários de um vermelho-escuro brilhante. Uma ilha com tampo de madeira e balcão de café da manhã separava a sala de estar da cozinha. Na ilha havia a pia, o escorredor e mais espaço no balcão. Sophie ficou satisfeita ao ver que as bocas do fogão, o forno, a geladeira e a pia tinham a disposição perfeita para facilitar o trabalho do cozinheiro.

Abriu alguns armários e encontrou canecas e pratos de porcelana de uma rede de lojas conhecida quase no mundo todo. Não conseguiu decidir se eram decepcionantes ou reconfortantes. Em parte, torcia para que houvesse algo mais exótico – uma cerâmica americana chique e de marca para provar que viajara mais de 4 mil quilômetros. Mas a outra parte (a dominante, para ser sincera) ficara aliviada por se deparar com as familiares canecas compridas e os pratos grossos coloridos. Eram como uma mensagem: "Viu só? Você não está tão longe de casa."

Assentiu em aprovação e, quando estava prestes a se virar, seus olhos encontraram uma porta inusitada, escondida logo depois da fileira de móveis.

– Ora, ora.

Passou pela porta e se viu no terraço. Olhou para cima na mesma hora e deixou a luz da manhã tocar sua pele. O sol brilhava forte no céu sem nuvens. Por um momento, ficou parada ali, absorvendo o calor. O brilho dourado a prendeu em um abraço atemporal, dando energia instantânea ao seu espírito abatido.

– *Quero ver o sol depois da chuva, quero ver passarinhos voando por aí...* – cantarolou ela, inspecionando uma mesinha de bistrô, duas cadeiras e uma jardineira vazia que implorava para ser preenchida de plantas.

Iria falar sobre isso com Wes, o misterioso homem das ervas da noite anterior. Já imaginando acrescentar uma pimenteira ali também, ela se virou para examinar a vista dos fundos, que dava para telhados e pequenos trechos de quintais. Observou as casas dos vizinhos lá embaixo. Alguns tinham parquinhos com balanço espremidos em quintais minúsculos, enquanto outros ostentavam quintais compactos lindamente decorados com móveis de jardim que pareciam caros.

– *O sol depois da chuva* – voltou a recitar.

Sophie engoliu o nó na garganta, lutando contra as lágrimas. Tudo bem, ia levar um tempo, um bom tempo, até que o sol voltasse a brilhar ou coisa assim, mas um dia iria se sentir melhor. Ela lançou um olhar amargo para a segunda cadeira de bistrô.

Com um suspiro, voltou para a cozinha. Precisava se ocupar. Havia listas a serem feitas. Se ao menos tivesse levado a droga de uma caneta... Sophie sabia que estava enrolando para sair do apartamento.

E ali, preso na parte de trás da porta, estava um enorme pedaço de papel impermeável, rasgado na parte de baixo como se a pessoa tivesse pegado a primeira coisa que vira. Nele, lia-se um recado escrito com caneta azul.

Bem-vinda. Desça até a padaria para dar um oi. O primeiro café é por minha conta e vou preparar uma refeição completa, porque não consegui ir ao mercado para você.
Bella, sua locadora

Café. Foi só pensar nisso que seu estômago começou a roncar. Quando tinha sido sua última refeição decente? Não podia ficar ali o dia todo... Na verdade, provavelmente podia... mas precisava de coisas, toalhas e lençóis. Isso lhe deu a desculpa perfeita para seguir em frente e deixar o medo de lado.

Pegou o guia turístico e a bolsa, juntou rapidamente tudo que achou que pudesse precisar e saiu.

Por um instante, Sophie se viu totalmente maravilhada diante da vitrine, que lhe passara batido na véspera. Ela só conseguia descrevê-la como magnífica. Uma foto de Audrey Hepburn em *Minha bela dama*, com seu icônico traje preto e branco, pendia do teto. Combinando com a imagem, cupcakes decorados nas mesmas cores tinham sido arrumados em dois suportes que lembravam candelabros. Eram como damas de companhia ao fundo de um bolo de casamento de cinco andares com cobertura e formato elaborados que faziam referência ao design do chapéu da atriz. Abaixo da foto, lia-se "Nada é impossível! – Audrey Hepburn".

Sophie assentiu para si mesma ao ler isso. Precisava começar a ser mais otimista. Seu espírito proativo parecia ter evaporado. Com o olho treinado, ela examinou os bolos, maravilhando-se com a precisão e a criatividade, até que a porta ao seu lado se abriu e uma pessoa saiu, seguida por uma lufada de ar com cheiro de café.

O estômago de Sophie protestou outra vez, então ela segurou a porta antes que se fechasse. No momento em que pisou lá dentro, parou e fechou os olhos, inspirando. O que fora iniciado lá em cima pelo sol ia sendo concluído pelo familiar cheiro alquímico e mágico de manteiga e açúcar, ovos e farinha. Ela se sentiu mais leve, como se um peso invisível saísse de seus ombros, enquanto se dava conta do delicado aroma reconfortante de baunilha, da suntuosidade do chocolate, da acidez do limão. Os cheiros rodopiavam ao seu redor, situando-a. Ela quase riu. Situando-a, sério? Mas era verdade: pela primeira vez em duas semanas, Sophie se sentia mais como ela mesma. Então viu o aviso em cima do balcão: "Você tem 86.400 segundos hoje. Já usou um deles para sorrir?"

Levando a mensagem a sério, ela deixou os lábios relaxarem em um sorriso largo e inalou discretamente mais uma vez. Aquilo era quase como estar em casa, e de repente ela quis estar na cozinha, misturando, batendo, provando e assando algo.

Abriu os olhos e foi até o balcão. Parecia desacostumada ao entusiasmo. Estava louca para ver o que tinha ali, de onde vinham todos aqueles aromas deliciosos e o que ela poderia aprender. Nunca estivera nos Estados Unidos. Havia um novo universo culinário a ser explorado. Seus olhos se iluminaram. Ah, sim, com certeza havia.

– Bom dia. Tudo bem? O que posso lhe oferecer hoje? – perguntou uma ruiva baixinha de cabelo cacheado e volumoso preso com um lenço verde--claro enquanto limpava a máquina de café.

– Olá, tudo bem... muito bem, obrigada. Eu sou a Sophie. Do último andar.

– Sophie! – gritou a mulher.

A ruiva largou o paninho e contornou o balcão correndo. Então pôs as mãos nos braços de Sophie, examinando-a com entusiasmo, como uma tia-avó que não a encontrava havia anos.

– Oi! É tão bom ver você. Eu sou a Bella. Sua locatária. Nunca fui locatária antes. O apartamento está bom?

Ela soltou Sophie e gesticulou, animada, o que fez suas mãos participarem ativamente da conversa.

– Precisa de algo? Desculpa por não ter feito compras. Acho que eu deveria ter feito, não sei, mas recebemos um pedido de última hora e eu... Bom, os fins de semana são sempre uma loucura. Bem-vinda ao Brooklyn.

Sophie riu e ergueu as mãos para evitar a torrente de palavras e os dedos inquietos, mas também para tranquilizar a mulher.

– Está tudo bem. O apartamento é uma graça. E um cara legal chamado Wes me ajudou a subir com as malas. Me deu até um potinho de tempero.

– Ah, sim, Wes é um doce. – A boca de Bella murchou de leve antes que ela continuasse: – Ele é um amor. Está sempre distribuindo plantas por aí.

A mulher apontou com a cabeça para os vasinhos de alumínio com lavanda em cima das mesas.

– Ufa, foi uma correria pra terminar tudo a tempo, mas quando Todd, meu primo, falou que a revista precisava de um aluguel por temporada, não tive como recusar. Então, o que posso lhe oferecer? Ainda está mal por causa do jet-lag? Agora seria o meio da noite pra você?

– Não, seria o começo da tarde, mas estou tentando não pensar nisso. Eu adoraria um café, obrigada.

Em geral, ela era a louca do chá, mas sabia que nova-iorquinos eram loucos por café e tinha a impressão de que conseguir uma boa xícara de chá seria um desafio.

– Nossa, adorei seu sotaque britânico. É tão fofo!

– Obrigada.

Sophie sorriu para ela. Era impossível não fazer isso. Bella saltitava para lá e para cá como uma fadinha animada que tinha sido pega por um redemoinho. Seus olhos cor de avelã eram astutos, cheios de interesse e inteligência.

– E que tal comer algo? Fiz uns cupcakes de lavanda com baunilha agora de manhã, e também temos de cenoura com canela e laranja com limão.

– Saint Clements – disse Sophie, sem pensar.

– O quê?

– É uma cantiga infantil bem conhecida na Inglaterra. Esse sabor, laranja com limão, é um dos meus preferidos, e às vezes é chamado de Saint Clements, porque a música diz que os sinos da igreja de Saint Clements, em Londres, soam como se falassem "laranjas e limões".

Por algum motivo, Sophie cantarolou a canção.

– Ah, que fofo. Nunca tinha ouvido falar nisso. – Bella assumiu uma expressão sonhadora. – Ah, uma infância em Londres. Isso me lembra *Mary Poppins*. Dá pra fazer algo temático. Bolos supercalifragilisticexpialidoces.

– Adorei a vitrine. Foi você quem fez o bolo?

Bella deu um largo sorriso, e Sophie poderia jurar que as sardas no nariz dela também se remexeram.

– Fui eu, sim. Gostou?

– Amei! É incrível. As franjas em preto e branco e as penas de pasta de açúcar são geniais.

– Nossa. Obrigada. Bem, você deve estar com fome, então o que vai querer? A primeira vez é por conta da casa.

– Hum, tudo parece uma delícia.

O estômago de Sophie roncou agradavelmente enquanto ela examinava o conteúdo do balcão. Um lado dele estava repleto de pães com uma cara muito interessante – de nozes e passas, de centeio, cinco grãos e semente de abóbora – e tranças de queijo com ervas. No outro lado havia fileiras de lindos cupcakes com cobertura de glacê e flores feitas de pasta de açúcar, além de diversos cheesecakes com frutas, uma fileira de cookies gigantes, pedaços cintilantes de chocolate e alguns bolos inteiros.

– Você faz tudo isso?

– Não, nem tenho tempo. Eu cuido dos cupcakes e das comidas de festa. E vivo torcendo para que o departamento de bolos de casamento decole. Os cheesecakes são da maravilhosa Maisie, que mora na esquina e os prepara enquanto os filhos estão na escola. Ela usa cream cheese orgânico da fazenda da família, que fica no norte do Maine. São dos deuses. E os pães são entregues todos os dias por uma dupla. Ed e Edie. – Ela riu. – A empresa deles se chama Ed Ao Quadrado. E o slogan é *Multiplicando Sabor.*

Sophie gemeu.

– Ai, meu Deus! Fiquei com mais fome ainda. E, a julgar pelos bolos na vitrine, você deve ter muitos clientes.

Bella fez uma careta.

– A coisa fica meio complicada aqui nos fins de semana. E essa semana foi mais complicada que o normal. Tive duas festas de aniversário: 250 cupcakes para assar e depois colocar o glacê e ainda decorar com jogadores de beisebol. Essas camisas listradas são um inferno de fazer, vou te contar. Mas quem é que não adora um cupcake, não é mesmo?

Ela olhou nos olhos de Sophie e deu uma piscadela. Sophie sorriu.

– Adorei essas flores de pasta de açúcar que você fez. – Sophie apontou para os cupcakes na vitrine. – São tão alegres. Eu iria adorar aprender a fazer isso. – Sophie observou os bolinhos, pensativa. – Sou colunista de culinária, então cozinho bastante. Fico experimentando receitas.

– Sério? Todd não falou o que você faz. Muito legal. Quem sabe a gente não troca ideia de vez em quando?

– Seria maravilhoso. Tem alguma coisa no ato de cozinhar que...

Sophie farejou o ar outra vez e deixou a conclusão no ar, sentindo-se um pouquinho melhor por estar ali.

– Acho que eu vou adorar você – declarou Bella. – Sim, tem alguma coisa no ato de cozinhar que... é quase mágica. Eu amo observar os clientes, dar ideias, ver os olhos deles se iluminarem. Os bolos fazem as pessoas sorrirem.

– Estes aqui estão lindíssimos. – Sophie olhou para a bandeja de bolos à sua frente. – Deve ter levado horas para preparar.

– Levei mesmo... mas vale a pena. E cada um deles foi feito à mão e com amor – disse Bella, sorrindo. – É um trabalho árduo, mas é o meu negócio. Bem... meu, do banco e do meu avô. O aluguel do prédio é dele. – Bella se lembrou do assunto anterior: – Bem, você está precisando de alguma coisa? É a primeira vez que alugo o apartamento. Só tem dez dias que a reforma acabou.

– É sério, Bella, está tudo lindo. Tudo mesmo.

Sophie não queria mencionar a falta de lençóis, já que não era responsabilidade de Bella, mas tinha a sensação de que ela iria achar que era.

– Bem, me avise se precisar de qualquer coisa.

– Não, está tudo ótimo. E eu amei o terraço.

– Só tome cuidado com os mosquitos. Eles são terríveis.

– Tem mosquitos, é?

– Ah, sim. Se estiver planejando ficar um tempo lá fora, pegue algumas velas de citronela ou um ventilador. Então, café? *Latte*, café coado, café gelado, com espuma de leite, cappuccino, macchiato, americano, expresso?

– Um cappuccino, por favor. A última bebida que tomei foi no avião. Minha garganta está seca.

– Meu Deus, seu sotaque é fofo demais – comentou Bella outra vez, imitando a pronúncia.

Sophie estremeceu, feliz por não ter pedido chá, e observou a mulher voltar ao trabalho com uma eficiência imediata, descartando o pó antigo, prensando o novo, encaixando rapidamente o filtro prateado no lugar enquanto despejava leite em uma jarrinha com a outra mão.

– Pode se sentar, eu levo pra você.

Sophie sentou à única mesa vaga, uma de bistrô perto da janela, e deu uma boa olhada na padaria. Adorou a decoração eclética e como o lugar tinha sido dividido em áreas distintas, cada uma com estilo próprio, onde o sofá, as poltronas, as almofadas e as mantas se inspiravam no desenho do papel de parede mais próximo.

Na parte dos fundos, havia um arco largo e, sob ele, dava para ver a cozinha. A mesa ainda estava coberta de farinha e utensílios, como se a última fornada de gostosuras tivesse acabado de ser finalizada.

Com um suspiro feliz, Sophie recostou-se na cadeira. Já adorava aquele lugar, e Bella lhe dera as boas-vindas de forma tão calorosa e amigável que, de repente, ela não se sentia mais tão longe de casa. Tirou da bolsa um caderno e o guia turístico. Tinha muito a fazer, mas sua cabeça estava meio pesada e atordoada. Era difícil conseguir pensar no que fazer primeiro. Jet-lag era uma coisa horrorosa.

O mapa do metrô parecia superconfuso. Ela não conseguia compreender o nome de nenhuma das linhas e parecia haver muitas delas. Sophie deu uma olhada na direção de Bella, ocupada atrás do balcão. Pediria ajuda a ela. Conseguiria fazer isso.

Sentiu os nervos em polvorosa ao olhar para a rua movimentada pela janela. Estava mesmo ali. Londres estava muitas horas à frente e, na segurança daquela padaria, ela acreditou que, vivendo um dia de cada vez, talvez conseguisse sobreviver aos seis meses seguintes.

A tarde já estava avançada na Inglaterra. O que será que James estava fazendo? Continuava com a esposa, Anna?

– Oi. Ouvi dizer que você é a Sophie.

Com um sobressalto, ela ergueu o olhar e viu um homem. O sol entrava pela janela, contornando a silhueta dele, mas tornando difícil enxergar suas feições. Pelo jeito como acenou para Bella, que gesticulava freneticamente outra vez, era óbvio que a americana tinha indicado Sophie.

O homem virou uma cadeira para se sentar de frente para o encosto e se acomodou, sorrindo para Sophie.

Ela se irritou na mesma hora com a confiança dele, a atitude casual, a certeza de que seria bem recebido, e deu um sorrisinho de má vontade.

– Meu nome é Todd.

Ele estendeu a mão e ela não teve escolha a não ser cumprimentá-lo. O aperto era decidido e seco.

Sophie ficou tensa, querendo recuar. Ele exalava autoconfiança, o que fazia com que ela se sentisse ainda mais inadequada, deslocada, uma completa estranha.

– Bella é minha prima. Fui eu que encontrei o apartamento pra você.

O que ele queria? Uma medalha? A educação a obrigou a dizer, séria:

– Obrigada.

– Não tem de quê.

Ele ergueu a cabeça quando Bella se aproximou com bebida e bolo para Sophie.

– Oi, priminha. Me vê um café gelado?

– Oi, Todd. O que está fazendo por estas bandas tão cedo? – Ela pôs o café e o bolo na frente de Sophie. – Achei que fosse dormir até tarde depois da festa de ontem – falou Bella para o primo.

– Quem disse que já fui para casa?

– Que boba eu sou, é claro que você não foi.

Ela se virou para Sophie e apresentou:

– Este é meu primo, Todd McLennan. Um festeiro. – Então se abaixou e deu um abraço nele. – E aí, qual foi o lugar de ontem? Ou melhor, devo perguntar quem foi a de ontem?

– Assim você me magoa. – Ele pôs a mão no coração, sorrindo para Sophie. – Não acredite em nada do que ela diz.

– Acredite, sim, em tudo que eu digo. Quando se trata de mulheres, este aqui não é flor que se cheire.

– Bella, Bella, Bella... Você pensa muito mal de mim – brincou ele, com um suspiro. – Eu nunca minto para elas.

– Verdade, mas elas sempre acham que vão ser aquela que vai dar um jeito em você.

Ele deu de ombros, se inclinou para a frente e mergulhou o dedo no glacê do bolo de Sophie, dando uma piscadela.

– Não posso fazer nada se elas não me escutam.

Sophie semicerrou os olhos e Bella deu um tapa na mão dele.

– Tire a mão, esse é da Sophie. Ela provavelmente ainda não comeu nada hoje.

– Desculpa – disse ele, a boca alargando-se em um sorriso. – Eu também não.

– Você já foi para casa? – insistiu Bella, balançando a cabeça.

– Sim, dormi como um bebê na minha cama, se quer saber. Então, vai me trazer um café ou vou ter que implorar?

Sophie se segurou para não bufar. Como se ele tivesse que implorar por alguma coisa na vida. Só de olhar para ele – a camisa de linho casual da Ralph Lauren, a bermuda azul-marinho elegante e os mocassins caros, ainda que puídos – dava para dizer que vivia com muito conforto. Quase como se pudesse ler os pensamentos desdenhosos de Sophie, ele lhe deu um sorriso encantador e estonteante, do tipo dos astros de cinema.

– E aí, inglesinha, o que está achando do Brooklyn?

Ele se inclinou sobre o encosto da cadeira, focando toda a atenção nela, como se quisesse mesmo saber. Sophie teve a sensação de que era uma jogada ensaiada, algo supernatural para ele.

– Meu nome é Sophie e acabei de chegar, então ainda não tive a oportunidade de achar nada.

As palavras dela soaram severas.

Ele se inclinou mais para a frente e puxou as anotações e o mapa dela.

– Bergen Street. Linha F, entre a 47 e a 50.

– Como é?

Droga, ela soou ainda mais afetada e esnobe. Ele apenas sorriu.

– O caminho para o trabalho. É isso que está olhando, não é?

Ele lia mentes? Ela franziu o cenho.

– Você está no lugar da Brandi. Eu sugeri o apartamento da Bella quando desistiram do apartamento da outra colunista. Cara, que azar ela quebrar a perna, mas acho que foi sorte sua. Não achei que fossem conseguir alguém para a vaga tão rápido. Você era a segunda opção?

– Pois é – respondeu Sophie, com uma acidez incomum, injuriada por todo mundo achar que ela seria a segunda opção quando, na verdade, ela é que quisera recusar.

– Opa! – Ele ergueu as mãos em um sinal de rendição imediato. – Não estou dizendo que não seja tão boa quanto ela.

Uma empatia inesperada brilhou nos olhos dele, como se soubesse que o buraco era mais embaixo.

– O metrô pode ser meio confuso para quem usa pela primeira vez. A Bergen Street fica a alguns quarteirões de distância. Eu posso te mostrar depois do café. – Ele deu de ombros. – Vamos ser colegas de trabalho – revelou.

– O quê? Você trabalha na *CityZen*?

– Aham.

Os olhos dele brilharam de um jeito travesso e ele ergueu a sobrancelha de um jeito desafiador.

– Eu escrevo a coluna "Homem da Cidade".

Era óbvio que ela deveria saber disso. Sophie deveria ter dado uma olhada na revista antes, algo que uma pessoa normal, entusiasmada pela oportunidade maravilhosa de trabalhar na cidade mais empolgante do mundo, teria feito.

De repente ela se sentiu cansada de si mesma, de suas emoções oscilantes, da autopiedade, e farta por James ter feito isso com ela. Tinha passado pela infância sem se deixar abater por nada, era alegre e otimista, apesar do que a ex-mulher de seu pai fizera com a família. James não ia tirar isso dela.

Com um sorriso iluminado e premeditado, Sophie respondeu:

– Parece divertido.

Assim que saísse dali, iria à primeira banca de jornal que encontrasse e compraria um exemplar da *CityZen*.

– Ah, e é mesmo.

Aquele sorriso de astro de cinema surgiu outra vez, mas estaria ela imaginando coisas ou o sorriso não transparecia em seus olhos, iluminando-os? E, quando ele pronunciou a frase seguinte, Sophie teve a sensação de que o homem já a dissera várias vezes.

– Quando você ama seu trabalho, nem parece trabalho.

– Eu assino embaixo – emendou Bella, deslizando um copo grande de café gelado na frente dele. – São 4 dólares.

Ele vasculhou o bolso e puxou um monte de notas amassadas, como se fossem lencinhos, e entregou uma à prima. Depois roubou mais um pouco de glacê do bolo.

– Ei, pegue um pra você.

Sophie deu um tapinha na mão dele e puxou o prato.

– Você não é nada divertida, inglesinha – gemeu ele, lambendo sem pressa o glacê do dedo. – Cara, que delícia.

De repente, ele lançou um olhar horrorizado e reprovador para Sophie.

– Por favor, não me diga que é uma dessas pessoas que considera o corpo um templo e acha que açúcar é pecado. – Com um olhar furtivo para a janela, ele acrescentou: – Já tem muita gente desse tipo no Brooklyn. A irmandade da soja e do sushi. Tudo é quinoa e chia.

Sophie deu uma gargalhada, enfim entregando os pontos. Não era culpa dele o fato de ela odiar o mundo no momento.

– Sem dúvida não sou uma dessas pessoas.

– Droga, eu estava torcendo para conseguir fazer você se sentir culpada e me dar o bolo.

– Nem pensar.

Ela colocou os braços ao redor do prato como se o protegesse.

– Eu amo minha comida. – Com um sorriso cheio de pesar, ela acrescentou: – Um pouco demais.

Sem o menor pudor, ele mediu Sophie da cabeça aos pés com um olhar ao mesmo tempo avaliador e divertido.

– Daqui não parece.

Com uma risadinha, ela ignorou o leve rubor que se espalhou por seu rosto. Tinha consciência de que não deveria levá-lo a sério. Sabia lidar com ele. Era o tipo de homem que nunca deveria ser levado a sério, seria tolice fazer isso. E ela não seria enganada de novo. Nunca mais.

– Preciso correr muito pra manter o equilíbrio. – Pelo menos os tênis de corrida ela havia posto na mala, ainda que faltasse seu top. – Bella estava certa, você não é flor que se cheire, não é? Mas agradeço a consideração.

Ela nunca seria magérrima, mas quem é que queria ser assim se fosse para ficar infeliz e viver faminta? Correr mantinha suas roupas em torno do tamanho 44.

Ele sorriu, sem arrependimentos, e por um segundo seus olhares se encontraram. Sophie sorriu de volta para ele e pegou o bolo. Comeu um pedaço grande de propósito.

– Ai, senti daqui.

– Pois deveria mesmo. Humm, delicioso.

– Tem certeza de que consegue comer tudo? É um senhor bolo. Um monte de calorias.

Lambendo os lábios de propósito e ignorando a expressão esperançosa no rosto dele, ela saboreou a doçura cítrica e característica do glacê em sua boca, suspirou profundamente e lançou a ele um olhar presunçoso.

– Ah, consigo. Vou aproveitar cada pedacinho dele.

– Você não tem coração, inglesinha. Não tem mesmo.

Ele balançou a cabeça em um lamento brincalhão, sorrindo por se divertirem juntos.

– Pode apostar – disse ela.

Comeu outro pedaço da massa suave, apreciando a interação e ignorando o friozinho na barriga.

Não tem o menor futuro, disse a si mesma com firmeza. Bonito, charmoso e completamente fútil: uma distração e nada mais. Fazia um tempo desde a última vez que flertara com alguém, e a sensação era muito libertadora, ainda mais por saber que não levaria a nada.

– Então, Sr. Homem da Cidade, pode me deixar por dentro da vizinhança? Preciso de um lugar onde comprar lençóis e toalhas. – Ela se deteve. – Se bem que talvez você não seja a melhor pessoa a quem perguntar.

– Como é que é? – redarguiu ele, e apontou para si mesmo com os polegares. – Homem da cidade. Em contato com meu lado feminino.

– É mesmo?

Sophie olhou para ele de um jeito mordaz.

– E não, não sou gay.

– Eu não falei nada.

– É um inevitável efeito colateral de se trabalhar em uma revista feminina. A gente absorve por osmose essas coisas. Se quiser um lençol com boa contagem de fios... viu, eu sei dessas coisas... com qualidade e preço baixo, vá à Nordstrom Rack. Se quiser preço baixo e alvoroço, T.J. Maxx. Ficam só a uns quarteirões de distância, na Fulton Street. Deixa eu marcar no mapa para você.

– Preciso encontrar um supermercado também para comprar...

Ela não conseguiu falar "mantimentos".

– Supermercado. – Ele franziu o lábio e esticou o pescoço. – Cara, amei o jeito como você pronuncia isso, é tão certinho e adequado. – Ele deu um sorriso imprudente. – Meio sexy – completou.

Sophie revirou os olhos e ignorou o pensamento de que alguém devia ter inventado aquela palavra especialmente para ele.

– Você precisa sair mais.

Ele riu e chegou a cadeira mais perto da dela, abrindo o mapa.

– Tem uma caneta? Vou marcar alguns mercadinhos.

– Não tenho caneta.

– Só um instante.

Ele vasculhou a bolsa de lona e couro que carregava a tiracolo. É claro que ele tinha uma bolsa masculina, fazia bem esse tipo.

– O Associated Supermarkets, na esquina da Quinta Avenida com a Union Street, é bom. Não é o mais perto, mas com certeza é um dos melhores. Vire à direita saindo daqui, desça a Union Street e siga por uns bons seis quarteirões, mas vale a pena. Suponho que você cozinhe, já que é a nova colunista de culinária. Vou ter que obrigar você a preparar um jantar, já que somos quase vizinhos.

Sophie ergueu apenas uma sobrancelha diante da presunção dele, um truque que a deixou desmedidamente orgulhosa.

– Pode ser – falou ela. Assim que ele tomou um gole de café, porém, ela acrescentou: – E você lava a minha roupa.

Ele se engasgou ao rir e quase cuspiu o café na mesa.

– Gostei de você, inglesinha. É divertida. Vamos nos dar muito bem.

Sophie lhe lançou um olhar observador.

– Venha – chamou ele, levantando-se e estendendo uma das mãos para ajudá-la. – Vou te mostrar o caminho até a estação de metrô. Dali você pode andar pela Fulton Street e comprar suas coisas de casa. Vamos deixar o jantar para depois, já que tenho certeza de que prefere se instalar primeiro. E duvido que já tenha roupa para lavar... – Ele arqueou as sobrancelhas de modo sugestivo. – Você sabia que "lavar roupa" nos Estados Unidos pode significar algo bem diferente, né?

Quando ela pôs a mão na dele, não houve um breve arrepio de eletricidade, nenhum crepitar suave entre eles. O que houve foi um raio poderoso de desejo que quase a dominou. Todd McLennan era mais do que uma flor que não se devia cheirar, ele era o tipo de flor da qual ela precisava ficar longe, bem longe.

Capítulo 4

Durante boa parte da viagem de metrô, Sophie se viu fascinada pela mulher extraordinariamente chique em frente a ela, que usava um terninho preto de caimento perfeito e o cabelo preso em um coque irretocável. Apesar da elegância, Sophie não conseguia parar de encarar os tênis brancos e pesadões nos pés da moça. Ela sorriu: a mulher era o requinte e a praticidade de Nova York em pessoa.

Sophie se enrolou mais em seu cardigã. O vagão estava um pouco frio, embora ela não pudesse reclamar, pois o terrível ar condicionado era o oposto do ar abafado e quente do metrô de Londres.

Ela acordara ridiculamente cedo de novo, mas tinha aproveitado para tomar um café sem pressa no terraço. No dia anterior, depois que Todd lhe mostrara o metrô e a ajudara a comprar o cartão de transporte mensal, ele a conduzira pela Bergen Street e depois pela Hoyt Street, que dava direto na Nordstrom da Fulton Street. E a T.J. Maxx ficava logo ao lado. Mesmo sem consultar o mapa, tinha sido bem fácil andar por ali. Apesar de seu amor por Londres, ela precisava admitir que estava encantada com o sistema objetivo de orientação das ruas em Nova York. Isso lhe permitira encontrar o caminho de volta passando por um mercadinho maravilhoso – e sem a menor dificuldade. Contudo, apesar de Todd defender que era impossível se perder em Nova York, ela ainda achava que era plenamente possível, bastava não saber para onde ficavam o leste e o oeste ou o norte e o sul. Algumas ruas se estendiam por quilômetros.

Depois de passar um bom tempo dando uma olhada em guloseimas, carregando roupas de cama e um embrulho com toalhas, Sophie tinha comprado apenas o básico no supermercado e se permitira a rara conveniência de um frango assado. Tivera até opções: alecrim com limão, alho e ervas ou caribenho. Comprara também um exemplar da *CityZen* e o folheara enquanto jantava sozinha.

Assim que vagou um assento no metrô, ela se sentou e aproveitou para dar mais uma olhada na revista. Ninguém precisava saber que sua primeira parada tinha sido a coluna "Homem da Cidade". A foto de Todd saltava das páginas, os olhos azuis realçados com perfeição pela blusa de gola aberta. A foto era ótima. Ele exibia um sorriso lânguido (e, sim, sexy), como se conhecesse os pensamentos de Sophie e de cada mulher no planeta. Ela contraiu os lábios em um leve sorriso e balançou a cabeça. Todd exalava carisma e charme... e sabia disso. O sujeito era o tipo de pessoa que deveria ser tratada como um filhote fofinho, charmoso e amigável.

O trem zunia em sua corrida, com nomes de estações ao mesmo tempo esquisitos e familiares: East Broadway, 2nd Avenue, 42th Street-Bryant Park, 47th–50th Street – Rockefeller Center, e então, de repente, 57th Street, onde ela deveria descer.

Bem Nova York.

Enquanto o trem parava, ela se segurou e sentiu a pulsação acelerar. Enfiou a revista de volta na bolsa e se deixou levar pela horda de pessoas. O coração dava saltos quando Sophie deixou o vagão junto com o grupo que se dirigia à saída do metrô. De repente, ela se viu já do lado de fora, na calçada, quase projetada na luminosidade do tráfego de Nova York. Ela estacou, bem do jeito que odiava que os turistas fizessem em Londres. Mas, sério, depois que a pessoa olhava uma vez para cima, não tinha como parar mais. Ignorando os sons de reprovação ao seu redor, ela inclinou o pescoço para trás enquanto seguia a linha dos arranha-céus.

Ela estava *mesmo* ali. Manhattan. Por um momento, ficou parada olhando para o alto, absorvendo a visão dos edifícios gigantescos que deixavam tudo no entorno menor, e sentiu-se um pouco tonta. Uma onda inesperada de animação suplantou o nervosismo que a agitava desde que ela acordara naquela manhã. Nova York. Vista em inúmeros filmes, parecia familiar e desconhecida ao mesmo tempo. Ali seria sua vida pelos seis meses seguintes. Todo o medo e o desconforto que vinham se acumulando nos últimos dez dias, tensionando seu pescoço, fazendo o estômago revirar e pinçando os músculos de seu ombro de repente minguaram. Quase dando um pulinho involuntário, Sophie se virou e conferiu a direção: 57th Street.

Caminhou depressa, para entrar no ritmo e se misturar às pessoas. Seu nariz foi despertado para o cheiro de cachorro-quente e pretzels ao passar por algumas barraquinhas de fast-food, e seus ouvidos assimilavam os sotaques americanos ao redor. Mais à frente, uma torre alta de silhueta pontiaguda se destacava por causa das janelas em forma de diamante.

Ao reconhecer a sede da revista, Sophie apertou o passo. De perto, era mais imponente ainda. Sobre o edifício de pedra original, de 1920, que agora formava a base, erguiam-se o que pareciam ser milhares de andares de aço e vidro.

Sophie seguiu a maré de pessoas e tentou parecer indiferente – afinal, agora era uma delas. Ao passar pela porta dupla, quase ofegou. Lá dentro era muito mais frio, mas o espaço era imenso. Duas escadas rolantes subiam os vários andares ao lado de uma parede de vidro com uma cascata, e o som da água escorrendo era ampliado por todo o espaço. Ela engoliu em seco. O ratinho do campo chegara à cidade.

Havia catracas na entrada por onde as pessoas passavam alegremente. Ela virou à direita, para a recepção. Aguardou até que a jovem atrás do balcão, que terminava de organizar alguns papéis, lhe dirigisse o olhar entediado.

– Em que posso ajudar?

– Sim, oi, eu...

As palavras fugiram.

– Eu estou... É que...

O nome da mulher por quem ela deveria perguntar tinha sumido da sua mente. Fora apagado de sua memória.

– Vou começar a trabalhar aqui hoje.

– Departamento?

– Revista *CityZen*.

– Nome?

– Sophie. Sophie Bennings.

A jovem examinou a tela do computador, a boca se contraindo como se houvesse um grande problema. Franziu a testa ainda mais e olhou para Sophie outra vez.

– Não tá aqui. Preciso de um nome.

– Como disse?

Sophie mal conseguia decifrar o sotaque da jovem e o jeito de falar muito rápido.

– Preciso de um nome.

– É...

Deu um branco total em Sophie.

– Trudy... Trudy...

Nada, o nome tinha sumido.

– Espere um minuto – pediu Sophie.

Ela vasculhou a bolsa em busca do celular. Por que não tinha sido mais organizada e anotado tudo?

Dava para ver que a segurança do prédio era bem rigorosa. E ela não fazia ideia de para onde deveria ir.

A recepcionista olhou por cima do ombro de Sophie.

– Bom dia, senhor. Posso ajudar?

Dispensada sem cerimônia, Sophie ficou pálida e amaldiçoou a própria estupidez. E-mails. Havia e-mails com todas as informações. Onde estava seu celular? Ela remexeu na bolsa. Estojo de maquiagem. Chave. Nada de celular.

Então, estarrecida, ela se lembrou. Brincara com o adaptador americano, incomum para ela, e colocara o telefone para carregar.

– Oi, inglesinha.

– Todd! Oi – guinchou Sophie com alívio.

– Bom dia. Vejo que encontrou o caminho até aqui.

– Sim, mas deixei meu celular em casa e também todos os documentos. Não consigo lembrar com quem tenho que falar.

– Tranquilo. Eu levo você.

Ele se inclinou por cima do balcão.

– Oi, Terri. Ela está comigo.

O rosto perfeitamente desenhado da jovem, com uma maquiagem impecável, foi tomado por um sorriso instantâneo.

– Oi, Todd, tudo bem?

– Tudo certo, e você?

– Estaria melhor se você me levasse para almoçar.

Ela baixou a cabeça de um jeito insinuante e acanhado.

– Ah, Terri, você sabe que não misturo trabalho e prazer.

– Vai que... – Ela olhou para baixo, em uma promessa sedutora. – Não sabe o que está perdendo.

– Eu sei, sim – respondeu Todd, lamentando. – É um fardo que preciso carregar.

Com um beicinho de tristeza, ela deslizou um crachá pela mesa.

– Aqui está.

– Obrigada por me salvar – falou Sophie. Todd já passava com ela pelas roletas em direção às enormes escadas rolantes. Sophie não conseguiu se impedir de acrescentar, rindo: – Embora você tenha corrido um risco enorme.

Ele lhe deu um sorriso animado.

– As pessoas precisam cumprir suas funções. São bem rigorosos com a segurança aqui. Você poderia ter passado um bom tempo esperando enquanto verificavam suas informações.

Sophie olhou ao redor.

– Este lugar é impressionante.

– A gente acaba se acostumando.

Ele deu de ombros.

– O nosso é o 33º andar.

Ela o seguiu. Para chegar aos elevadores, cruzaram uma área de espera tomada pela forte luz do sol. De lá, subiram com uma rapidez vertiginosa. Em segundos, as portas se abriram com um sinal sonoro. Os nervos de Sophie se aquietaram de alívio quando ela avistou a familiar marca da revista em um amplo painel de vidro. Agora, sim. Através do vidro, dava para ver mesas enfileiradas, igualzinho ao escritório de Londres. De repente, as coisas não pareciam tão estranhas e intimidantes.

Com um aceno para a jovem da mesa de recepção, Todd empurrou Sophie para a frente.

– Esta é a Sophie. Ela veio para o intercâmbio, no lugar da Brandi.

A jovem olhou para ela, com uma breve palidez de horror no rosto, que mascarou quase na mesma hora.

– Vou avisar Trudy que você está aqui.

Depois de dez longos e agoniantes minutos, Sophie foi conduzida por um corredor até uma sala de canto com paredes de vidro.

– Trudy, esta é a Sophie. Ela vai ficar no lugar da Brandi nos próximos meses.

– Sophie, é um prazer conhecê-la. Humm... – disse a mulher alta de cabelo preto, levantando-se e alisando a saia lápis antes de lhe estender a mão. Trudy encarou a recepcionista, os olhos passando alguma mensagem secreta. – Muito bem, hum... Sente-se. Eu volto já.

Sophie afundou na cadeira e observou a vista. Nova York se abria diante dela: o verde do que só podia ser o Central Park, as árvores – tão pequenas dali – que lembravam brócolis, as camadas complexas de telhados muito mais abaixo, feito miniaturas perfeitas, incluindo caixas-d'água e aparelhos de ar-condicionado. E a distância, contornando o parque, mais arranha-céus de um branco ofuscante sob a luz brilhante do sol, como guardas em uma fronteira. *Será que alguém se cansa dessa vista?*, ela se perguntou. Era incrível.

Sophie aguardou e os minutos foram passando. A tensão voltara, cutucando seus ombros, retesando os músculos. Havia algo errado. Eles com certeza esperavam por ela. Tinha sido tudo confirmado por e-mail. Ela reconhecia que fora às pressas, mas agora se lembrava de Trudy Winkler, editora-chefe. Tinham trocado diversos e-mails, com cópia para o gerente do RH. Sophie disse a si mesma para não entrar em pânico. Provavelmente ainda não tinham preparado sua mesa. Talvez ainda estivesse coberta de balões e migalhas.

Trudy voltou, um sorriso estampado no rosto.

– Muito bem. Então... Na verdade, houve um pequeno contratempo. Nada com que se preocupar. – Ela alisou a saia outra vez. – Nós, hum... Bom... Quando... Bem... Mel... É esse o nome, né? Quando ela sofreu o acidente, não achamos que alguém pudesse substituí-la... Ah, que constrangimento. Um dos diretores ofereceu um estágio à filha de um amigo... cobrindo as funções de Brandi.

Os dedos de Sophie apertaram a beirada da cadeira, segurando-se com força.

– Não se preocupe... está tudo bem. Você pode dividir o trabalho com Madison... Só temos que encontrar outra mesa para acomodá-la. Receio que não vá ficar perto dos outros redatores de culinária, mas vamos achar...

O telefone na mesa tocou e ela o pegou como se fosse um colete salva-vidas.

– Ah, obrigada. Que ótimo. Perfeito. Vou levá-la até aí.

Um sorriso verdadeiro iluminou o rosto de Trudy.

– Tudo resolvido. Vamos.

Ela guiou Sophie pelo escritório, onde cabeças se escondiam propositadamente atrás de laptops, como se as pessoas não ousassem desviar os olhos da tela e admitir o deslize. Apenas uma pessoa cruzou o olhar com o de Sophie, os lábios muito vermelhos abrindo-se em um sorriso levemente convencido e triunfante. Sophie compreendeu na hora: aquela era Madison, a estagiária. No entanto, quando Trudy a conduziu pela sala, passando por mais algumas mesas, e chegou a uma área perto da janela, a jovem assumiu uma expressão de desagrado.

– Sophie, permita-me fazer as apresentações. Todd escreve nossa coluna "Homem da Cidade".

– Oi, nos encontramos de novo – falou ele.

Todd lhe deu seu sorriso iluminado de sempre. Sério, aquele sorriso deveria vir com um alerta de gatilho, deveria estar em um filme de Hollywood.

– Já se conhecem?

– Lembra que eu arranjei o apartamento com a minha prima?

– Ah, sim, claro. Você é o nosso resolve-tudo. Precisa de uma tela nova para o celular, descobrir onde comprar orégano fresco ou encontrar um aluguel nos Hamptons? Pergunte ao Todd. – Apesar das palavras bruscas, ela lançou a ele um olhar zombeteiro e afetuoso. – E, de alguma forma, ele conseguiu se apropriar de uma segunda mesa. – A testa da mulher se franziu. – E não faço a menor ideia de como ele fez isso nem como a mesa acabou nesse estado.

Trudy olhou para a mesa bagunçada com uma carranca acusatória.

– Olha só, inglesinha, vamos ser vizinhos. – Ele puxou uma pilha de papel de cima da mesa e a jogou em uma caixa, que colocou embaixo da própria mesa. Então deu de ombros, alegre. – Não faço ideia do que tem aqui, não olho faz mais de um mês.

– Vou fingir que não ouvi, Todd McLennan.

– Trabalho, chefe. Trabalho – acrescentou Todd.

Trudy suspirou, mas sorriu para ele.

– É assim que você chama?

Ela se voltou para Sophie.

– Ainda não sei por que o contratamos, além dessa carinha fofa.

Carinha fofa era o eufemismo do século, mas Trudy tinha falado sem ser irônica. Talvez a familiaridade gerasse esse tipo de imunidade.

– E os leitores me amam.

Ele se reclinou na cadeira e pôs as mãos atrás da cabeça.

– Infelizmente, ele tem razão – admitiu Trudy, então baixou a voz: – A coluna dele foi eleita a mais popular no mês passado, e ele recebeu algumas premiações, mas tentamos não deixar o sucesso lhe subir à cabeça.

Nesse momento, Todd, fazendo um gesto bobo e caricato como se não os levasse muito a sério, apontou para trás, na direção de alguns troféus de cristal em uma estante – os quais serviam de pesos para pilhas oscilantes de papel.

– Mas ele se ofereceu para limpar essa mesa para você. – O olhar de Trudy o fez levantar-se de um pulo. A chefe o ignorou e voltou sua atenção para Sophie. – Lamento muito mesmo pela confusão. Mas, depois que conseguir se acomodar aqui... sem precisar de um traje anticontaminação, espero... bem... pode se juntar a nós na reunião do editorial às 10h50. Todd vai lhe mostrar tudo.

Sophie assentiu e viu Madison aparecer por trás de Trudy.

– Oi, Todd.

A jovem deu a ele o tipo de sorriso predador que teria deixado um jaguar à espreita orgulhoso.

– Olha, Trudy, talvez eu deva trocar de lugar. Deixar a... – Ela acenou com a cabeça na direção de Sophie – ... com a mesa da Brandi. Fica junto dos outros redatores de culinária. Faz mais sentido. Eu posso sentar aqui com Todd.

Tão altruísta.

– E como eu conseguiria concluir meu trabalho, Maddie? Ficaria o tempo todo distraído com a sua beleza.

Ah, pelo amor de Deus. Sophie manteve uma educada expressão de indiferença. Ele só podia estar brincando.

– Ah, Todd, você é tão fofo! – respondeu Madison, baixando a cabeça, tímida.

Sério? Aquela cafonice colava?

– Eu sei – respondeu ele, animado. – Mas a inglesinha aqui vai me ajudar com uma nova matéria, então faz mais sentido que ela fique por perto.

Isso era novidade. Sophie deu um leve suspiro de desdém e só Todd conseguiu notar. Ele lhe deu um sorrisinho de esguelha.

– É... hum... ah... "Uma inglesa longe de casa", conferindo o que há de novo em Nova York.

Madison franziu a testa, ou pelo menos tentou. Parecia que a testa dela não enrugava como a de pessoas normais.

– Tudo bem. Bom, se mudar de ideia ou concluir sua matéria, pode contar comigo para ajudar em outra. Conheço os bares mais exclusivos e posso colocar você para dentro de boates que só aceitam membros.

– Não vou me esquecer disso. Obrigado, você é um doce.

Trudy sorriu com gentileza, a diplomacia em pessoa.

– Muito bem. Bom, vamos deixá-los trabalhar. Vejo vocês na reunião editorial.

Ela se virou em seu salto alto, parando de forma chamativa ao perceber que Madison não a seguiu de imediato.

– Vejo você por aí, Todd. Quem sabe a gente não toma aquele drinque uma hora dessas?

Todd acenou de forma casual para ela.

– Com certeza.

Sophie ficou ali, imóvel, enquanto Todd desenterrava uma extensão de telefone de sob uma pilha de revistas.

– Eu sabia que havia uma linha em algum lugar. – Ele deu um passo à frente e, com um sorrisinho travesso, disse: – Deixa só eu tirar esses brinquedos eróticos daqui.

Ele parou, vasculhando uma pilha de caixas antes de oferecer a Sophie uma aberta que continha um objeto grande de plástico rosa, aninhado em papel de seda roxo.

– A não ser que você queira testar alguns e fazer a avaliação pra mim. Pra coluna.

Sophie lançou a Todd um olhar glacial, que foi solenemente ignorado por ele.

– Melhor não.

Todd largou a caixa no chão e a empurrou com o pé para baixo da mesa.

– Segure isto rapidinho – pediu ele, pondo um punhado de calcinhas de seda na mão dela. – Pode pegar o que quiser. Não é o meu tamanho.

– Correspondência das fãs? – perguntou Sophie, com rispidez.

Começava a imaginar qual seria o escopo da coluna dele. A única que ela lera, com o título "Culatra", era uma recomendação dos melhores bares e restaurantes com diversas rotas de fuga para aqueles encontros que tinham saído pela *culatra*, além de ser um guia para decifrar o que os homens queriam dizer quando falavam certas coisas no primeiro encontro. Era um texto divertido, sagaz e irreverente, que zombava das atitudes infelizes dos homens em encontros.

Todd gargalhou.

– Muito engraçado, inglesinha. Muito engraçado. Não, isso aí são amostras. Às vezes, eu recomendo alguns produtos para comprarem de presente para alguém especial. Acabo recebendo todo tipo de coisa.

– Percebi.

– É o que se ganha por ser o "Homem da Cidade" de Nova York, também conhecido como especialista em tudo.

O que Todd entendia por arrumação significava apenas transferir a maior parte da bagunça para uma pilha atrás da mesa dele, mas Sophie nem podia reclamar, já que agora tinha um espaço livre para fazer seu trabalho. Um pouco livre demais. Ela lançou um olhar funesto para a mesa árida, arrependida por não ter levado nem mesmo seu laptop para reivindicar o novo território. Fuçando na bolsa, encontrou uma única caneta – a que Todd lhe emprestara na manhã anterior – e a colocou diante de si. Aquilo tinha uma aura meio tristonha. Perdida e solitária.

Quando Sophie ergueu os olhos, Todd a observava.

– Você está bem? Precisa de alguma coisa?

– Sim, tudo bem – respondeu ela, com um sorriso abatido. – Você teria algum papel para me emprestar, para eu usar na reunião? Fiz as malas às pressas... Não trouxe...

Na mesa de sua casa, ela tinha um porta-lápis lindo cheio de canetas, um ímã em forma de passarinho para segurar clipes e... uma foto de James em uma moldura prateada. Sentiu um aperto no peito.

– Claro que sim.

Todd lançou na direção dela um bloco pautado com a logo da empresa. O telefone da mesa dele tocou.

– Todd McLennan. Oi, Charlene. – A voz dele ficou mais grossa. Ele se recostou na cadeira e pôs os pés em cima da mesa. – É claro que não esqueci. Charlene, como eu poderia esquecê-la?

Ele piscou para Sophie. Ela revirou os olhos e o sorriso de Todd se alargou mais. Sem a menor vergonha.

Sophie encarou as solas da bota da moda que ele calçava.

– Sete está ótimo, Charlene. Mal posso esperar.

Ele desligou.

– Por acaso estava falando com Charlene? – perguntou Sophie, divertindo-se. – Preocupado em esquecer o nome dela?

– Já aconteceu – respondeu Todd. – Mas é um bom truque psicológico. Cria afinidade.

Sophie podia compreender por que Bella dissera que ele não era flor que se cheirasse.

– E agora a edição de novembro. A seção de moda está bem fechada. Temos a matéria sobre "As cem melhores botas do outono". Na de saúde, nosso foco está em suplementos e vitaminas que combatem a letargia e o cansaço. Estamos testando fogões para indicar a melhor compra.

Enquanto Trudy falava, Sophie deu uma olhada geral na sala de reunião e recebeu acenos de cabeça hesitantes das pessoas ao redor da mesa de vidro oval. Ela fora apresentada no começo da reunião com pouco alarde, o que combinava bem com ela.

Assim estava melhor. Era familiar e rotineiro. Exceto pelo sotaque americano, era como estar em uma reunião editorial em Londres. Algumas ideias deles já faziam surgir outras na cabeça dela. Além disso, ela viera com sugestões de matérias na manga e fazia umas poucas anotações rápidas no bloco de papel.

– Sophie, essa vai ser sua primeira participação. Alguma ideia?

– Bom, Brandi mandou um e-mail com o esboço para o dia de Ação de Graças e...

– Ela deixou anotações – intrometeu-se Madison, com a voz estridente e uma determinação inabalável no olhar. – Já cuidei de tudo. Não dava para esperar.

– Ah – respondeu Sophie, porque não sabia o que dizer.

– Bom, com todo o respeito – falou Madison de forma arrastada, naquele falso tom casual de quem está falando sério e não tem nem um pouco de respeito –, você chegou mais de uma semana atrasada. – Com um sorriso falso, Madison se remexeu no assento, chamando atenção deliberadamente para seus braços longos e elegantes e o leve decote. – Então preparei uma receita de pudim de queijo e milho, dicas de como assar um peru perfeito e uma receita preciosa de torta de abóbora com cobertura de nozes.

Tudo isso estava no planejamento de Brandi. Sophie parou e deu um sorriso jovial.

– Isso é ótimo e vem bem a calhar porque sou inglesa, portanto um zero à esquerda no quesito Ação de Graças... por enquanto. – Todo mundo riu. Sophie retomou: – E tenho só uma vaga ideia do que seria esse pudim, mas, já que estou aqui, espero aprender com vocês e descobrir ainda mais coisas... Só que eu estava pensando em, talvez, fazer uma matéria sobre um chá da tarde inglês.

Madison deu uma risadinha.

– Isso não é um pouco requintado demais? Aqui é a *CityZen*, não a *Good Housekeeping*. Não é pra vovozinhas que fazem tricô.

Sophie se virou para a jovem e abriu ainda mais o sorriso, empolgada. Já enfrentara oponentes experientes e mais arrogantes, então podia tranquilamente rebater com um sorriso qualquer coisa que Madison jogasse para ela.

– Sim, mas acrescentaríamos uma pitada de conforto e bem-estar, um autocuidado, além do cuidado com a família e os amigos ao se preparar para aquelas noites longas, escuras e infelizes da época em que o relógio é atrasado. Pãezinhos doces e geleia, bolinhos assados, *parkin* quentinho e picante e cupcakes delicados. Em frente a uma lareira crepitante.

– Hum, que delícia! – disse Trudy, com um sorriso de aprovação. – Amei, amei, amei, principalmente a vertente conforto e bem-estar, mesmo sem ter a mínima ideia do que seja um *parkin*, mas tenho certeza de que é delicioso. Quero estar por perto no dia em que testarmos essa receita.

– E quem não ama cupcakes? – falou alguém com uma voz afetada do lado esquerdo de Sophie, fazendo todo mundo rir outra vez.

– Pessoal do design de interiores, dá para fazer alguma ação em conjunto?

– Ah, dá – respondeu uma voz cheia de entusiasmo, vinda do outro lado da mesa, onde sentavam-se três mulheres em grupo, todas assentindo juntas.

– A gente adora uma dose de conforto e bem-estar – disse uma delas.

– Ficar aconchegado em casa no outono – acrescentou outra.

– Ornamentação de lareira – adicionou a terceira.

– Cornijas da moda.

– Garfos para preparar aperitivos no fogo.

– Laranja grelhada, tons de outono.

– Pilhas de veludo, tecidos luxuosos.

– Ótimo – falou Trudy, erguendo a mão, claramente acostumada a lidar com o trio. – E, Paul, acha que é o tipo de coisa que a gente consiga trabalhar com a equipe de vendas?

Ela se virou para o homem louro e alto sentado ao lado de Madison, que parecia um Thor menos musculoso. Na mesma hora, ele ergueu os polegares, ignorando o revirar de olhos pouco discreto da jovem ao seu lado.

– Com certeza. Já estou vendo um aumento anual em vendas de anúncios referentes a esse assunto em comparação ao ano passado, o que é ótimo, porque a receita para este trimestre já está alta.

Trudy ergueu uma das mãos.

– Seu trabalho é ótimo, Paul, mas me poupe dos números de vendas até a reunião de gerentes seniores.

Ele deu um sorrisão para ela.

– Beleza.

– Começou bem, Sophie – elogiou Trudy.

Com a atenção de todos voltada para Trudy, Sophie ergueu a cabeça.

Paul lhe deu um sorriso de incentivo, seus olhos prendendo os dela por um segundo a mais, coisa que ninguém ao redor perceberia, mas que deu a Sophie uma sensação cálida.

Ela se concentrou na voz de Trudy.

– Sophie, depois desta reunião, vou pedir que a equipe mostre a você as cozinhas de testes e o estúdio. Temos uma lista ótima de fotógrafos de gastronomia que são freelancers. E o pessoal do design de interiores pode ajudá-la a organizar o cenário para a sessão de fotos.

Madison lançou a Sophie um olhar de reprovação, mas Sophie respondeu com um sorriso animado.

– Ótimo. E estou ansiosa para conhecer a receita de pudim de queijo e milho da Madison.

Os anos que passara usando a alegria para combater a mesquinharia a tinham deixado bem treinada. Madison era uma amadora se comparada à ex-mulher do pai de Sophie.

A reunião terminou e, enquanto todos saíam, Paul parou ao lado da cadeira de Sophie.

– Oi, eu sou Paul Ferguson, diretor de vendas.

Ele estendeu a mão. Sophie o cumprimentou e recebeu um aperto de mão caloroso, firme.

– Sophie. – Ela estremeceu. – Bem, é óbvio, já que Trudy me apresentou...

Os olhos dele brilharam quando ela parou de falar, desconcertada.

– É bom tê-la na equipe, Sophie. Se tiver alguma coisa em que eu possa ajudar, estou logo no andar de cima. – Arqueando levemente as sobrancelhas, ele olhou para cima e acrescentou com uma piscadela autodepreciativa: – A área dos executivos. Temos um café excelente lá em cima... – Depois de uma breve pausa, ele abriu mais um grande sorriso e acrescentou: – Mas somos bons em dividir as coisas. Apareça quando quiser.

Sophie assentiu, tentando agir de forma natural. Ela estava fora de forma naquele tipo de interação. Talvez ele estivesse apenas sendo receptivo e amigável no melhor estilo americano, mas a intuição dela lhe dizia que havia admiração e flerte ali.

– Obrigada, que ótimo. Vou me lembrar disso na próxima vez que eu... hum... precisar de um café excelente.

– Faça isso.

O sorriso dele estava mais caloroso agora, e ele olhou fixamente para Sophie.

– Estou ansioso para trabalhar com você. E, se precisar de qualquer coisa, já sabe, é só ligar. Aliás – ele puxou um porta-cartão prateado –, pegue. Meu número. Bem-vinda a bordo, Sophie.

Assim que entrou nas cozinhas de testes, Sophie foi tomada pela familiar sensação de pertencimento. Estava em casa. Sempre se sentiria bem naquele ambiente, mesmo que o equipamento de última geração e suas proporções, além da vista para o Central Park, fossem um lembrete constante de que ela não estava mais em Londres. Tudo ali era muito maior e melhor. Sophie ficou zonza com tantos nomes e detalhes ao ser apresentada aos especialistas culinários e ao restante da equipe de redação da área. Todos pareceram amigáveis e com uma ponta de inveja da facilidade com que, de Londres, Sophie podia visitar a Europa e saborear a culinária de outros países, em especial quando ela contou sobre sua viagem mais recente a Copenhague.

Quando voltou para a mesa, pensou que ficaria bem ali. As coisas eram até um pouco familiares, embora ela precisasse ainda se entender melhor com o sistema de medidas, diferente do que costumava seguir em suas receitas. A grande questão era: quantas horas por dia conseguiria ficar no trabalho?

Não havia sinal de Todd, mas, no meio da mesa dela, Sophie viu um caderno preto de capa dura com as palavras *Meu caderninho preto* em dourado. Ao abri-lo, notou que as primeiras páginas tinham sido arrancadas. Havia também um grampeador desgastado, uma caixa de clipes rosa, uma lata branca –, com um círculo vermelho onde se lia *Lata para camisinhas* –, dentro da qual estavam canetas com logos de várias empresas, além de uma régua de acrílico verde com propaganda de um multivitamínico. Na capa do caderno fora colado um post-it amarelo: *Presentes para deixar a mesa acolhedora. Todd* ☺

Com um sorriso relutante, Sophie tocou as letras em relevo no caderno e, balançando a cabeça, o abriu outra vez, pegou uma caneta, escreveu a data e começou a escrever uma lista de coisas a fazer. Todd McLennan era mais encantador do que deveria.

Capítulo 5

– E aí, Sophie!

A voz de Kate vinha do celular, que estava apoiado na horizontal no balcão da cozinha e exibia uma imagem borrada da amiga na tela.

– Oi, Kate. Como você está?

– Um pouquinho bêbada. Ben e eu saímos para jantar com Avril e Christopher. Aliás, ela lhe mandou um beijo. Avril não está bebendo, então tomei a parte dela do prosecco. Ben foi sensato porque vai jogar futebol amanhã e está indo dormir.

Kate ergueu as sobrancelhas para fingir aborrecimento e, ao fundo, Ben surgiu acenando.

– Boa noite, Sophie. Espero que esteja tudo bem.

Ouviu-se uma porta se fechando. Em seguida, Kate chegou mais perto da tela.

– E então, como você está? Cozinhando um monte de comida incrível? Dizem que as delicatéssens de Nova York são maravilhosas.

– Humm – respondeu Sophie, com uma expressão de inocência e um aceno de cabeça evasivo, pensando na sucessão de frangos assados que tinha consumido desde que chegara.

Frango e salada quase todas as noites durante duas semanas. Aquela jornalista de culinária premiada com a missão de sair em busca de sabores novos já era.

– Mas me diz, como você está? – insistiu Kate, aproximando-se ainda mais da tela, como se isso fosse ajudá-la a dar uma olhada mais de perto na expressão cautelosa de Sophie.

– Estou bem – respondeu ela com um sorriso meigo.

– Tem certeza?

– Aham.

– Bem, não vou falar de James, a menos que você queira.

– Melhor não. Nada de James por aqui.

– E então? Já foi ao Empire State Building? Já foi ao Central Park? Já fez compras? Ou está muito ocupada? Tenho a impressão de que Nova York não para e que as pessoas trabalham freneticamente aí. É muita loucura?

– É, é um pouquinho. O metrô é uma maluquice. Manhattan é mais cheia que Londres. Mas já adotei uma boa rotina.

Sophie se obrigou a sorrir com os olhos conforme falava. Por que não conseguia ficar tão empolgada quanto Kate?

Talvez porque a rotina fosse bem tediosa.

Acordar às 7h30. Estar no metrô às 8h30, café na Starbucks às 9h15. Sentada à sua mesa às 9h30. Era bem parecido com aquela música do Abba, "The Day Before You Came". Exceto que, ali, ninguém viria ao encontro dela. Mas Sophie ficava bem durante o dia. O trabalho era interessante, familiar e cheio de tarefas, e ela vinha dormindo bastante. Em geral, já estava na cama às 21 horas.

– O apartamento é uma gracinha. Vou te mostrar.

Usando o celular, Sophie fez um rápido tour com Kate pelo imóvel, mostrando primeiro o terraço, depois a cozinha, o quarto e o banheiro.

– Esse chuveiro é divino – falou Kate, quando Sophie voltou ao balcão da cozinha.

– É, sim, é bem legal.

– Agora só precisa de um homem gato pra tomar banho com você.

– Kate!

– Olha, eu tenho pensado sobre isso.

Sophie estremeceu.

– Encontrar Ben depois do Josh foi a melhor coisa que me aconteceu. Você precisa de um estepe.

– Um estepe?

– É. Alguém pra se divertir e te ajudar a esquecer o James. Um casinho.

– Eu estou bem – rebateu Sophie, dura.

– Que horas são aí? – perguntou Kate.

A mudança brusca de assunto pegou Sophie de surpresa.

– Seis e meia.

– Seis e meia?

A voz de Kate tinha um tom acusatório.

– É.

– Seis e meia de uma noite de sexta-feira e você está sozinha em casa. Você está aí há duas semanas. Ainda não foi ao Empire State Building nem ao Central Park, foi?

Incapaz de mentir, Sophie fez que não.

– Você não fez *nada*, né?

O rosto de Kate assumiu uma breve expressão preocupada, evidente até mesmo na imagem ruim da ligação.

Sophie fez uma careta para a amiga.

– Estou preocupada com você.

– Não fique. Eu estou bem. De verdade. Leva um tempinho para a gente recalcular a rota. Todo mundo é muito ocupado e parece que a vida passa voando aqui. Eu conheci um monte de gente. – Sophie sabia que não era bem assim. – A proprietária do apartamento, Bella, administra a padaria que fica no térreo. Ela é muito simpática. Mora aqui em cima. – Sophie não ia confessar para Kate que não tinha mais encontrado Bella desde que chegara, fazia duas semanas. – E o primo dela, Todd, trabalha na revista. Escreve a coluna "Homem da Cidade". Ele é bem legal. Tem me ajudado muito no trabalho. Me mostrou a estação de metrô no meu primeiro dia e me ajudou a burlar a segurança no prédio da revista.

Ela contou a Kate a história toda e depois falou sobre Madison e o fato de Todd ter lhe cedido uma mesa.

– Ele parece bem legal – observou Kate.

Sophie riu.

– Legal nem chega perto. Todd é um gato. Dá uma olhada nele no site da revista. Ele também é um galinha daqueles. Não faz nem um pouco meu tipo. Todo mundo no trabalho é bem bacana e eu tenho que correr atrás pra ficar por dentro de tudo. Substituir alguém no trabalho é...

– Opaaa! Veja só esses olhos azuis! – Kate olhava para seu laptop do lado esquerdo. – Ele é *maravilhoso*.

– A foto é que é boa – rebateu Sophie na mesma hora, lembrando-se da própria reação inicial à foto de Todd no site.

– Parece-me que a dama faz demasiados protestos – falou Kate, recitando uma fala de *Hamlet*.

– Ele é muita areia para o meu caminhãozinho e faz muito sucesso com as mulheres. Tem um cara legal na equipe de publicidade.

– Arrá!

– Você parece um cão de guarda, mulher. Eu mal cheguei aqui. Vai levar um tempinho para acertar tudo e conhecer gente nova.

Kate ficou séria.

– Não, Sophie, normalmente não é assim.

Houve uma longa pausa.

– Não com você. Você faz amizade com todo mundo, logo de cara. Acho que está se escondendo. Isso não é do seu feitio, Soph. Diga a verdade. Estou preocupada com você. Achei que estar longe de Londres seria bom e que Nova York significaria um recomeço. Mas a sensação que dá é de que você está hibernando.

Sophie ficou tensa. Era por isso que vinha evitando ligar para Londres. Felizmente, seus pais estavam fora em um cruzeiro de seis meses e ela podia se safar com mensagens de WhatsApp. Na correria de empacotar tudo e fechar a casa, eles tinham ficado atarefados demais para fazer perguntas detalhadas em relação à sua decisão repentina de se mudar para Nova York. E talvez ela tivesse omitido as informações sobre James.

O rosto de Kate a encarava solenemente da tela e, no canto, seu próprio rosto assustado a fitava também. A palavra "encurralada" nunca fizera tanto sentido.

Por um minuto, Sophie pensou em várias coisas para dizer, mas não podia mentir, não para Kate, e a verdade terrível que vinha tentando evitar saiu de uma vez só.

– Sinto saudade. Eu sei que ele é um merda. Eu sei que ele mentiu até dizer chega. Eu o odeio. – Ela sentiu um aperto no peito e respirou fundo. – Mas eu... eu sinto falta dele.

Ela não ia chorar.

– Tanta falta. Parece que tem um buraco enorme no meu peito. Tudo que eu sabia e pensava... é como se tivesse sido removido e não sobrou nada. Eu me sinto vazia e parece impossível olhar para a frente. Estou ocupada demais olhando para trás. Tudo que eu planejei... não vale de nada.

Foi baseado em uma grande mentira. Parte de mim ainda não consegue acreditar. E eu ainda... ainda amo aquele homem. E me odeio por isso. – Sua boca tremeu e ela piscou com força. – Eu odeio que eu... a-ainda...

– Ah, Soph, meu bem. Eu queria estar aí. Sinto muito.

Kate colocou uma das mãos na boca, os olhos evidenciando toda a sua preocupação.

– Você está tão longe. Queria não ter encorajado você a ir.

Sophie respirou fundo de novo. Sentia o ar preso no peito. Não podia fazer isso com Kate. Não era justo. Com um esforço imenso, ela se obrigou a dar um sorriso.

– Kate Sinclair, não ouse se sentir culpada. Eu escolhi vir para cá. E eu queria isso. Só estou com um pouco de autopiedade hoje. Você tem razão. Eu não tenho tentado o suficiente. Não tenho nem tentado. Preciso me esforçar mais. Eu prometo que, neste fim de semana, vou sair e começar a explorar a cidade. E vou me empenhar um pouco mais no trabalho para conhecer outras pessoas.

Kate lhe sorriu com lágrimas nos olhos.

– É isso aí, mulher! Desculpa, eu não queria deixar você chateada. Estou com saudade.

– Também estou com saudade, mas prometo que estou... quer dizer, que vou ficar bem. Mas você tem razão. Eu tenho hibernado. De agora em diante, vou sair por aí.

Sophie fechou os olhos ao desligar o telefone. Sem a voz de Kate, o apartamento pareceu vazio e estranho. Estava cedo demais para ir dormir, o que ela fazia na maioria das noites em que a solidão pesava. Embora quase sempre ainda estivesse acordada às onze. Encarando o teto. Desejando poder voltar no tempo. Mas isso era se acovardar e não mudava o que James fizera. Ser ignorante não ia resolver a situação. Nem faria as mentiras desaparecerem.

Havia uma rachadura em particular no teto. Ela formava um arco da janela até o canto, alargando-se mais no meio, depois se estreitava até desaparecer. Tinha se tornado um lembrete visual da batalha de Sophie para manter James longe de seus pensamentos, como se isso fosse se amontoando por trás da rachadura, tentando encontrar um jeito de entrar, e era aí que ela precisava se esforçar mais ainda para não pensar nele. Não pensar em todas as noites felizes na cozinha preparando pratos especiais para ele, sem pressa. Não ficar se lembrando de quando o tinha a seu lado de manhã com o cabelo preto todo despenteado. Não sentir saudade das noites aconchegados no sofá, relaxando depois do trabalho, assistindo a alguma série policial na televisão.

Com um suspiro, ela se levantou, pôs o celular no bolso e deu uma olhada na cozinha. Será que Kate notara que o lugar estava intocado? Que ela exagerara no fim de semana e algo muito incomum assistira a dezenove episódios de *Friends*?

O som de risadas, o ruído grave de um carro e o cheiro do ar quente da cidade, um misto enfumaçado de cebola e combustível, vinham da rua pela janela aberta. As pessoas do Brooklyn tinham saído para curtir a noite de sexta. Sophie ficou um tempinho na janela, observando. Um grupo de rapazes usando jeans, camisas largas e bonés de beisebol virados para trás andava junto, cutucando e provocando uns aos outros enquanto caminhavam pela calçada. Abriam caminho para pessoas que, na certa, saíram mais tarde do trabalho e cruzavam com determinação o último trecho de seu trajeto, carregando sacolas de compras como campeões que levam o pão para casa. O barulho animado e a agitação lá embaixo aumentavam ainda mais a sensação de solidão e a paralisia que pareciam ter se apossado de Sophie, impedindo-a de sair do apartamento.

O que ela não contara a Kate é que duvidava do próprio bom senso. Ele se mostrara tão equivocado que, às vezes, era impossível tomar uma decisão. Nem a decisão de ir para Nova York fora consciente. Não houvera o momento de pesar os prós e os contras, examinar o que isso implicaria. Não, ela apenas aceitara a oferta, agarrara-se a ela com desespero e avidez, como se fosse um colete salva-vidas em meio a uma tempestade de medo, raiva e total desespero.

Prestes a fechar a janela, ela ouviu um barulho dentro do prédio, seguido por uma pancada, uma batida e então alguém xingando bem alto.

– Só pode estar de sacanagem!

Foi depressa até a porta, a abriu e correu até a escada. Bella estava estatelada num dos patamares. Sophie desceu às pressas.

– O que aconteceu? – perguntou, enquanto ajudava Bella.

De olhos arregalados, a jovem levou a mão ao peito. Era evidente que tomara um belo susto.

– Tropecei no último degrau – contou ela, inspirando com força. – Por um minuto horroroso, achei que fosse rolar escada abaixo de cabeça.

O lábio de Bella tremeu. Ela se ergueu para ficar sentada e esfregou o joelho. Fungava e balançava a cabeça, os olhos marejados.

– Você está bem? – perguntou Sophie, sentindo-se uma inútil, em pé ao lado de Bella.

– Vou f-ficar em um instante.

Ela fechou os olhos com força e continuou esfregando o joelho, os dentes cravados no lábio.

– Não consigo olhar. Estou tentando manter o pensamento positivo, mas não consigo pensar em uma coisa boa. Foi tudo por água abaixo?

Sophie deu olhada na escada salpicada de glacê. Um arco-íris de respingos vermelhos, amarelos, azuis e verdes se espalhava por todos os lados. Manchas que lembravam tiros de paintball se alastravam por quase todos os degraus.

– É difícil dizer. Alguns deles... talvez possam... ser recuperados.

A incerteza era evidente na voz de Sophie. A situação parecia bem feia.

– Ah, que merda! – Com raiva, Bella limpou correndo a única lágrima que escapou. – Merda, merda, merda! Acabei de passar três horas fazendo a cobertura dessas 72 merdinhas para uma festa de noivado amanhã, aí eu vou e derrubo metade delas.

Ela apoiou a cabeça nos joelhos, abraçando-os e dizendo em uma voz abafada:

– Eu tinha que fazer essa entrega antes de abrir a loja amanhã. – Bella ergueu a cabeça, fungando enquanto as lágrimas caíam. – Vou ter que c-começar tudo de novo... – Sua respiração ficou em suspenso. – E eu estou... tão cansada.

Ela começou a soluçar alto.

– Ei, está tudo bem.

Mesmo sem conhecê-la direito, Sophie se sentou ao lado de Bella e passou um dos braços em torno de seus ombros.

Depois de vários soluços irregulares e fungadas discretas, Bella se acalmou.

– Merda! Me desculpa. Não sou de chorar, mas... essa foi demais.

Ela começou a se levantar.

– Ah, droga, olha essa zona. O que vou fazer? Vai levar uma vida para limpar isso e depois ainda vou ter que assar uma nova fornada e esperar esfriar para só então decorar.

Sophie pôs a mão no ombro dela.

– Se dê um minutinho.

Juntas, elas avaliaram o estrago.

– Bolinhos de arco-íris? – perguntou Sophie.

– É, estou começando a me arrepender. Eu armazeno encomendas aqui em cima porque não tem espaço na cozinha lá embaixo.

– Bem, é uma chance de fazer uma bela obra de arte – comentou Sophie, tentando não sorrir.

Havia cores espalhadas por tudo que era canto.

Bella deixou escapar uma risadinha enquanto as duas examinavam a bagunça colorida.

– Sempre coloco muito empenho no que faço.

– Talvez não esteja seguindo sua vocação. Poderia trabalhar com design de interiores. Olha o tanto de cor aqui.

As duas gargalharam.

– Está bem – disse Sophie, de repente sentindo-se como antigamente. – Vamos por partes. A gente vê quais podem ser recuperados. Deve dar pra raspar a cobertura e redecorar alguns.

– Não sei, não...

Bella se contraiu, porém seu rosto já parecia um pouco mais animado.

– Alguns estão bem destruídos. Você precisava ver como eu joguei tudo pra cima.

Ela balançou a cabeça e alguns cachos ruivos escaparam do lenço.

– Acho que tive sorte por não rolar de cabeça logo atrás deles.

– Por que não se senta um pouco, toma um café e descansa? Você deve estar abalada e provavelmente precisa botar gelo nesse joelho. Aí eu venho limpar isso aqui e a gente pode pensar em um plano. Eu ajudo. Posso ser sua assistente. Com duas pessoas, vai ser muito mais fácil.

Bella parou e olhou para trás.

– Hoje não é sexta? Não vai sair?

– Não. Pensei em ficar em casa hoje.

O sorriso de Sophie parecia tão frágil que ela achou que seu rosto fosse rachar.

– Em geral, eu diria não, obrigada, mas estou tão ferrada que seria ótimo contar com alguma ajuda. Mas eu... eu não posso deixar que você limpe tudo.

– Pode, sim – respondeu Sophie, com um brilho de determinação no olhar. – Deixa comigo. Me passa aquela bandeja. Você tem saco de lixo?

Sophie ajudou Bella a subir até o apartamento da jovem e a acomodou em uma cadeira com um saco de milho congelado no joelho. O imóvel tinha uma configuração parecida com o de baixo, a não ser por uma escada que subia até o teto da cozinha e um monte de prateleiras com suportes de plástico para cupcakes.

– Em geral, eu transporto os bolinhos naquilo ali, mas eles têm pouco espaço. Eu estava com preguiça e tentei levar todos de uma vez só lá pra baixo, então coloquei tudo em uma bandeja. Bem feito pra mim.

Bella apontou na direção dos panos de chão e Sophie desceu carregando uma bacia para lidar com a bagunça. Ao retirar os punhados de glacê, ela sorriu. Não era o programa mais glamoroso para uma noite de sexta, mas era melhor do que não ter nada para fazer.

Meia hora depois, Sophie tinha terminado tudo quando Bella desceu com dificuldade, levando uma garrafa de vinho e duas taças.

– Qual o tamanho do estrago? – perguntou ela, cansada, ao parar no último degrau. – Trouxe suprimentos vitais.

Ela ofereceu a garrafa.

Franzindo a testa, Sophie apontou para a bandeja à esquerda na mesinha do corredor.

– Dá pra reaproveitar uns dez. Mas o resto, lamento dizer, já era.

– Eita, isso é ruim. Essa entrega vai atrasar. Se bem que o jantar está resolvido. Quer dizer, se você quiser bolinho amassado.

Bella pegou um deles.

– E se espanar a poeira.

Sophie sorriu.

– Já comi, mas, para retribuir o vinho, fico feliz em ficar e ser sua ajudante na cozinha.

– Tem certeza? É noite de sexta e ainda está cedo. Eu já sou um caso perdido, não tem necessidade de você entrar nessa também.

Sophie respondeu dando de ombros e soltando uma meia risada.

– Eu não tenho mais nada para fazer.

Bella semicerrou os olhos para ela.

– Desculpa, eu tenho estado superocupada. Deveria ter sido uma vizinha melhor e aparecido para dar um oi. Faz duas semanas que você está aqui. Nem acredito. Passou tão rápido. Venha.

Ela acenou com a garrafa e conduziu Sophie por uma porta lateral.

– Por aqui a gente dá direto na cozinha. Eu sempre penso que talvez devesse ter um bufê. Alguém falou para mim na semana passada que – ela fez o sinal de aspas com os dedos – cupcakes são muito antiquados e bolos de casamento são específicos demais. O serviço geral de bufê dá mais dinheiro... aperitivos e coisas assim. Mas, sério, o que você prefere: um lindo bolo cheio de açúcar, entregue como se fosse uma pequena obra de arte dentro de uma caixinha, ou uma coxa de frango com gergelim e molho de soja? Ninguém nunca responde "o frango", não é mesmo?

Sophie gargalhou.

– É verdade.

– E bolos têm um quê a mais. Expressam amor. São delícias açucaradas. É como se você segurasse um abraço na mão. Bolos são bons no Natal, em comemorações, feriados e aniversários. Em casamentos. São para dias felizes, bem felizes. É por isso que eu amo fazer bolo. O mundo precisa de mais felicidade.

Sophie sorriu, pensando em Kate e na amiga delas, Eva, em Londres.

– Uma vez me disseram que as coisas ficam mais gostosas quando são feitas com amor.

Bella bateu palmas.

– É a mais pura verdade. Principalmente quando se trata de bolo de casamento. Cortar o bolo é a primeira coisa que os recém-casados fazem juntos. É o símbolo do companheirismo.

– Eu nunca tinha pensado por esse ângulo. Que amor...

Sophie se interrompeu, tentando não se deixar dominar pela amargura.

Era uma presença constante, à espreita, à espera de uma chance de entrar e assumir o controle.

– Se der certo.

– Hum. Você é divorciada?

– Não, solteira. Bem solteira. E vou continuar assim por um bom tempo.

– Terminou mal? – perguntou Bella, contraindo-se em solidariedade.

– Tipo isso.

Sophie suspirou.

– Não sei o que é pior. Ter alguém com quem terminar ou nem mesmo ter essa possibilidade.

Sophie ergueu uma sobrancelha inquisitiva.

Bella pareceu irredutível por um minuto.

– Estou interessada em um cara, mas ele é imbecil demais.

Sophie se retraiu e, de repente, se viu interessada nas bancadas da cozinha. Não tinha certeza se seria útil no momento para conversar com alguém sobre problemas emocionais. Por sorte, Bella não falou mais nada e voltou sua atenção para a garrafa, enchendo duas taças bem servidas de vinho branco.

– Ah, isso é maravilhoso! – disse Sophie ao se virar.

Diante dela estava um armário de carvalho repleto... não, repleto, não... abarrotado de uma variedade impressionante de pratos de porcelana. Não havia um tema principal na exposição deles nas prateleiras estreitas de cima, onde se viam um monte de formatos e uma gama fascinante de estilos: padrões de blocos dos anos 1950, florais vintage, desenhos contemporâneos fortes – todos lado a lado num arco-íris onde o verde-esmeralda encontrava o azul-pavão, que era vizinho do rosa mais intenso, que ladeava um branco imaculado a que se seguia o escarlate. Havia mais pratos empilhados nas prateleiras de baixo.

Seguindo o olhar de Sophie, Bella deu de ombros.

– Eu coleciono pratos. A gente nunca sabe do que vai precisar para montar uma vitrine.

Ao lado do armário, ficava um sofá com estampa florida – devia ser difícil escapar dele depois de sentar ali –, uma mesinha de centro de madeira com pilhas de papéis e revistas, além de duas poltronas de veludo rosa.

Tudo isso poderia parecer deslocado diante das bancadas de aço inoxidável e das geladeiras com portas de vidro, mas elas também estavam tomadas por cores e formatos, então os dois lados combinavam bem. Era evidente que Bella gostava de coisas coloridas. Nas bancadas, havia potes reluzentes cheios de espátulas de porcelana, colheres de madeira e batedores de clara.

Sophie se sentiu relaxando. Era sempre bom estar em uma cozinha. Ali, a pessoa sabia seu lugar. Existia um quê de segurança e tranquilidade na noção de que, ao acrescentar as quantidades e os ingredientes certos e seguir os procedimentos indicados, você sabia de antemão qual seria o resultado do prato. Uma cozinha bem servida e bem equipada como aquela... era como estar em casa.

– Saúde – brindou Bella, erguendo a taça.

– Saúde.

Elas encostaram as taças.

– Obrigada, Sophie. Eu agradeço muito.

– Eu ainda nem fiz nada.

– Limpou tudo. E ofereceu apoio moral.

Sophie deu uma olhada na cozinha.

– Então, o que gostaria que eu fizesse?

– Primeiro, preciso bater e fazer uma nova fornada de bolinhos. Então, se puder ser meu braço direito e pesar todos os ingredientes, seria ótimo. Minha receita está ali.

Ela apontou para uma folha plastificada presa em um quadro de cortiça.

– As balanças estão ali. Tabletes de manteiga, na geladeira. Produtos secos, na despensa. Ovos, na prateleira. Ainda bem que abasteci a cozinha essa semana.

Graças ao seu intensivão em conversão nas duas semanas anteriores, Sophie tinha se inteirado das coisas e sabia que um tablete de manteiga equivalia a meia xícara ou, na medida inglesa, quatro onças. Pôs-se então a seguir as instruções diretas de Bella e foi colocando todos os ingredientes ao lado de uma batedeira profissional.

– Tenho uma dessas em casa – comentou Sophie, acariciando o elegante esmalte vermelho da batedeira como se fosse um bichinho fofo.

– Que bobinha eu, esqueci que você é uma amante da gastronomia. Então você sabe cozinhar.

– Só um pouquinho – disse Sophie, rindo.

– Você fica com a massa, enquanto eu misturo outra porção de glacê e refaço a cobertura desses aqui.

– Eu ia perguntar se posso ficar observando você um dia. Estou trabalhando em uma matéria sobre um chá da tarde no estilo inglês e queria preparar uns cupcakes e inventar umas coberturas com tema outonal.

– Ah, eu adoraria ajudar. Seria ótimo usar as cores das folhas de outono. Posso montar uma vitrine pra estação. Preciso pensar nos sabores.

– Gengibre. Você podia fazer *parkin*.

– *Parkin?*

Sophie lhe explicou tudo sobre o bolo de gengibre. Logo as duas estavam trocando receitas e ideias de bolo para lá e para cá e, na hora em que a primeira fornada saiu, elas já tinham tomado a garrafa de vinho quase toda.

Quando a segunda leva de bolinhos foi para o forno, elas se sentaram no chão, segurando suas taças com um restinho de vinho. Em um silêncio que deixava claro o cansaço, elas observaram os bolos no forno crescerem e ficarem dourados.

Sophie suspirou e tomou o último gole de vinho.

– Não tem nada como o momento em que o bolo forma um pufe por cima da forma. Faz parecer, para mim, que o mundo tem algum sentido. Tudo está bem quando a coisa sai do jeito esperado.

– Nunca tinha pensado desse jeito, mas você tem razão. Não tem nada como esse momento. Um pufe. – Bella balançou a taça para Sophie. – *Pufe* é a palavra perfeita. E é maluquice a gente ficar sentada aqui no chão enquanto eu tenho um sofá ótimo bem ali.

Ela se ergueu meio desajeitada e se arrastou até uma das poltronas rosa. Sentou-se com cuidado e colocou a perna machucada em cima da mesa bagunçada. Sophie a seguiu e afundou no sofá em frente a ela.

– Sophie, você é um presente dos céus. Acho que, se não fosse você, eu ficaria chorando na escada a noite toda.

– Seu joelho não melhorou?

Mesmo do sofá, Sophie via que um joelho de Bella estava quase o dobro do tamanho do outro.

– Não. Está doendo. E está muito duro. Merda, espero que dê pra dirigir amanhã.

Ela se inclinou para a frente e o cutucou.

– Está bem inchado. Mal dá pra dobrar.

– Tem alguém para ajudar na entrega? Dá para mandar por táxi?

– Na verdade, não. Pra ser sincera, é uma tarefa pra duas pessoas. Preciso de alguém pra segurar as caixas. Em geral eu peço ao meu amigo Wes, mas... – Ela contraiu os lábios. – ... eu ia perguntar se você não pode me ajudar.

– Lógico, sem problema. Eu me ofereceria pra dirigir, mas...

Sophie fez uma careta. Não conseguia se lembrar da última vez que assumira o volante de um carro. Ela morava na área central de Londres, então usava transporte público o tempo todo.

Bella estremeceu e deu uma olhada no relógio.

– Posso tentar ligar pra cavalaria, ver se Todd está de bobeira... Qual a probabilidade de ele estar por aqui em uma sexta à noite?

– Pouca – comentou Sophie. – Na verdade, depois de atender várias ligações de belas mulheres atrás dele a semana toda, eu diria que é provável que ele esteja em um encontro ardente.

Ela já concluíra que ele sempre tomava chá de sumiço, ou seja, nunca estava por perto. Com certeza não se encontrava lá quando Sophie estava no escritório, embora sem dúvida houvesse indícios de que a mesa era habitada – em geral, copinhos de café e migalhas de biscoito. A central ainda direcionava para Sophie as chamadas que eram para ele, de modo que Sophie recebera diversas e repetidas ligações atrevidas e afetuosas de mulheres tentando encontrá-lo. Para ser justa – e esse era um dos pontos fortes de Sophie –, as mulheres eram sempre muito encantadoras e (o que era um tanto desconcertante) muito compreensivas com a falta de resposta a suas ligações.

"Ah, coitadinho do Todd. Ele é muito ocupado. Se puder dizer a ele que Lacey ligou outra vez, eu agradeço."

Coitadinho do Todd. Estava mais para *coitadinha da Lacey*. A mulher ligara quatro vezes na semana. Cherie, da língua presa, tinha telefonado três, e Amy, da voz aguda e cheia de risinhos, duas.

– Bom, vou ter que ligar para ele – declarou Bella. – Ela limpou a testa com o braço, deixando uma linha de farinha de trigo no rosto, e emendou: – Não consigo pensar em mais ninguém que tenha carro.

Ela digitou na tela do celular. Para surpresa de Sophie, o telefone tocou só duas vezes antes de Todd atender.

– Oi, Todd.

– Oi, Bellinha. O que está fazendo?

– Enfrentando uma catástrofe. Preciso de ajuda.

– Manda.

– Você poderia me ajudar com uma entrega amanhã de manhã? Preciso entregar 72 cupcakes lá do outro lado de Greenpoint.

Sophie se preparou para a torrente de perguntas e desculpas.

– Claro. Que horas?

– Cedo, desculpa. Combinei que a encomenda estaria lá às oito porque calculei que precisaria estar de volta a tempo de abrir a loja. As meninas de sábado só entram depois das dez. Está meio tarde para ligar para o cliente e mudar os planos agora.

Bella estremeceu.

– Tranquilo. Eu chego às sete. E é bom que tenha café.

– Todd, você é um anjo.

– Isso significa que mereço um suprimento eterno de cupcakes divinos?

– Pode apostar que sim. Vejo você amanhã.

– Até lá.

Bella se virou para Sophie.

– Ele é incrível. Então, você iria com ele? Desculpa, provavelmente você já tem planos.

– Lógico que eu vou.

– E às nove você já deve estar liberada.

Ótimo. Só faltava preencher o resto do dia.

Capítulo 6

– Oi, inglesinha – cumprimentou Todd, adiantando-se na mesma hora e tirando dela o peso da primeira caixa de cupcakes.

Ele tinha aquele brilho sadio de personagem de anúncio de televisão, ávido e feliz, com a camisa de algodão branca abotoada e a bermuda jeans que deixava à mostra as pernas bronzeadas.

Sophie não sabia direito por quê, mas ainda bem que tinha lavado e secado o cabelo, formando uns cachos suaves para variar, e se maquiara. Assim, não se sentiu deslocada ao lado dele. Melhor ainda: ela colocara sua blusa favorita, de linho azul-cobalto, que fazia uma bela combinação com seus olhos, e um short curto que deixava à mostra seu segundo melhor atributo – que perdia apenas para o cabelo (nos dias em que ele se comportava, como naquele momento).

Mesmo assim, ela nem chegava perto de se comparar à beleza reluzente de Todd. Não era de admirar que ele tivesse um harém de mulheres ofegantes ligando.

– Bom dia, Todd.

Ela foi ríspida de propósito. Para que a palpitação repentina e boba em seu peito fosse embora. Ela teria uma conversinha com seus hormônios depois. Devia ser isso, uma resposta saudável normal. Ela não era de ficar toda animada por causa de um homem. Era uma pessoa sensível e, depois de James, se tornara um bastião dos solteiros.

– Quantas caixas são?

Ele deu um sorrisinho, os olhos brilhantes a encarando. A palpitação aumentou e ela teve que respirar um pouco mais fundo.

– S-só mais duas.

Sophie lhe deu um sorriso educado, indiferente, do tipo "Viu só, seu carisma de máxima potência não me afeta em nada".

– Legal. – O sorriso dele não se alterou. – O carro está em uma vaga proibida logo ali. Não dá pra confundir. – Ele já seguia pela rua, falando por cima do ombro. – Vou levando esta se você conseguir trazer as outras.

Ela respirou fundo para se controlar e ficou observando enquanto ele se afastava. Meu Deus, ele de costas era uma bela visão. Ombros largos que se estreitavam em direção ao quadril e àquele... é, àquele traseiro. Mas o que tinha de errado com ela? Fazendo o coitado de homem-objeto. Ela se deu um sério puxão de orelha mental.

Sophie entrou de novo na cozinha para pegar as duas últimas caixas.

– Aqui está a notinha. Precisa entregá-la ao cliente. Já está tudo pago. Boa sorte e tomem cuidado. Faça Todd dirigir como uma velhinha. Parece que essa encomenda está amaldiçoada.

– Não se preocupe, Bella. Vou proteger a encomenda com a minha vida.

As duas trocaram um sorriso confidente. Tinham conseguido terminar tudo já a altas horas.

Levando as duas caixas, ela virou a esquina e quase caiu dura. Todd estava certo: era impossível confundir o carro dele. A ideia de que ele seria o tipo de homem que anda em um BMW ou uma Mercedes se desfez na hora. Sophie precisou caminhar mais devagar para ter tempo de controlar a reação em seu rosto. Não queria magoar Todd, mas levou um ou dois segundos para disfarçar a surpresa.

O carro era uma zona, sem dúvida a coisa mais tosca e de mau gosto que ela já vira. E não tinha nada a ver com Todd, que em geral arrasava no visual engomadinho com bermudas de algodão e camisas de linho perfeitamente passadas. O velho Golf exibia um amassado enorme na porta do motorista, não havia para-choque na parte de trás e o forro interno da porta traseira era azul brilhante, o que contrastava de modo horrível com o verde-escuro do carro. Quando ela se aproximou, viu que a pintura do capô tinha bolhas desbotadas. Lembrava pele descamando depois de uma queimadura feia de sol.

– Carro interessante – comentou ela, com uma expressão neutra, ao entregar as caixas a ele.

Mesmo distraída com o carro e ainda incapaz de se conter, Sophie deu uma espiadinha no bumbum redondo de Todd quando ele se inclinou no assento de trás para arrumar as caixas.

Ao se virar para ela, ele exibia uma expressão travessa no rosto.

– Meu pai fica irado quando vou pra casa e estaciono na entrada da garagem dele. Baixa o nível da vizinhança.

Ela riu.

– Imagino. Não quero ser indelicada, mas isso baixaria o nível até de um depósito de lixo.

Ela lançou um olhar duvidoso para as rodas.

– Elas funcionam de verdade ou é tipo o carro do Fred Flinststone, que a gente é que faz andar?

– Pois fique sabendo que Gertie... – disse ele, e deu tapinhas carinhosos na porta do carro. – Bem, ela é uma senhora muito confiável, embora às vezes temperamental. Ela não gosta de manhãs de inverno, mas quem gosta?

– Contanto que ela funcione hoje e faça esses bolinhos chegarem até... onde quer que seja, não ligo. Bella está contando com a gente.

Com uma seriedade repentina, Todd se empertigou e tirou a chave do bolso.

– Eu nunca decepcionaria Bella.

Então o rosto dele se iluminou e, com o sorriso cativante de sempre, ele estendeu a mão e disse:

– Vamos, ponha o cinto e se prepare para o melhor passeio da sua vida.

– É isso que me preocupa – disse ela de modo afetado.

Seus olhos brilhavam enquanto ela contraía os lábios na tentativa de não sorrir para ele. O sujeito era impossível.

– Ainda bem que ninguém me conhece por aqui.

Ele espalmou a mão no peito.

– Shhh! Vai deixar Gertie chateada.

Sophie sentou no banco de trás, ao lado das caixas. Do assento do motorista, ele entregou seu celular para ela.

– Precisa me dar as coordenadas – explicou ele. – O som não funciona quando ele está carregando e a bateria está baixa. Sei o caminho até a Fulton Street. Depois, preciso ser guiado.

O carro ganhou vida tossindo, rugindo e engasgando um pouco, mas Todd pareceu despreocupado enquanto eles pegavam a via de mão única, os dedos tamborilando no volante no ritmo da música que tocava nas alturas. Ao dar uma olhada no chão e no assento traseiro, Sophie notou que, curiosamente, o interior do carro era impecável.

– Pegue a próxima à direita – falou Sophie.

Ela segurava o celular de Todd em uma das mãos, enquanto a outra apoiava de modo delicado as caixas com os cupcakes, para impedi-las de deslizar pelo assento do carro.

– A gente deve estar quase lá... Isso mesmo.

Ela conferiu a tela.

– Vamos subir por esta rua e virar na segunda à direita.

– Você quer dizer daqui a dois quarteirões, inglesinha? – corrigiu Todd, capturando o olhar dela pelo retrovisor, com seu sorriso radiante de sempre. – Ainda vamos transformá-la em uma verdadeira americana.

– Pode tentar, mas eu venho de uma longa linhagem de ingleses bem ingleses.

O que era atestado pela pesada bíblia de couro na biblioteca, que confirmava a árvore genealógica dela até a corte de Carlos II.

– Desafio aceito – falou Todd.

– O quê? Não era um desafio, era só uma observação.

Sophie revirou os olhos para ele pelo retrovisor, mas recebeu em resposta o sorriso de sempre.

O carro estropiado de Todd virou na última esquina, dando em uma rua de construções de arenito.

– Área legal.

– Está em ascensão. Filmaram *Unbreakable Kimmy Schmidt* aqui. E mais algumas coisas.

– Já ouvi falar, mas nunca assisti.

– Fez sucesso. É engraçado.

Sophie decidiu que daria uma olhada na Netflix. Ia procurar algo para assistir durante a semana.

Depois de entregar os bolinhos em segurança, ela pulou no banco da frente para a viagem de volta.

– Já tomou café da manhã? – perguntou Todd.

– Não, estava muito cedo e agora já está muito tarde.

– Bem-vinda a Nova York, onde nunca é tarde demais para um brunch, a não ser que você tenha outros planos.

Sophie hesitou por um momento, lembrando-se da conversa com Kate na noite anterior. Algumas semanas antes, ela não pensaria duas vezes.

– Não, sem planos. Um brunch seria... ótimo. Se você puder.

Seria um jeito excelente de matar o tempo. Além disso, ela sentiria que pelo menos começara a fazer um esforço para sair de casa.

Com uma careta de tristeza, Sophie percebeu que, na verdade, quase nada tinha mudado. Em Londres, ela perdia várias horas nos fins de semana só matando o tempo. Grandes períodos da sua vida tinham ficado em suspenso enquanto ela esperava James chegar.

Ela sentiu raiva ao se dar conta de quanto tinha perdido. Durante a semana, ela estava sempre tão afoita para aproveitar cada momento precioso na companhia dele que passavam as noites no apartamento. É claro que agora fazia sentido. Isso reduzia as chances de serem descobertos, de darem de cara com alguém que pudesse conhecê-lo. Tantos passeios nunca aconteceram... Ir ao teatro, a exposições, a novos restaurantes. Nunca tinham ido a Kew Gardens no Natal, a Notting Hill no Carnaval, a um concerto no Royal Albert Hall.

E agora ela corria o risco de repetir o mesmo erro em Nova York. De ficar em casa. De não se aventurar por conta própria.

– Para você, eu tenho todo o tempo do mundo.

Sophie revirou os olhos outra vez.

– É, aposto que diz isso pra todas.

– É claro que digo. – Ele deu a ela um sorriso irreprimível. – Tem um lugar ótimo perto da padaria da Bella. *Café Luluc*. Vai estar muito cheio, mas vale a pena. Os donos são uma família mexicana. Eles fazem um brunch maravilhoso. Eu me livro do carro enquanto você fica na fila, se não se importar.

– Você quer dizer "estacionar".

O tom repreensivo de Sophie vinha junto com um sorriso irônico.

– Você estaciona, eu me livro do carro.
Ele piscou para ela.
– Pode ir, então.
Ela não conseguiu conter um sorriso. A atitude leve e alegre dele era contagiante.

Ficar ao sol, observando todo mundo na Smith Street, não era difícil. Todd avisara que ia demorar um pouco, pois, apesar de ter a licença de residente para estacionar na área, encontrar uma vaga podia ser complicado. Ela não se importava de esperar. Era divertido observar as pessoas, ainda mais em uma cidade diferente. Por que ainda não tinha feito aquilo?

Sua experiência lhe dizia que uma fila longa como aquela significava que a comida valia muito a pena. A espera também lhe deu a oportunidade de ler o cardápio. Sua paixão por comida e por escrever haviam colidido, em um feliz acidente, depois que Sophie não conseguira entrar para a faculdade. Já que não estudaria naquele ano, ela então decidira trabalhar: arrumara um emprego de meio período na parte administrativa do jornal local e um bico como garçonete em um bar-restaurante. A comida no restaurante se revelara uma das melhores que ela já tinha provado e, quando escreveu uma crítica e mostrou a George, editor do jornal, ele a publicou na mesma hora e contratou Sophie para escrever sobre culinária.

– Por que essa testa franzida? – perguntou Todd quando por fim se juntou a ela na fila.

– É muito difícil, não consigo decidir entre os ovos à fiorentina ou a rabanada de brioche com compota de maçã. Ou talvez eu devesse provar a omelete com cogumelos selvagens e queijo asiago. Não tenho ideia do que seja um queijo asiago.

– Então por que vai provar?

Sophie tirou os óculos escuros e lançou a ele seu melhor olhar reprovador e professoral.

– É importante expandir o paladar.

– Entendi.

Todd assentiu, ao menos uma vez tentando não sorrir.

– Estou falando sério. Nunca se deve parar de experimentar coisas novas. Ou a pessoa pode acabar deixando algo incrível passar despercebido.

– Vou confiar em você. Então, como foi que começou nisso de escrever sobre comida?

Assim que Sophie terminou de contar a história para Todd, eles foram levados até uma cabine mais ao fundo do restaurante, onde se acomodaram em sofás de vinil vermelho diante de uma mesa com uma toalha branca. A comida do casal ao lado deles chegou, e Sophie não conseguiu se conter: se inclinou na direção deles e perguntou qual era aquele prato.

Eles responderam na mesma hora, com simpatia e entusiasmo, o que a deixou um pouco mais envergonhada por aquele ser apenas seu primeiro fim de semana passeando de verdade desde que chegara.

– Agora estou ainda mais indecisa – confidenciou a Todd, dando mais uma espiada nos ovos beneditinos do casal. – Parecem deliciosos.

Ela esticou o pescoço e observou um garçom que levava três pratos para uma mesa perto da entrada do restaurante.

– Tudo tem uma cara divina – continuou ela.

– Feche os olhos e ponha o dedo no cardápio – sugeriu Todd.

Ele se recostou e apoiou o braço preguiçosamente no encosto.

Sophie se empertigou e, arregalando os olhos, ofegou como se estivesse horrorizada.

– Eu jamais poderia fazer isso.

Ele riu.

– Eu sabia. É hora da verdade. O garçom está vindo e eu estou morrendo de fome, então você precisa se decidir.

Ele se inclinou para a frente, como se a ameaçasse.

– Ou eu vou pedir sem esperar por você.

– Ah.

Ela ficou arfando enquanto pensava. O garçom a aguardava pacientemente com seu bloquinho, trocando olhares com Todd.

– Vou querer a rabanada de brioche... Ah, na verdade, pode me dizer o que é um queijo asiago?

– É um queijo firme e meio adocicado, não tão forte nem tão seco quanto o parmesão ou o pecorino, mas bem parecido.

– Certo... – murmurou ela, e fez uma careta para Todd. – Ficou mais difícil ainda.

Todd revirou os olhos e se voltou para o garçom.

– Ela vai querer a rabanada de brioche com a compota de maçã. Eu quero a omelete com cogumelos selvagens e queijo asiago.

Ele se virou para Sophie.

– Você pode provar do meu – acrescentou depressa.

E Todd pediu também café e suco de laranja.

– Chá para mim, por favor.

Anotando em seu bloquinho enquanto caminhava, o garçom se retirou.

– Não precisava fazer isso. Agora fiquei culpada.

– Pois não fique. Já comi aqui várias vezes. Eu gosto da omelete e, para expandir meu paladar, pensei em provar o queijo. Aí você pode experimentar as duas coisas.

– É muito gentil da sua parte.

– Gentil é meu sobrenome – disse Todd, animado.

Sophie o observou, atenta. Em algumas pessoas, a gentileza podia ser algo intencional, quase calculado. Em Todd, era natural.

– Então, o que está achando de Nova York?

Ela deu de ombros e correu os olhos pelo gesso ornamentado no teto.

– Estou aqui faz só duas semanas. E, na maior parte do tempo, fico no trabalho.

O ceticismo reluzia nos olhos de Todd quando ela voltou a fitá-lo. Sophie se sentiu na defensiva. Correu o dedo por alguns grãos de sal espalhados na mesa.

– Ainda tenho muito tempo. Vou ficar seis meses aqui. – A sobrancelha erguida de Todd fez Sophie se enrolar mais ainda. – Não tenho pressa. Vai estar tudo no mesmo lugar amanhã e todos os dias depois disso.

– É, mas aqui é Nova York, a cidade que nunca dorme, lembra? Você deve ter ido ao centro na hora do almoço.

– Hã... Na verdade, não.

– O quê?

Ele a encarou com suspeita.

– Eu costumo pegar um café e...

Sophie deu de ombros. Ela entrara na rotina de descer até a cafeteria no átrio para pegar algo para beber, sentar-se para observar as pessoas e fingir estar entretida no celular.

– Pois deveria tentar dar uma saída. O Central Park fica a menos de um quarteirão.

– Eu... acho que sim. É só que... é silencioso. – Ela odiava parecer tão na defensiva. – Ah, meu Deus! Me desculpa. Eu não costumo ser patética assim. Não queria... quer dizer... eu não esperava vir para cá. Tive que resolver tudo depressa e tem sido tão...

– Arrebatador? – perguntou ele, com delicadeza.

Ela o encarou com gratidão.

– É. Parece que eu fui arremessada numa roda-viva em que todo mundo viaja à velocidade da luz e eu sigo em marcha lenta.

– Você vai pegar o jeito. Não tem lugar como este aqui. Mas é comum se sentir solitário. Se tornar anônimo.

– É assim em qualquer cidade grande.

– Verdade. Mas me diz: por que não queria vir pra cá? É a Grande Maçã. Todo mundo quer vir para Nova York – completou, com um ar zombeteiro.

Sophie lhe lançou um olhar de surpresa.

– Como você sabe? – indagou ela.

– Não sou só um rostinho bonito, sabia? Eu presto atenção. Você ia dizer que não queria vir.

Ela estremeceu. Sentiria vergonha de contar a história toda a ele.

– Eu estava bem feliz. Aí terminei com meu namorado e pensei: ora, por que não?

Todd ergueu uma sobrancelha.

– Vocês estavam juntos fazia quanto tempo?

– Dois anos.

– Dois anos! Nossa! Durou mais que alguns casamentos – ponderou ele. Então, depois de uma breve pausa, perguntou baixinho: – E é definitivo? Sem possibilidade de reatarem? Ou isso é uma maneira de mostrar ao cara o que ele está perdendo? Alguma chance de o sujeito vir correndo atrás de você com um anel em uma caixinha?

Ela o fulminou com o olhar, decepcionada com aquele ceticismo.

– Ah, é bem definitivo.

A amargura que a cercava, que em geral Sophie conseguia manter controlada, saiu de uma vez só.

– O mais definitivo possível.

– É engraçado como o amor vira ódio tão fácil.

Todd não parecia achar isso nem um pouco engraçado. Sua voz saiu cheia de cansaço e desilusão.

– Ou, melhor dizendo: não tem nada de engraçado. Parece acontecer com uma facilidade absurda.

Sophie engoliu em seco.

– E, às vezes, não vira.

Ela queria acordar e descobrir que tinha sido um terrível engano, que o James casado com Anna era, na verdade, um James Soames diferente. Infelizmente, Anna levara duas fotos naquele dia. Sophie sentira uma dor física ao ver James de fraque ao lado da noiva radiante e o olhar de ternura no rosto dele ao conhecer Emma recém-nascida. A dor intensa no peito a deixara sem ar.

– Acho interessante essa linha tênue. Como é que um casal passa de um não conseguir viver sem o outro para brigas sobre quem vai ficar com a torradeira?

– A gente não brigou por uma torradeira. – Sophie engoliu em seco mais uma vez. – A gente nunca brigava. O que é só mais uma prova. O amor é cego.

Ao relembrar, ela via que tinha sido bastante ingênua. O que não faltou foi pista.

– Nunca entendi essa frase. O amor é cego? É mesmo? Quando se está "apaixonado", não se examina cada coisinha que a pessoa faz?

As tenebrosas aspas que Todd desenhou no ar com os dedos deixaram claro para Sophie o que ele pensava.

– A gente analisa tudo que é dito. Esmiúça o significado de cada palavra e frase. Acho que não dá pra ficar cego de amor, embora talvez isso aconteça com a luxúria. Ficar deslumbrado pela atração sexual.

– Então você não acredita no amor?

Todd bufou, com uma risada.

– É uma ideia, um conceito social, se é que me entende.

Ele expôs sua opinião de forma direta e confiante, muito nova-iorquina. Soou quase como outra pessoa.

– Músicas, livros, tudo fala sobre estar apaixonado. Eu entendo que uma pessoa se importe com alguém. Dá pra estar em uma relação de respeito mútuo. Dá pra prometer ser fiel... mas, no fim das contas, o ser humano é naturalmente egoísta e autocentrado. A gente está em busca do primeiro lugar. Esse ideal de amor abrangente, de corações e flores, altruísmo, isso é ficção. Serve para seus livros e músicas.

– Uau.

Sophie parou enquanto passava cada uma das palavras por seu filtro de desespero e traição. Apesar de tudo que vivera, se viu aliviada em ainda conseguir responder:

– Isso é bem deprimente.

Ela sorriu quando um pedacinho do iceberg de dor fincado em seu coração derreteu.

– Embora as coisas com J... – Ela se recusou a pronunciar o nome dele, a lhe dar mais espaço em sua vida. – Ainda acredito que, um dia, vou encontrar o amor em alguém.

– Então, nesse meio-tempo você está... sei lá, em uma sala de espera emocional, que no fim das contas acabou sendo Nova York?

Sophie se remexeu no assento, desconfortável. Fora atingida pela precisão do resumo dele.

– Tipo isso.

– É um baita desperdício de vida.

– O quê?

– Aqui é uma das maiores cidades do mundo. O Brooklyn é um dos melhores bairros pra se morar. Seis meses. Mal dá pra ver o básico. Você deveria estar aproveitando cada segundo aqui. Deveria dar uma olhada em alguns lugares. Prospect Park. DeKalb Market Hall, ao norte da Fulton Street. Uns três quarteirões depois. Ouvi dizer que a comida lá é divina. Tem um mercado de pulgas na Kent Avenue. O que vai fazer fim de semana que vem?

– Eu...

Ela deu de ombros.

– Sem ser coisa de casa – pressionou Todd.

– Preciso lavar roupa em algum momento.

– Meu bem, a gente já conversou sobre lavar roupa. Isso não leva o dia inteiro. Você precisa sair. Se bem que ainda podia cozinhar pra mim.

Ele inclinou a cabeça com um olhar de expectativa que fez Sophie rir.

– Ótimo. Isso não impede que você lave minha roupa, se bem que não sei se quero você mexendo nas minhas roupas íntimas.

Sophie ficara admirada por não haver máquina de lavar no apartamento. Tinha lavado algumas coisas à mão.

– Eu lido muito bem com roupas íntimas – disse Todd.

– Por que isso não me surpreende? Mas dispenso.

– Inglesinha, aqui vai uma dica: tem uma lavanderia na Hoyt Street. Cinco dólares por cesto. Lava, seca e dobra.

– Bom saber. Eu nunca teria pensado nisso.

Ela se empertigou, animada com a perspectiva.

– Eu vou *realmente* fazer isso hoje à tarde.

– Bem-vinda aos Estados Unidos.

Capítulo 7

A lavanderia tinha um cheiro suave de limpeza e o ruído reconfortante das secadoras abafava o barulho da rua. Era como um amaciante para a alma. Sophie entregou uma grande sacola de roupa suja e pagou os cinco dólares.

– Quando fica pronto? – perguntou.

– Cinco *ho'as*. Você vem – respondeu a senhora vietnamita, batendo com o dedo na fórmica da bancada. – Cinco *ho'as*.

Ainda que fosse infantilidade, Sophie segurou uma risadinha.

– Hoje?

A senhora pareceu afrontada.

– Sim.

– Ótimo. Obrigada.

Aquilo é que era uma boa prestação de serviço. Ainda bem que Todd lhe dera a dica.

A mulher já tinha saído pisando firme com suas perninhas arqueadas e foi até uma das secadoras, de onde começou a retirar lençóis maiores do que ela.

– Ah, esqueci de falar. Foi Todd que me disse para vir.

A mulher largou o lençol.

– Todd. Ele bom *apaz*.

Ela deu um grande sorriso. Existiria alguma mulher que não ficasse encantada com ele?

Sophie saiu da lavanderia com a promessa de roupas íntimas limpas até o fim da tarde e sentindo que conquistara algo. Tudo bem que ela só tinha colocado umas roupas para lavar, mas isso a fez se sentir normal, como se a vida começasse a voltar ao eixo. Um grande feito realizado na lista do fim de semana. Agora, tudo que precisava fazer era ocupar o resto do dia.

Ela podia continuar andando, só que a Hoyt Street, ou pelo menos aquela parte ali, parecia bem menos interessante do que a Smith Street, que ficava a um quarteirão de distância. Havia alguns mercadinhos e delicatéssens com vitrines cobertas por folhetos e cartazes anunciando seus preços baixíssimos. Lojas de conveniência exibiam janelas encardidas e placas escritas à mão prometiam refrigerante a cinquenta centavos. Havia também uma farmácia caindo aos pedaços, um fast-food de frango e pizza e uma oficina de bicicletas. As grades de metal e as fachadas simples dos estabelecimentos em nada lembravam o acabamento de madeira requintado e os letreiros das lojas da outra rua.

Dois adolescentes com enormes casacos de capuz e tênis bem grandes a encararam ao apoiar as bicicletas no poste. Ciente de dois pares de olhos cravados em suas costas e sentindo-se um pouco vulnerável, Sophie apertou o passo e correu na direção de casa. Todas as suas boas intenções de explorar o local evaporaram.

Ao se aproximar da padaria, avistou Bella acenando da janela, muito entusiasmada.

– Oi, Sophie! Bom dia! Venha conhecer os dois Eds.

Bella foi depressa até Sophie e a arrastou para sua cozinha calorosa, que estava tomada pelo ar levemente fumegante de fornos quentes e fornadas recém-assadas de bolos.

– Esses são Edie e Ed. Gente, conheçam minha nova vizinha, Sophie. Wes eu acho que você já conheceu, quando chegou.

Recostado no armário, Wes assentiu com um enorme sorriso e a cumprimentou.

– Oi, Sophie – falaram em perfeita sincronia as duas pessoas sentadas no sofá.

Além disso, ergueram as mãos em acenos curtos idênticos, como se fosse uma dupla muito íntima e assustadora de gêmeos, até mesmo nos tons suaves de verde e marrom das roupas. Ambos eram muito magros, com rosto anguloso, feições bem marcadas e cabelos curtos de um tom próximo de castanho. Ed, contudo, tinha muito mais pelos no queixo do que fios na cabeça. Era o tipo de barba extravagante que se via em anúncios de cerveja da moda ou nos que eram estrelados por lenhadores.

– Eles fazem e fornecem todo o pão da padaria – explicou Bella.

– E os bagels – ressaltou a voz mais aguda da dupla.

– E os pães franceses – acrescentou o outro.

– Café? – ofereceu Bella. – Sente-se. Estávamos provando algumas coisas. Você pode me dar uma segunda opinião.

Os papéis que antes estavam na mesa do café tinham sumido. Nela agora havia uma grande tábua com diversos pães fatiados.

– Seria ótimo, obrigada.

Sophie se acomodou em uma das poltronas.

– Pegue – ofereceu Ed, empurrando um pedaço de pão na direção dela. – Experimente esse. Mel e nozes.

Edie bufou.

– Isso não é justo.

– Ela experimenta o seu depois – contemporizou Bella, já entregando a Sophie um café bem forte. – Nossa, eles são muito competitivos!

Ed e Edie sorriram.

– Somos mesmo.

– Aliás, Sophie é minha nova inquilina. Aquela de quem falei. De Londres.

– Legal – disse Ed.

Ele apontou para o pão, instigando Sophie a pegá-lo.

Ela comeu um pedaço ainda quente.

– Hummm, é uma delícia.

Ed assentiu para Edie de um jeito convencido. Sophie ainda tentava entender qual era o tipo de relacionamento deles quando Edie se inclinou e deu um beijo no nariz dele.

– Ela ainda não experimentou o meu, espertinho – falou a mulher, já cortando um pedaço do pão mais próximo, que era mais branco. – Prove este. Tem um toque mais sutil.

E olhou para Ed com superioridade, arrebitando o nariz.

Sophie mordeu logo a casca, ciente dos quatro pares de olhos que a observavam. Estava bem óbvio que aquela experimentação era séria.

– Sementes – comentou, e olhou para o interior aerado e claro do pão.

– Sementes de chia.

Edie se empertigou e sorriu. Sophie mastigava, tentando captar o sabor familiar.

– Iogurte?

– Gostei dela – comentou Edie para ninguém em específico. – É meu pão anticolesterol. Sementes de chia e iogurte. Viu só? Esses ingleses têm bom gosto.

– Os dois são uma delícia – declarou Sophie.

O de mel e nozes era muito melhor, mas os olhares sombrios e ansiosos de Bella e Wes sugeriam que enunciar as palavras erradas poderia desencadear a Terceira Guerra Mundial bem ali, na cozinha.

– Tá legal, feito – falou Bella. – Vou querer uma dúzia de cada para semana que vem.

– Beleza – falou Edie, sorrindo. – Agora vamos para os cupcakes, querida. Já chega dessa besteira saudável. Essas sementes de chia acabaram comigo essa semana. E obrigada pelo voto, Sophie. Então, o que a traz aos Estados Unidos? Além de vir para provar que meu pão é o melhor.

– Eu já contei, ela está se escondendo depois de um término ruim – anunciou Bella. – E ela tem que sair mais.

Sophie abriu a boca para protestar e semicerrou os olhos.

– Você conversou com Todd.

– É, falei com ele ontem à noite. Ele me deu um sermão por não ter ficado de olho em alguém para você.

– Desculpe, ele não deveria ter feito isso.

– Deveria, sim. Você está aqui há duas semanas e não conheceu ninguém.

– Isso é horrível. A gente pode ajudar – falou Edie, quicando de leve no sofá. – Podemos apresentá-la a algumas pessoas do bairro.

– Sim! – concordou Bella. – Tem Frank e Jim. Os dois administram uma butique do outro lado da rua. Estão sempre a fim de um drinque e dão ótimos descontos na loja.

– Ah, é. Eles trabalham com um cara bem gato aos sábados – acrescentou Edie.

– Gatinho, porque ele deve ter uns 16 anos – comentou Ed.

Ele deu um cutucão afetuoso na costela de Edie ao se virar para Sophie. Edie o ignorou.

– Wes, você conhece os caras da loja de bicicleta no fim da rua – lembrou Edie. – A gente podia apresentar Sophie. Eles têm umas pernas maravilhosas. Panturrilhas lindíssimas e coxas de aço.

– Que papo é esse de coxas de aço? – perguntou a dona de uma voz mordaz, que chegou à porta carregando uma pilha de caixas tão grande que a escondia.

– Maisie! A pessoa certa.

Bella se apressou em tirar as caixas dos braços rechonchudos da mulher pequena e muito sorridente.

– Você conhece um monte de gente.

– Só porque todo mundo é maluco pelos cheesecakes dela – falou Wes, com sua voz estrondosa.

Ele pegou as caixas da mão de Bella e apreciou o aroma:

– Humm, o cheiro está delicioso.

– Canela e caramelo, receita nova. E alguns cheesecakes de morango e de chocolate.

– Humm, eu amo seu cheesecake de chocolate. Ed, me lembre de levar umas fatias quando formos embora. Preciso manter as forças. Tenho que sovar uma dúzia de pães hoje à tarde.

– Cheguei muito atrasada para um café? – perguntou Maisie. – Tenho uns vinte minutos antes que Carl peça o divórcio por eu deixá-lo sozinho com os gêmeos.

De alguma forma, ela atravessou o cômodo e encaixou seu amplo traseiro na poltrona. Seus olhos cintilavam como se ela estivesse repleta de segredos felizes.

– E por que você precisa de tanta gente?

– Maisie, esta é Sophie.

Bella pegou uma xícara no armário e a encheu com o conteúdo da cafeteira, que já estava pela metade.

– Ela mora no outro apartamento aqui e não conhece ninguém em Nova York... quer dizer, além da gente. Ah, e de Todd, mas ele não conta.

Maisie riu e pegou seu café.

– Bem, Sophie, veio parar no lugar certo. A padaria da Bella é o local perfeito pra conhecer alguém nesta parte da Smith Street. Podemos apresentá-la a um monte de gente.

– E ela é uma amante da gastronomia – comentou Bella. – É colunista de culinária na *CityZen*.

– E ela gosta do meu pão de chia e iogurte.

Edie ofereceu um pedaço para Maisie, que fez uma careta.

– Alguém tem que gostar, né? – brincou Maisie, recusando, enquanto Edie ria com bom humor. – Se bem que, se você curte gastronomia... Alguém já foi no novo Mezze? Tem um homus divino. Embora os gêmeos tenham tornado a experiência bem interessante. Já tentaram remover uma semente de romã do ouvido de uma criança de 5 anos? É uma aventura em família, eu garanto.

– Você não a colocou de cabeça para baixo e sacudiu? – perguntou Ed, inclinando a cabeça, como se considerasse mesmo essa opção.

– Credo, Sr. Praticidade! E é por isso que não teremos filhos tão cedo – decretou Edie.

Ela levou as mãos à cintura, o que fez os braços magros lembrarem dois gravetos.

Maisie passou um dos braços pelo de Edie e a puxou para um abraço enquanto todos caíam na risada.

– Você tem algum pestinha, Sophie? – perguntou Edie.

– Não.

Sophie engoliu em seco, a imagem da filhinha de James coberta de iogurte voltando a assombrá-la.

– Sem filhos, sem namorado, sem marido. Livre. Solteira.

E sem rumo. Fora parte de uma dupla por muito tempo.

De repente, percebeu que todos a encaravam e que suas palavras tinham saído meio desconexas.

– Desculpa.

Ela ficou vermelha e olhou para o chão.

– Não se preocupe, meu bem – falou Maisie, com tapinhas afetuosos em seu braço. – Todos nós já passamos por isso. Vamos cuidar de você. Logo, logo vai se reencontrar. Uma mulher bonita assim deixa um monte de caras caidinhos.

– É mesmo – concordou Edie. – E só metade deles é imbecil.

Bem nessa hora, Ed caiu de forma dramática e começou a se contorcer no chão.

– Viu só? – falou Edie, rindo com carinho e se curvando para fazer cócegas em Ed.

Na segunda-feira, ao conquistar o último assento livre no metrô, Sophie ainda se sentia animada por causa do dia anterior. A recepção calorosa dos amigos de Bella tinha sido como um abraço e fizera com que ela acordasse pronta para dominar o mundo – ou Manhattan, pelo menos.

Quando o telefone da mesa de Todd tocou, a voz já familiar de Charlene fez Sophie sentir lá no fundo que sempre trabalhara ali.

– Oi, Charlene.

– Oi, Sophie. Não me diga que ele ainda não chegou! Acho que está cedo.

Sophie olhou o relógio. Já passava e muito das onze.

– Pode dizer a ele que eu liguei? Sério... como é difícil encontrar esse cara!

– Sim – concordou Sophie.

Tentava soar prestativa, mas na verdade queria dizer a Charlene que parasse de dar murro em ponta de faca.

– Vou deixar um recado para ele.

– Obrigada, você é um amor.

E você é uma iludida, pensou Sophie ao desligar.

– Oi, inglesinha.

– Será que você tem um sexto sentido que avisa que acabei de despachar uma das mulheres do seu harém?

Ele deu de ombros.

– O que posso dizer? É carma.

– O carma, em tese, acontece para pessoas boas.

– Ora, Sophie, quem foi que disse que sou uma pessoa ruim? Só por causa disso, não vou dar o cappuccino com gotas de chocolate que trouxe pra você.

Ele segurava dois copos de papel tampados.

Desarmada, Sophie balançou a cabeça.

– Obrigada. Seu sexto sentido para café é ótimo também.

– O que posso dizer? É talento. Embora você seja bem previsível, inglesinha. Você gosta de rotina.

– Eu... – começou a reclamar Sophie, então riu. – É, eu sou. Gosto de um café no meio da manhã.

– Vai dividir comigo os cookies que ficam escondidos na sua gaveta?

– Você não deixa passar nada, não é?

Sophie abriu a gaveta e tirou uma latinha de biscoitos amanteigados que sobrara dos testes de biscoitos da semana anterior. Ainda não conseguia chamá-los de cookies, principalmente quando se tratava de biscoito amanteigado.

Mordeu um, que derreteu na boca, e imaginou o que os clientes de Bella achariam deles.

– Hummm – murmurou Todd.

Ele roubou o segundo biscoito antes que Sophie fechasse a latinha.

– Então, como foi o resto do fim de semana? – indagou ele.

– Foi bom, obrigada. – Sophie sorriu ao pensar nas gargalhadas e brincadeiras na cozinha de Bella. Já fazia um bom tempo que não ria tanto. – Conheci alguns amigos de Bella e a senhora da lavanderia que você indicou. É uma mulher de poucas palavras, mas acho que posso ter me apaixonado.

Ela ficara um tanto maravilhada ao receber sua sacola de roupas dobradas e cheirosas, ainda quentes.

– Ah, a adorável Wendy. E você fez alguma exp...

– Bom dia, pessoal.

– Oi, Paul. Faz tempo que não vejo você aqui embaixo. Visitando os menos afortunados?

Todd deu um tapinha amistoso nas costas do homem.

Paul assentiu para Todd e então se virou para Sophie com um sorriso caloroso e bem direto que a deixou um pouco desconcertada.

– Ou está atrás de ingressos para o jogo dos Yankees? – sugeriu Todd.

– Não, valeu, cara. Estou no torneio de squash. Mas, se arrumar algum ingresso para o jogo do Mets contra os Yankees, eu posso dar um jeito. Vim ver Sophie.

Ele se voltou para ela e deu outro sorriso, um do tipo que fazia a pessoa sentir que foi atingida pela luz de um farol.

– Estive pensando na sua matéria sobre o chá da tarde e a coisa do conforto e bem-estar e queria saber se estaria a fim de tomar um café e me dar uns conselhos.

– Sim, claro. É... Quando?

Ela ergueu seu copo de café já pela metade.

– Eu meio que... – tentou se explicar.

Paul pegou seu celular e ficou mexendo na tela.

– O que acha de um drinque depois do trabalho? Estou livre hoje à noite.

– Tudo bem. Beleza.

– Eu saio lá pelas seis. Tem um lugar legal do outro lado da rua.

Sophie ouviu Todd soltar um resmungo.

– Não tem nenhum lugar legal do outro lado da rua – retrucou ele.

Paul pôs as mãos nos bolsos da calça elegante. Com uma expressão paciente no rosto, deu um sorriso divertido na direção de Sophie.

– Muito bem, Sr. Homem da Cidade, qual sua sugestão?

– Abriram um lugar ótimo em Williamsburg. Cerveja artesanal e gim. Aposto que a inglesinha aqui adora um gim.

Sophie estava prestes a concordar com entusiasmo. Sem a menor dúvida, ela era a favor de uma dose de gim-tônica no meio da semana em Londres. Por um breve instante, quase morreu de saudade de casa. Um gim cairia muito bem. Contudo, antes que ela pudesse dizer qualquer coisa, Paul balançou a cabeça.

– Williamsburg? Brooklyn? Sério, McLennan? Você só pode estar brincando. Por que eu iria querer me despencar até lá? Aquela área é território hipster. Não, valeu. Não estou interessado em fazer parte da brigada dos barbudos. Manhattan está ótimo.

Todd contraiu os lábios.

– Quem perde é você.

– Desculpa, cara, esqueci que você gosta de ir para aquelas bandas. Sem querer ofender, mas não é minha praia. – Paul deu um soquinho no braço de Todd. – Boa tentativa, mas Sophie é inglesa, provavelmente prefere um pouco de classe quando sai com alguém para tomar um drinque, não tanto essa coisa de Homem da Cidade.

Todd apenas deu de ombros e se sentou à mesa. Em questão de segundos, ficou entretido com algo na tela.

Paul direcionou seu sorriso a Sophie mais uma vez.

– Passo aqui e pego você umas 18h45.

– Umas 18h45? – repetiu Sophie.

Em geral, àquela hora ela já estaria a caminho de casa. O que ficaria fazendo no escritório durante 45 minutos?

– Vejo você mais tarde. Até mais, Todd. E, se conseguir os ingressos, é só me avisar.

Todd acenou de forma casual, sem tirar os olhos do laptop.

– Ele gosta de você – observou Todd, alguns minutos depois, ainda focado na tela à sua frente.

Sophie engoliu em seco.

– Tenho certeza de que é só trabalho.

Todd revirou os olhos e ergueu as sobrancelhas de modo exagerado.

– Um lugar legal do outro lado da rua? Credo. Ele é um sem noção. E, se ele a levasse para o Brooklyn, você não teria que voltar sozinha. Ele poderia até deixá-la em casa.

– Como eu disse, é só trabalho.

Todd bufou.

– Se é o que você acha, inglesinha... Paul não é de descer até aqui. Ele farejou sangue fresco. Tipo um tubarão. Você é carne fresca.

– Que amor – respondeu Sophie, surpresa por as palavras dele ferirem seu orgulho.

O rosto de Todd assumiu uma expressão de arrependimento.

– Eu não quis dizer que você não é... sabe...

Sophie ergueu uma sobrancelha, severa, esperando que ele concluísse a frase. Ela podia não ser do tipo capa de revista, mas não era de se jogar fora.

– Na verdade, você é muito...

Todd começou a corar.

– Obrigada. É bom saber. – Ela respondeu com uma rispidez evidente na voz. Mas por que deveria se importar com o que Todd achava dela?

– Merda! Desculpe, Sophie. Olha, vou ficar por aqui no fim de semana. Que tal se eu levá-la para dar uma volta pelo Brooklyn?

– Não se preocupe. Aposto que você tem coisa melhor para fazer.

Às seis e meia, Sophie se levantou da mesa, pegou sua bolsa e a sacola de uma loja de departamentos e foi para o banheiro feminino. Quase não havia mais ninguém no escritório e Todd tinha sumido no meio da tarde, embora seu casaco continuasse pendurado na cadeira.

Instigada por algo – ora, por seu orgulho –, Sophie fizera uma incursão incomum na hora do almoço e ficara aliviada ao se deparar com uma loja que ela conhecia tão bem.

Tirou seu pulôver básico creme e vestiu a linda blusa de renda recém--comprada. Por algum motivo, usou um pouco mais de maquiagem que de costume e dedicou um tempo extra para garantir que ficasse perfeita. Ela ia sair com um cara, então por que não? Com um puxão, soltou o cabelo do coque frouxo e ajeitou com os dedos os cachos louros.

Deu uma última olhada no espelho e, com um sorriso determinado, balbuciou:

– Carne fresca.

Rá! Todd McLennan ia ver só.

Quando Sophie retornou, Todd estava encostado na mesa dele, digitando no celular.

– Oi, inglesinha.

Ao olhar para Sophie, o sorriso dele vacilou e, por um momento, Todd pareceu desconcertado, o que deixou Sophie cheia de si e satisfeita por um instante.

– Você está... bonita. Paul ligou: vai se atrasar. Alguma reunião que se estendeu. Vai chegar aqui umas 19h15.

– Ah. Tudo bem, obrigada.

Sophie engoliu em seco, sentindo-se menos cheia de si e um pouco mais boba. Paul queria conselhos dela, só isso. Ela interpretara errado aqueles sorrisos de flerte e o olho no olho. Estava mesmo tão desesperada assim para provar que alguém poderia ficar atraído por ela depois de James?

Mordeu o lábio e se sentou à sua mesa. Ponderou se deveria pegar o laptop e trabalhar, mas não sentia a mínima vontade, então começou a organizar a mesa, examinando a bandeja de documentos.

Havia alguns memorandos e datas de reuniões que ela precisava anotar, além de uns comunicados de imprensa e convites de lançamentos a serem considerados.

– Sobrou algum biscoito amanteigado, inglesinha?

Todd largou o celular e se sentou à mesa dele, puxando para si a própria bandeja transbordante de documentos.

– Preciso de energia pra dar um jeito nisso tudo.

Ela sorriu e pegou sua latinha. Restava apenas um triângulo polvilhado de açúcar.

– Hum, parece que os ratinhos passaram por aqui hoje.

Ele deu um sorrisinho para ela.

– Um homem precisa se alimentar. Será que poderia fazer mais?

– Vou pensar. – Ela fez uma careta irônica. – Embora eu ache que você vai precisar de mais do que açúcar para lidar com esses documentos.

Todd pegou a papelada e a largou em cima da mesa com um baque.

– A maioria pode ir para o lixo. São muitos comunicados de imprensa, mas tem alguns convites para lançamentos e coisas assim. – Ele pegou o primeiro da pilha. – Dia 29 de junho: lançamento de Patas da Reflexão. Inaugurando turmas de atenção plena para animais de estimação estressados.

– O quê? É brincadeira, não é?

Sophie franziu a testa, tentando decifrar se ele falava sério.

– Não, você não está mais no Kansas. Bem-vinda à Grande Maçã. Que tal este? – Os olhos dele cintilaram com malícia. – Você vai gostar. Decoração Vaginal Brilhante convida para o lançamento da coleção country com strass.

Sophie estremeceu.

– Aff! Não.

– Ah, tem um que é mais a sua cara. Sensações do Sabor. "Venha provar centenas de frutas exóticas, ervas raras e temperos instigantes do mundo todo."

Ele lhe entregou o convite em formato de abacaxi.

– Parece mesmo interessante. Obrigada.

– Viu só? Não dá pra dizer que eu não te mimo. Na verdade, vem dar uma olhada aqui, talvez tenha algo do seu interesse.

Ele pegou metade da pilha e empurrou pela mesa dela antes de acrescentar:

– E me avise se houver algo que ache que pode ser interessante para mim, é claro.

Sophie inclinou a cabeça, incapaz de conter um sorriso.

– Então, basicamente, quer que eu te ajude a organizar seus papéis?

Ele sorriu sem a menor cerimônia.

– É bem por aí, inglesinha.

– Ah, tudo bem, vai.

Era impossível ficar brava com Todd por muito tempo. Além disso, tinha meia hora sem nada para fazer.

Às 19h15, Sophie ria enquanto Todd, fazendo graça, lia outro comunicado de imprensa bizarro sobre uma nova linha de meias-calças masculinas. Quando o telefone da mesa dele tocou, os dois se assustaram. Sophie se esquecera totalmente da hora enquanto eles organizavam a papelada dele – que, na maior parte, fora para o lixo mesmo.

Todd entregou o fone para ela.

– Paul – avisou ele.

– Oi, Paul.

– Sinto muito mesmo. Minha reunião passou da hora. Tenho que fazer mais algumas coisas, mas posso encontrá-la depois das 19h30. Sabe como é...

– Hum – disse Sophie, desejando ter sabido "como era" uma hora antes. – Talvez a gente possa se ver outro dia. Parece que tem muita coisa para fazer aí.

– Tem bastante. Para ser sincero, não seria ruim ficar mais uma hora por aqui.

– Sem problema – respondeu Sophie, contendo a irritação.

– Você é um anjo. Obrigado por ser tão compreensiva. – Ele fez uma pausa e então disse, baixando a voz: – Por que não faço isso direito? A verdade é que eu gostaria de levá-la para jantar. Quero conhecer você um pouco mais. E deveria ter dito logo de cara, em vez de fingir que queria falar de trabalho.

Sophie soltou uma risada meiga, encantada com a confissão dele e consciente de Todd diante dela, ouvindo com uma expressão cética.

– Agora, sim, parece um plano melhor.

– Vamos sincronizar nossas agendas amanhã. Eu ligo para você. Boa noite, Sophie.

– Boa noite, Paul.

Ela desligou e percebeu que acabara de marcar um encontro.

– Ele dispensou você? – perguntou Todd.

– Não.

Sophie sorriu, ainda tocada pelas palavras de Paul e com um friozinho na barriga. Ela não sabia bem se estava pronta para um encontro, não depois de James, mas não podia negar que se sentia lisonjeada por ser chamada para sair.

– Concordamos em remarcar.

– Está indo para casa, então? Vou com você e aproveito para ver a Bella.

– Humm.

A cabeça de Sophie estava em outro lugar. Já imaginava um jantar com Paul. O que vestiria? O que falaria? Fazia anos desde a última vez que saíra com um homem que não fosse James. Estaria fazendo a coisa certa? Mas ela precisava começar em algum momento. Por que não agora, em Nova York? Não haveria ninguém a observando caso fizesse papel de boba. Seria temporário. Seria seguro. E, depois de alguém como James, ela não precisava se preocupar em se machucar outra vez. Já estava tão arrasada que nada mais poderia feri-la. Não que ela fosse deixar alguém sequer chegar perto disso por um bom tempo.

– Terra para inglesinha. Você vem?

A voz de Todd tinha baixado e, quando Sophie olhou para cima, encontrou-o encarando-a com uma expressão diferente e intensa. O coração dela deu um solavanco esquisito. Sem jeito, ela se ocupou em procurar o bilhete do metrô e, enquanto mexia em sua bolsa, se deu conta de que concordara em voltar para o Brooklyn com ele.

Quando enfim estava pronta, ela se levantou. Todd já pegara o casaco e esperava por ela. Ele deu um daqueles sorrisos iluminados de sempre e ela sentiu o pulso disparar. De vez em quando, Sophie notava quanto ele era incrivelmente bonito. Irritada com a própria observação e com a ridícula sensação de frio na barriga, ela pegou a bolsa.

– Vamos – disse ela, deliberadamente profissional e ríspida.

– Parece que ela ainda está trabalhando – observou Sophie quando chegaram à porta da padaria.

Não havia mais clientes, mas as luzes da cozinha estavam acesas e tinha uma sombra atrás do balcão.

A volta para casa no metrô fora tranquila, uma vez que a hora do rush já passara. E, para alívio de Sophie, eles acabaram em uma conversa leve depois que ela viu que ele estava lendo *On the Road – Pé na estrada*, de Jack Kerouac. Ela vira o filme fazia pouco tempo – sozinha, como sempre, já que James nunca queria ir ao cinema (provavelmente porque já fora com a esposa) – e estava interessada em descobrir o que ele achara da história.

Todd foi atrás de Sophie quando ela empurrou a porta da padaria, ainda destrancada.

– Oi, Sophie, como vai? – perguntou Wes, a voz retumbante soando baixinho enquanto ele enxugava as mãos em uma toalha antes de sair de trás do balcão. – Todd.

– Estou bem. Cadê a Bella?

O rosto de Wes se retorceu de preocupação e ele fez um aceno com a cabeça na direção da cozinha.

– Está dando um tempinho.

– Ela está bem?

Um leve quê de pânico passou pelos olhos dele e sua boca pareceu dizer "Não tenho ideia do que falar sem me meter em mais apuros".

– Mais ou menos. Eu ajudei a segurar a barra.

Nem passou pela cabeça de Sophie não ir direto até Bella. Ela parecia ter um gene que a deixava incapaz de não oferecer ajuda.

Encontrou Bella na cozinha, o cabelo amarrado em um lenço azul quadriculado, a cabeça entre os braços apoiados na mesa de aço inoxidável.

– Nem me fale que é anti-higiênico. Não estou nem aí – disse a jovem, sem erguer a cabeça.

– Eu não ia falar nada.

Bella olhou para cima, os olhos vermelhos e inchados.

– Sophie. Desculpa. Não sabia que era você.

– Vim dar um oi. Você está bem? Posso ajudar em alguma coisa?

– Você pode tentar me impedir de fazer tanto sucesso. – Bella balançou a cabeça. – Que maluquice. Eu venho trabalhando nos últimos três meses por uma oportunidade como essa. Hoje... o telefone não parou de tocar. A Sra. Baydon tem bons amigos. Os bolinhos de arco-íris para a festa do sobrinho dela fizeram o maior sucesso. O que é ótimo, mas... Quatro pedidos de cupcakes. Droga, não posso recusar. – Bella parecia inconsolável. – Preciso descobrir como arrumar tempo para assar quinhentos bolinhos, administrar a padaria e ainda criar esboços de design para um bolo de casamento até sábado. É uma oportunidade incrível, um casamento na nata da sociedade. O bolo tem que ser maravilhoso para as pessoas não pararem de falar dele. E espalharem meu nome por aí. E eu ainda não tive nem uma única ideia original e criativa até agora. – Bella afundou a cabeça entre os braços outra vez. – Estou dando uma de chorona. Não ligue para mim. Estou exausta e emotiva. Que inferno ser dominada pelos hormônios. Desgraçados.

– Então, o que está dizendo é que precisa de uma assistente fodona, que cozinha maravilhas quando não está no trabalho. Alguém que estagiou durante um verão em uma revista especializada em casamentos e é capaz de debater ideias para bolos de casamento até dizer chega.

Sophie se sentou na bancada de aço e ficou balançando as pernas enquanto olhava para Bella, que ergueu a cabeça como uma ema assustada.

– É sério?

– É.

Sophie assentiu, maravilhada por poder ajudar.

– Você sabe que vou arrancar seu couro e que não posso pagar nada pelo serviço?

– Bella – falou Sophie com seu tom de voz assertivo, o que não costumava acontecer com frequência. – Eu *quero* ajudar.

– Bom, eu não vou recusar.

– Na verdade, tem um pagamento que você poderia fazer.

Sophie tinha se dado conta na semana anterior que era muito legal ter sugerido o *parkin*, mas precisaria se virar com a receita para acertá-la, porque nos Estados Unidos não havia exatamente os mesmos ingredientes.

– Posso usar sua cozinha para testar algumas receitas?

– Lógico. Claro que pode.

– E talvez precise de conselhos seus em relação a algumas ideias.

– Duas cabeças pensam melhor que uma. Você pode me ajudar a ter algumas ideias para essa droga de bolo de casamento.

Sophie estendeu a mão. Bella a segurou.

– Trato feito – falou Sophie. – Então, quando quer que eu comece?

– Tem certeza? Bem... seria ótimo se fosse nesse sábado. Wes, o homem mais doce e também o mais burro do planeta... nem me fale nesse cara... se ofereceu para ajudar, mas ele tem o negócio dele para tocar. Hoje ele desfalcou a própria loja para vir me ajudar. E ainda está aqui. Mas eu não tinha como recusar: precisava aprontar três receitas de massa de cookie para o café de amanhã cedo e correr para fazer alguns cheesecakes. Em geral, eu teria deixado tudo pronto com antecedência, mas, com a encomenda dos bolos de arco-íris, me atrasei toda.

– Tranquilo – falou Sophie, descendo da bancada. – Vou chegar bem cedinho no sábado.

– Sábado?

A voz de Todd veio da porta.

– Sophie vai ser meu braço direito.

– Ah, vai, é?

Sua postura casual, com os braços cruzados e recostado no batente da porta, não enganou Sophie.

– Está bem, está bem. Sim, Todd, eu preciso de ajuda. Tentei abraçar o mundo com as pernas. Satisfeito?

Bella parecia na defensiva.

– Claro que não, Bels. E não vou contar nada pra nossa família. E, se precisava de ajuda, por que não me pediu?

– Eu não pedi para a Sophie, ela que se ofereceu.

Todd lançou um olhar acusatório para Sophie.

– Claro que se ofereceu. Só trabalho e nenhuma diversão. Isso está deixando a inglesinha muito chata. Ela precisa sair mais.

– *Ela* está bem aqui – ressaltou Sophie, determinada. – Além do mais, isso não é trabalho...

Bella bufou.

– Não é a mesma coisa. Não é *trabalho*. Vai ser divertido também.

Todd ergueu as sobrancelhas de modo zombeteiro.

– Está fazendo com que eu me sinta culpada – falou Bella.

– Eu tenho uma proposta. Sophie trabalha para você no sábado e, no domingo, eu a levo para conhecer o Brooklyn. Já está na hora de a inglesinha turistar por aqui.

– Perfeito – disse Bella. – Aí todo mundo fica feliz.

– Ah, oi? – interveio Sophie. – Eu não posso dar minha opinião, não?

Wes parou atrás de Todd e riu.

– Com esses dois, não. Se eu fosse você, só aceitaria. É muito mais fácil.

Capítulo 8

– São 9,95 dólares – falou Sophie, entregando dois expressos grandes, um pãozinho de canela e a última fatia, bem generosa, do cheesecake de morango de Maisie.

Os cheesecakes de canela com caramelo tinham acabado em uma hora naquela manhã, mas Maisie estava a caminho, como prometido, com um carregamento novo.

– Obrigado. Adorei seu sotaque. De onde você é? Londres?

– Sim.

– Amo Londres. A família real. O palácio de Buckingham. Harry Potter. Aqueles ônibus vermelhos. Táxis pretos. É tão legal. Estivemos lá no último outono. Ei, Mollie, essa moça é de Londres.

Sophie sorriu. Nas últimas duas horas, ela tivera aquela mesma conversa umas dez vezes.

Mollie desviou os olhos da cadeira onde pendurava o casaco e se aproximou.

– A gente ama Londres. O que você está fazendo aqui?

Sophie explicou ao casal simpático sobre o intercâmbio no trabalho e passou mais alguns minutos falando com eles, que contaram que moravam na esquina, estavam reformando um apartamento e tinham saído para dar uma volta de bicicleta.

Não foram só Mollie e Jim que pararam para conversar. À medida que a agitada manhã de sábado passava, Sophie ficava cada vez mais fascinada com a variedade de pessoas do Brooklyn. Ali era muito diferente de Londres. Ela adorara atender os turistas e funcionários de escritórios nas poucas vezes que trabalhara no Kanelsnegles, o café de sua amiga Katie, mas no Brooklyn pairava uma sensação surpreendente de comunidade. O Brooklyn era um antídoto bem-vindo para a agitação da cidade e a impressão de atividade ininterrupta causada por uma semana em Manhattan, aquele lugar onde as pessoas marchavam pelas ruas com objetivo e pareciam ter que chegar em algum lugar para ontem. No metrô, assim como no de Londres, ninguém parecia enxergar ninguém.

Ali, por sua vez, havia famílias jovens. Pais elegantes, esguios e em boa forma que optavam por *lattes* quase sem calorias e pediam o cupcake especial de Bella – o segredinho saudável – para seus filhos bem-comportados, que estavam sempre equipados com um tablet. Também apareciam casais jovens na moda, alguns usando leggings de lycra e casacos de fibra natural, claramente se recompensando com o combo especial de cappuccino e cookie depois de uma corrida matinal. E, de vez em quando, surgiam outros casais, de seus 30 e poucos anos, que se debruçavam sobre jornais ou laptops e devoravam bagels com café e usavam jeans, tênis brancos e camisetas coloridas com logos de marcas caras.

Era interessante ver como a escolha de assentos dividia logo de cara a padaria em áreas distintas. Os casais esportivos ocupavam as laterais, de forma organizada, sentados às mesas de bistrô na parte da frente, enquanto as famílias se espalhavam pelas mesas, preenchendo o espaço à sua volta com casacos, bolsas, carrinhos de bebê e brinquedos. Os executivos de fim de semana, como Sophie os chamava, tinham colonizado os sofás, mas abriam espaço com educação para permitir que outros utilizassem a área também.

A julgar pelo tanto de gente que cumprimentava Bella pelo nome sempre que ela saía da cozinha, vários ali eram clientes assíduos. Havia algo de caseiro e amistoso na padaria, como se a visita de todos fosse indispensável no fim de semana, como se fizesse parte de sua rotina. Ninguém parecia apressado ou preocupado e todos sentiam-se felizes de conversar entre si enquanto aguardavam na fila.

Beth e Gina, as jovens que trabalhavam aos sábados com Bella, circulavam agilmente por entre as mesas pegando xícaras e pratos com a graça de dançarinas, coletando gorjetas e depositando-as na jarra de vidro atrás do caixa. As duas tinham sido de grande ajuda enquanto Sophie se ambientava.

Perto das onze horas, a energia mudou: as famílias tomaram seu rumo, o pessoal do exercício físico foi embora e a turma da noitada chegou para o brunch, ansiando por doses de açúcar e baldes de café.

Sophie fez uma pausa para comer com Bella na cozinha.

– Como está indo?

– Bem. Eu não fazia ideia dessa sensação toda de comunidade.

– Isso acontece por aqui. Uma vibe de vilarejo, por assim dizer.

Sophie riu.

– Acho que essa é a versão nova-iorquina de vilarejo.

Bella sorriu para ela.

– Não parece um velho vilarejo inglês?

– Com certeza não, mas tem algo especial aqui. Todo mundo parece tão... sei lá... otimista. Alto-astral. Animado.

– Eu acredito que as pessoas reagem ao ambiente. Tento criar essa atmosfera otimista de propósito.

Sophie olhou para a mensagem em cima do balcão, que mudava todo dia. A de hoje era: "Toda manhã você tem duas opções: continuar a dormir e sonhar ou acordar e correr atrás dos sonhos. A escolha é sua."

Seguindo o olhar dela, Bella sorriu.

– Não é só isso. Mas olha só as meninas, Gina e Beth. Levei semanas para encontrar as pessoas certas para trabalhar aqui. Quero pessoas competentes e felizes. Se você não fosse do jeito que é, eu não pediria que me ajudasse, mesmo desesperada por ajuda. E, como consequência, tenho clientes assíduos na vizinhança. Durante a semana, são as pessoas que pegam um café e minhas barrinhas caseiras de café da manhã a caminho do trabalho. Em seguida, chega o grupo da caminhada matinal. O almoço é bem movimentado de trabalhadores locais comprando bagels. E o comecinho da tarde é um caos: todas as mães saradas vêm com os filhos atrás dos meus segredinhos saudáveis.

– Fiquei intrigada com esses cupcakes. O que tem neles?

– Frutas e legumes. Abobrinha com limão, cenoura com laranja, abóbora com maçã. As crianças não fazem ideia do que são feitos e as mães não se sentem mal por darem um lanchinho aos filhos depois da escola.

– Que ideia genial! Talvez eu roube isso para a revista. Daria uma matéria ótima.

– Fique à vontade. Eu ensino a receita.

Na última meia hora, o número de clientes tinha diminuído bastante e as prateleiras de vidro ficaram quase vazias. A porta se abriu apesar do aviso de *Fechado* e Sophie estava prestes a dizer "Já encerramos por hoje" quando viu que era Wes.

– Oi, Sophie. Encerraram?

– Quase.

Ela indicou uma última mesa com três pessoas que conversavam diante dos resquícios do café que tinham tomado.

Todas as outras mesas já estavam limpas e com as cadeiras alinhadas embaixo delas. A maioria da louça já fora lavada, e foi só então que Sophie percebeu que seus pés começavam a reclamar.

– Vim ver se precisavam de mais alguma ajuda. E trazer mais canela e noz-moscada. Bella comentou que estavam acabando.

Ele colocou duas sacolas de papel grandes em cima do balcão. Uma nuvem de temperos perfumou o ar.

– Hummm, esse cheiro é maravilhoso. Na verdade, preciso de uns ingredientes para uma receita na semana que vem. Vocês têm gengibre?

– Se temos gengibre? Claro que temos, garota. Você deveria aparecer na loja.

– Eu vou. Desculpa por ainda não ter ido. E nunca agradeci direito pelo alecrim. Eu estava meio perdida naquela noite.

– Tudo bem.

– E eu queria muito comprar algumas ervas para o terraço.

– Eu posso ajudar. Que tipo você quer?

– Manjericão.

Ele riu.

– Nós temos manjericão. Manjericão-limão. Manjericão-cheiroso. Manjericão-tailandês. Manjericão-canela. Manjericão-miúdo.

– Uau! Isso é um bocado de manjericão!

Wes deu uma piscadela para ela.

– Eu adoraria um pouco de manjericão-tailandês.

– Você cozinha?

Sophie sorriu.

– Não tenho cozinhado muito para mim mesma ultimamente, mas acho que estou prestes a mudar isso.

– Oi, Wes.

Bella saiu às pressas da cozinha quando os últimos clientes se despediram com acenos animados. Ela disparou até a porta e a trancou assim que eles saíram.

– Estamos quase acabando, graças à Sophie. Ela foi maravilhosa.

Sophie desamarrou o avental de algodão e se largou no balcão.

– Que tal eu levá-la para tomar alguma coisa, como agradecimento, Sophie? – sugeriu Bella. – Eu preciso *muito* de um balde de vinho e de uma comida chinesa para me paparicar. Se estiver a fim... Quer vir também, Wes?

– Obrigado, é muita gentileza, mas tenho certeza de que vocês duas têm muito a conversar. Já estou indo. Até amanhã.

– Você pode só tomar um drinque.

Wes só balançou os ombros, deu um tchau e seguiu até a porta. Sophie percebeu a expressão tristonha nos olhos de Bella ao vê-lo descer a rua.

– Bom, então, vamos beber?

– Perfeito – respondeu Sophie. – Contanto que eu possa ficar sentada. Estou acostumada a ficar de pé cozinhando o dia todo no trabalho, mas não contava com isso quando escolhi meus sapatos hoje de manhã.

Ela olhou para seus queridos tênis de solado fino.

– Preciso tomar um banho e me trocar – falou Bella. – Encontro você em vinte minutos.

– Fechado – respondeu Sophie.

Ela notou a rapidez com que Bella se arrumaria e gostou que a proprietária de seu apartamento fosse o tipo de pessoa que não perdia nem um minuto.

Exatamente vinte minutos depois, fazendo jus ao que dissera, Bella bateu à porta de Sophie. De calça jeans skinny e blusa branca com listras horizontais vermelhas, parecia revigorada e alegre. Sophie estava com tanto calor, sentindo-se suada, que optou por seu vestido favorito, que parecia um camisão e tinha um padrão de flores sobre listras azul-claras. Sentia-se ela mesma com aquela roupa tão inegavelmente inglesa.

– Não tenho como agradecer – disse Bella, enganchando o braço no de Sophie e conduzindo-a pela rua cheia de gente.

A noite estava amena e havia uma atmosfera de feriado. Elas chegaram à porta de um estabelecimento com janelas escurecidas. Bella entrou primeiro no que parecia um dia ter sido uma sala de estar. Ali havia diversos bancos de madeira e mesas enfileiradas, mas a maioria estava desocupada.

– Este lugar é um segredo muito bem guardado – revelou Bella.

– Dá pra ver – respondeu Sophie.

Suas palavras ecoaram no ambiente vazio.

– Venha.

Com um aceno de cabeça para o barman, que apenas a cumprimentou discretamente, Bella pediu uma garrafa de vinho. Pegou duas taças e seguiu em frente, subindo por uma escadinha estreita e pouco iluminada.

A porta no topo da escada se abria para um terraço e dava a sensação de ser a saída de um túnel comprido e escuro. O terraço zumbia com o barulho de conversas, todas as mesas ocupadas por hipsters de barba comprida, casais jovens e grupos de amigas de camiseta e óculos escuros.

– Por essa eu não esperava – falou Sophie, olhando ao redor.

– A vibe é ótima, não é? – comentou Bella, cheia de orgulho. – A gente tenta não falar muito sobre isto aqui. É como se fosse o bar da vizinhança.

Ela acenou para um casal em uma mesa do outro lado enquanto colocava as taças na última mesa desocupada e as enchia generosamente.

– Um brinde. E obrigada.

– Não, *eu* que agradeço – enfatizou Sophie. – Eu me diverti hoje.

– Você não deveria dizer isso. Como já falei, vou arrancar seu couro. Avise se eu passar dos limites.

Elas deram um longo gole no vinho.

O líquido frio veio a calhar e, por um instante, Sophie sentiu que as coisas talvez ficassem bem.

– Ainda vai sair com Todd amanhã? – perguntou Bella, parecendo preocupada.

– Tem problema?

– Só quero avisar para não criar muita expectativa. Sábado é dia da noitada dele com o pessoal com quem ele sai. Eles são bem festeiros. Uns caras que vivem do dinheiro das famílias.

– Obrigada. Não sei se ele pensou bem antes de me chamar, acho que só estava sendo gentil.

Ela parou de falar ao se lembrar da cena no escritório.

– E ficou um pouco irritado por alguém fazer pouco do seu amado Brooklyn – emendou. – Foi meio que para se vangloriar.

– Isso é mais a cara do Todd.

A frase de Bella foi seguida por um suspiro considerável.

– Mas não me leve a mal. Todd é gentil – ressaltou. – E é meu primo. Eu amo aquele cara. A vida dele não foi fácil... mas não... não confunda as coisas. Ele é adorável, ou pelo menos sabe ser. Mas, aconteça o que acontecer, não cometa o erro de se apaixonar por ele. Já vi isso rolar muitas vezes. As mulheres sempre se apaixonam, mas ele nunca está interessado.

– Não precisa se preocupar comigo.

Sophie se recostou, relaxada, em sua cadeira.

– Estou calejada. E vou ficar fora do mercado por um bom tempo.

– Ah, eu tinha notado. Você tem aquela... aparência de quem foi machucada até a alma. De vez em quando você sai do ar.

– Droga, achei que eu estivesse me saindo bem em esconder as coisas.

– Foi um término muito horrível?

– Bem por aí.

Sophie voltou o olhar para o brilho rosa onde o sol começava a se pôr e examinou com atenção o contorno dos arranha-céus.

– E não está pronta pra falar sobre isso? – instigou Bella, sincera como sempre.

– Desculpa. – Sophie encontrou o olhar de Bella. – É que...

– Não se preocupe, querida. Eu entendo. Homens, né? Se bem que, no meu caso, é mais uma questão de amor não correspondido do que de um homem ter aprontado comigo.

– Ah, isso é uma... tristeza.

– Ou bem frustrante. Saber que ele é o cara certo, mas... é muito cabeça-dura. Não consegue entender ou não enxerga. Preciso partir para outra. Encontrar alguém. Mas é difícil quando você vê o cara o tempo todo e fica se perguntando se talvez...

– Wes?

Bella bateu com a mão no tampo da mesa de madeira.

– Ai, droga! É tão óbvio assim?

Sophie conteve um sorrisinho.

– Você meio que se entregou, mas comecei a desconfiar quando você o chamou para vir com a gente.

– E ele me rejeitou na hora.

– Talvez ele não quisesse ser intrometido.

Bella a encarou bem séria.

– Jura? Eu não engulo essa. Se ele estivesse interessado, não ia se incomodar por ser um intruso no grupo. Mas aí, de vez em quando, parece que ele... Por que me ajudar na padaria toda vez que estou sobrecarregada? Ele sempre é meu cavaleiro de armadura brilhante e nem precisa fazer essas coisas. É esse detalhe que eu não entendo. É como se ele mordesse e assoprasse... Às vezes eu acredito que ele pode estar a fim, mas depois acho que é coisa da minha cabeça.

– Ele tem outra pessoa?

– Não que eu saiba. Se tivesse, eu pularia fora na hora. Ele nunca falou de ninguém. E tenho certeza de que ele não é gay.

– O que é bom pra você – comentou Sophie.

Ela riu da expressão sombria de Bella.

– Nem me diga. Tive uma paixonite não correspondida durante toda a minha adolescência. Ele se assumiu pouco depois que nos formamos no ensino médio. Fiquei arrasada.

– Aaah, que coisa.

– Pois é. Mas não acredito que Wes seja gay. Ele já falou sobre ex-namoradas. Não que isso seja prova irrefutável.

– Você pode ir direto ao ponto, chamar Wes pra sair.

Bella encarou Sophie.

– Acha que já não tentei? Se bem que, para ser sincera, talvez eu tenha sido meio evasiva. Não fui lá e o convidei para um encontro. É isso que você faria?

Com os olhos arregalados de pavor, Sophie balançou a cabeça.

– Nem pensar! Eu nunca teria coragem, mas você... você tem essa sinceridade nova-iorquina...

– Você acha? Ainda não consegui. Apesar de falar muito, eu faço pouco. Como eu ia ficar se ele me rejeitasse?

– Mas e se ele aceitar? – retrucou Sophie.

Seu raiozinho de sol finalmente se mostrava outra vez. Estivera adormecido por tanto tempo que agora parecia que ela estava experimentando um novo par de asas para finalmente voar.

– E se ele recusar?

– Ah, oi, o que aconteceu com todo o otimismo que você canaliza na padaria? Se chamar Wes pra sair, aí você vai saber. Qual é a pior coisa que pode acontecer? E qual é a melhor? Você consegue sobreviver ao pior, consegue partir pra outra. Pode ser meio esquisito por um tempo... mas pensa só: e se acontecer o melhor? Wes aceitar. Vocês saírem. Não seria maravilhoso? Você nunca vai descobrir se não tentar. E, de um jeito ou de outro, pelo menos vai resolver a questão.

– Credo, você é a filha bastarda da Poliana?

– Tipo isso. Aprendi faz um bom tempo: a forma como a pessoa se sente é escolha dela. Dá pra escolher ficar triste. Dá pra escolher ignorar algo.

Sophie parou de repente e deixou escapar um breve suspiro.

– E eu sou muito, muito ruim em seguir meus próprios conselhos.

– Não tem feito boas escolhas?

– Não tenho feito escolha nenhuma – falou Sophie, resoluta. – Mas... tem um cara no trabalho.

– Opa, me conte.

– Ele me chamou pra jantar.

– E aí?

– Sei lá. Depois de... Nem sei direito.

– Menina, você precisa tentar. O que tem a perder?

– Ah, oi?

Bella deu um sorrisinho travesso.

– Eu sou ótima em dizer aos outros o que fazer.

– Então, tá – disse Sophie, endireitando a postura de repente. – Eu saio com Paul se você chamar Wes para sair.

Capítulo 9

Sophie fez uma careta diante do espelho. Escovou o cabelo, dividiu-o ao meio e fez duas tranças frouxas. Não queria impressionar Todd. De onde vinha aquela empolgação que lhe dava um frio na barriga? Queria que aquilo simplesmente desaparecesse. Era como ter 15 anos de novo e sentir um frio imenso na barriga ao ver o menino mais bonito da escola vindo na sua direção, até perceber que, na verdade, ele estava de olho em Laura Westfield, que já usava sutiã tamanho 44.

Vestiu sua calça jeans favorita e correu o dedo pelo pedaço puído na coxa. Riu. Agora sua calça estava oficialmente na moda, mas só porque era tão velha e confortável que Sophie não suportava a ideia de se desfazer dela. Tudo bem que a peça também fazia maravilhas ao dar destaque a seu bumbum, mas isso era só um bônus. A camiseta azul desbotada foi escolhida por estar limpa, e Sophie jogou uma camisa branca larga de linho por cima.

Olhou-se no espelho e aprovou o que viu. Não parecia querer impressionar ninguém. Então acrescentou um tênis desgastado azul-royal, não porque combinava com a roupa, mas porque era prático. Sophie não sabia quais eram os planos de Todd, mas ele tinha dito que fariam um tour pelo Brooklyn, então ela concluíra que os dois caminhariam um bocado.

De última hora, ela passou um pouco de base hidratante, o que deu à pele de seu rosto um tom dourado, pôs uma camada do batom discreto que usava sempre e pincelou de leve os cílios com rímel. Seu orgulho tinha limite.

Depois de abastecer sua sacola de pano favorita com itens essenciais – água, uma câmera, seu celular, band-aids, analgésicos e um guarda-chuva –, ela se sentiu uma turista de verdade e, pela primeira vez desde que chegara, teve aquela sensação de férias, cheia de empolgação e entusiasmo.

Quando Todd tocou o interfone, ela deu um tapinha na bolsa, desceu a escada e abriu a porta com um sorriso largo.

– Bom dia.

– Deus do Céu! Você é uma pessoa matinal! – exclamou ele.

Todd ergueu os óculos escuros para revelar olhos cheios de sono.

– A noitada foi boa? – perguntou ela.

– Até que foi. Festa em Tribeca. Inauguração de uma boate. Só dormi depois das três. O que eu não faço pelo trabalho?

– Coitadinho. E era trabalho?

– Lógico que era.

Ele pareceu determinado e um tanto na defensiva.

– Você está bem para sair hoje? – indagou Sophie, sentindo o ânimo anuviar um pouco. – Ela estivera ansiosa pelo passeio a manhã toda e de repente sentiu um vazio só de pensar em ter que arrumar o que fazer pelo resto do dia. – A gente pode deixar para a próxima – sugeriu Sophie. – Talvez tomar um café.

Ficou até orgulhosa: parecia uma nova-iorquina falando, além de conseguir disfarçar a decepção.

– Sem chance. Nada de pena. Eu estou bem. É só falar baixo e não ficar saltitando de olhos arregalados que nem uma garotinha feliz. Aliás, adorei as tranças.

– Vou me esforçar. E obrigada. Então, aonde a gente vai?

Ela deu uma olhada na rua. Às dez da manhã, estava cheia de famílias e grupos, todos indo tomar um brunch.

– Primeiro vamos passar na Bella e pegar um café – respondeu ele. – Depois vamos andar nove quarteirões na direção norte até a Hoyt-Schermerhorn para pegar o metrô. E aí... – Ele parou, sorrindo. – Na verdade... Sabe de uma coisa, inglesinha? Vai ser surpresa.

Ele a conduziu na direção da padaria e abriu a porta para que ela entrasse primeiro.

Sophie parou na entrada e deu um sorrisinho.

– Adoro surpresas.

– Por algum motivo, achei que gostasse. Não é muito a minha praia. Eu gosto de saber. – Ele contraiu o maxilar com força. – Assim, ninguém se decepciona.

– Não vou ficar decepcionada – garantiu Sophie. Ainda parada à porta, ela ergueu a cabeça e deu um suspiro de felicidade. – O sol está brilhando e parece até que estou de férias. Tenho um guia particular, o que deixa tudo ainda melhor. Não preciso nem pensar em nada. Só relaxar.

– Como é? Você acha que está em boas mãos? – perguntou Todd, uma covinha de flerte surgindo no canto direito da boca.

– Eu não falei isso. – Sophie lançou a ele um olhar severo. – Nenhuma mulher deveria achar que está em boas mãos com você.

Sophie foi para a fila diante do balcão.

– Está dando ouvidos à minha prima de novo? – perguntou Todd. – Ela não é uma testemunha confiável. É rancorosa. Eu não acreditaria em uma palavra sequer do que ela diz.

– Não é só ela... Eu passo metade do dia atendendo às ligações de Amy, Lacey e Charlene, lembra?

Ele deu um sorrisinho voraz.

– Não posso fazer nada se sou irresistível.

Os olhos de Todd brilharam de divertimento e Sophie compreendeu que ele estava fazendo piada de si mesmo.

– Quem diria que as nova-iorquinas são tão desesperadas? – rebateu Sophie, sorrindo para ele.

– As inglesas são mais sagazes?

– Claro que sim – respondeu Sophie, os lábios se contorcendo. – Gostamos de inteligência além de corpinho e rosto bonitos.

– Ai! O que aconteceu com a garotinha feliz?

– Ela está muito bem, mas seu lado mais ousado surge de vez em quando – replicou Sophie.

– Depois dessa, você paga o café.

– Bom dia, Sophie – cumprimentou Bella. – Todd. O que vão querer hoje?

– Bom dia, Bella. Ui, que cara feia!

Sophie cutucou Todd na costela.

– E você ainda se pergunta por que ela reclama de você – comentou Sophie.

Ela balançou a cabeça com empatia para Bella, que lhe sorriu de forma calorosa antes de se virar com um sorriso forçado para Todd.

– Obrigada, primo querido. Gostaria de tirar os óculos de sol?

– Ainda não.

Bella se voltou para Sophie.

– E como é que você consegue estar radiante e feliz agora de manhã?

– Vocês duas saíram ontem à noite? – perguntou Todd, dando uma rápida examinada no rosto de Sophie.

– Bebi muita água quando cheguei – respondeu Sophie, ignorando a pergunta de Todd. – E tomei dois analgésicos.

– Eu deveria ter feito o mesmo. Ou talvez a gente não devesse ter pedido a segunda garrafa de vinho. Mas foi divertido.

– Foi, sim. Obrigada, Bella. Eu me diverti muito.

Tinha sido a melhor noite desde que ela chegara a Nova York.

– Aonde vocês foram? – quis saber Todd.

– Fomos ao bar do Harry, depois compramos comida chinesa e viemos pra cá – disse Bella, já preparando dois cafés.

– E isso é o que chamam de noitada legal? Vocês duas precisam sair mais.

– Nem todo mundo é do tipo que costuma ser flagrado pelos paparazzi saindo das melhores boates às duas da manhã – rebateu Bella. Ela fez um gesto para dispensar a nota de 10 dólares que Sophie oferecia. – É por conta da casa.

– Por que o meu nunca é por conta da casa?

– Primeiro, porque você uma vez colocou uma cobra na minha cama – falou Bella, tampando os copos de café e os deslizando na direção dos dois. – Segundo, porque Sophie me deu uma mão ontem e vai ajudar pelo resto da semana.

Sophie pegou os copos enquanto Bella se virava para atender o próximo cliente.

– Viu, foi desse rancor que eu falei – murmurou Todd ao pegar seu café quando eles saíram da padaria.

– Não estou surpresa. Você deve ter sido uma criança terrível.

Sophie lhe lançou um olhar de reprovação.

Ele abriu um sorriso.

– O lance da cobra foi quando eu tinha 25 anos.

Ao saírem da estação Fulton em Manhattan, Sophie se sentia um pouquinho envergonhada por não ter se aventurado a ir mais longe nas últimas semanas.

– Uau, é como se estivéssemos em um lugar totalmente diferente – comentou ela.

Olhava para as ruas cheias de gente e a ampla avenida com trânsito pesado.

– Não há lugar como Manhattan. A atmosfera é bem diferente da do Brooklyn. Venha, não vamos ficar aqui.

Sophie o seguiu quando ele entrou em uma rua paralela com determinação. De vez em quando, Todd a segurava pelo cotovelo para guiá-la ou esbarrava nela para deixar outros pedestres passarem nas calçadas cheias de gente.

O celular dele tocou, o que vinha acontecendo com frequência.

– Você não quer atender?

– Não, vai para a caixa postal.

Seguiram por uma rua bem movimentada e então Todd apontou para algum lugar. A distância, Sophie viu água, a luz do sol batendo na superfície e, diante deles, os enormes pilares da ponte do Brooklyn.

– Vou levá-la pra cruzar o rio East pela ponte. É a ponte suspensa mais antiga do mundo e um dos passeios que eu mais gosto de fazer. Não tem nada como isso aqui. Você fica com o melhor dos dois mundos: a vista do Brooklyn e, na outra direção, o horizonte de Manhattan. E eu posso lhe fazer um agrado e comprar um sorvete na outra margem.

Ao se juntarem à multidão que se dirigia para a ponte, Todd foi indicando alguns pontos de referência, incluindo a prefeitura, do outro lado da rua. Durante a caminhada, o celular dele recebeu mais duas chamadas. Nas duas vezes, ele apenas tirou o aparelho do bolso, conferiu quem ligava e o guardou de volta.

Havia uma sensação contagiante de alegria no ar enquanto eles seguiam ao lado de pessoas que faziam caminhada, corriam ou turistavam, além de ciclistas na ciclovia. Sob o sol do meio-dia, sem nenhuma sombra, a brisa que vinha da água era mais do que bem-vinda. Abaixo deles, ouvia-se o estrondo cadenciado dos carros que passavam.

Todd ficou atrás dela, apontando para vários arranha-céus, uma das mãos no ombro de Sophie, seu rosto animado a pouquíssimos centímetros do dela.

– Aquele é o novo complexo World Trade Center e aquele, o hotel Four Seasons. O outro lá, com a parte de cima verde, é o edifício Woolworth's, que já foi o mais alto de Nova York, acredite se quiser.

Como sempre, o rosto dele tinha uma expressão animada e radiante de entusiasmo. Seu toque era casual, natural e tranquilo. De repente, isso reacendeu uma lembrança: James, imóvel e impaciente, em uma das raras saídas para ir a uma exposição no National Portrait Museum, discretamente livrando-se da mão de Sophie no braço dele enquanto remexia nos bolsos para ver se a carteira continuava lá.

– Olha, inglesinha, vão inaugurar um restaurante no Upper West Side daqui a algumas semanas. – Todd soltou a informação quando eles voltaram a caminhar. – Você poderia vir comigo e ser meu braço direito amante da gastronomia.

– Ah, eu poderia, não é mesmo? Porque não tenho nada melhor para fazer do que largar tudo e ir com você.

Sophie pôs as mãos na cintura e balançou a cabeça, meio que fazendo pouco da presunção dele de achar que ela ficaria feliz em acompanhá-lo. Ele era mesmo muito confiante.

– Por favor, inglesinha. Você me ajudaria demais.

Sophie amoleceu na mesma hora.

– Por que eu? Fico mais do que satisfeita em ajudar, mas, até onde sei – disse ela, dando de ombros –, você tem uma fila de voluntárias que ficariam felicíssimas de entrar em cena a qualquer momento.

– Isso é parte do problema. Se eu convidar uma delas, a escolhida vai entender tudo errado.

– Deve ser difícil ser tão irresistível – provocou Sophie. – Não pode ir com um amigo?

Sem dúvida, Todd estava acostumado com mulheres tentando impressioná-lo o tempo todo. Sophie não cairia nessa.

– Posso, mas ter uma perspectiva feminina é útil. A gente acaba recebendo uns olhares estranhos quando tenta avaliar o banheiro feminino. Além do mais, vou poder falar da vibe da boate, das pessoas, e você me diz se o chef é bom ou se está tão doido que não consegue diferenciar açafrão de páprica.

Ele se virou para ela, aqueles olhos azuis encantadores como faróis totalmente focados em Sophie. Por um segundo vertiginoso, Sophie confundiu o olhar sincero dele com algo bem diferente e seu pulso disparou. Por sorte, ela estava com a cabeça no lugar.

– Por favor, Sophie. Preciso da sua ajuda – pediu ele.

Droga, será que alguém conseguia dizer não para Todd?

– Você sabe, não sabe?

– Sei o quê? – perguntou ele, de repente todo inocente.

Sophie estreitou os olhos e examinou o rosto dele. Uma covinha surgiu por um breve instante e os olhos de Todd se desviaram, evitando-a de modo calculado.

– Que sou incapaz de dizer não quando alguém usa a palavrinha mágica "ajuda".

– Eu devo ter percebido. Por favoooor, Sophie. Eu preciso muito mesmo da sua ajuda.

– Pode parar com esses olhos pidões. Nem adianta.

– Tem certeza?

As piscadelas cativantes de Todd a fizeram gargalhar.

– Exagerei? – perguntou ele.

– Bastante.

Eles continuaram a caminhar. Sophie, como os outros turistas, parava para tirar fotos. O dia estava lindo, e Todd era uma boa companhia, contando vários fatos interessantes sobre a ponte.

O celular dele tocou outra vez e Todd o tirou do bolso. Estremecendo, ele esfregou o queixo.

– Você me dá licença? Preciso atender.

Com tanta coisa para olhar, Sophie disse que não tinha problema.

– Oi, Amy. Recebi sua mensagem. É, foi mal. Eu ando meio ocupado. Querida – falou ele com a voz mais grave –, não é ocupado desse jeito.

Ao ouvir a risada do outro lado da linha, Sophie se lembrou na mesma hora de Amy, das risadinhas estridentes, deixando mensagens no trabalho.

– Amy, você é uma garota *muito* má – advertiu Todd, seu rosto abrindo-se em um largo sorriso.

Ela queria revirar os olhos, mas a provocação alegre e bem-humorada sobre Amy foi tão franca e amistosa que era difícil repreendê-lo, mas foi bem divertido ver uma expressão de horror surgir no rosto dele.

– É claro que não esqueci. Com certeza. A mesa está reservada. Mando o endereço por mensagem. Você vai adorar.

– Se saiu bem – brincou Sophie quando ele se despediu e começou a tamborilar os dedos na tela do aparelho.

– Não gosto de decepcioná-las.

Ele deu mais uma piscadela e moveu as sobrancelhas com sensualidade.

Sophie o examinou, sustentando o olhar.

– O que foi? – perguntou ele.

– Nada.

A rotina de conquistador de Todd parecia um pouquinho exagerada.

– Desculpa, preciso fazer outra ligação. Você se importa? Depois, sou todo seu. – Todd rolou a tela e digitou algo. – Arrá, achei. – Ele pôs o celular no ouvido. – Darla, aqui é Todd McLennan. Estou tentando ir aí para fazer uma matéria sobre o restaurante à la carte. Ah, sem problema... A comida estava uma delícia... Sim, a mancha saiu. Coitado do rapaz, era o *primeiro* turno dele... Mas não mesmo. Ninguém morreu e tenho várias outras camisas... Não foi nada. Será que tem alguma chance de você me encaixar na terça-feira, mesa para dois? Maravilhoso! Às 20h15. Darla, você é um anjo. Fico devendo essa.

Todd encontrou o olhar de Sophie, que o encarou com frieza.

– Que conveniente... E suponho que Amy nunca vá saber.

Todd deu de ombros.

– Gosto de manter meus encontros felizes.

Sophie estremeceu.

– Qual o problema? – questionou ele.

– Eu ia odiar que alguém se referisse a mim como "encontro". Fica meio impessoal. Como se a pessoa fosse um sapato que vai ser experimentado. E o plural, "encontros", parece que a pessoa é mais uma roupa pendurada no armário, uma peça que de repente você decide colocar para arejar.

Todd gargalhou.

– Amei a analogia, inglesinha. É bem precisa, mas encontros servem para ver se a pessoa combina com você.

– Sim, mas quem vai a diversos encontros não leva isso a sério.

– Ou leva muito a sério.

Ela fez um biquinho cético, o que de nada adiantou para acabar com a expressão divertida dele.

– São encontros para jantar. Beber. Comer. Noitadas – continuou ele.

– Eu gostaria de dizer que o cenário de encontros é bem diferente aqui, mas a verdade é que não sei.

– Então como foi que você conheceu o cara com quem ficou dois anos?

– No trabalho. Fui a uma festa de lançamento. Produto novo.

– Ah, adoro essas apresentações. A última vez que fui, tinha daiquiris e bolsas com brindes da Armani.

– Humm.

Sophie se lembrou do evento de fermento em pó com bolsas de brindes que pareciam sacolas de supermercado.

– Você sabe qual é o comprimento da ponte? – perguntou Sophie de repente, quando corredores passaram em uma pista à parte.

– Pouco menos de dois quilômetros.

– Acha que eles voltam correndo? – quis saber Sophie.

– Nunca pensei nisso.

– Tenho que voltar a correr – pensou ela em voz alta. – Fico um pouco preocupada de correr nas ruas perto do apartamento porque não conheço a área muito bem.

Em Londres, dava para saber que locais evitar. No Brooklyn, você andava por uma rua e, do nada, dava em uma área estranha.

– Aqui seria um lugar bem legal para correr, mas fica um pouco longe – ponderou Sophie.

– Eu corro no Prospect Park. Fica a uns dez quarteirões da padaria. Primeiro, eu ando de bicicleta. Você pode vir comigo um dia se quiser.

– Acho que não quero correr com você.

– Por que não?

Todd pareceu mesmo aborrecido, o que fez Sophie sorrir.

– Porque você deve estar muito em forma.

Ele provavelmente correria em um ritmo que ela não teria como acompanhar e, sem dúvida, metade da população feminina do Brooklyn estaria atenta a ele.

– E não tenho bicicleta – acrescentou ela. – Nem me lembro da última vez que fui pedalar.

– Tranquilo. A pessoa que mora no apartamento embaixo do meu tem duas. A gente pode andar de bicicleta e depois correr.

– Você não acha que precisa perguntar à pessoa primeiro?

Os lábios dele se contraíram.

– Tenho certeza de que a minha vizinha não vai negar.

– E alguém consegue dizer não para você?

Sophie suspirou, balançando a cabeça com um sorriso pesaroso. O rosto dele se abriu em um largo sorriso.

– Não – disse ele, com simplicidade. – Mas vou perguntar a ela hoje à noite e aviso a você no trabalho. Você corria com seu namorado?

– Rá! Só pode ser piada. Eu corria nos fins de semana. Ele nunca estava lá.

Sophie soltou uma risada sem emoção ao perceber de repente que essa tinha sido sua maneira de espantar a solidão nos fins de semana, quando todo mundo estava acompanhado.

Eles chegaram ao outro lado da ponte e desceram um lance de escada até a margem do rio. Todd a conduziu até uma construção com fachada de madeira branca e acabamentos de um verde-sálvia pálido ao redor das janelas.

– Vem, aqui é o lugar perfeito para tomarmos um sorvete, e a vista do deque é ótima.

– Parece maravilhoso. E é bem o que eu precisava. Não imaginava que ficaria tão quente hoje.

Os sorvetes eram enormes, e Sophie queria experimentar todos. Ela ficou em dúvida entre pêssegos e creme (que nunca comera e sentia que deveria experimentar) e nozes amanteigadas (que parecia delicioso demais e ela sabia que iria amar).

– A moça aqui vai querer um de nozes amanteigadas – disse Todd, com firmeza.

Ele passou um dos braços pelos ombros dela de forma casual. Sophie ficou tensa por um segundo, mas Todd parecia focado na escolha dos sorvetes.

– Você falou que hoje era como um dia de férias. Então deve comer o que quiser.

Ele parou, inclinando-se para a frente e avaliando os sorvetes. Então balançou a cabeça e olhou para a jovem bonita atrás do balcão, uniformizada com avental e chapéu de listras vermelhas e brancas.

– Foi mal, não tem como. Pêssegos e creme? Sério, isso nem é um sabor decente de sorvete. Eu ia pedir uma provinha para você, mas não dá. Vou querer o de chocolate duplo.

A garota atrás do balcão sorriu para ele, porque quem é que não sorriria quando Todd lhe dava atenção total?

Depois de pagar pelos sorvetes, eles seguiram para o deque amplo de madeira e foram até a amurada mais distante, bem perto da água. Sophie não conseguia parar de olhar para os enormes arranha-céus.

– Essa é uma das minhas vistas favoritas.

Todd suspirou.

– Garoto da cidade, é? – provocou ela.

– Humm, não, porque amo praia também. Minha família tem uma casa em Long Island. A praia de lá é incrível, é mais um dos meus lugares favoritos. E você? Garota da cidade, da praia ou do campo?

– Bem, praia nem tanto. Já viu como é o clima na Grã-Bretanha? Eu cresci no campo, o que foi... legal, mas ir para a cidade, para Londres, foi uma fuga. Acho que sou uma garota da cidade. Amo Londres, Barcelona, Paris e estive em Copenhague. Foi maravilhoso.

Enquanto admiravam os prédios imensos de Manhattan, eles contaram histórias sobre os locais a que já tinham ido.

– Nem parece que é real. Está tão perfeito hoje. Tenho a sensação de estar em um filme ou uma foto.

Sophie apontou para o outro lado da água, onde o céu muito azul e quase sem nuvens era refletido pelas janelas espelhadas dos arranha-céus.

– Preciso tirar umas fotos. Para minha amiga Kate ver que estou saindo.

Todd pareceu feliz de caminhar ao lado de Sophie enquanto ela tirava diversas fotos do horizonte de Manhattan e da ponte.

Duas jovens, ambas estereótipos perfeitos da líder de torcida americana, com o cabelo louro, dentes de um branco imaculado, camiseta de malha e pernas longas e bronzeadas expostas por shorts curtíssimos, diminuíram o passo e se cutucaram ao se aproximarem de Sophie e Todd. Uma delas deu a ele um sorriso muito além de amigável.

Quando elas passaram, Sophie olhou por cima do ombro e viu que as duas tinham parado e o observavam sem o menor constrangimento.

– Algumas mulheres não têm o menor pudor! – comentou Sophie com um quê de riso na voz. – Não acredito que aquelas duas estavam secando descaradamente o seu traseiro.

A boca de Todd se retorceu para um lado, algo que Sophie agora reconhecia como o movimento que antecedia uma provocação.

– E você não está impressionada?

– O quê? Com seu traseiro? Não, nem um pouco – mentiu ela, sentindo-se corar de repente.

E desde quando ela começara a imaginar homens nus? Ou, mais especificamente, Todd.

– Tem alguma coisa de especial? – perguntou ela, mantendo a leveza na voz.

– É disso que eu gosto em você, inglesinha. – Todd deu um soquinho de leve no braço dela. – Você faz bem para o meu ego.

– Fico feliz em ajudar – respondeu Sophie, com firmeza, grata por ele não ler mentes.

Pelo menos – se é que o comportamento daquelas mulheres valia como parâmetro – Sophie poderia ficar despreocupada, pois sua reação a Todd era perfeitamente normal.

Capítulo 10

O *maître* era superzeloso: abriu o guardanapo para Sophie e entregou o cardápio a cada um deles como se fosse o Santo Graal. Sophie pegou o dela consciente de que a mão tremia de leve. Fazia um bom tempo desde que fizera esse tipo de coisa e, pelo comportamento de seu estômago, talvez nem conseguisse comer nada. *Relaxe, Sophie. Relaxe.* Ela assentiu para agradecer ao *maître*, que ainda pairava ao seu lado, olhou para Paul e sorriu para ele.

– Isso é bem legal.

Era o tipo de restaurante que exalava uma elegância discreta e um estilo sutil. Dava para saber que os preços seriam exorbitantes. Cada mesa era banhada em uma formalidade clássica impecável: toalhas branquíssimas alinhadas, taças de cristal de haste longa, guardanapos engomados e talheres de prata organizados com precisão. Nada disso ajudava Sophie a se sentir à vontade.

– É, é francês. Achei que, como uma boa europeia, você gostaria de comida francesa.

Paul pareceu preocupado por um instante.

– Contanto que não haja *escargot* – respondeu Sophie, sentindo que talvez ele estivesse tão ansioso quanto ela.

Falar sobre caramujos sempre quebrava o gelo.

– Não é minha comida favorita – acrescentou ela.

– O chef daqui é famoso – contou Paul, com uma expressão de apatia enquanto pegava o cardápio. – É um restaurante muito bom.

Por baixo da mesa, ela dobrou a ponta do guardanapo. Bem, talvez Paul nunca tivesse comido *escargot*, por isso passara batido pela deixa de Sophie para tornar a conversa mais leve.

– Você já veio aqui? – perguntou ela.

Sophie olhou para os outros clientes, todos vestidos com elegância e conversando em voz baixa.

– Sim, algumas vezes. Na maioria, para almoços de negócio. É a primeira vez que venho a um encontro aqui.

Ele fez uma pausa, o olhar encontrando e capturando os olhos de Sophie de um modo adorável.

Sophie se remexeu em sua cadeira e cruzou as pernas, sem saber ao certo como se sentia em relação àquilo. Ignorou o breve pensamento de *O que é que eu estou fazendo?* e colocou um sorriso no rosto.

– Fico lisonjeada – falou ela, com um sorriso divertido.

Não estava pronta para aquilo. James a levara para jantar na primeira vez que eles saíram. E tinham ido a um restaurante parecido com aquele.

– Aliás, você está muito bonita.

– Obrigada.

Apesar da correria, ela estava feliz por ter ido em casa depois do trabalho para colocar um vestido e sapatos de salto alto antes de voltar para Manhattan e encontrar Paul. A conversinha motivacional de Bella também ajudara, embora a amiga não tivesse cumprido sua parte no trato.

– Você também está bonito – acrescentou ela. O sujeito sabia usar um terno como ninguém. – Aliás, bela gravata.

Ele puxou a gravata de dentro do paletó e a segurou, parecendo um pouco espantado, como se tivesse esquecido que era dele.

– Ah, obrigado. Tenho esta há muito tempo.

– Então não é sua gravata especial para jantares? – perguntou Sophie, desesperada por um pouco de descontração.

Por um instante, Paul hesitou, como se pudesse seguir qualquer direção: se levar a sério ou talvez ceder às brincadeiras de Sophie. Felizmente, o rosto dele se descontraiu.

– Você me pegou no flagra. Eu estava ocupado demais para passar em casa antes do jantar. Foi mais um dia de loucura no escritório. Quase invejo você e o andar de baixo. As coisas parecem tão divertidas lá. Acho que todos vocês são mais criativos.

Aliviada por seguirem por um caminho mais fácil, Sophie parou de mexer no guardanapo.

– Acho que somos mais como os patos – respondeu ela. – Na superfície, parece que estamos deslizando, mas por baixo da água estamos nadando que nem uns malucos. A gente está sempre correndo atrás de algum prazo. Mas, como estamos escrevendo, aí fica tudo quieto mesmo. É por isso que você deve achar que somos mais tranquilos. A barulheira e a comoção acontecem na cozinha de testes.

Paul deu de ombros.

– Nunca fui lá. Parece mesmo um caos!

– E é, mas é muito divertido – comentou Sophie.

– Então você curte seu trabalho?

– Sim, amo comida. Escrever sobre comida, comer, compartilhar meu conhecimento sobre o assunto, ensinar às pessoas, fazer com que elas experimentem coisas novas.

– Uau – respondeu Paul, parecendo confuso diante da súbita manifestação de entusiasmo dela. – Eu estava me referindo a ser jornalista. Escrever matérias. Quer dizer, presumo que na faculdade você tenha aprendido a escrever sobre qualquer coisa.

– Na verdade, não. Eu tive sorte. Meio que caí de paraquedas nessa coisa de escrever sobre culinária – contou ela. – Eu não me vejo de verdade como jornalista. Comida é minha paixão e a área que eu domino. Não consigo me imaginar escrevendo sobre mais nada.

– Mas onde você se vê daqui a dez anos? Se quiser ser editora, vai ter que expandir seu leque de opções. Acho que poderia ir para a TV. – Os olhos azuis dele se abrandaram. – Beleza para isso você tem, com certeza.

Sophie corou e cutucou as pontas do garfo diante dela na mesa.

– Nossa, nunca pensei nisso. No momento, estou vivendo um dia de cada vez. – Ela lhe lançou um olhar bem franco. – Da última vez que achei que tinha planos, as coisas deram bem errado.

– Mas as pessoas precisam de um plano, não é? Principalmente quando do as coisas dão errado. Senão, como é que vão se reerguer? Acabam ficando à deriva. Quer dizer, você deve ter um plano. Vai ficar por aqui o quê, alguns meses? E aí volta para Londres, certo? Você sabe o que está fazendo, não sabe?

Sophie o encarou, um sorriso irônico surgindo em seu rosto.

– No momento, eu sou a garota sem planos. Vou ficar aqui por seis meses e depois volto para Londres. E não tenho a menor ideia do que vou fazer quando voltar para lá. – Ela esticou a mão e deu tapinhas de leve na dele do outro lado da mesa. – Você ficou lívido.

Ele riu.

– Fiquei mesmo. Tenho minha carreira toda planejada pelos próximos sete anos.

– Uau. Sete anos. É bem específico.

– Eu me preparei com alguma folga – explicou ele e deu de ombros com indiferença. – Talvez sejam cinco anos.

– E ainda vai estar trabalhando em revista? Vai estar em Nova York? Digo, como pode saber? Tenho uma amiga que mirava alto na carreira de relações públicas, mas desistiu de tudo para administrar o próprio café em Londres. E está muito mais feliz.

– Isso não tem como acontecer. – Ele fez que não com a cabeça e ergueu o cardápio. – Vou me tornar o diretor de vendas da empresa nos próximos dois anos, mudar para um veículo de notícias maior nos dois anos seguintes e, por fim, vou entrar no conselho diretor de um grande conglomerado de mídia nos próximos dez anos. Não pretendo sair de Nova York tão cedo.

– Nossa, admiro sua determinação! – exclamou ela, seguindo o exemplo dele e olhando o cardápio. – Agora, Sr. Bem-sucedido, o que recomenda?

– Depende do que você gosta. – Ele pareceu preocupado por um instante. – Eu deveria ter perguntado suas preferências antes.

Sophie deixou escapar uma risada.

– Eu sou colunista de culinária, lembra? A gente gosta de tudo.

– Que alívio! Saí com uma mulher que era vegetariana e ela foi bem difícil em todos os restaurantes a que fomos. Pra mim, se não há nada vegetariano no cardápio, por que não pedir um prato com legumes? Ou com peixe. Fico muito feliz por você ser fácil... Quer dizer, que você... hum... goste de tudo.

Sophie quis provocá-lo de novo, mas ele baixou a cabeça e ficou examinando o cardápio com extrema atenção.

Ela focou em algumas entradas que pareciam interessantes: um timbale de lagostim e camarão e uma torta flambada de bacon e cebola. Decidida, fechou o cardápio.

– Muito bem. Vou pedir duas entradas.

– Duas entradas? – repetiu Paul, e olhou por cima do próprio ombro como se esperasse que a patrulha do cardápio fosse reprimir um comportamento tão rebelde. – Tem certeza?

– Sim, uma no lugar do prato principal. As duas parecem deliciosas e não consigo me decidir. Gosto de experimentar coisas novas sempre que possível.

– Isso parece um bom plano – disse Paul.

Ele colocou os cotovelos na mesa e apoiou a cabeça nas mãos.

– Gosto dessa ideia, expandir horizontes. É o tipo de coisa que sempre é útil nos negócios. Nunca se sabe quem você vai ter que conhecer e impressionar. Sophie, você é uma caixinha de surpresas.

Quando eles fizeram o pedido, o *maître* nem pestanejou diante da escolha de Sophie. O garçom que servia o vinho abrira uma garrafa cara para eles e Paul ergueu a taça em um brinde.

– A você, Sophie. Uma recepção tardia de boas-vindas a Nova York. Quem sabe eu não possa levá-la para dar uma volta por aí? Gostaria de passar um tempo com você. Conhecê-la melhor.

Sophie respirou um pouco mais fundo e brincou com sua taça por um instante, dando um longo gole no vinho.

– Isso seria... legal. Para ser sincera, faz pouco tempo que saí de um relacionamento longo. – Ela deu um suspiro autodepreciativo. – Na verdade, eu tinha um plano. Manter homens a distância pelos próximos quinhentos anos.

Ela tomou mais um gole de vinho e baixou o olhar para a toalha de um branco imaculado. A mão quente de Paul pousou sobre a dela.

– Isso seria uma pena, de verdade. Você merece se divertir um pouco. Aproveitar a cidade enquanto está aqui. Nova York pode ser um lugar bem solitário, principalmente nos fins de semana. Eu posso levá-la para passear.

Foi a menção aos fins de semana que a pegou. Passar o domingo com Todd tinha sido a melhor coisa desde que chegara. Seria horrível voltar para Londres e não ter conhecido Nova York direito. E explorar a cidade com uma pessoa dali seria muito mais divertido do que por conta própria.

Ela não achava que Todd teria muitos outros fins de semana livres, não com seu harém na ativa.

Atrevida, Sophie ergueu as sobrancelhas.

– O que acha de me levar ao Empire State?

Paul pareceu desconcertado por um momento.

– Está brincando? Eu adoraria. Quando gostaria de ir?

– E eu falei para o Ed que a gente não ia deixar o cara comprar nosso pão outra vez.

Edie encerrou sua história e pôs o café na mesa com um floreio resoluto para demonstrar sua firmeza.

Sophie bebericou o café curtindo a atmosfera aconchegante da cozinha da padaria enquanto ela e Bella faziam uma pausa merecida. Estavam trabalhando desde as sete da manhã, assando e decorando cupcakes para uma festa de aniversário e cortando um pão de ló em formatos complexos para um bolo de aniversário de 60 anos de casamento. Felizmente, Beth e Gina estavam dando conta do movimento agitado da manhã e tinham tudo sob controle.

Agora já estava claro para Sophie que as entregas da manhã de sábado de Ed e Edie terminavam na padaria, bem a tempo de um café com bolo, e que Maisie sempre aparecia no mesmo horário.

– A pessoa tem que pensar em si mesma – decretou Bella. – Negar um trabalho requer coragem, mas às vezes é a coisa certa a se fazer. Acho que vou ter que recusar uma encomenda de bolo de casamento.

– Por quê? – perguntou Sophie. Ela se ajeitou no assento e controlou um bocejo motivado pelo calor da cozinha e pelo fato de ela ter chegado tarde em casa na noite anterior. – De quem? – completou.

Ela sabia que cada encomenda era preciosa, já que Bella ainda tentava se firmar no ramo de bolos.

– Eleanor Doyle, a designer de interiores. Ela é impossível.

– Achei que todas as noivas fossem impossíveis – falou Ed.

– Não caia nesse clichê da noiva neurótica, meu jovem – ralhou Maisie, fingindo puxar a orelha dele.

– Lembre-se: *nada é impossível* – recitou Edie.

– Obrigada pelo lembrete – falou Bella, o tom de voz seco. – Mas, nesse caso, acredite, estou lutando para me manter otimista. A maioria das noivas é um amor. Elas ficam empolgadas, entusiasmadas, são fofas.

Bella balançou a cabeça com um desespero incomum.

– Eleanor é... tão fria. Inexpressiva. Não consigo entender de jeito nenhum o que ela quer. E eu preciso conseguir, porque ela pode se tornar uma cliente muito importante, é bem relacionada.

– Ela já passou alguma instrução? – perguntou Maisie, dando tapinhas carinhosos no joelho de Bella. – Você não vai recusar essa encomenda.

– Só pelo telefone e foi muito vaga. "Eu quero algo que faça se lembrarem de mim, a pessoa, e do homem com quem vou me casar" – imitou Bella, com um sotaque caricato.

– Precisa se encontrar com ela – sugeriu Sophie.

Ela soou tão decidida que todos ao redor da mesa a olharam, quase perplexos por sua inesperada firmeza.

– Por quê? – perguntou Bella, interessada.

– Ela falou "eu quero", "de mim"... É tudo ela. Fala do homem com quem vai se casar, não do homem que *ama*. Nem menciona o nome do sujeito. O bolo precisa se referir a ela, a quem ela é, ao que ela faz. E precisa ter a ver com status. Você tem que conhecer essa mulher um pouco mais. O que a irrita, do que ela gosta, o que faz com que se sinta importante.

– Uau! É isso aí, Sophie! – falou Maisie. – Tem razão.

– Tem mesmo – concordou Bella, pegando o celular na mesma hora. – Se eu marcar uma reunião com ela, você vem comigo?

Antes que Sophie tivesse sequer a chance de assentir, Bella já tinha feito a ligação e estava marcando uma reunião com Eleanor para o começo da semana seguinte.

– Bom, isso resolve minha noite de terça – disse Sophie, rindo.

– Droga, você tem outro encontro?

– Outro encontro?

Os olhos castanhos e afetuosos de Maisie cintilaram com um interesse repentino.

– É – falou Bella, orgulhosa, e passou um dos braços pelos ombros de Sophie. – Ela saiu ontem à noite.

– Viu, eu falei – disse Maisie, sorrindo. – E como ele era?

– Vai se encontrar com ele de novo? – quis saber Edie. – Ele a levou a um lugar legal?

Sophie riu e jogou as mãos para cima.

– Isso parece a Santa Inquisição. Ele se chama Paul. Eu o conheci no trabalho. Ele é legal. A gente foi jantar.

– E...? – insistiu Maisie.

– E?

Sophie franziu a testa e encarou os rostos diante de si, incerta do que deveria dizer.

– A fagulha. Apareceu?

– É muito cedo para saber – respondeu Sophie.

Maisie balançou a cabeça, a boca se contorcendo.

– A primeira vez que vi Carl, eu já soube.

Edie se virou para Ed.

– Você soube?

Ele arregalou os olhos.

– Eu tive pavor de você. Caso não se lembre, eu comprei o último saco de farinha para pão e você virou uma fera – comentou ele.

O sorrisinho de Edie era pura presunção.

– Eu soube. De jeito nenhum eu deixaria que Ed escapasse. Eu o segui até em casa.

– Alguns chamariam você de psicopata.

– Ou que eu estava desesperada pela farinha.

Ele se inclinou na direção dela e esfregou o nariz no de Edie.

– E pelo meu corpo.

– Também.

Edie o beijou.

– Ah, vão para um motel, vocês dois – falou Bella, fingindo nojo. – Então, Sophie, vai sair com Paul de novo?

Sophie sentiu a garganta apertar. A afeição entre Ed e Edie a deixara cheia de inveja. O encontro com Paul fora agradável, mas por um instante ela se perguntou se também não tinha sido chato.

Capítulo 11

Os ombros de Sophie doíam de leve, mas ela estava determinada a dar os toques finais no texto sobre o chá da tarde de outono para Trudy. Depois de algumas tentativas frustradas na última semana (quem poderia imaginar que Sophie não encontraria melado nos Estados Unidos?), ela enfim conseguira fazer um *parkin* que a deixara satisfeita.

A receita ficara um pouquinho diferente da versão tradicional inglesa, mas o veredicto geral, com exceção de uma pessoa (Madison, lógico), fora de que o sabor era "muitíssimo bom".

Bem na hora em que ela descrevia como tinha substituído o melado, o telefone tocou. Sophie ergueu os olhos e, como sempre, Todd assentiu, indicando que gostaria que ela atendesse. Ela revirou os olhos.

– Sophie Bennings.

– Oi, Sophie. Aqui é Amy. Tudo bom?

– Oi, Amy.

Todd fez que não com a cabeça e disse "Não estou", sem emitir som.

– Tudo bom. E você?

– Estou ótima, Sophie. Adoro seu sotaque... É tão... inglês. – A moça deu uma risadinha. – Todd está por aí?

– Lamento, Amy. Ele não está na mesa dele. Quer que eu dê o recado?

Sophie o encarou.

– Só queria saber como ele está. Não encontro com ele desde que a gente saiu há algumas semanas.

– Ele está bem – garantiu Sophie, olhando com reprovação para Todd, que fingia não escutar. – Muito ocupado.

Sophie lançou um olhar mordaz para a revista que ele folheava.

– Ele trabalha muito – falou Amy. – Mas é um cavalheiro.

– É mesmo – concordou Sophie, dando a ele um sorriso enojado. – Ele é perfeito.

Ela fez uma careta que dizia que ele era qualquer coisa, menos isso. Todd simplesmente acenou com a mão e se voltou para o computador.

– Vou avisar que você telefonou.

– Obrigada, Sophie.

Ela desligou.

– Coitada dessa mulher! Ela acha que você é um cavalheiro de verdade.

– Obrigado, inglesinha.

– Vai ligar pra ela?

– Claro que vou.

Cética, Sophie ergueu uma sobrancelha.

– A ideia é ignorar pra elas correrem atrás?

Todd lançou a ela um olhar reprovador e levou a mão ao coração.

– Assim você me magoa. Não é minha culpa se sou irresistível.

Por um breve instante, ele pareceu um duende maroto.

– Vou ligar pra ela – garantiu ele. Olhou o celular e clicou no aplicativo do calendário. – Daqui a dois dias – concluiu.

– Como assim? Você faz uma escala? – perguntou Sophie, horrorizada ao vê-lo digitar os detalhes no telefone.

– Sou apenas organizado.

– Com quantas mulheres está saindo no momento? – quis saber Sophie, maravilhada ao vê-lo ficar encabulado de verdade.

– Só com Amy.

Os olhos dele se desviaram para um ponto acima da cabeça de Sophie, de um jeito um pouco sincero demais, um pouco inocente demais e bastante sério.

Descrente, ela ergueu uma sobrancelha de novo.

– Tá, e eu vi uma manada de gnus passar pela janela junto com seis unicórnios e um dragão. O que aconteceu com Charlene?

– Charlene... Bom, ela não sabe ouvir um *não* e continua ligando. Sério, saí com ela para beber. Uma vez só.

– E Lacey e Cherie?

Todd se empertigou.

– Elas que quiseram me ligar.

– E você não encorajou nem um pouquinho?

Ele teve a decência de parecer constrangido por um momento.

– Eu gosto de mulheres, aprecio a companhia delas. Não faço nenhuma promessa nem engano ninguém.

Todd olhou para ela com intensidade, o que fez Sophie se sentir culpada. Que direito tinha de julgá-lo?

Ele ergueu o queixo, os olhos azuis penetrantes nos dela, demonstrando sua determinação.

– E nunca durmo com mais de uma ao mesmo tempo.

Sophie ficou lívida, supondo que ele se referia a James. Mas claro que não era disso que Todd estava falando, já que nem sabia sobre James. Ninguém sabia. Ela não contara a ninguém, a não ser a Kate, que chegara bem a tempo de recolher seus cacos.

– Não mesmo – assegurou Todd.

Ele pareceu irritado diante do silêncio de Sophie. Tenso, se inclinou na direção dela.

– Eu nunca falei que você fazia isso – respondeu ela, assustada com a veemência dele.

– E eu nunca faria.

Com um movimento repentino, ele se afastou da mesa, se levantou e saiu.

Ela o observou com desânimo, percebendo que tocara em um assunto delicado. Sentiu-se culpada. Será que ficara amarga a ponto de perder o bom senso?

Sophie fechou os olhos e relembrou a horrível cena com Anna. Sentiu o peso que a afundava sempre que pensava em James.

Baixou a cabeça e se voltou para a tela do laptop. Tinha se saído muito bem na última semana. Na verdade, desde que jantara com Paul. Não que houvesse encontrado com ele desde então, embora tivessem se falado ao telefone e trocado algumas mensagens. O homem trabalhava muito e jogava bastante squash.

Seus dedos pairaram acima das teclas enquanto ela tentava se concentrar na matéria outra vez. *Parkin*. Bolinhos com chá. Outono. Ela se agarrou às palavras, mergulhou nelas e voltou a se concentrar no que já tinha escrito. O texto estava bom e ela chegara à última parte.

Os primeiros dois dias da semana tinham sido tomados pela execução das receitas finais, e também pela decoração e preparação para a sessão de fotos no dia anterior. Foram dias corridos, e não ajudara em nada o fato de Madison derrubar uma bandeja de cupcakes bem no último instante. Apesar de querer estrangular a garota, Sophie se pusera a trabalhar: raspara a cobertura dos bolinhos e os redecorara com muito zelo, fazendo espirais com a cobertura laranja e colocando por cima chapeuzinhos de bruxa pretos de pasta americana, modelados à mão. Claro que isso tudo acontecera bem no dia em que ela precisava sair na hora para encontrar-se com Bella e Eleanor Doyle, a noiva.

– Sabe de uma coisa, Madison? Acho que esses aqui ficaram bem melhores – falara Sophie, animada, deslizando um prato de bolinhos até a área vazia do mostruário de outono montado pelo fotógrafo. – Eu já tinha prática. O que achou?

O rosto de Madison se contraíra e ela não fizera nenhum comentário.

Apesar das tentativas, Sophie ainda não havia conseguido conquistar a jovem, mas suspeitava que isso tinha a ver com a localização de sua mesa e o fato de Todd ter mencionado na frente da garota o passeio deles até a ponte do Brooklyn.

Sophie fez mais ajustes na sua matéria. Aquele primeiro trabalho era importante e ela queria muito causar uma boa impressão. Estava emendando e remendando uma frase quando Todd se colocou atrás da cadeira dela.

– Inglesinha, meio-dia e meia. Você precisa comer.

– Tá legal...

Ela continuou a digitar.

– Hora do almoço – disse ele.

– É...

Absorta, Sophie mudou uma frase de lugar. Assim ficava melhor?

– Almoço, inglesinha.

Todd pegou o mouse da mão de Sophie, salvou o documento e puxou a cadeira dela.

– Não tem ninguém para ir com você? – ralhou Sophie. – Estava irritada com Todd por ele não ter lhe dado a chance de se explicar mais cedo. – Estou meio ocupada aqui. Não dá pra você ligar pro seu harém?

– Muito engraçadinha. – Ele a encarou, sério. – Você não faz uma pausa desde as nove e meia da manhã.

– Peguei um ritmo bom.

Sophie ergueu os ombros, que estavam bem tensos. Não gostava de estar brigada com Todd, mas continuava furiosa por ele ter tirado conclusões precipitadas.

– Não posso parar agora. Estou ocupada demais para almoçar.

– Discordo – falou Todd, com firmeza. – Ele apertou os ombros dela, esfregando os polegares nos músculos. – Tensos que nem uma... coisa bem tensa. Você precisa de um descanso decente.

– Oi, Sophie. Todd.

A voz de Paul surgira de um ponto além de Todd e, por algum motivo, Sophie se enrijeceu, sentindo-se culpada.

– Paul! Oi – disse ela, com uma voz estranhamente esganiçada.

– Paul.

Todd manteve as mãos nos ombros dela, com um toque gentil, mas ainda massageando os músculos tensos – que tinham ficado ainda mais contraídos.

– Uma amostra de massagem oferecida pelo Homem da Cidade? – perguntou Paul sem rodeios.

– Pelo bem-estar do escritório. Não dá pra acreditar na quantidade de nós que essa mulher tem – disse Todd, descontraído.

Ele correu os dedos pelos tais nós e fez Sophie estremecer.

Paul tensionou o maxilar, embora ao mesmo tempo tenha conseguido sorrir. Usando outro de seus ternos de belo corte e com a luz dourada do sol iluminando seu cabelo louro, ele parecia lindo, era a personificação do sucesso.

Sophie se livrou de Todd com impaciência e se virou para Paul, sentindo o rosto corar de leve.

– Como você está? Como está sua semana? – perguntou ela.

– Cheia. Tive uma reunião de gerência com Trudy aqui no andar. Pensei em passar para dar um oi.

– Bem, chegou na hora certa – disse Sophie, com uma voz mais do que animada, lançando um olhar sério para Todd por cima do ombro. – Acabei de terminar uma matéria e vou parar um pouco. Tem tempo para um café ou um almoço?

– Ah, gatinha, eu adoraria, mas tenho que fazer um monte de ligações e me preparar para uma reunião. Melhor não. Mando mensagem mais tarde. Semana que vem vai ser mais tranquila. Talvez a gente possa tomar alguma coisa depois do trabalho.

– Tá legal – disse Sophie, um pouco surpresa por ter sido chamada de "gatinha". – A gente se fala.

Depois do jantar, Paul tinha tomado o braço dela durante a caminhada até o metrô e lhe dera um beijo no rosto na hora de se despedir, mas com certeza eles não haviam chegado ao nível de "gatinha".

– Então – falou Todd assim que Paul foi embora. – Almoço. Você acabou de terminar sua matéria e já pode ir almoçar. Vou te contar, gatinha, esses ombros precisam de um bom descanso.

Ele piscou para Sophie.

– Venha, inglesinha. Preciso me desculpar direito. Vamos almoçar.

O Central Park à luz do sol. Sophie olhou ao redor, maravilhada com todo aquele verde, vendo os arranha-céus por entre as copas das árvores. Era difícil acreditar que estavam a apenas dez minutos de caminhada do escritório.

– Agora estou me sentindo mal por nunca ter me aventurado por aqui – disse Sophie.

Ela suspirou, esticou as pernas para a frente e limpou as migalhas da boca.

Todd insistira em comprar sanduíches de pastrami em uma das barracas na calçada do lado de fora do parque. Os dois estavam empoleirados em uma pedra, aquecidos pelo sol. Se não fossem os sons não tão distantes do trânsito e de sirenes barulhentas, quase dava para achar que estavam no campo. Quase. O campo com certeza não tinha aquela quantidade de gente correndo e andando de skate ou de pais empurrando carrinhos de bebê. Era surpreendente ver tantos homens hispters e na moda sozinhos com os filhos.

– E deveria se sentir mal mesmo. Temos sorte de estar tão perto do parque. E eu queria conversar sobre semana que vem.

– Semana que vem?

– Lembra que você disse que me acompanharia na inauguração de um restaurante?

– Lembro, mas não achei que você estivesse falando sério. O que Amy vai fazer? Ela não vai estar disponível? – Sophie se arrependeu logo que disse isso. – Olha, desculpe por hoje mais cedo.

– Tudo bem – falou Todd, dando de ombros. – Ela sabe que não temos exclusividade.

– Eu nunca entendi direito o que isso significa.

Ela ergueu as mãos, derrotada.

– Significa que eu saio com outras pessoas, mas sou honesto em relação a isso e não durmo com mais de uma mulher ao mesmo tempo.

O tom dele era firme e intenso.

– Acho que devo parabenizá-lo por isso. É uma conquista e tanto.

Assim que o comentário ácido saiu, ela se arrependeu mais uma vez.

Todd ergueu uma sobrancelha, curioso, quando ela ficou muito vermelha e começou a puxar a grama com uma das mãos.

– Meu ex... Ele não foi fiel.

Ela não conseguia falar sobre o fato de James ser casado.

Todd virou a cabeça devagar e seus olhos azuis ficaram mais gentis ao encontrar o olhar dela.

– Ah, e você descobriu.

Sophie assentiu, um nó se formando na garganta quando a enormidade das mentiras de James a envolveram como uma nuvem carregada. As lágrimas já familiares ameaçaram surgir em seus olhos.

– Que merda! – Ele pegou a mão dela. – Eu sinto muito mesmo, inglesinha, mas não foi culpa sua.

Sophie tensionou o maxilar, determinada a não chorar ao sentir o aperto no peito.

– Culpa talvez não, mas... – Ela esfregou o rosto, a culpa de sempre a dominando. – Acho que fechei os olhos. Não vi o que não queria ver.

Sophie mordeu o lábio, de repente com vontade de falar sobre o assunto, expurgar o veneno. Ela não tinha contado para ninguém o que acontecera, só para Kate.

Sentou-se direito.

– Não é uma história bonita – comentou ela.

Todd franziu a testa.

– Está preocupada que isso mude a forma como eu enxergo você?

– Não. – Ela fechou os olhos, virando-se para ele. – É mais porque vou me odiar depois que contar tudo e me der conta de que deveria ter percebido desde o começo...

Ela tomou coragem. Iniciou o relato:

– James. O nome dele é James. – Sophie contraiu os lábios. – E essa provavelmente é a única informação verdadeira que ele me deu. – De alguma forma, Todd chegou mais perto dela, seus ombros se encostando como se ele dissesse "Estou aqui com você". – Acontece que ele se esqueceu de mencionar que tinha esposa e... – ela engoliu em seco, pensando na menininha linda no café – ... um bebê.

– Um bebê?

Todd entendeu rápido. O espanto em sua voz confirmou isso.

– É, um bebê. De 11 meses.

Ela observou Todd fazer cálculos mentais.

– Puta merda! Isso deve ter doído! – exclamou ele. A consternação cintilou em seus olhos. – Espera aí. Ele morava com você? Como isso funcionava? – indagou.

– Bem, no fim das contas... funcionava porque, ao que parece, eu sou uma imbecil. Muito ingênua e burra.

– Tirando isso.

– Ele me disse que a mãe morava na Cornualha, que fica a mais de 300 quilômetros de Londres. Ela não estava bem de saúde, então ele ia para casa nos fins de semana cuidar dela.

– E...?

– Na verdade, ela morava praticamente na esquina da minha rua. Para a sorte dele, a mãe e a esposa não se bicavam nem um pouco, então ele conseguiu manter a história para a mulher dizendo que ficava com a mãe durante a semana.

– Ai! E como você descobriu? Ele deu mole?

– Não, foi bem pior. A mulher dele me confrontou. Ela me seguiu durante alguns fins de semana. Eu sempre me encontrava com minha amiga Kate por algumas horas no sábado enquanto o namorado dela jogava futebol. A mulher estava no café. Com a filha, Emma.

Sophie estremeceu. Sua mente voltou àquele dia no café. Ela sentiu outra vez a descrença se alastrando.

– Coitada, eu me senti péssima... por ela – prosseguiu. – Coitadinha da menina. Foi pior para elas.

Todd arregalou os olhos, horrorizado, e esticou a mão para segurar a dela.

– Que merda! Que... babaca! Dois anos.

– É, eu não sou uma imbecil?

As lágrimas ameaçavam cair. Ela achava que já tinha parado de chorar por causa de James.

– Você é a primeira pessoa, além de Kate, para quem eu conto – retomou ela. – Morro de vergonha disso.

– Mas você não fez nada de errado. – Todd esfregou o braço dela e pegou sua mão, entrelaçando os dedos. – Foi ele quem mentiu.

– Rá! Vai nessa. Não sei, não. Acho que eu deveria saber. Fico pensando se, no meu inconsciente, eu não sabia. – Ela repassara aquilo muitas e muitas vezes em sua mente. – Ele era um tremendo de um mentiroso. Nunca me ocorreu... Eu amava aquele cara. – Fungando com desdém, ela se repreendeu: – Na verdade, eu acreditava que ele fosse um cara legal por cuidar da mãe. – Ela deu uma risada amarga. – Que estúpida! – comentou Sophie. – Mas como eu não percebi? Mesmo em um nível subconsciente, eu deveria ter me tocado. – Ela baixou a cabeça, evitando o olhar dele. – Tenho tanta vergonha...

– Não foi você que fez isso. E você não contou a ninguém?

Todd a envolveu em um abraço apertado, acariciando o cabelo dela enquanto Sophie tentava com todas as forças não chorar. Com uma fungada, ela se afastou.

– Não sinta pena de mim. E a coitada da Anna?

– O que você fez?

Sophie mordeu o lábio e o fitou nos olhos.

– Depois que ela soltou a bomba, eu fiquei em choque. E, no fim das contas, fugi. Amarelei e não o confrontei. – Sophie piscou para afastar mais lágrimas. – Eu deveria ter sido mais corajosa – refletiu ela. – Ter dito a ele que era um canalha, mas não consegui encará-lo. Aquela vez, no Café Luluc, você disse que o amor vira ódio. Isso leva um tempo. Eu não odeio

James, eu... não devia mais amar esse homem, mas, depois de dois anos, é difícil. Eu fui para casa, troquei as fechaduras, bloqueei James no celular e nas redes sociais. E aí liguei para minha chefe. Ela tinha me oferecido vir pra cá uma semana antes e eu havia recusado, então ficou feliz por eu mudar de ideia. Não contei a ela o motivo.

Sophie parou para recapitular a história.

– Fui ficar com minhas amigas Connie e Kate, para evitar James caso ele aparecesse no meu apartamento. Depois voltei no fim de semana, pra fazer as malas, quando vi que era seguro.

– Ele voltou para a esposa? Ela quis esse cara de volta?

– Não faço ideia. Como disse, eu fugi. Vim para cá e recomecei. Eu não tinha a menor ideia do que iria fazer quando chegasse aqui. Só queria ficar o mais longe possível. E dei sorte de encontrar você e Bella. Se não fosse por ela, eu provavelmente ficaria enfurnada no apartamento vendo reprises de *Friends*, *The Big Bang Theory* e *How I Met Your Mother* e enlouquecendo aos poucos.

Todd pareceu reflexivo.

– Acha que eu deveria ter confrontado James? – indagou ela.

– Talvez isso lhe desse um encerramento de verdade. Você não fica se perguntando por que ele fez isso? Manter esse nível de subterfúgio por tanto tempo. – Todd balançou a cabeça. – Confesso que tenho vontade de tirar o chapéu e...

Ele parou de falar ao ver o olhar reprovador de Sophie. Então prosseguiu:

– Não, sério, dá trabalho demais. Por quê? Por que alguém faria isso? Manipular a verdade o tempo inteiro, ter que se lembrar das mentiras contadas.

Todd apertou a mão dela com delicadeza.

– Sabe o que você precisa fazer, inglesinha? Se divertir ao máximo enquanto estiver aqui, em vez de ficar trancafiada naquele apartamento. Vá viver um pouco, se divertir. Você pode conseguir coisa bem melhor que Paul. Nova York está cheia de homens. – Ele piscou. – Posso apresentá-la a alguns. Uma gatinha que nem você...

Sophie se levantou e limpou as migalhas da saia.

– Não me chame de gatinha.

– Desculpe, gatinha.

Ele deu um sorrisinho torto.

– E não tem nada de errado com Paul. – disse Sophie na defensiva.

Todd fez uma careta, ela fez um beicinho.

– Ele é um cara decente, mas... Sério, inglesinha! A não ser, é claro, que você queira evitar riscos. Ele é casado com a carreira. Suponho que exista gente pior para se ter um casinho. Mas acho que você consegue coisa bem melhor.

– Não estou planejando ter um casinho – respondeu Sophie, mordaz.

Isso sugeria que haveria muito mais em jogo. Do ponto de vista emocional, um casinho parecia algo turbulento, empolgante, imprevisível e finito.

– E por que não? – indagou Todd, erguendo as mãos. – Vá viver um pouco.

– Infelizmente... – Ela se deteve por um instante e olhou para o rosto bonito e sorridente de Todd. Ele não tinha a menor ideia. Provavelmente, nunca tivera um relacionamento sério e estável na vida. Sophie concluiu: – Não fui feita para casinhos. Sou uma mulher de tudo ou nada.

Capítulo 12

– Oi, Bella. Tive uma ideia.

Sophie entrou correndo na cozinha, sacudindo seu bloquinho de anotações. Havia saído do metrô e ido direto para ali. Dar uma passada para ver Bella depois do trabalho tinha se tornado parte da rotina. Depois de tomar uma rápida xícara de café e bater um papo, ela subia correndo para seu apartamento, mudava de roupa e descia de novo para passar uma ou duas horas assando cupcakes e cookies. Suas habilidades com o glacê tinham melhorado muito e, sob a supervisão minuciosa de Bella, Sophie até recebera permissão para decorar as últimas três fornadas de bolinhos.

Bella endireitou a postura e largou o saco de gelo, esfregando as costas.

– E aí? Café?

– Eu faço. Descafeinado?

Sophie correu até a pequena máquina de café em cápsulas, ainda bem satisfeita consigo mesma.

– Acho que já sei como fazer o bolo perfeito para Eleanor.

Não adiantava: Sophie não ia conseguir esperar até que o café ficasse pronto. Voltou para o lado de Bella.

– Percebi que o casamento da Eleanor é tanto uma celebração da carreira bem-sucedida dela quanto da união. O trabalho é a prioridade dela. Então fiquei pensando: e se a gente fizer isto aqui?

Sophie abriu seu bloquinho e mostrou alguns esboços.

– Cada camada vai ter um padrão diferente de papel de parede em cores complementares. – Ela indicou os desenhos. – Você precisa que Eleanor escolha os três papéis de parede preferidos dela. Isso vai personalizar o bolo.

Bella jogou os braços ao redor de Sophie.

– É isso! Sua espertinha. É perfeito!

Bella examinou a página do bloco e passou por outras.

– Estes esboços são geniais! Você é genial!

– Não, você que vai ser genial, porque não tenho ideia de como tornar isso realidade.

Embora soubesse cozinhar, Sophie estava maravilhada com as habilidades de decoração de Bella.

– Nem eu... Ainda. Eu posso te ensinar se tiver interesse.

– Sim, por favor – respondeu Sophie, com tamanho entusiasmo que Bella até gargalhou.

– Não sabe no que está se metendo.

– Não ligo – garantiu a inglesa, preparando o café delas. – Se eu conseguir fazer algo próximo do que você faz, vou ficar maravilhada. – Seus olhos brilharam de empolgação. – E vou amar aprender. Estou doida pra saber como você fez o rendado no bolo de *Minha bela dama*. Era incrível. Assim como esses.

Ela apontou para o trabalho que Bella vinha fazendo.

Bella ergueu o saco de glacê e começou a dar os toques finais às pétalas amarelas que saíam pelas laterais dos cupcakes, que eram modelos mais largos e mais compactos do que ela costumava fazer.

– Gostou?

– Adorei. São uma graça – disse Sophie, entretida com os cupcakes de girassol.

– Estes aqui são para uma encomenda, mas pensei em começar a vendê-los na padaria também.

– Você poderia fazer flores da estação em cada mês – sugeriu Sophie, se inclinando para examinar os detalhes das sementes de girassol no meio dos bolinhos.

Bella se virou para a amiga.

– Que ideia genial! Sophie, eu te amo. A gente forma uma dupla incrível. Tem certeza de que não quer desistir da revista e vir trabalhar comigo? – Ela se interrompeu e mordeu o lábio. – Se bem que você já faz isso na maioria das noites. Eu não deveria incentivá-la. Mesmo adorando sua ajuda, fico preocupada de você usar isso como desculpa para se esconder.

– Mas eu adoro estar aqui – assegurou Sophie, olhando a cozinha de Bella, onde se sentia em casa. – Não precisa se preocupar, sério.

A movimentação e o chacoalhar da batedeira, a sensação confortável da farinha em suas mãos, o som do açúcar refinado sendo despejado na tigela da balança e o aroma doce da baunilha nos cupcakes eram universais. Sophie podia estar em qualquer lugar, mas essas coisas faziam com que se sentisse em casa, mesmo longe dela.

– Se bem que hoje à noite não vou poder ficar muito. Vou sair para jantar mais tarde.

– Que bom!

– Posso ficar mais uma hora antes de subir pra me arrumar.

– E aí, aonde Paul vai te levar?

Sophie hesitou por um breve instante.

– Na verdade, vou sair com Todd. É a inauguração de um restaurante-bar. Ele quer uma amante da gastronomia para fazer a crítica.

Bella lhe lançou um olhar aguçado. Sophie ergueu as mãos, rendendo-se.

– Não se preocupe, sou imune ao lendário charme de Todd McLennan.

– Ainda bem. – Bella suspirou e se recostou na bancada de aço inoxidável, cruzando as pernas na altura do tornozelo. – Ele é meu primo, eu o amo demais, só que, por mais encantador que seja, Todd também é bem problemático. Ele não iria gostar que eu contasse, mas basta dizer que o casamento dos pais dele é a definição de disfuncional. Se você puder preparar rapidinho algumas porções de massa enquanto faço a cobertura deste lote aqui, me ajudaria muito. Mas só se tiver certeza de que isso não vai atrasá-la. Você não vai se arrumar toda pra sair com Todd, vai?

– Não, estou com tempo – disse Sophie, alegre, já começando a pegar os ingredientes.

Todd mandou mensagem para avisar que tinha chegado e estava lá embaixo com Bella. Sophie fez uma careta para o espelho. Torcera para não se encontrar com Bella ao sair. É claro que se arrumaria toda. Ia sair com Todd McLennan, um playboy superconhecido, pelo amor de Deus. Seu orgulho ordenava que ela ao menos caprichasse na maquiagem dos olhos.

Além disso, também vestiu sua blusa favorita – um modelo de grife que tinha sido de Kate.

Dava para ver que a peça era cara só pelo corte – que acentuava a cintura e tinha um decote discreto que revelava de leve a protuberância dos seios, mas sem alarde – e pela maneira como as camadas delicadas da seda turquesa cintilavam no espelho. Sophie sorriu.

O traje ficou completo com uma calça skinny jeans rasgada e sandálias rasteiras com brilho. Tinha certeza de que acertara em cheio. Moderna sem chamar muita atenção, além de confortável. Sentia-se ela mesma.

Com um aceno de aprovação, pôs a *clutch* embaixo do braço e desceu.

Todd já tinha se acomodado, como sempre fazia onde quer que estivesse. Estava sentado no balcão da cozinha, balançando as pernas, raspando uma tigela de mistura de bolo e batendo papo com Bella.

Sophie parou por um instante a alguns passos da cozinha, de repente muito acanhada. Contudo, antes que tivesse a chance de dar meia-volta e subir para trocar de blusa, Todd a avistou. Em um ínfimo segundo, seus olhos se arregalaram e sustentaram o olhar dela, o que fez o coração de Sophie errar as batidas, até ele descer em um pulo do balcão.

– Inglesinha, você está pronta e bem na hora. Alguém clone essa mulher.

Bella ergueu o olhar.

– Menina, uau!

Sophie se sentiu esquisita e levou a mão ao decote.

– Exagerei?

– Não, não, você está maravilhosa! – elogiou Bella. – Muita areia pro caminhão do Todd. – Ela lançou ao primo um olhar irônico. – Com sorte, vai encontrar alguém melhor assim que chegar lá e se livrar dele.

Sophie teve a nítida impressão de que havia um aviso nas palavras da amiga, mas não soube muito bem a quem se dirigia.

– Fascinante – disse Todd, pegando o braço de Sophie. – Podemos ir antes que minha amada e mal-humorada prima reduza meu ego a pó?

O Onyx era tudo que parecia: um restaurante-bar elegante e supersofisticado. Sophie ficou mais do que satisfeita por ter colocado a blusa turquesa.

Ali, até o *host* era bonito, um homem de feições bem-delineadas e terno cinza-escuro de corte imaculado que verificava com desdém os nomes em sua lista.

A partir do momento em que entraram, o tratamento passou a ser cinco estrelas.

– Não estou levando fé nessa coisa de champanhe preto – sussurrou ela, segurando sua taça. – A ideia é boa, mas não parece gostoso. Eu não mudaria o champanhe.

Sophie tomou um gole e girou o líquido na boca, então franziu o nariz. Ela preferia que seu champanhe não fosse adulterado.

– Se a ideia é estragar a bebida, melhor fazer isso com vinho cava ou prosecco, porque a fermentação é diferente.

– Sem dúvida, já causa uma impressão – falou Todd. – O que acha que tem aqui?

Ele olhou o conteúdo da taça com uma desconfiança cômica, que fez Sophie dar uma risada antes de tomar outro gole, hesitante.

– Não é tinta de polvo, graças a Deus. Provavelmente é só corante alimentício.

– Estou muito feliz por você estar aqui comigo.

Sophie perdeu o fôlego diante do súbito tom de seriedade na voz dele. Quando ergueu a cabeça para encontrar os olhos de Todd, ao menos uma vez viu que o olhar dele era solene e firme. A pele dela queimou quando eles se encararam e, de um jeito bem inexplicável, ela sentiu as pernas fraquejarem. Foi um alívio quando ele, dando um gole, desfez o contato visual e acrescentou:

– É o tipo de detalhe útil para minhas anotações. E vou precisar do seu conhecimento quando formos comer, porque acho que a comida vai ser um quesito complicado.

Ele a conduziu pelo interior, na penumbra, na direção do restaurante, que ficava no mezanino.

– Se bem que não vai ter muita importância, já que provavelmente nem vamos conseguir enxergar a refeição.

De repente, ela se sentiu muito feliz por estar tão escuro e ele não poder ver o rubor em seu rosto.

Todd pegou outra taça de champanhe para Sophie no topo da escada, quando eles entraram no restaurante. Foram levados até uma mesa no canto que tinha vista para o bar lá embaixo. Antes de pegar o cardápio, ele tirou algumas fotos dos dois ambientes, já lotados de gente muito bonita.

– O que acha da decoração? – perguntou ele.

Todd guardou o celular e observou o teto, onde pequeninas luzes de LED brilhavam por entre estalactites pretas lustrosas.

Sophie assentiu e tentou usar algumas frases diplomáticas.

– É muito... moderno.

E muito escuro.

Ao se remexer no assento, ela acertou a canela na inclemente quina de metal de uma das pernas da mesa.

– Que talheres interessantes – comentou Sophie. Ela pegou a pesada faca de bronze com cabo de ágata. Era um estilo gótico demais para ela, mas todo mundo parecia enlouquecido pelo lugar. – É um conceito inteligente. Onyx, como a pedra ônix, daí a ênfase no preto e no metal.

Os lábios de Todd se retorceram quando ele a observou com seriedade por um minuto. Ele se inclinou na direção dela e confessou:

– É tenebroso. – Sophie deu uma risadinha e ergueu a taça de champanhe, ao que Todd completou: – Um misto de leito de vampiro e toca de duende. Preciso de uma daquelas lanternas de prender na cabeça. Quem fez esse projeto deve ter algum problema com bom gosto.

– É diferente.

– Diferente não quer dizer legal. Acho que é melhor darmos uma olhada no cardápio. Se bem que, se tiver línguas de lagarto, asas de morcego ou pelos de salamandra, a gente vai direto comer hambúrguer no Wendy's aqui na rua. – Ele pegou o cardápio. – Humm, não é tão ruim quanto eu temia, mas você vai ter que traduzir. O que seria *velouté* de alho-selvagem e berbigão? Creme de lagostim? Floretes de couve-flor defumados? Não sei se quero que essas coisas cheguem perto da minha boca.

Sophie leu o menu com um desgosto crescente. Era o tipo de cardápio que ela desprezava: tudo feito em nome da extravagância. A descrição dos pratos era irritante, desde a mousse de ervilha e a espuma de manjericão até os nem um pouco tentadores *sorbet* de azedinha e essência de cogumelo morel. Apesar disso, ainda acreditava que as pessoas deveriam experimentar coisas novas.

– Pelo amor de Deus! Sério, Sophie, o que é isso? Verrine de *julienne* de *prosciutto*, geleia de alecrim, emulsão de cogumelos selvagens, coberto por uma *galette* de batata e parmesão?

– Shhh, você vai deixar o chef chateado.

Sophie avistou um homem de branco que ia de mesa em mesa.

– Verrine é uma taça transparente. E todas essas coisas vêm dentro dela – explicou.

Sophie deu um longo gole no champanhe, grata pelo fato de a segunda taça não ter sido batizada com corante.

Todd franziu a testa e arregalou os olhos para ela.

– *Julienne* são tiras finas de alguma coisa, então vou considerar que aqui são tiras do presunto – desvendou ele. – Geleia de alecrim parece nojento. Com a *galette* eu consigo lidar, mas, sério... que negócio é esse de cogumelos selvagens? Será que o pessoal da cozinha saiu de manhã pra colher cogumelos aqui perto?

Sophie deu risadinhas na hora errada e quase engasgou com a bebida.

– Bife de kobe em uma cama de fatias de cebolas selecionadas à mão. O que é que eles vão fazer? Pegar com os dentes? Quem escreve essa porcaria?

Sophie teve uma crise de riso e precisou largar a bebida. Todd estava com tudo.

– Frango água na boca misturado com... Tubarões têm água na boca; frangos, não – prosseguiu ele.

– Para... Chega – implorou Sophie.

Ela precisou se esforçar muito para controlar o riso quando o garçom chegou para anotar o pedido. Todd, claro, foi muito educado.

– Vou querer o linguado selado com *velouté* de alho-selvagem e berbigão, seguido pelo frango. E uma garrafa de Pouilly Fume.

– E a senhora?

Evitando de propósito olhar para Todd, para não correr o risco de ter outra crise de riso, ela escolheu creme de lagostim com camarão e caviar, seguido pelo bife de kobe, com espuma de ervilha, emulsão de cenoura e suflê folheado ao molho de vinho tinto.

— Não tenho a menor ideia do que seja um suflê folheado, mas fiquei bem impressionada.

Quando a comida chegou, os dois pratos pareciam obras de arte de Jackson Pollock, cheios de manchas aqui e ali por toda a porcelana.

— Aguardo suas observações — disse Todd, cutucando, ansioso, os berbigões no próprio prato.

Sophie mergulhou a colher no potinho de creme de lagostim, que mais parecia uma geleia. O enorme camarão no topo vacilou e fez tremer as minúsculas ovas de caviar, que pareciam confetes.

— Hum, não é ruim. Parece um consomê de frutos do mar mais encorpado e saboroso. É gostoso, mas não dá pra comer muito. O camarão está uma delícia. Experimente — sugeriu Sophie.

Ela pegou com a colher uma porção do creme e do rabo do camarão e ofereceu a ele.

— Preciso mesmo fazer isso?

— É bom pra expandir o paladar. A gente precisa desafiar nosso paladar frequentemente.

— Acho que já expandi muito. Comi em Paris uma ou duas vezes e, juro, meu paladar foi bastante desafiado nas ruas do Camboja — disse Todd.

— Ah, nunca estive lá.

— Qual foi a melhor refeição que você já fez? — perguntou Todd, a cabeça pendendo para um lado.

Ele observava Sophie, que tinha acabado de descrever uma *paella* espetacular que comera em Barcelona durante um verão e de contar como tinha perseguido o chef no dia seguinte até a cozinha dele para aprender a receita.

Sophie ficou meio desnorteada diante da mudança súbita para um tom mais sério e por ser o foco da atenção dele.

— Impossível responder.

Ela sorriu com olhos sonhadores enquanto se recostava na cadeira, pensando na pergunta. Na última meia hora, haviam trocado várias histórias sobre suas viagens e experiências gastronômicas. Todd era muito viajado e tinha muito para contar, além de ter vários insights fascinantes sobre os lugares em que estivera.

– Por quê? – questionou ele.

O sorriso provocante causava estranhas mudanças na pulsação dela.

– Uma refeição é a soma de muitas coisas, não é apenas a comida em si – disse Sophie. – É a atmosfera, a companhia, as lembranças que você cria. A refeição perfeita traz um aconchego especial, é uma soma de todas as coisas certas juntas. Isto aqui, por exemplo, é uma comida magnífica, mas... – tentou explicar e deu de ombros, sem querer parecer ingrata – ... o ambiente, a atmosfera, nada disso é ideal... pelo menos não pra mim.

– E a companhia? – perguntou Todd.

Ele ficou imóvel de repente, como se a resposta fosse importante.

Sophie ficou nervosa ao retribuir o olhar dele, sem saber direito o que dizer. Todd estava flertando? Ela alisou a seda da blusa, feliz por ter se esmerado para ficar bonita. *Quem ela queria enganar?* Desde o primeiro dia que o encontrara, seus hormônios vinham implorando para conhecê-lo melhor. Traidores. Todd era tudo que James e Paul não eram, uma complicação de que ela não precisava, mas quando ele a encarava daquele jeito...

Ela suspirou.

– A companhia não é nem um pouco ruim.

Sophie sorriu para ele, que, em resposta, roçou os dedos na mão dela, bem na hora em que o garçom chegava com o segundo prato.

– É só isso? – sussurrou Todd assim que o garçom se afastou, depois de colocar os pratos na mesa com um floreio. – Eles estão de sacanagem. Um caracol tem mais carne do que isso aqui.

– Shhh.

Sophie tentava segurar a risada diante do semblante pesaroso dele, ainda que o pequenino cubo de carne no próprio prato passasse longe de ser generoso.

Todd cutucou a espuma de ervilha.

– Você vai comer isso? Parece espuma verde de cigarrinha.

– Acho que está falando do que chamamos, na Inglaterra, de cuspe do cuco, uma espuma branca feita por insetos e que vemos nas plantas às vezes.

– Essa aí. Por que comer uma coisa que parece baba de inseto?

– Agora você me desanimou – falou Sophie, apontando a faca para ele com seriedade.

– E esse troço laranja parece radioativo.

– É emulsão de cenoura.

Se bem que brilhava demais.

– E o que é esse negócio enrugado? – perguntou Todd.

Sophie deu um sorrisinho para ele. Com a colher, pegou uma das duas rodelinhas de massa com um toque de molho e metade do cubo de carne e grunhiu.

– Isso, meu amigo, é o que chamamos na minha terra de rosbife, pudim de Yorkshire e caldo de carne. É uma delícia.

Todd, que tinha terminado seu prato de frango em umas cinco garfadas, serviu-se do outro pudim de Yorkshire e do restante do bife.

– Ei! – Ela deu um tapa na mão dele. – Isso era meu.

– Preciso experimentar para expandir meu paladar – provocou ele. Um ar de travessura estava estampado em seu rosto. – Mas você está certa: este negócio Yorkshire é ótimo. Nunca tinha comido. Você sabe fazer?

– Se eu sei? Sou de Yorkshire, é lógico que sei fazer.

– Ótimo! Quando eu for jantar na sua casa, você pode preparar pra mim, então?

– Você vai jantar na minha casa?

Foi a vez de Todd dar um sorrisinho para ela.

– Não dá pra contar pra uma pessoa tudo sobre a *paella* mais incrível que você já comeu, dizer que aprendeu a prepará-la e não convidar o sujeito pra jantar.

– Acho que dá, sim – rebateu ela.

– Você é uma mulher difícil. Eu levo o vinho.

Sophie deixou a cabeça pender para um lado. Ela sentia falta da cozinha. Nem sempre valia a pena cozinhar só para si. Sentia falta de preparar algo para outras pessoas.

– Muito bem, faço a *paella* pra você um dia, depois do trabalho.

– Ótimo!

Todd esfregou a barriga fingindo ansiedade e depois olhou para o prato vazio diante de si.

– Tomara que as sobremesas sejam maiores – comentou ele. – Ainda estou morrendo de fome.

Sophie tinha que concordar.

A sobremesa, por mais deliciosa que estivesse, consistia em porções mínimas de chocolate branco e mousse de café e chocolate amargo salpicadas de folhas douradas comestíveis, que os dois devoraram em segundos. Todd deu um longo suspiro ao pousar a colher pesada.

– Quer um café? – perguntou ele, em um tom de quem diz "Espero que não".

Ele raspava a última camada de mousse como se pudesse fazer surgir mais em um passe de mágica.

– Não precisa – disse Sophie, tranquila.

– Beleza. Vamos dar o fora daqui.

Ele já havia se levantado e lhe estendia a mão.

– Venha – chamou ele, e, baixando a voz, olhou ao redor furtivamente. – Quer comer um hambúrguer? Ainda estou morto de fome.

– Você é um saco sem fundo?

– Qual é, inglesinha? Vai dizer que não consegue comer um hambúrguer depois disso?

– Consigo, mas não deveria. Ainda não comecei a correr.

– Por que não me falou? Vou te levar pra correr no fim de semana. Que horário é bom pra você?

– Não sei.

– Bem, me avisa durante a semana, mas agora meu estômago está implorando pra eu sair daqui.

Sophie caiu na gargalhada e mandou que ele ficasse quieto.

– Vai irritar o chef. Eu vou ao banheiro e encontro você lá embaixo.

– Todd! Querido...

Uma loura alta jogou os braços compridos ao redor dele na hora em que Sophie saiu do banheiro.

– Quanto tempo! – exclamou a mulher.

– Liesl, como vai?

Todd deu dois beijos no rosto dela e abriu seu sorriso receptivo.

– Melhor agora que encontrei você. Por onde tem andado? E este lugar não é divino? Todos estão enlouquecidos. Dino conseguiu de novo. Estou pensando em pedir a ele que redecore a cobertura pra mim. Parece que ele já terminou o trabalho da Paris. Quando é que você vem pra praia?

Ela ergueu uma das mãos na direção do rosto de Todd, sorrindo para ele de modo efusivo.

– Senti sua falta – completou a mulher.

Sophie parou onde estava, sem saber se ia até eles ou não. Dali, não conseguia ver o rosto de Todd para avaliar sua expressão.

– Como estão Brett e Jan? – perguntou ele.

– Meus pais estão bem. – Ela puxou uma agenda com capa de couro azul-claro de sua *clutch* de pele de cobra, então disse: – Vai ter uma festa na casa dos Swansons no fim de semana. Você deveria ir. E Maggie e Bill vão dar uma festa para a caçula deles, que está fazendo 21 anos. Vai ser um arraso.

– Parece ótimo. – Todd levou a mão ao próprio rosto e, com um movimento fluido bem típico do seu encanto, afastou a mão dela. – Eu entro em contato com você. Estou meio enrolado no momento.

– Não acredito que perdeu a temporada de corridas em Saratoga.

Uma das inúmeras datas na agenda que Todd parecia ter perdido.

– Sabe como é. Os fins de semana são muito caóticos. Vivo ocupado. Parece que nunca sobra um momento de folga.

Sophie franziu a testa. Não era bem assim. Viver ocupado era um conceito vago. Ele não contou o que o deixava tão ocupado. Pelo que ela sabia, os fins de semana não estavam tão cheios a ponto de não permitirem que ele fizesse entregas de cupcake para a prima, fosse a um brunch de última hora ou organizasse um passeio turístico pela ponte do Brooklyn.

Nas últimas semanas, ela percebera que os vários eventos a que ele comparecia eram, de um jeito ou de outro, relacionados a trabalho. Na semana anterior, o jantar com Amy também tinha servido para fazer a avaliação de um restaurante. Ele acompanhara Charlene a um desfile de moda que estava cobrindo para outra revista. E Lacey, com quem ele almoçava diversas vezes, trabalhava para a empresa que patrocinava as noites de encontros sobre as quais ele vinha escrevendo uma série de matérias.

– Ai, meu Deus, aquele lá é o Chris Martin conversando com a Gwynie? Eles são tão elegantes! É melhor eu ir lá dar um oi.

E, com isso, Liesl se desvencilhou de Todd com vários beijos estalados.

Sophie parou de se esconder e foi se juntar a ele.

– E aí, inglesinha, pronta pra comer hambúrguer?

Ela assentiu e ele enganchou o braço no dela com a desenvoltura de sempre, fazendo Sophie se lembrar de que ele era amigo de todo mundo. Ele gostava de mulheres – e elas gostavam dele.

Capítulo 13

Os dois fizeram malabarismo com as respectivas agendas e, às oito da manhã, quando se encontraram, havia uma brisa fria e forte no topo do Empire State Building, mas valia a pena – ainda que Paul estivesse dando a segunda olhada furtiva para seu relógio em meia hora.

– Obrigada – agradeceu Sophie com um grande sorriso. – Faz jus mesmo ao que dizem.

Será que ela deveria admitir que tinha assistido à *Sintonia do amor* cinco vezes e que a cena filmada ali era uma de suas favoritas? A claridade da manhã transformava a cidade em camadas de luz e sombra, com reflexos cintilantes nas colunas de vidro e aço. Sophie olhava para todos os lados, tentando absorver a imensidão daquela vista.

– O prazer é meu. Valeu a pena acordar cedo para ver esse sorriso. E estou realmente chateado por ter marcado uma partida de squash agora de manhã.

– Tomara que você não perca, depois de tantos lances de escada.

Chegar ao topo do prédio era uma maratona. Mesmo àquela hora, a fila do elevador já estava longa, de modo que eles resolveram evitá-la optando pelos últimos lances de escada até o topo.

– Uau, tudo fica tão pequeno daqui! – exclamou Sophie ao olhar para baixo e ver as ruas e os carros minúsculos passarem tão longe.

Ela riu quando o vento açoitou seu cabelo, grudando a ponta do rabo de cavalo na sua boca.

– Aposto que todo mundo diz isso – comentou ela.

– Diz mesmo – respondeu Paul, com um breve sorriso.

Ele jogou para trás os cachos dourados rebeldes. O vento forte desfizera seu visual arrumadinho e o deixara muito mais jovial – e, para Sophie, mais bonito. Era a primeira vez que ela o via sem terno. Quase não o reconhecera, de jeans e jaqueta de couro, ao encontrá-lo do lado de fora da estação de metrô.

– Desculpe, vou usar todos os clichês de turista porque é maravilhoso demais, e dá pra enxergar tão longe, e tudo é fascinante. Estou tagarelando que nem uma boba, porque... estou no topo do Empire State Building! Sempre quis vir aqui.

– Não se preocupe. Amo ouvir seu sotaque britânico. É tão elegante! Mas também, você é... Como se diz na Inglaterra? Da mais alta classe.

Sophie ficou tensa.

– Por que acha isso?

Paul sorriu e passou as mãos pelo cabelo outra vez.

– Já conheci alguns britânicos e nenhum deles fala tão parecido com a rainha quanto você.

– Ah.

Sophie relaxou. Estava sendo boba: não havia como Paul saber sobre a origem de sua família. Sempre havia pessoas que ficavam impressionadas com títulos, por isso ela escondia essa informação.

– Nossa, aquilo é um helicóptero?

Ela apontou na direção do rio, onde o veículo voava baixo, mais parecendo de brinquedo.

– Sim, dá pra fazer passeios de helicóptero pela cidade. O heliporto é ali, bem perto da margem.

Ele se posicionou atrás dela e enlaçou sua cintura com uma das mãos. Sophie se recostou nele, curtindo a sensação de estar com alguém outra vez. Ficaram assim por alguns minutos, enquanto Paul apontava na direção da margem ao longe.

– Aquele é o rio Hudson. E lá, do outro lado, fica Nova Jersey.

Eles caminharam por todos os lados do arranha-céu. Sophie avistou com alegria alguns pontos históricos – o edifício Chrysler, o Bryant Park, o novo complexo World Trade Center – e contemplou a surpreendente imensidão do Central Park, que, daquele ângulo, desaparecia no horizonte enevoado. Dali de cima, tudo ficava angulado e quadrado: os edifícios pareciam blocos de construção posicionados ao longo das ruas retas que se estendiam a perder de vista. Os prédios eram pontilhados de milhares de janelinhas pretas que lembravam painéis de madeira perfurados. Era uma paisagem industrial com colunas pontiagudas e linhas retas. Sem dúvida, revigorante e empolgante, mas não bonita.

Quanto mais olhava para a cidade, menor se sentia. Insignificante e irrelevante. A vista enfatizava o verdadeiro tamanho do lugar, a densidade de pessoas que moravam e trabalhavam lá e, por um momento, Sophie se sentiu horrivelmente anônima e perdida. Que bom que tinha ido parar no Brooklyn, onde encontrara o afeto e a receptividade da Padaria da Bella. Se ela estivesse no meio do burburinho da cidade, não sabia se teria sobrevivido.

Eles passaram mais meia hora circulando pela varanda de observação até que o vento por fim os venceu e Sophie sentiu as bochechas arderem de frio. Descer de lá era muito mais rápido, embora as filas para subir tivessem aumentado bastante.

Quando saíram dos corredores art déco, Sophie viu Paul conferir o relógio outra vez.

– Que horas é sua partida de squash? – perguntou ela.

Aquela única brecha na manhã de sábado era o tempo que ele tinha livre no fim de semana.

– Tenho mais uma hora. Por você, dá pra encaixar um café.

– Tem certeza?

Ele segurou a mão dela.

– Sim, deixei tempo suficiente. Deve ter algum café aqui perto.

– Então, há quanto tempo joga squash? Nunca joguei, mas parece um esporte de muito vicejo e afã. As pessoas jogam com um baita vigor.

– Pode repetir de forma mais simples? – perguntou Paul com um leve franzido no rosto.

Sophie sorriu diante da expressão séria dele. Descobrira que ele não sabia fazer brincadeiras. Sem contar que ela achava o squash um esporte agressivo e raivoso. Ninguém batia em uma bola daquele jeito sem uma boa dose de testosterona.

– Sabe, as pessoas se esforçam muito. Parece bem difícil.

– Sem dúvida, é um ótimo exercício físico. Eu jogo algumas vezes na semana e faço parte de algumas ligas.

– Você é competitivo, então?

– Na verdade, não. É uma ótima forma de fazer networking. A maioria dos caras com quem jogo trabalha na mídia ou em alguma empresa. E você? Que tipo de esporte jornalistas de culinária praticam?

– Além de comer? – falou ela, rindo. – Somos muito bons nisso.

Paul demonstrou um ar de perplexidade.

– Não pratico nenhum esporte – completou ela. – Não sou nem um pouco competitiva. Mas eu corro.

– Correr é bom. Você deveria entrar em uma academia. Tem uma boa que fica a um quarteirão do escritório.

– Vou pensar nisso. Eu...

Ela estava prestes a mencionar que, no dia anterior, no trabalho, Todd ameaçara fazer com que ela corresse, mas então pensou melhor. Tinha sido a primeira vez que o vira desde a noite de quarta, quando acabaram indo comer hambúrguer do Wendy's em um banco no parque.

– Vamos lá. Esse vai servir. Starbucks – indicou ele.

Paul parou em frente à entrada e abriu a porta para ela. Sophie ignorou a pontada de decepção. Poderia ir à Starbucks em qualquer lugar do mundo.

– Gostei do passeio desta manhã. É legal bancar o turista na própria cidade. Eu não subia lá fazia anos. Vamos repetir isso um dia.

– Seria ótimo.

– Já foi à estação Grand Central?

Sophie balançou a cabeça.

– Ainda não.

– Museu Guggenheim? Met? Parque High Line?

Sophie fazia que não a cada nome mencionado.

– *Aonde* você tem ido? – Ele acenou com a cabeça e balançou um dedo. – Admiro seu profissionalismo, mas você está trabalhando demais.

Sophie soltou uma risadinha bufada diante da suposição dele.

– Tenho andado... ocupada.

A verdade era que ela havia percebido, com uma animação calorosa, que se sentia adaptada ao Brooklyn. A padaria e o apartamento eram confortáveis e familiares. Passear em Manhattan parecia esforço demais, já que ia todos os dias da semana para lá.

– Onde é mesmo que você mora? – perguntou ela.

– Eu divido um apartamento no West Side. É caro, mas fica no centro. Deve ser bem cansativo para você ir até o trabalho.

– Não é tão ruim. E eu gosto de onde moro. Passa uma sensação boa.

Paul estremeceu.

– Não é mesmo minha praia. Se não for para ficar na cidade, melhor se mudar para uma boa área residencial com uma casa decente e um jardim. Foi o que meus pais fizeram. Eles conseguiram uma casa em Kensington. Fica a uma hora da cidade.

– Que engraçado. Eu moro em Kensington, em Londres. Mas imagino que sejam lugares bem diferentes.

– Existe uma ligação. Quando o Kensington aqui de Long Island foi construído, os portões foram copiados dos de Kensington Gardens, em Londres, e o local foi chamado assim por causa deles.

– Que curioso. Eu corro em Kensington Gardens às vezes. Conheço esses portões. Preciso ver os daqui e tirar uma foto.

– É. – Paul pareceu desconfortável. – Não costumo ir muito lá.

– Não, não. – Sophie balançou a cabeça com veemência. – Eu não estava me convidando para conhecer seus pais.

Ele ficou mexendo no copo do café.

– Tudo bem. Não achei que estivesse. Está tudo certo. Posso levá-la um dia se quiser ver os portões. Eu vou... no Quatro de Julho. – Ele se contraiu. – Mas você provavelmente já tem planos.

– Para ser sincera, não pensei sobre isso. Acho que não tinha entendido a importância desse feriado até semana passada, no trabalho.

Sophie deu um longo gole no café, lembrando-se da ladainha sem fim de Madison sobre a casa de sua família em Southampton, que era, segundo a jovem e refinada estagiária, o lugar certo para se estar no verão.

– Ah – respondeu ele, com um claro desalento.

– É sério, Paul, tudo bem. Não vou invadir uma festa de família. Sei que isso é muito importante por aqui, mas para mim não é.

– Não... você seria bem-vinda. É que... é complicado.

– Paul, tudo bem.

– Agora estou me sentindo mal. O que você vai fazer?

– Provavelmente, nada, mas não tem problema.

– Você tem que fazer alguma coisa. – Ele franziu a testa. – Não pode passar o feriado sozinha. – Ele esfregou a testa e pareceu, para a personalidade de Paul, bem agitado. – Acho que posso convidá-la para ir à casa dos meus pais – acrescentou.

Ele suspirou, terminou de tomar o café e ficou brincando com o copo vazio, fazendo círculos na mesa.

Sophie sorriu. Ele parecia desconfortável. Era fofo Paul se preocupar por ela passar o feriado sozinha.

– Não se preocupe. Eu entendo. Meus pais agem da mesma forma sempre que levo alguém em casa. Meu pai é um horror, fica a um passo de perguntar quais são as intenções da pessoa – contou Sophie.

Um nó se formou na garganta dela. Na verdade, ela levara apenas James em casa. Uma vez só. Os dois gostaram dele de verdade.

– Ufa, fico feliz que entenda. – Ele voltou a olhar para ela. – Preciso ter cuidado. Não só pelos meus pais. Tem a Pamela também.

– Pamela?

– É. – Ele riu, enfim olhando de novo para ela com uma piscadela since-ra. – A vizinha. Ela... Bem, um dia, a gente vai... você sabe.

Foi como se Sophie tivesse levado um soco na barriga.

– Quando concretizar seu plano de sete anos – concluiu Sophie, a boca seca como um deserto.

– Não necessariamente. É isso que eu adoro em você, Sophie: é a mulher perfeita, me entende de verdade. Quer dizer, eu gosto muito mesmo de você, só que o futuro é meio incerto. Mas quem sabe o que vai acontecer em quatro meses? As coisas podem mudar. Londres não é tão longe assim.

– E, se não mudarem, a boa e velha Pamela vai estar sempre por aqui.

Era incomum para Sophie se esconder atrás do sarcasmo. Percebeu que Paul tentava decifrar se ela falava sério ou não.

– Como eu disse, quem sabe do futuro?

– Quem sabe, não é mesmo?

Capítulo 14

– Bom dia, inglesinha. Pronta pra andar de bicicleta e dar uma corrida?

Todd estava à porta, o cabelo desgrenhado, segurando um capacete de ciclista. Usava um conjunto de lycra para corrida que exibia pernas musculosas bem torneadas.

– O quê? – Ela esfregou os olhos, cheia de sono. Tinha acabado de se levantar. – O que está fazendo aqui, Todd?

– Estava passando e sabia que você estaria em casa.

– É porque eu estava dormindo.

Ele lhe lançou um olhar acusatório.

– Eu falei disso na sexta.

– E eu falei que estaria muito ocupada.

Tinha sido a última coisa que ela lhe dissera no escritório.

– É, mas você não estava falando sério – zombou Todd com um sorrisinho. – Dava pra ver nos seus olhos. E sua perna ficou agitada, como se dissesse "Sim, por favor, me leve pra correr" – completou, imitando uma voz esganiçada.

Sophie baixou a cabeça para esconder um sorriso.

– Estou ocupada.

Todd se apoiou no portal.

– Ocupada com o quê?

– Eu falei que ia ajudar Bella.

Ele se virou e marchou escada abaixo.

– Você esqueceu sua mochila! – gritou ela.

Todd já estava lá embaixo, mas nem se virou, apenas acenou brevemente e desapareceu.

Sophie balançou a cabeça e olhou de relance para a janela, cheia de culpa. O céu azul estava pontilhado de nuvenzinhas brancas e fofas. Todd tinha razão: ela ficava em casa na maioria dos fins de semana, a não ser pelo passeio do dia anterior ao Empire State Building, que ela ainda estava digerindo.

Num dia daqueles, se estivesse em Londres, Sophie teria preparado uma mochilinha e já estaria em uma pista do Hyde Park. Se bem que, se fosse depois de um dia como o anterior, ela teria entrado em um ringue de boxe para um ou dois rounds.

Dois minutos depois, Todd estava de volta.

– Já combinei tudo com a Bella. Você tem duas horas.

– Como é?

Sophie não acreditava na audácia dele.

– Duas horas. É perfeito. A gente corre antes que o dia fique quente demais.

– Mas...

Ele pôs a mão no braço dela.

– Sophie, o dia está lindo. Venha. Você pode sair e mais tarde servir a Bella à vontade.

– Eu não sou... – guinchou ela.

Ele deu um sorrisinho diante da indignação de Sophie.

– Ah, tudo bem.

Ela trocou de roupa depressa e voltou para a sala. Engoliu em seco quando viu Todd abaixado para ajustar o cadarço dos tênis, a lycra fazendo maravilhas por seu traseiro delicioso.

Cheio de energia e vigor, ele parecia a própria descrição de saúde e condicionamento físico. Por um segundo, ela pensou que talvez não quisesse ser vista ao lado dele. Fazia muito tempo desde que saíra para correr pela última vez.

– Posso deixar isso aqui? – Ele largou a mochila no chão, de onde tirou duas garrafas de água. – Pegue, você vai precisar. As bicicletas estão lá fora. O dia está lindo e precisamos ir logo, antes que fique muito quente.

– Como conseguiu trazer duas bicicletas até aqui? – perguntou ela, visualizando Todd pedalando com apenas uma das mãos em um exercício hercúleo.

– Deixei uma delas mais cedo e depois voltei para pegar a minha – disse ele, em um tom triunfante.

Sophie percebeu que não havia a menor chance de ela escapar.

– Estou bem fora de forma – avisou ela. – Acho que não devo conseguir acompanhar seu ritmo.

– Não esquenta... Quer dizer, provavelmente vai esquentar bastante. Preparada?

– Preparada.

Sophie alisou a blusa. Que bom que, mesmo tendo feito as malas às pressas, ela tivera a intuição de colocar o tênis e sua melhor legging de corrida.

A bicicleta que Todd levara para Sophie era bem mais cara do que qualquer outra que ela já usara. Costumava pegar algumas emprestadas em Londres, mas a comparação era bem injusta. Aquela ali tornava muito mais fácil pedalar e, depois que ela se acostumou, conseguiu curtir o passeio, principalmente porque a vista não era de se jogar fora.

Era uma daquelas manhãs que faziam qualquer um se sentir feliz por estar vivo. As ruas estavam cheias de gente de todas as etnias e nacionalidades. A Union Street era uma mistura eclética e empolgante. Em um momento, havia prédios pichados, caindo aos pedaços e abandonados e então, no seguinte, via-se uma variedade incrível de lojas oferecendo de tudo, desde tambores das culturas africanas até antiguidades e roupas para gestantes. Todd e Sophie cruzaram o canal, que se movia, vagaroso, abaixo da ponte de ferro pintada de azul e que balançava de maneira agourenta quando os carros passavam. Para a direita, à distância, a água se estendia em direção aos prédios altos.

Casas de arenito entrecortadas por escadas de incêndio – que pareciam familiares devido às inúmeras horas diante da TV nas noites de sábado – se enfileiravam na rua, com degraus amplos e largos que levavam a portas imponentes, enquanto estreitos lances de escada protegidos por portões conduziam a porões abaixo do nível da calçada.

A rua dava em uma grande interseção e o parque ficava logo depois. Eles passaram pelos cruzamentos complexos, até que Todd parou do lado de fora de um prédio fabuloso.

– A Biblioteca Pública do Brooklyn.

Todd apontou, descendo do banco da bicicleta.

– Uau, é bem impressionante. Bem egípcia.

– É, não sei direito de onde vem isso, mas é uma atração local.

As paredes altas, amplas e planas e as duas colunas decoradas com hieróglifos dourados fizeram Sophie imaginar uma tumba antiga que tivesse sido transportada para os Estados Unidos atuais.

– Você está bem?

– Estou seguindo o ritmo – respondeu Sophie.

– Legal. Vamos naquela direção.

Todd apontou para a entrada do parque do outro lado da rua.

Os dois pedalaram por uma via larga que passava pelo meio do parque, até que Todd parou, eles desceram das bicicletas e ele as prendeu.

Começaram a correr em um ritmo tranquilo.

– Não esquece de pegar leve comigo – ressaltou Sophie.

– Está preocupada em não conseguir acompanhar? – perguntou ele com um ar de desafio que fez seus olhos brilharem.

– Nem um pouco – respondeu ela, jogando o rabo de cavalo. – Estou tentando incutir uma falsa sensação de segurança em você.

Em Londres, ela costumava correr por pelo menos uma hora. Torceu para que as corridas de fim de semana estivessem impregnadas em sua memória muscular e para que Todd não a deixasse muito para trás.

Combinando sua passada à dele – que, felizmente, parecia em um ritmo razoável –, eles correram não muito rápido. Depois de encaixar a respiração, Sophie entrou no ritmo, ouvindo suas passadas, sentindo os músculos das pernas trabalharem e os braços em movimento. Conforme os dois aumentavam a velocidade, ela viu que tinha se esquecido de como gostava da sensação do corpo em movimento, de estar sob o sol e cercada por árvores. Depois do primeiro quilômetro, seu ânimo estava nas alturas e ela sentiu um sorriso brotar no rosto ao erguer a cabeça para o sol. Por que ainda não tinha feito aquilo?

Sophie estava brava consigo mesma por ter bancado a patética nos últimos tempos. E ali, enquanto corria, os passos suaves e cadenciados, a ficha caiu: ela investira tempo demais em James, e a traição dele a deixara desolada, o que significava que ele estava ganhando. E ainda havia o maldito

Paul, com seu plano B. O fato de ele ter alguém esperando por ele no futuro tornava aquilo tudo desonesto. Como se Paul já tivesse decidido que Sophie nunca teria importância na vida dele. Ela sabia que estava sendo contraditória, mas era como se ele tivesse fechado a porta antes mesmo de começarem algo.

Sophie e Todd correram em um ritmo estável por meia hora, até que avistaram o lago, então ele desacelerou.

– Quer parar aqui pra descansar?

Eles se sentaram no cascalho à beira do lago, onde cisnes deslizavam pela superfície e algumas crianças pequenas corriam para lá e para cá tentando fazer as pedras quicarem na água.

– Isso aqui é maravilhoso – comentou Sophie, olhando o horizonte acima das árvores. – É difícil acreditar que não estamos no campo.

– Foi projetado para que as árvores tapassem de propósito a vista da parte de fora do parque – explicou Todd. – Gosto de vir aqui nos fins de semana recarregar as energias. – Ele observou o lago e quase pareceu melancólico. – Essa coisa de ficar olhando para as árvores... meio que dá uma paz.

Sophie ergueu uma sobrancelha, cética. Não era algo que um Homem da Cidade diria. Mas então sentiu uma pontada de culpa ao vê-lo parecer um pouco magoado.

– É sério. Elas estão presas à terra. Vê-las em todas as estações dá certa tranquilidade. É consistente. Brotos nascendo na primavera, florescendo no verão, dando um último gás no outono com adornos cheios de cor. As folhas não morrem simplesmente, elas chegam ao fim em grande estilo.

Todd parou e lançou um olhar inseguro para Sophie.

Encantada com a fala poética e vendo um lado diferente de Todd, Sophie assentiu, encorajando-o.

– O outono aqui é espetacular, e, mesmo desfolhados no inverno, os galhos parecem firmes, crescem cada vez mais – prosseguiu ele. – É muito simbólico. Raízes, galhos. Tudo nos fornecendo oxigênio.

Ele parou de repente, como se estivesse preocupado por falar demais.

– Desculpa, fiquei todo reflexivo – comentou ele. – Você deveria fazer uma viagem até a Nova Inglaterra no outono. As cores de lá são muito...

"Você recebeu uma mensagem do lado sombrio da Força."

Sophie começou a rir. Aquele toque de celular não fazia muito o estilo de Todd.

– Foi mal. – Todd pareceu tímido de um jeito fofo enquanto abria o zíper do bolso para pegar o telefone. – Meu irmão mais novo colocou isso. É o toque das mensagens dele – explicou.

Ele pegou o celular, leu a mensagem e franziu a testa.

– Desculpe, tenho que responder.

– Tudo bem – disse Sophie.

Após digitar, falou, quando finalmente guardou o aparelho:

– Desculpa. Martin está... passando por um momento complicado.

– Quantos anos ele tem?

– Treze.

– Ah – soltou Sophie, surpresa. – É uma diferença grande de idade.

– É, meus pais acharam que ajudaria a salvar o casamento deles.

Todd não desenvolveu o assunto, mas sua boca se contorceu com amargura, o que impediu que Sophie perguntasse algo mais. Com uma brusca mudança no rumo da conversa, ele perguntou:

– Você tem irmãos?

– Não, sou filha única. Sempre quis ter um irmão ou irmã. Você se dá bem com seu irmão?

– Sim. – O rosto de Todd se iluminou. – Ele é doido por mim. Eu sou o irmão mais velho que compra jogos de Xbox pra ele. Que joga Minecraft on-line com ele. Que dá cerveja escondido e leva o garoto pra jogos de basquete.

– Ah, o irmão mais velho perfeito e muito modesto – provocou Sophie.

– Na verdade, não sou perfeito. Provavelmente estou tentando compensar, porque não encontro muito com ele e me sinto culpado. Meus pais... não são fáceis. Ele fica muito sozinho. Podia muito bem ser filho único. Eu vou lá no feriado, por isso que ele está mandando mensagem.

Todd relaxou um pouco os ombros.

– Não queria ir, mas não posso deixar Martin sozinho. Bem, meus pais vão estar lá, mas vão receber vários convidados.

Sophie pensou nos próprios pais e sentiu uma pontada de angústia. As breves trocas de mensagem por WhatsApp com a mãe nas últimas semanas tinham sido uma obra-prima da conversa evasiva. Nem uma vez sequer ela deixara transparecer sua tristeza ou como fizera pouca coisa desde que chegara a Nova York.

– O que vai fazer no feriado? – perguntou ele, de repente.

Sophie ficou tensa e deu de ombros.

– Ainda não pensei nisso.

– E Paul? Ele convidou você pra viajar com ele pra casa dos pais?

Sophie olhou para Todd com raiva e revolta.

– Ponto fraco, inglesinha?

– Paul tem uma vizinha esperando por ele. – Sophie tentou parecer descontraída. – Ao que parece, eu estragaria os planos dele para o futuro.

– Que droga. – Todd lhe exibiu um sorriso de empatia. – Ele é um idiota. Eu avisei, dá pra ter um casinho melhor que esse.

– Está tudo... bem.

Por algum motivo idiota, surgira um nó na garganta de Sophie.

– Você poderia vir pra praia comigo – convidou Todd, meio sem querer.

Ele pareceu meio confuso, como se não falasse sério.

– Não se preocupa, Todd, não precisa. Já sou bem crescidinha. Vou ficar bem.

– Estou falando sério. Você devia vir. Vai amar a praia.

– O quê? Na casa da sua família?

Ele estava falando sério ou era só uma coisa de momento da qual já se arrependera?

– É.

Ele assentiu com vigor.

– Tem um monte de quartos. Minha mãe sempre dá um festão de Quatro de Julho. Vão soltar fogos. Vai ter comida boa e champanhe à vontade.

– Sua mãe não vai se incomodar? – Sophie fez um beicinho. – Nem entender errado?

– Não. – Ele meio que riu. – Eles vão amar você, ainda mais com esse sotaque. Vou dizer a eles que você é da pequena nobreza.

Sophie estremeceu, mas, felizmente, Todd estava tão absorto na ideia que nem notou.

– Vai ser ótimo. Além disso, eles nem vão perceber que tem uma pessoa a mais – disse ele.

– Onde é?

Sophie sentia-se tentada, principalmente depois da rejeição de Paul.

– Nos Hamptons. Amagansett, perto de Long Island. A praia de lá é linda e se estende por vários quilômetros. Tirando a minha família, eu adoro aquele lugar. Bella e eu passamos vários verões nos divertindo lá. Meu pai e tio Bryan deixavam a cidade grande no fim de semana. Os adultos davam festas e praticamente esqueciam que estávamos lá. A gente podia fazer quase tudo que queria. – Ele deu um sorrisinho antes de completar: – E a gente fazia.

– O que vocês acham? – perguntou Bella.

Ela deu um passo para trás assim que colocou o último morango no topo de um cheesecake com cobertura de frutas, enquanto Sophie e Todd entravam na cozinha.

– Bem patriota – respondeu Sophie.

Ela ficou admirando as fileiras vermelhas intercaladas com creme de confeiteiro ao lado de pedaços de amora e se deliciou com o aroma fresco das frutas do verão. O cheesecake lhe trouxe lembranças de Wimbledon e da luz do sol, da colheita que cada um fazia nos campos da fazenda e de uma deliciosa torta de morango e ruibarbo que ela fizera uma vez.

– O Quatro de Julho está chegando, então achei que era hora de começar a espalhar o clima por aí, uma forma de incentivar as pessoas a começarem a pensar nos pedidos para o feriado – disse Bella lhes dirigindo um olhar astuto. – Mas está faltando alguma coisa.

– Brilho – falou Sophie.

– Oi?

Bella franziu a testa, olhando o cheesecake.

– A bandeira de vocês é cheia de estrelas, então precisa do brilho delas – explicou Sophie. – Dá pra usar aquelas bolinhas prateadas por cima do creme de confeiteiro.

– Confeitos prateados? – indagou Bella.

– É, eu adoro – respondeu Sophie.

Recordou-se de quando fazia bolos com a mãe e as pequeninas decorações sempre caíam e se espalhavam pelo chão da cozinha.

– Então você gosta de bolinhas, inglesinha? – provocou Todd.

Ele arregalou os olhos, travesso.

– Não seja grosseiro – repreendeu Sophie, contendo um sorriso. – Se ficar falando desse jeito, nunca mais vou conseguir pensar nelas do mesmo jeito. Eu amo essas bolinhas prateadas, de verdade. Elas dão um toque especial ao bolo. Um pouquinho de brilho das estrelas, ou pelo menos era o que minha mãe costumava dizer. E o brilho das estrelas nunca é demais, não é?

– Que amor! – falou Bella, antes de acrescentar: – Como foi a corrida? Querem café?

– Eu traçaria uma bebida gelada – respondeu Todd, andando até a geladeira grande e pegando duas latas de refrigerante. – Quer uma, Sophie?

– À vontade – disse Bella, com sarcasmo.

– Obrigada – respondeu Sophie.

– Você pode ficar à vontade; ele, nem tanto. A não ser que esteja preparado pra lavar louça.

A pilha de tigelas sujas de glacê vermelho, branco e azul na cozinha evidenciava o trabalho árduo daquela manhã. Sophie se sentiu culpada na mesma hora.

– Vou tomar um banho e já venho ajudar. Está bem quente lá fora. Você não vai me querer por perto assim.

Bella mordeu o lábio.

– Não precisa. Desculpa, estou um pouco estressada. – Ela se escorou no balcão de aço todo bagunçado. – Aceitei um pedido de cinquenta cupcakes para um aniversário amanhã, mas eles não querem cobertura de creme de manteiga; querem algo diferente. E minha cabeça está cheia de ideias pro Quatro de Julho. Se bem que eu poderia ter mais uma ou duas sobre isso também.

– Não se preocupe, vamos pensar em algo – disse Sophie, dando tapinhas gentis no braço de Bella. – Me dê dez minutos.

– Eu ajudo. Posso tomar banho no banheiro da Sophie. Estou querendo isso desde que fizemos a reforma. Eu trouxe roupa limpa na mochila. Vou ser seu lavador de louças oficial.

Antes que Sophie pudesse protestar, Bella soltou um suspiro de gratidão.

– Sério? Estou meio perdida, então toda ajuda é bem-vinda.

– Quer ir primeiro? – perguntou Sophie, com uma voz alegre e casual, ao abrir a porta.

A ideia de Todd nu no chuveiro dela não deveria ter surtido nenhum efeito nela, mas seus hormônios não concordavam: estavam em polvorosa, animados e excitados.

– Não, eu espero. Pode me emprestar uma toalha?
– É claro.

Sophie foi direto para o quarto e, ao puxar a caixa onde guardava essas coisas sob a cama, percebeu que ele a acompanhara.

– Ajudei Bella na decoração. Ficou bom.

Todd fez uma pausa, dando uma boa olhada ao redor. Ela ficou feliz por ele não poder ver seu rosto.

– Você não trouxe muita coisa.

Ao puxar uma toalha, ela se empertigou, ainda ajoelhada, e deu um encontrão nele com as costas.

– Aqui está – disse ela.

Sophie se virou para Todd para lhe entregar a toalha e, sem querer, esbarrou na virilha dele, que ficou cara a cara com ela.

– Ops. Eu não queria... é... é... Desculpa.

A boca de Todd se contorceu e seus olhos brilharam, divertindo-se.

De repente, Sophie teve a sensação de que o quarto era pequeno demais e muito, muito quente. Todd, por sua vez, parecia tranquilo e despreocupado como nunca.

Ele enganchou a mão no braço dela e a ajudou a se levantar.

– Eu v-vou... vou tomar... banho.

– É – disse Todd, em um tom que contrariava o brilho em seu olhar. – Melhor, não é?

Sophie pegou uma toalha e saiu correndo.

Sophie se encarou no espelho. Por que não dera uma risada em vez de ficar vermelha e constrangida? Todd deve ter achado que ela era uma idiota, se é que já não achava antes.

Abafando um gemido, ela fez um coque com o rabo de cavalo, envolveu-o com outro prendedor e tirou a roupa. Ao entrar debaixo da água quente, sentiu os músculos cansados relaxarem. Tinha gostado de correr, mas sabia que pagaria caro por isso no dia seguinte.

Terminado o banho, sentia-se muito melhor. Enrolou-se na toalha e tentou não pensar que havia apenas um sabonete e que Todd o usaria sob o chuveiro dela. O corpo *dele* sob o chuveiro *dela*. *O corpo nu dele sob o chuveiro dela*. Seu estômago reagiu, como se não entendesse direito o que estava acontecendo.

Sophie não queria imaginar como Todd seria sem roupa, embora achasse, com uma satisfação maliciosa, que os músculos dele seriam bem diferentes daquela barriguinha de James. É, ele seria musculoso. E ela não deveria pensar nisso. De jeito nenhum. Nunca pensara em Paul assim, embora ele ficasse lindo de terno. Alto, esguio... Tudo bem, os ombros não pareciam tão largos quanto os de Todd e eram um pouquinho caídos. E Paul era... um pouco magro demais, talvez.

Apesar de todos os esforços, a mente dela se recusava a focar em outra coisa. Uma onda de rubor se espalhou por sua pele. Tudo bem, Todd ficava uma delícia naquela roupa de lycra. Não era difícil imaginar o resto, era uma curiosidade natural. Embora uma curiosidade natural não causasse rubor nem a vontade irritante de acariciar determinado ponto em seu corpo.

Sophie abanou o rosto e a toalha macia roçou seus mamilos intumescidos. Arrependia-se por não ter levado uma muda de roupa para o banheiro. Deu um puxão na toalha. Era melhor garantir que estivesse bem firme no corpo. Ela parou um momento, respirou fundo, abriu a porta do banheiro e cruzou o corredor em direção ao quarto, onde Todd tinha ficado à vontade.

Bem à vontade, na verdade.

– Ah! – guinchou Sophie.

Ela parou de repente e sua boca ficou seca.

Todd estava deitado na cama, acomodado nos travesseiros dela e mexendo no celular. Usava nada além da toalha azul-clara enrolada na cintura.

Musculoso? A imaginação dela não tinha nem chegado perto. Aquilo era o reino dos músculos. O abdômen definido, o peitoral volumoso e aquele pequeno vale sensual acima do quadril. Se a toalha baixasse só um pouquinho mais, tudo que havia no fim da trilha escura de pelos abaixo do umbigo ficaria à mostra.

Todd olhou para ela.

– Já... acabou?

A voz dele foi sumindo e algo brilhou em seus olhos, então ele ergueu a sobrancelha. A expressão travessa de sempre voltou a seu rosto.

– Belas pernas – falou ele.

– Pena que os seios sejam irregulares.

A frase saiu de supetão, porque ela tentava desesperadamente parar de encarar o peitoral dele e fitar seus olhos. Mas talvez tivesse sido a melhor coisa a se dizer, porque meio que tinha quebrado o... Não, não o gelo; a temperatura do quarto estava nas alturas.

– Seios irregulares? – repetiu Todd, rindo. – Essa é nova. Vou poder ver?

– Não, não vai, não – respondeu Sophie. – A voz dela falhou com uma leve indignação, depois ela começou a rir. – Não sei por que contei isso.

– Nem eu, mas agora estou intrigado de verdade. Qual é a definição de seios irregulares?

Todd inclinou a cabeça para um lado e encarou os seios dela sob a toalha. Sophie não podia reclamar muito, já que meio que o tinha convidado a fazer isso.

Ela corou, gesticulando com a mão na frente do peito para desviar a atenção dele.

– Um é maior que o outro. Como disse uma pessoa... – e ela não ia mencionar o nome da tal pessoa – ... eu tenho um peito e meio, em vez de um par.

– Ora, tenho certeza de que são lindos. – Ele sorriu, os olhos nos dela. – Daqui, parecem ótimos.

– Obrigada.

Sophie desejava loucamente que a conversa acabasse e ele fosse para o banheiro. Estava um tanto orgulhosa por ter mantido a voz firme e controlada, porque, sério, ela poderia babar a qualquer momento. Pelo amor de Deus, será que ele poderia, por favor, pegar aquele corpo perfeito, tomar banho e vestir uma roupa?

– Fique à vontade – falou ela. – Com qualquer coisa que precisar.

– Pode deixar.

Ele passou por ela como se tudo aquilo fosse natural.

Quando Todd finalmente fechou a porta do banheiro, Sophie afundou na cama e apoiou a cabeça nas mãos. Meu Deus, como ia tirar da mente a imagem daquele corpo perfeito? Estava muito ferrada. Apesar de tudo, ela o achava delicioso. Ele não era flor que se cheirasse. Tratava-se de um relacionamento impossível. Ainda assim e apesar de todas as suas resoluções, ela não conseguia deixar de pensar que, depois de um casinho sem compromisso com Todd, poderia até morrer feliz.

Capítulo 15

Quando eles voltaram para a cozinha, às dez e meia, Bella já tinha organizado o que parecia uma fila interminável de cupcakes prontos para receberem cobertura e Wes estava ali bebendo um copo de água.

– Obrigada por voltarem. Eu não os culparia se fugissem. – Bella passou uma das mãos na testa. – Estou tão cansada que nem consigo raciocinar. Alguma ideia pra um tema novo em relação ao feriado, Sophie? Conto com você. E estou de saco cheio dessas porcarias de coberturas em vermelho, branco e azul.

Bella apontou para as remessas de bolinhos atrás de Wes, que já tinham sido decorados com espirais patriotas.

– Também preciso assar mais cookies, decorar outro cheesecake e criar um bolo de Quatro de Julho de parar o trânsito pra levar pra minha família.

– Tive uma ideia para os cupcakes, sim. Que tal fazer a cobertura com pasta americana branca com bandeirolas triangulares vermelhas, brancas e azuis, algumas com poás e outras, não? Uma coisa meio vintage.

Sophie não tinha ideia se o estilo vintage era bem recebido ali, mas Bella assentiu como se compreendesse. Sophie tentou chamar a atenção da amiga enquanto Todd e Wes não estavam olhando.

– Genial. Vão ficar lindos. Na verdade, eu poderia fazer isso ao longo do ano todo, mudando as cores pra combinar com as estações. Você é um gênio, Sophie! – falou Bella.

As palavras se atropelavam enquanto Bella fazia de tudo para não olhar diretamente para Sophie.

– Depois que Todd terminar de lavar a louça, a gente bota ele pra cortar os triângulos – disse a confeiteira.

– Eu posso fazer isso também – ofereceu-se Wes, com sua voz baixa e grave.

– Tá legal – falou Sophie. – Bella, que tal você continuar com os bolos enquanto eu coloco o corante e estico a pasta pra cobertura? Depois os meninos podem pegar os cortadores e fazer as bandeirolas.

A cozinha foi tomada por um rebuliço enquanto cada um assumia seu novo papel.

Sophie se colocou ao lado de Bella.

– Ainda não chamou Wes pra sair, né?

Bella puxou com força uma gaveta e tirou de lá um rolo e alguns cortadores de metal.

– Todd, esses são pra você. Assim que Sophie começar a parte dela, você vai ter uma tarefa.

Ela deu uma cutucada em Sophie.

– Covarde! – disse a redatora, com um sorrisinho provocador.

– Só tenho que esperar a hora certa – murmurou Bella.

– O que vocês duas estão cochichando? – perguntou Todd. – Estão arrumando mais tarefas para nós, pobres criados miseráveis?

– Sim. Se bem que ajudaria muito se você começasse a lavar a louça – respondeu Sophie.

– Você é bem mandona quando começa a trabalhar – observou Todd.

Ele deu uma cutucada de leve nas costelas dela e arregaçou as mangas.

– Tenho meus momentos. Agora, ao trabalho, homem.

– Sim, senhora.

Ele foi até a grande pia industrial, com pilhas enormes de louça e, com calma, começou a lavar.

Durante a hora seguinte, os quatro trabalharam em uma sincronia silenciosa. Conversas baixinhas aqui e ali pontuavam o ritmo, enquanto Sophie e Bella coordenavam as operações. Sophie percebeu que Bella evitava olhar para Wes ou tocar nele, enquanto ele – quando Bella não estava olhando – a observava com um desejo explícito, o que deixou Sophie confusa. Era óbvio que ele gostava de Bella e ela gostava dele, então qual era o problema? E por que Bella estava cheia de dedos para chamá-lo para sair?

Depois que diversos cupcakes estavam assados e decorados, três fornadas de cookies tinham saído do forno e o segundo cheesecake estava pronto, Bella fez uma pausa para o café.

– Obrigado, Deus! – falou Todd.

Ele foi direto até a máquina de café, feliz por deixar seu posto diante da pia.

– Preciso ir. Vou levar meu café pra viagem – disse Wes.

Bella o observou afastar-se e contraiu a boca de leve.

– Obrigada pela ajuda.

– Sempre que precisar, Bellinha. Sempre que precisar.

O sorriso largo que ele deu a ela não chegou até seus olhos cor de âmbar.

– Então, Sophie – disse Bella, dispensando Wes com uma determinação impassível –, vi um bolo incrível no Pinterest.

Wes pegou seu café e, ao sair, ergueu os dedos em uma despedida casual.

– Viu, é?

Sophie sabia reconhecer de longe uma tática de distração.

– Sim, olha só.

Ela mostrou a Sophie uma foto no celular.

– Quando você corta, dá pra ver listras e estrelas em todas as fatias. Estou tentando entender como é que se faz isso.

Todd fez um café para Sophie e ela agradeceu com um aceno de cabeça, enquanto colocava leite na própria xícara.

– Alternando pão de ló vermelho e recheio de creme... Hum... E se você cortar o meio quase todo e substituir por um pão de ló azul... É, daria certo. Se bem que não sei como fazer as estrelas aparecerem. Talvez usando gotas de chocolate branco no pão de ló azul?

– Sua maravilhosa! – gritou Bella. – Genial, como sempre.

Ela deu um tapa nas costas de Sophie que quase a fez derramar o café.

Sophie ergueu a xícara como se dispensasse o elogio.

– Trabalho em equipe. Aliás, roubei a ideia do *The Great British Bake Off*.

– Não importa. Por mim, está ótimo. E eu adoro esse programa. Já falei como sou grata por toda a sua ajuda?

Ela lançou um olhar rápido e carinhoso para Todd.

– E até pela sua.

Ele fez um brinde com o café.

– Sempre que precisar, priminha.

– Falou, sim – respondeu enfim Sophie, examinando o conteúdo da xícara de café.

– Não, sério, eu fiquei doida com tantas encomendas. Com a sua ajuda, eu consegui organizar tudo. Com a época dos casamentos chegando, estou ficando cada vez mais ocupada. – Ela fitou Sophie com olhos pidões. – Você vai ficar por aqui, não vai?

Todd revirou os olhos.

Sophie deu tapinhas carinhosos na mão dela com um sorriso tranquilizador.

– Não se preocupe. Vou ficar aqui até o fim de novembro.

– Droga, não pode ficar um pouco mais? Vou ter que fazer os bolos de Natal.

– Vou querer ir pra casa descansar. Você é uma chefe muito mandona.

– Desculpe. Estou passando dos limites? Estou, né?

Bella mordeu o lábio, a expressão mostrando uma preocupação cada vez maior.

– Você é ótima. Eu amo te ajudar, me sinto em casa na cozinha.

Sophie parou e então olhou para ela e Todd. O convite dele para ir à praia continuava em sua cabeça.

– Vocês têm sido meus heróis. Os dois – acrescentou Sophie.

Ela engoliu em seco de leve, envergonhada pela confissão, mas era difícil não falar tudo para Bella.

– Sem você... e Todd, eu teria me escondido no apartamento – confessou. – Vocês meio que me arrancaram de lá. Sempre me achei sociável e extrovertida... e eu sou, depois que estou na rua... Mas percebi que passei muito tempo sozinha, esperando que as coisas acontecessem, me deixando ser levada pela vida, em vez de sair e fazer acontecer, como sempre fiz.

Sophie percebeu que sua vida se dividia em antes e depois de James. E, em retrospecto, a última não vinha sendo tão boa quanto ela esperava. Até mesmo em relação a Paul. Ela fingira que sair com ele era como abrir as asas outra vez, mas estava só se enganando. O tempo todo, sabia que não estava se arriscando e que evitava fazer qualquer coisa que a desafiasse de verdade.

Se Sophie tivesse agido da mesma forma quando não conseguira entrar para a universidade, ainda estaria em sua cidade, trabalhando no pub local. Era como se nos dois últimos anos ela tivesse vivido anestesiada.

– Isso significa que você vem pra praia? – perguntou Todd, como se pudesse ler a mente dela.

– Eu...

– Você deveria ir – falou Bella, de repente, assentindo como se isso solucionasse um grande problema. – Todd precisa de apoio e minha família não vai estar lá este ano.

– Fiquei sabendo – comentou Todd, desanimado.

– Desculpe.

Ela deu tapinhas no ombro dele e se virou para Sophie.

– Em geral, a gente vai pra nossa casa de praia, que fica no fim da rua do tio Ross, mas vamos ficar em casa mesmo este ano. Todd e Martin costumam passar bastante tempo com a gente.

Ela arriscou uma olhadela para Todd.

– Minha mãe é um pouco menos... formal.

– Esse é o eufemismo do século. A mãe da Bella acolheria um porco-espinho que vagasse pela estrada.

– Não tem porco-espinho em Long Island. Garantia da National Geographic.

– Tá, um cervo.

– Humm, sei não, minha mãe fica bem irritada quando eles comem todas as rosas do jardim.

Sophie contraiu os lábios bem forte para não rir dos dois, mas uma risadinha escapou.

– Sério, vocês dois são pior que irmãos.

Bella riu.

– Se for para Long Island, vai... se divertir muito. A mãe do Todd é uma anfitriã fantástica. Você vai ser bem recebida, com certeza. A casa é maravilhosa, bem na praia, dá pra passar o dia todo lá. O tempo vai estar ótimo e os fogos são incríveis. É, você deveria ir.

Todd revirou os olhos para ela.

– Continue, Bella, está fazendo uma propaganda e tanto.

– Tá legal, a mãe do Todd é meio perfeccionista.

– Quem está falando é você, não eu – observou ele com sarcasmo.

Ele cruzou os braços no peito e as pernas na altura do tornozelo. Por um momento, seu sorriso pareceu forçado e sua postura era de preocupação, como se estivesse prestes a fugir.

– Mas ela é legal... Como eu falei... uma anfitriã excelente. E, provavelmente, vai adorar você. Diga que conhece o príncipe William e... é, isso mesmo, ela vai amar você. – Bella se virou para Todd e acrescentou: – E isso vai impedir que seu pai empurre alguma jovem pra cima de você.

Todd olhou com raiva para ela.

– Não foi por isso que convidei Sophie. Não faça parecer que eu a estou usando.

O rosto dele expressava fúria.

– Uuu – falou Bella, em um tom agudo provocante que só uma prima ou irmã usaria sem sofrer as consequências. – Tão irritadinho.

– Bella, não começa – grunhiu ele, evitando o olhar de Sophie.

– Tá bem, tá bem. Bom, da minha parte, estou bem ansiosa pro feriado. Vou dormir três dias seguidos e deixar minha mãe me paparicar.

Então ela se lembrou.

– Ah! Os cookies! – exclamou.

Bella deu um salto e correu até o forno. Resgatou os cookies com gotas de chocolate bem a tempo.

Todd tinha se virado e olhava para o café. Sophie não sabia bem o que dizer, ainda um pouco surpresa por Bella – que passara as últimas semanas alertando-a a respeito do primo – de repente parecer tão favorável à ideia de ela passar o feriado com ele.

Era óbvio que Bella estava preocupada com Todd e achava que o fato de Sophie acompanhá-lo ajudaria de alguma forma – o que, claro, foi o que a fez decidir ir.

Todd já tinha feito muito por ela. E agora ele parecia precisar de seu apoio.

Capítulo 16

A mensagem de Todd chegou assim que ela fechou a bolsa de viagem de couro que pegara emprestada com Bella, lutando para manter tudo ali dentro. Estava abarrotada, mas, depois das instruções detalhadas de Bella sobre que roupas usar – "elegantes, sem a menor dúvida vestidos elegantes pro jantar, um vestidinho leve é suficiente pro café da manhã, biquínis para o almoço se você estiver em uma festa na piscina, e qualquer coisa é aceitável na praia, menos topless" – e uma rápida busca no Google sobre os Hamptons, Sophie estava confiante de ter arrumado e comprado tudo de acordo com a ocasião. E estava ainda mais confiante em relação à segunda bolsa, com seu conteúdo quente embrulhado em papel-alumínio. Tinha valido a pena acordar uma hora mais cedo.

Depois de gastar horrores na Nordstrom Rack e na Banana Republic na saída do trabalho, ela agora tinha o armário cápsula perfeito, que incluía alguns shorts com estampa floral, dois vestidos de verão lindos, sandálias de saltos alto e baixo, além de uma blusa e duas camisas de malha novas. Como a maioria de suas compras, o biquíni minúsculo tinha sido comprado por impulso.

Só porque Todd estava fora de cogitação, não significava que ela não escolheria algo que a fizesse se sentir bem. Não queria decepcioná-lo na frente da mãe dele, que, na cabeça de Sophie, era uma aristocrata mais idosa, uma imitação de Nancy Reagan ou alguma outra figura importante.

A sensação de ficar uns dias fora era boa. Paul tinha aparecido umas duas vezes durante a semana, convidando-a para um café. Ela o dispensara em ambas as ocasiões. Culpara a pressão do trabalho, o que ele compreendia bem. Sophie não tinha a menor intenção de se explicar ou deixar que ele percebesse que ela fora uma boba... de novo.

Nas últimas noites, ficara ocupada ajudando Bella com os bolos do Quatro de Julho e, por mais orgulhosa que estivesse, chegara a um ponto em que nunca mais queria ver pães de ló vermelhos, azuis e de baunilha na sua frente. A construção complexa do bolo tinha sido um sucesso estrondoso e, depois que o primeiro fora para a vitrine, Sophie e Bella mal conseguiram acompanhar os pedidos. Sim, ela definitivamente merecia uma folga e, com a previsão do tempo dizendo que a temperatura passaria dos 30 graus, era como se estivesse saindo de férias.

O carro tenebroso de Todd ribombou na calçada e ele saiu para pegar a bagagem dela.

– É só isso? – perguntou ele, olhando por cima do ombro dela, como se esperasse que diversas malas da Louis Vuitton surgissem a qualquer momento.

– É, sim.

– Por mim, tranquilo. – Ele farejou o ar. – Tem alguma coisa cheirando bem. Bella já está na cozinha?

Sophie assentiu, sem explicar muito, e encaixou a segunda bolsa perto dos pés.

– Vamos dar o fora daqui – falou ele enquanto ela colocava o cinto. – O trânsito é horroroso depois que a gente sai da estrada. Tem só algumas pistas. E o trem é um horror. A menos que você seja fã do Coldplay e cronometre o tempo certinho pra pegar no mesmo horário que o Chris Martin.

– O quê? – indagou Sophie.

Ele deveria estar de brincadeira, só que parecia mesmo sério.

– Bom, agora que a Gwyneth Paltrow se casou de novo, ele não deve fazer essa viagem com tanta frequência e provavelmente usa o helicóptero, mas, uns anos atrás, eu o vi no trem, e lá estava ele, tocando seu violão baixinho no canto do vagão.

– Uau, que legal. Você costuma ver muitas celebridades por lá?

Todd deu de ombros.

– Tem um monte, mas as que não querem alvoroço agem de forma normal. E meio que existe um código, que é deixar essas pessoas em paz. Até os paparazzi respeitam isso. Além do mais, tem uma porção de aspirantes à fama que adora um holofote e ser o centro das atenções. Por sorte, eles têm a tendência de ficar distantes da praia e frequentar festas na piscina.

– Achei que fosse aí que o Sr. Homem da Cidade iria querer estar, não? – provocou Sophie. – Tenho certeza de que umas gatinhas de biquíni combinam com você.

– Por que eu acho que isso não é um elogio, inglesinha?

Ele cutucou a perna dela.

– Desculpe, não acho que você seja um entusiasta da praia ou do surfe. Você usa bermuda da Ralph Lauren com vincos e sapatos dockside.

– Isso é hábito e charme, a mulher da lavanderia não se aguenta – disse ele.

Passou para a pista mais rápida enquanto seguiam na Atlantic Avenue.

– Quando vou à praia, eu fico mais relaxado – prosseguiu. – Devo até ter um jeans desfiado aí.

Todd apontou para a bolsa de couro no banco de trás, que parecia absurdamente cara.

– Ah, meu Deus, será que as mocinhas da praia vão se controlar?

Ele deu um sorriso torto para Sophie.

– Não tenho a menor ideia, mas, se derem uma boa olhada nas suas pernas, inglesinha, elas vão ficar loucas de inveja.

Sophie deu uma risada bufada.

– Não sei, não.

Contudo, tinha sido bom receber um elogio.

– Se bem que estou louco pra ver esses seus famosos seios irregulares.

– Eu queria tanto nunca ter dito aquilo!

Ela fechou os olhos, estremecendo, mas ele gargalhou e ligou o rádio.

– Quer ouvir uma música? – perguntou Todd.

Pelo quilômetro seguinte, tiveram uma conversa animada sobre seus gostos musicais. Quando Sophie contou que suas bandas favoritas eram Wolf Alice e London Grammar e seus vocalistas preferidos eram Sam Smith e Rag'n'Bone Man, já sabia que Todd teria algo a dizer.

– Achei que fosse mais pro lado de Jess Glynne, Meghan Trainor, esse tipo de coisa. Você é mesmo animada.

– Só pra comprovar que tenho um lado profundo – disse ela, na hora. – Já você tem "Foo Fighters" escrito na testa.

– Sério. Nenhum lado profundo aqui?

Todd fez beicinho que nem uma criança e Sophie gargalhou.

– Nenhum.

– Certeza? – perguntou ele, o beicinho trêmulo.

– Cem por cento de certeza.

Ele suspirou, fingindo mágoa.

– Inglesinha, assim você fere meus sentimentos.

– Que bom. Apesar de esta música ser boa, não dou a mínima pra Muse.

Eles viajaram por pouco mais de uma hora, então Todd disse:

– Quer fazer uma parada? Dar uma volta na praia e procurar algum lugar para tomar café antes de chegarmos lá?

Sophie se espreguiçou, já se sentindo um pouco tensa.

– Seria ótimo. – Ela abriu um sorriso presunçoso e muito triunfante. – Aliás, eu trouxe o café da manhã. Uma garrafa de café e... pãezinhos de canela que fiz hoje cedo.

– Mentira! Inglesinha, eu me casaria com você.

– O último homem que me disse isso já era casado.

Sophie virou a cabeça para olhar pela janela, grata pelo lembrete oportuno de Todd. James, Paul, Todd – todos eram igualmente ruins. Cada um a seu modo, todos fugiam de compromisso.

Todd saiu da estrada principal, e eles seguiram placas que levavam a Jones Beach Island. Sophie acompanhava a rota pelo aplicativo de mapas no celular e viu que se tratava de uma ilha comprida e estreita com uma praia que cobria toda a sua extensão e uma estrada que a cortava bem no meio. Ela ficou um pouco decepcionada, porque não havia nada para ver, apenas a estrada que parecia se estender infinitamente, com placas anunciando sem romantismo alguns lugares chamados de Fields.

Eles estacionaram em um lugar chamado Field Six, um enorme estacionamento fora da estrada principal.

– Ainda está cedo. Às dez, este estacionamento vai estar lotado. Estamos só a uns 30 quilômetros de Nova York, aqui fica bem movimentado.

Sophie pegou a bolsa. Uma brisa marinha forte fez seus cachos esvoaçarem, jogando-os no rosto dela com um leve gosto salgado no ar. Ela inspirou com força e parou por um momento, os olhos fechados enquanto curtia o açoite do vento e os raios de sol no rosto.

Havia construções baixas, simples e funcionais de frente para a praia. Aquilo não era bonito de jeito nenhum.

Todd percebeu sua careta de decepção e cutucou de leve a ponta do nariz dela.

– Eu sei, mas é só o primeiro ponto da praia. É onde eu dou uma parada assim que chego. Quando estivermos na praia e longe daqui, você vai ver. Ela se estende por quilômetros.

Ao contornarem os prédios baixos de concreto, a praia surgiu, o mar a uma boa distância. Todd pegou a bolsa dela e a jogou por cima do ombro enquanto eles desciam pela areia rumo ao mar.

Andar na areia fofa levou um tempinho, e os músculos de Sophie começavam a doer quando eles chegaram à faixa mais úmida, onde era mais fácil caminhar. Ainda nem dera nove da manhã, mas várias famílias já tinham se acomodado para passar o dia ali. Guarda-sóis a postos, cangas estendidas e caixas térmicas, sem dúvida repletas de comida e bebida. Salva-vidas estavam a postos na torre branca e uma grande bandeira americana tremulava no topo, as estrelas e listras esvoaçando ao vento forte.

A espuma branca do mar se espalhava no ar quando as ondas quebravam. A luz do sol reluzia nas ondas até perder de vista. Algumas poucas nuvenzinhas se derramavam pelo céu, esgarçadas como algodão-doce, do tipo que logo se dissipariam quando o sol estivesse a pino.

O ar marinho tinha algo especial, pensou Sophie, respirando bem fundo. Um efeito calmante instantâneo. Talvez fosse o ritmo constante do mar, a inevitabilidade hipnótica de cada onda chegando e levando embora a anterior. Ou talvez fosse o barulho das ondas quebrando antes do marulhar, enquanto a água corria pela areia. Ou quem sabe fosse o brado melancólico das gaivotas voando em círculos.

Os dois caminharam em silêncio carregando os respectivos sapatos, até terem a praia só para si.

Em total harmonia, ambos se sentaram na areia, sobre a jaqueta impermeável de Todd, lado a lado, com as coxas se tocando. Sophie pegou a bolsa com ele e lhe entregou a garrafa térmica e dois copinhos enquanto desembrulhava os pãezinhos de canela e abria o guardanapo ao redor deles como um prato, colocando-o na areia.

Todd passou um copinho de plástico com café fumegante para Sophie e encostou o seu no dela.

– Tim-tim.

Ela indicou os pãezinhos com a cabeça.

– Café da manhã.

Com um sorriso, ele pegou um. Equilibrando o copo de café no joelho, mastigava enquanto observava o mar.

Era um momento perfeito. Companhia e silêncio. Um bom café. Comida. Nenhuma exigência. Sem precisar estar em algum lugar, sem pressão para conversar, para ser nada além de si mesma. A companhia de Todd tinha algo de especial. Parecia que ele tinha uma habilidade natural de saber o momento de provocar, de conversar, de levar as coisas a sério e de não dizer nada. Era provável que isso acontecesse porque ele se sentia bem consigo mesmo. Todd parecia muito ciente de quem era. Sophie achava que tinha decifrado tudo e agora questionava o próprio julgamento, que na verdade fora bastante ruim.

– Está fazendo várias caretas, inglesinha – observou Todd, baixinho.

Sophie se virou e encontrou o rosto dele a centímetros do dela: os olhos azuis sinceros e calmos.

– Tudo bem? – perguntou ele.

– Tudo. Só me perdi em pensamentos por um instante.

– Parece que não eram dos melhores. Algo a ver com o Sr. Casado?

Sophie sustentou o olhar dele e franziu a testa, ainda tentando desvendá-lo.

– Você é bem perspicaz, não é? – Os olhos azuis dele se desviaram para o mar. – E não é nada do homem fútil que finge ser – comentou ela.

Sophie observou seu perfil com atenção enquanto Todd continuava a olhar para as ondas e viu o pomo de adão dele recuar levemente.

– Para alguém que, em tese, sai com uma mulher diferente por dia, vai a inaugurações de bares quase todas as noites e sai todo fim de semana

– falou Sophie com a voz suave para parecer menos acusatória –, você parece largar as coisas com muita facilidade sempre que Bella precisa de ajuda ou para me levar para passear pelo Brooklyn.

Todd era, ela percebeu com uma sensação boa no peito, um homem muito gentil e, a julgar pelo modo como os lábios dele se contraíram, não ficava confortável em reconhecer isso.

– Por quê? – questionou ela.

Ele pegou a mão de Sophie e entrelaçou os dedos nos dela, apoiando as mãos no joelho.

– Não vá ficar achando que sou um cara bonzinho. Eu não sou. Bella é da família. E, por extensão, você também. Você tem sido boa pra ela, e eu faço qualquer coisa pra ajudar minha prima. Quando éramos crianças, ela era minha melhor amiga. Sou bom em farrear, curtir boates, bares, restaurantes e sou pago pra escrever sobre eles. É um ótimo emprego, mas... depois de um tempo, é tudo a mesma coisa... e *é* trabalho. E você... Bem... Você nunca facilitou pra mim. – Ele se virou para encará-la. – Sem querer parecer... sabe... as mulheres costumam... Não estou reclamando, tive uma baita sorte com a genética, mas é só o que algumas pessoas enxergam. Droga, não acredito que estou falando isso! Todas me acham um colírio pros olhos. Essas mulheres não me conhecem de verdade. Por mais legais que sejam. Já você...

Ele sorriu para Sophie, um sorriso de verdade, que chegou aos olhos e fez com que ela se derretesse.

– Você me trata como uma pessoa *de verdade*. Eu gosto de você, inglesinha – continuou ele. – Quando a gente foi ao Onyx, naquela noite, eu percebi... que somos amigos.

Amigos. Sophie ignorou a breve pontada que sentiu e deu a ele um sorriso largo, como se aquelas palavras fossem a melhor coisa que ela ouvira a semana toda. Então ele arruinou tudo ao se inclinar na direção dela e lhe dar um beijo suave que pegou bem no cantinho da boca. Ao se afastar, o calor nos olhos dele deu início a outro calor, uma queimação que irradiava de dentro para fora, mas ela manteve no rosto a expressão serena e sorridente de "somos só amigos", enquanto por dentro seu coração batia em um ritmo alucinado.

– Eu gosto de estar com você... Parece que posso ser eu mesmo. Nunca preciso pensar antes de falar nada. É fácil estar do seu lado.

– Amy parece legal – respondeu Sophie, ciente do formigamento no local onde os lábios dele a tocaram e do peso da mão dele, agora em sua coxa, com os dedos entrelaçados aos dela.

– É, legal, mas... – Ele fez uma careta. – Como é que eu falo isso sem parecer desprezível? Ela é legal, mas vazia. A conversa para no "O que você faz, de onde você é?". Ela nunca me provocou por causa do meu harém. Ou me ameaçou de lavar a roupa dela.

Os olhos de Todd brilharam. Ele deu mais uma mordida no pãozinho de canela e o balançou na direção de Sophie.

– Isso aqui está incrível.

– E você está mudando de assunto.

Ele abriu seu sorrisinho incontrolável, com um quê de travessura.

– Sempre pago o que devo. Fico satisfeito de pegar a calcinha de uma mulher sempre que possível.

Uma onda de alívio a inundou com a conversa mais leve, e Sophie o cutucou na costela.

– Você é só papo. Quando foi a última vez que...?

A voz dela se perdeu quando se deu conta de que talvez estivesse cruzando uma linha muito pessoal.

– Já faz um tempo, inglesinha.

– Desculpa, eu não deveria...

Sophie ficou vermelha.

Onde é que eu estava com a cabeça?

– Tudo bem.

Ele deu de ombros, se virou e olhou na direção no mar.

– Não sou o tarado que todo mundo no trabalho acha que sou – disse ele, baixinho.

– Eles não acham...

– Acham, sim.

Todd virou a cabeça depressa, o olhar agora sério e penetrante.

– Bem, você dá corda pra isso – respondeu ela.

Sophie estremeceu diante da própria franqueza. Então percebeu que estava irritada com ele.

– Por que você faz isso? – indagou ela.

Todd deu de ombros.

– As pessoas acreditam no que querem, não é preciso fazer muita coisa. É só porque você realmente conversou com Amy e companhia que percebeu que as coisas não são o que parecem. O resto do pessoal do trabalho acredita que eu estou pra jogo. Principalmente a Madison. Olha, ela se esforça com aqueles olhares de "Venha para a minha cama". Se eu não fosse um cavalheiro, ela estaria no papo. Pra ela e pro pai dela, eu tenho todos os requisitos do protestante branco anglo-saxão.

– Como assim?

– É basicamente isso. O pai dela conhece o meu, então isso me torna o namorado perfeito.

– Não tem nada a ver com seu corpo lindo e a carinha de astro de cinema, então?

Sophie inclinou a cabeça com um sorriso provocante para deixar bem claro que estava brincando e que, sem dúvida alguma, não tinha percebido o tal corpo lindo nem o rosto perfeito.

– Ora, muito obrigado, mas não. Ela está em busca de um marido que tenha a mesma origem socioeconômica.

– Um casamento com um potencial infernal – comentou Sophie.

Pensava no pai e na primeira esposa dele, que com certeza tinha se casado por causa de seu título, seu dinheiro e mais nada.

– Então você conhece meus pais – brincou Todd.

Por um instante, os dois trocaram um olhar triste. Depois ficaram em um silêncio contemplativo.

– Desculpa, eu deveria ter te avisado – falou Todd. – Eles não são fáceis.

Uma gaivota passou voando perto deles e os dois se assustaram. Por precaução, Todd abocanhou o que restava de seu pãozinho de canela.

– Você fez mesmo isto aqui? É muito bom.

– Sim. Estive em Copenhague e aprendi com uma expert.

Mencionar a viagem do ano anterior à Dinamarca acabou levando o assunto para os países da Europa que os dois já tinham visitado. Trocando histórias, eles voltaram para o papo leve de sempre. Sophie ria tanto depois de Todd lhe contar que fora parar em um bordel em Paris que ele precisou ajudá-la a se levantar quando os dois decidiram retornar à estrada.

Sophie arregalou os olhos. Era quase como se tivessem cruzado uma barreira invisível. De repente, as casas ficaram mais bonitas e parecia que os campos tinham sido cultivados e podados com precisão.

Ela sabia que aquela era uma área nobre, mas isso não a preparou para o número absurdo de Porsches e Range Rovers, que faziam os diversos BMWs e Mercedes parecerem lugares-comuns. Quando ela fez um comentário depois de avistar a terceira Ferrari, Todd riu.

– Bem-vinda aos Hamptons.

Ele sugeriu que saíssem da estrada, então seguiram por Southampton passando pela Main Street. Sophie ficou observando da janela. Parecia que as páginas de uma revista tinham ganhado vida. Era tudo perfeito e reluzente sob o céu azul e o sol escaldante. Até mesmo as pessoas nas calçadas, que caminhavam levando diversas sacolas de lojas caras, pareciam lindas, bronzeadas e vestidas de modo impecável com shorts coloridos, camisas polo brancas elegantes e mocassins de grife.

Passaram por uma área residencial onde as casas eram todas imaculadas, muitas com acabamentos de madeira branca ao redor de janelas e portas, o que dava destaque às tradicionais tábuas cinza das paredes. Quase todos os jardins estavam meticulosamente aparados, com seus gramados verdes viçosos, diversas jardineiras às janelas, que casavam com a pintura, e arbustos esculpidos que margeavam a entrada de carros feita de cascalho que se via por trás dos portões.

– É outro mundo – comentou Sophie.

De olhos arregalados, ela tentava absorver tudo e decidir se adorava aquilo ou considerava tão perfeito e irreal que deveria estar na Disney.

– Bem diferente do Brooklyn – acrescentou ela.

– E você ainda nem viu a praia.

Enfim chegaram a Amagansett – um lugar também muito bonito, mas um pouco menos estiloso do que a vizinhança anterior – e viraram em uma rua chamada Further Lane. Todd parou em uma abertura na cerca viva grande e intrincada, onde dois enormes portões de carvalho destacavam a entrada. Inseriu um código no interfone e os portões se abriram com uma lentidão e um silêncio pomposos. A ampla entrada serpenteava por entre arbustos aparados com perfeição até chegar a uma espécie de rotatória que era do tamanho de um jardim mediano em frente à imponente casa.

Como Sophie permaneceu calada, Todd lhe lançou um olhar ansioso.

– Talvez eu devesse ter preparado você.

– Talvez. Mas tudo bem, eu sei quais talheres usar e como falar com o mordomo.

Todd soltou uma risada de alívio e deu tapinhas no joelho dela.

– Eu sabia que podia contar com você, inglesinha. Com você, não tem tempo ruim.

Todd estacionou ao lado de um Porsche conversível que estava com a capota baixada. Ao parar ali, Sophie na mesma hora se lembrou da primeira vez que vira o carro dele.

– Não vai estacionar aqui, né? – perguntou ela, com um brilho divertido no olhar.

– E por que não?

– Você sabe por quê. – Ela olhou com reprovação para a careta petulante dele. – Você merece mais do que isso – prosseguiu ela.

– É?

– É. E você não tem 6 anos. Estacione esta lata-velha junto com os outros carros. Acredito que deve ter uma garagem enorme em algum lugar.

– Ah, adoro quando você dá uma de britânica geniosa.

Ela simplesmente lançou um olhar afiado por cima dos óculos escuros e esperou, até que, bufando desanimado, ele ligou o carro e contornou a casa até onde havia uma garagem cheia de carros de luxo.

Enquanto caminhavam por uma entrada lateral, Todd agarrou o pulso de Sophie de repente e entrelaçou os dedos nos dela, fazendo-a parar.

– Prometa que não vai me julgar depois que conhecer essa parte da minha família.

Sophie sentiu um aperto no peito diante do tom baixo e urgente.

Embora ele usasse óculos escuros, ela via, pela expressão de Todd, que ele parecia infeliz e inseguro. Estava imóvel e ressabiado, como se tivesse medo de que ela desse para trás.

Com o beijo de amizade de mais cedo, Sophie se esticou e beijou com delicadeza a bochecha dele.

– Eu prometo.

A boca de Todd relaxou e, depois de um rápido aperto, ele soltou sua mão.

– Beleza. Então, direto pra fogueira. Que comece a diversão.

Carregando as malas, eles andaram por um corredor curto que dava em um hall de entrada bonito e arejado, dominado por uma bela escada escura com tábuas largas e coberta por uma passadeira creme presa por hastes de cobre lustrosas. O corrimão de madeira de castanheiro polida reluzia, o que fez Sophie sorrir. Era o tipo de corrimão que implorava para que as crianças escorregassem nele e saíssem voando.

– Que foi? – perguntou Todd.

– Nada – disse ela, na maior inocência. – Estava imaginando se você já desceu por aqui. – E indicou com a cabeça a madeira reluzente.

– Uma ou duas vezes... quando não tinha ninguém olhando.

Eles trocaram um sorriso conspiratório quando Todd parou diante da escada e segurou a ponta esculpida do corrimão.

Capítulo 17

– Toddy! Querido!

Uma mulher bronzeada e esbelta, vestida com uma linda saída de praia azul-royal, no tom exato para realçar seu bronzeado e os cabelos louros, apareceu enquanto Todd conduzia Sophie para o que ele chamara de sala do café.

A mulher pôs as mãos nos ombros dele e deu dois beijos estalados em seu rosto.

Ela parecia estranhamente familiar ao lado de Todd. Era parente? Uma tia? Outra prima? Ele não falara nada sobre uma irmã mais velha. Não tinha como aquela criatura que parecia uma modelo ser sua mãe.

– Chegou quando, querido? – Ela demonstrava perplexidade. – Brett foi buscá-lo no aeroporto?

– Viemos de carro. Saímos bem cedo. Chegamos tem uma meia hora.

A postura rígida e a frieza incomum de Todd deixaram Sophie alerta no mesmo instante.

– De carro. – A mulher revirou os olhos, como se aquilo fosse a coisa mais estranha de se ouvir. – E nessa época do ano. Você deve ter saído em um horário pavoroso. – Ela estremeceu de leve. – Bem, não deixe seu pai saber disso, senão vou ouvir até não poder mais – continuou ela, contraindo os lábios, os quais Sophie passara o último minuto evitando encarar.

Tinha algo estranho neles, mas Sophie não conseguia identificar. Era como se pertencessem a outra pessoa.

A mulher deu uma espécie de sacudida como se de repente tivesse visto Sophie parada atrás de Todd.

– E quem é essa? – perguntou ela, astuta e encantadora.

Todd deu um passo para o lado e passou um dos braços pelos ombros de Sophie, pousando-o ali com um peso reconfortante, como se reivindicasse posse sobre um companheiro de time leal.

– Mãe, esta é minha amiga Sophie. Sophie, esta é minha mãe, Celine.

– Mãe?!

Sophie ficou boquiaberta, incapaz de controlar a surpresa, e a encarou. Aquela mulher deslumbrante, com um corpo incrível, que usava uma saída de praia casual amarrada por cima do biquíni e óculos escuros em estilo Jacqueline Onassis empoleirados no cabelo louro platinado, não tinha nada a ver com a matrona Nancy Reagan que Sophie imaginara.

– Você parece muito jovem. Meu Deus, achei que fosse uma prima ou algo assim. Não é possível que seja...

Com um sorriso estonteante, a mãe de Todd se virou para ela.

– Ora, *você* quer ser minha nova melhor amiga? Que amor dizer essas coisas. E você é inglesa. Que sotaque maravilhoso! De onde é?

– Eu moro em Londres.

– Adoro Londres. Sempre ficamos no Savoy quando vamos para lá. Você conhece?

Sophie assentiu, mesmo sem ter certeza se o "Você conhece?" significava "Você já ficou lá?" ou "Já ouviu falar dele?".

– É antigo, mas tão britânico. Eu adoro. O pai do Todd sempre quer ficar no Marriott, porque é um velho amigo do Bill, Bill Marriott. – Ela fez uma pausa antes de acrescentar: – E você é amiga do Todd?

Com uma sobrancelha erguida e o tom de voz baixo e provocante, ela deixou várias perguntas no ar.

– A gente trabalha junto, mãe. Sophie ia ficar sozinha no feriado.

Todd interrompeu o assunto sem responder à pergunta.

– Ah. – A voz dela demonstrou seu desinteresse. – Você também trabalha na tal revista? Você tem um emprego.

Sophie assentiu. A mãe dele contraiu os lábios esquisitos e se ocupou em espanar uma poeirinha invisível em sua saída de praia, bufando.

– Bem, na verdade, Todd nem precisa trabalhar lá. Acho que faz isso para irritar o pai. Acredito que seja um incentivo tão bom quanto qualquer outro.

Todd não falou nada, mas, pela expressão em seu rosto, não era a primeira vez que ouvia aquilo.

– Acho que é coisa da nossa geração – falou Sophie, dando um sorriso compreensivo para Celine e ignorando o tom mal-humorado. – Meu pai diz a mesma coisa.

– É mesmo? – Celine pareceu se acalmar com o breve aceno de cabeça de Sophie, enquanto Todd lhe dava um sorriso de agradecimento. – Acho que é uma fase, então – concluiu ela. – Vamos torcer para que ele supere isso.

A mãe resolveu mudar de assunto.

– Bem, fiquem à vontade – disse ela. – Todd, mostre a casa para Sophie. Se tiver algum pedido especial para sua dieta, avise ao chef. Vamos jantar hoje na sala de jantar. Apenas uma reunião familiar, o restante dos convidados chega amanhã de avião. E aí a casa vai ficar cheia. A festa no sábado à noite é formal. Todd, trouxe o smoking?

– É claro.

Uma moça filipina baixinha se aproximou deles e esperou pacientemente até que Celine lhe desse atenção.

– Ah, esta é minha governanta, Mahalia. Se precisar de qualquer coisa, Mahalia pode ajudar.

Os olhos da mulher brilharam.

– Sr. Todd, bem-vindo.

– Oi, Ma, como está?

Ele deu um grande abraço na mulher baixinha, tirando-a do chão, e a seriedade no rosto dela deu lugar a risadinhas.

– Todd! Por favor – repreendeu a mãe.

Apesar da intervenção, Sophie ficou aliviada ao ver que o cenho franzido de Celine não se estendia ao olhar.

– Sinceramente, ele não vale nada. Mahalia é um general com todo mundo. Nunca vou entender por que ela gosta tanto do Todd.

Mahalia riu e, quando ele a colocou no chão, a governanta beliscou suas bochechas.

– Ele é tão lindo, Cee. Bem, o chef quer que experimente o carpaccio de carne e você tem que decidir quais peças de cristal quer usar amanhã. Lalique ou Baccarat? – A mulher miúda pôs as mãos na cintura. – Preciso de uma decisão hoje, mocinha.

– Eu estava pensando em Swarovski.

– O quê? Não! – guinchou Mahalia, gesticulando para a patroa. – Vulgar demais. Não são bons.

– Ela é muito mandona – disse Celine. – E eu não vivo sem ela. Vejo vocês depois.

E as duas saíram andando, a cabeça loura de Celine se inclinando na direção do cabelo escuro de Mahalia.

Todd as observou com um sorriso melancólico.

– Lá vão elas, a rottweiler e a pequinesa. Elas são grandes amigas.

– Sério?

– Sim. Quando não tem ninguém por perto, minha mãe fica o tempo todo na cozinha com Mahalia, fofocando, tomando café e vendo reprises de *Gilmore Girls* e *Riverdale*. Não que ela vá admitir e, se me ouvir falar isso, corta minha língua.

– Que amor. Se bem que isso me soa familiar.

Sophie pensou nos próprios pais e em como se conheceram. Uma de suas histórias favoritas era aquela em que o pai se refugiava na cozinha e ficava atrapalhando a nova governanta em Felton Hall, depois que a ex-mulher se recusou a se mudar.

– Humm, "amor" não é uma palavra que eu use pra minha mãe.

– Ela é bem glamourosa.

Sophie alisou o vestido de linho, preocupada que, talvez, fosse um pouco casual demais. Mesmo usando uma saída de praia, Celine parecia fantástica.

Todd deu um puxão no vestido folgado que ela usava por cima do traje de banho.

– Não se preocupe. Você está sempre gata. Venha, vou mostrar a casa.

– Quer dar um mergulho? – ofereceu Todd.

– Não sei se eu ousaria – respondeu Sophie, olhando a área da piscina, a última parada do imenso tour pela casa, que era mesmo imensa. – Está tudo tão... sereno.

A palavra "perfeito" teria sido sua primeira opção.

O piso de madeira cercava a piscina retangular e comprida, cujos ladrilhos azul-escuros tinham o desenho de ondas em destaque em um mosaico cintilante. Espreguiçadeiras brancas reguladas na mesma altura e com almofadas azul-marinho e brancas estavam dispostas de duas em duas, separadas por uma mesa e um guarda-sol. Toalhas azul-marinho tinham sido postas em rolinho a exatamente dois terços entre o pé e o topo de cada espreguiçadeira, e havia um vasinho de gerânio vermelho-vivo em cima das mesas.

– É uma graça – disse Sophie.

Não era sua intenção parecer ingrata diante da oferta, mas não queria ser a primeira a mexer em uma daquelas toalhas enroladas e posicionadas com tanto esmero, ou bagunçar uma das espreguiçadeiras, ou colocar óculos escuros e protetor solar em uma das mesas.

Era inegável que a casa era maravilhosa e suntuosíssima. Os superlativos eram infinitos... mas não passava uma sensação de lar. Tudo fora posicionado. Nada esquecido. Nada fora do lugar. Até as fotos de família, todas formais, tinham sido agrupadas em porta-retratos prateados em cima do grande piano, alinhadas com uma precisão militar.

De repente, Sophie percebeu que estava mordendo o lábio e, pela expressão divertida de Todd, compreendeu que cada pensamento seu estava estampado no rosto.

– Venha, vamos lá conhecer meu irmão.

Ele pegou a mão dela e a conduziu para os fundos da casa, passando por um corredor que Sophie não vira antes.

Não era de admirar que o cômodo fosse escondido, com seu sofá de couro puído, uma pilha de jogos de videogame e uma imensa TV de tela plana. Parecia confortável, um pouco esfarrapado, e tinha muito mais cara de sala de estar de uma família. Um garoto de uns 13 anos estava sentado na beira do sofá segurando um controle, completamente focado na tela diante de si, onde dragões voavam montados por elfos munidos de arcos e flechas – Sophie sabia que eram chamados de povo de Lair – e batalhavam contra alienígenas que lembravam lontras voadoras.

– Fala aí, carinha – cumprimentou Todd.

O menino virou a cabeça na direção dele, deu um salto e largou o controle.

– Todd!

– Marty! – brincou Todd, imitando o aceno animado do irmão.

O garoto parou de repente, bem perto dos braços esticados de Todd, ao notar a presença de Sophie, e deixou os braços magricelas penderem de forma desengonçada ao lado do corpo.

– Oi – murmurou ele. – Você voltou.

Todd ignorou a perda súbita de entusiasmo e puxou o irmão para um abraço. Esfregou a cabeça do garoto com os nós dos dedos, até Marty se debater e reagir brincando.

– Como você está, carinha?

– Mais alto que a mamãe – respondeu Marty.

Ele ergueu o queixo com uma postura combativa, que era desmentida pelo porte magro e pelos ombros estreitos.

– Esta é minha amiga Sophie. Este é meu irmãozinho.

Marty fez uma cara emburrada para Todd e assentiu com desinteresse para Sophie, mas ela notou seus lábios contraídos.

– Oi, Marty. Jogo maneiro.

Ela meneou a cabeça na direção da tela. Ele ergueu os ombros.

– Você joga?

Ela sorriu diante do súbito entusiasmo dele.

– Tem gente que diz que eu jogo – falou ela, com um retorcer de lábios autodepreciativo.

– Quer jogar?

– Agora não – respondeu Todd.

Quando Marty começou a se virar com um quê de decepção nos olhos, Sophie deu um pulo para a frente.

– Quero, sim. – Ela foi até o sofá, pronta para se sentar. – Mas só se eu puder ser um guarda swiren e ter um espectro de dragão classe nove.

Sophie riu ao ver a expressão perplexa de Todd, enquanto Marty se animou na mesma hora, esfregou as mãos e passou um controle para ela.

– Maneiro. Feito. – Ele olhou para trás, para o irmão mais velho. – Todd?

E, antes que ele pudesse responder, o garoto já vasculhava embaixo do sofá em busca de um terceiro controle.

– Qual é? – Ele deu a Marty um sorrisinho petulante. – Nunca ouvi falar nesse jogo... mas, olhando os adversários, carinha e inglesinha, sinto a vitória a caminho.

Sophie piscou para Marty.

– Acho que a gente precisa dar uma lição nele. Agora é guerra.

– Agora é guerra – ecoou Marty.

Sophie e ele se cumprimentaram com um soquinho. Ela sentiu o coração disparar diante do acolhimento de Marty, enquanto, por cima da cabeça do garoto, Todd articulou um "obrigado" sem som, com um sorriso carinhoso.

Meia hora depois, Todd implorava por uma pausa.

– Vocês são uns monstros! Se unindo contra mim desse jeito...

– O que você esperava? – disse Sophie, inclinando a cabeça com um ar de superioridade e cutucando Marty.

– É, mano. Sophie e eu destruímos você.

– Sophie roubou – acusou Todd, querendo rir.

– Como que eu roubei? – perguntou Sophie, fingindo indignação.

– Não contou que já tinha jogado.

– Você não perguntou.

– É, Todd, você não perguntou – repetiu Marty.

Ele revirou os olhos.

– E como é que você sabia que aquelas fadinhas horríveis estavam embaixo da mina antes de chegar lá?

– É, isso foi bem maneiro mesmo – elogiou Marty. – A admiração do menino fez Sophie sorrir. – E quando você saqueou o ninho da serpente pra pegar mais flechas. Essa versão saiu tem só dois dias – comentou o garoto.

– Não pensei que você gostasse de jogar – confessou Todd.

Vê-lo tão perplexo fez Sophie erguer as sobrancelhas para os dois com um sorrisinho levado.

– Bem... – Ela fez uma pausa, incapaz de controlar a expressão de alegria. – Talvez eu tenha recebido informações internas.

– Você tinha uma amostra? – perguntou Marty, arregalando os olhos.

– Melhor que isso. Eu acompanhei a criação do jogo. Conrad Welsh mora do meu lado.

Marty ficou boquiaberto, os olhos mais arregalados ainda, enquanto Todd parecia inexpressivo.

– Eu deveria saber quem é? – perguntou ele.

– E-ele... e-ele... – gaguejou Marty.

– Bem, na verdade é ela... Ela é uma desenvolvedora de jogos. E bem famosa.

Marty assentiu vigorosamente.

– Somos vizinhas em Londres.

Marty agora piscava depressa e levara uma das mãos ao peito como se estivesse hiperventilando.

– Ela é uma... bem... "amiga" seria uma palavra forte demais – continuou Sophie. – Conrad é solitária, não tem amigos de verdade, ou melhor, não sabe o que fazer com eles.

Sophie costumava pensar nela como uma gatinha perdida que ela adotara. Sua vizinha quase nunca se afastava da tela do computador para se importar com coisas como ir ao supermercado, então Sophie aparecia com provisões de comida, como se a vizinha fosse uma idosa pobre, e não uma jovem de 23 anos que tinha dificuldade de socializar e não sabia o que fazer com todo o dinheiro que ganhava.

– Eu acabo tendo que ajudar a testar os jogos. Ela é um pouco... Ela não gosta de estranhos em casa e não libera os jogos até estar satisfeita, então era eu ou nada.

Marty tinha acabado de recuperar o fôlego.

– Isso é irado demais!

Ele ainda ficou maravilhado por mais uns minutos, enchendo Sophie de perguntas, para deleite de Todd, que permanecia calado.

Por fim, Marty cansou dos jogos.

– Vamos surfar? – sugeriu o garoto.

– Claro – respondeu Todd. – Estou doido pra ir à praia.

Capítulo 18

Quando os três chegaram à parte mais alta da duna de areia, Sophie parou e olhou para a praia em sua extensão infinita, a areia amarela contrastando com o azul até perder de vista.

Todd, com o body-board debaixo de um dos braços e uma bolsa com toalhas de praia, virou-se para olhar para ela com um sorrisinho de "eu avisei".

– Lindo, né?

– Inacreditável.

O cabelo dela esvoaçava ao vento e batia no rosto enquanto ela encarava a vasta extensão do mar. Era instigante pensar que não havia nada entre o local em que estava e Portugal. E era também uma forma de tirar o foco das pernas musculosas e bronzeadas de Todd, cobertas de pelos escuros. Aquele homem nunca ficava menos do que incrível? Mesmo no estilo supercasual, de bermuda estampada colorida e uma camisa de malha desbotada, com o cabelo castanho ao vento sendo dividido em tufos, Todd parecia um modelo de equipamentos de surfe.

Ao ver o mar, Marty deu um grito e desceu correndo, os pés revolvendo a areia e deixando um rastro no ar, como o Papa-léguas.

Sophie sentiu a areia fina e pálida, como ondas frias sob os pés, ao afundar até a altura do tornozelo, estremecendo com as picadas ocasionais de gravetos. Não era nada fácil andar ali, principalmente quando também carregava uma caixa térmica que parecia lotada de pedras.

– Vamos.

Todd pegou a mão dela e a puxou. Juntos, eles desceram chapinhando pela areia em direção à água.

Marty já tinha corrido para o mar, seu grito indecifrável de alegria chegando até os dois, as pernas e os braços magricelos debatendo-se como os de um espantalho enquanto ele arrastava seu body-board atrás de si.

Eles se acomodaram ao som dos gritos de Marty, que implicava com os dois por serem tão lentos enquanto ele já estava na água.

– É o Atlântico, não é? – perguntou Sophie, em dúvida.

Todd assentiu.

– Não é frio? – quis saber ela.

– Só no primeiro momento, depois você se acostuma. Mas Marty é tipo um peixe. Parece que nunca sente frio. – Todd estendeu as toalhas. – Obrigado por ter se juntado a ele. Foi... bom. Ele fica meio solitário aqui o verão todo, cercado de adultos. Os filhos dos amigos dos meus pais são todos da nossa idade.

– Não foi nada. E quem é que não gosta de ser vista como uma heroína? – provocou Sophie.

– É, você fez sucesso.

– Ah, bem, foi questão de conhecer a pessoa certa, nesse caso.

Todd parou de ajeitar uma das toalhas na areia e olhou para ela.

– Não, Sophie. Você foi gentil, como sempre. Aposto que jogaria mesmo se tivesse duas mãos esquerdas, só por ter visto como é importante pra ele passar um tempo comigo.

Sophie dispensou o comentário.

– Está na cara que ele adora o irmão mais velho.

Todd fez uma careta de desgosto e olhou para Marty, que já furava as ondas.

– Ele é um bom menino. Eu queria poder fazer mais pra... Me sinto mal por ele estar preso aqui.

Por cima do barulho das ondas quebrando, eles ouviam Marty berrando para que Todd entrasse na água.

Ele levou uma das mãos à barra da camisa, mas hesitou.

– Vai lá. – Sophie deu uma olhada no body-board dele. – Vou deixar isso aí pros especialistas. Pode ir... Vá ficar com o Marty.

Ela engoliu em seco e se ocupou em puxar um livro e o protetor da bolsa quando, em um movimento fluido, Todd tirou a camisa.

– Vou ficar bem feliz. Aqui – prosseguiu ela. – Vendo gente. Observando gente.

Sophie empurrou os óculos escuros com firmeza pelo nariz. Nossa, que calor! Sua boca ficara muito seca.

– É. Vai lá – insistiu ela. – Estou bem. Muito bem.

Vá, por favor. Por favor, leve esse corpo absurdamente gostoso pra longe daqui.

Com um breve aceno e um leve trejeito de diversão nos lábios – *Ah, por favor, não* –, Todd saiu trotando. E Sophie respirou bem fundo.

Sério. *Controle-se, mulher!* Ela parecia uma adolescente. É, ele era bem bom de se olhar. Olhar, não tocar. Seus hormônios em chamas precisavam se lembrar de quem estava no comando, mas, mesmo tentando manter em mente que Todd era um amigo, como ele mesmo deixara bem claro naquela manhã em Jones Beach, a imaginação dela tinha chegado ao ponto de pensar em como seria tocar aquela pele macia ao redor da cintura dele, em como seria sentir-se abraçada por aquele peitoral – *ah, sim* – tão viril.

Irritada consigo mesma, ela abriu a caixa térmica, pegou uma garrafa de água gelada e deu um longo gole. Chega. Ela ia relaxar e curtir a sensação de estar de folga. Fazia um bom tempo desde que não tivera nada para fazer a não ser sentar-se ao sol com um livro e absorver a atmosfera. Além disso, era um ótimo entretenimento observar Marty e Todd furando as ondas, provocando um ao outro e brincando junto a um grupo de jovens muito parecidos entre si, todos de bermuda e com os torsos esguios à mostra.

A praia não estava cheia, mas havia muita gente interessante para Sophie observar por trás dos óculos escuros. Mais adiante, onde as ondas viravam espuma e lambiam a areia, uma mulher parecida com Sarah Jessica Parker passeava de mãos dadas com um belo homem... Ah, meu Deus, era Matthew Broderick.

Depois de observar os dois clandestinamente até sumirem de vista, ela se inclinou para trás, se apoiou nos cotovelos e curtiu o sol no rosto. Percebeu que, pela primeira vez em muito tempo, estava feliz e satisfeita de verdade com sua sorte. Estava despreocupada, como se um peso tivesse saído de seus ombros.

Pega de surpresa por essa ideia, ela se sentou e correu as mãos na areia, deixando que os grãos escorressem por entre seus dedos, com as memórias revirando-se em sua mente enquanto ela tentava entender em que momento as coisas tinham dado errado.

Quando viera para os Estados Unidos, estava fugindo, não pensava em mais nada a não ser entrar no avião e escapar, se colocar em um limbo. Agora que estava ali, era libertador, porque não havia pressão. E, com a leveza da falta de responsabilidade, ela percebeu que ficara estagnada em Londres por causa da expectativa. Ocupara-se demais pensando no passo seguinte e tinha sido negligente com o *agora*. Estagnara ao esperar James, ao pausar a vida e ficar de prontidão para o momento em que ele a pedisse em casamento, quando na verdade ela não estava feliz.

Sophie deixou escapar uma meia risada. Tinha recusado aquela viagem a princípio por causa dele. Repetira sempre o padrão de não fazer as coisas por aguardar o momento em que ele se comprometeria com ela. Era colocada de lado, ficava em segundo plano, depois da mãe dele. Jogava videogame com a vizinha e se sentia superior porque Conrad parecia precisar de atenção, só que, na verdade, era Sophie que não tinha nada melhor para fazer enquanto esperava James. Era um eterno desgaste de sua autoestima.

Sentiu a barriga se contrair de tensão ao se lembrar de que sempre tinha a sensatez de não discutir com James por ele colocar a mãe em primeiro lugar. Agora que sabia o motivo, seu estômago revirava de fúria. Fora tão fraca e patética! Perdera tanto tempo! E por culpa dela. Sophie se permitira passar por isso. Não podia culpar James nesse aspecto.

E, pior ainda, ela quase começara a trilhar o mesmo caminho com Paul, ficando de novo em segundo plano.

Sophie encheu a mão de areia e a deixou escorrer por entre os dedos outra vez. Era uma analogia dolorosa de sua vida no momento.

Uma sombra a cobriu, e ela ergueu o olhar. Todd estava diante dela, com gotinhas cintilando nos pelos dos braços.

– Você parece uma fera – comentou ele.

Com um sobressalto, ela percebeu que estava rangendo os dentes.

– E quente – provocou ele, com o sorriso que exalava seu charme e confiança de sempre. – Quer dar um mergulho?

Todd estendeu a mão.

Toda a raiva de Sophie desapareceu e foi substituída por uma sensação divertida diante da provocação de Todd. Por que ficar reflexiva quando deveria estar aproveitando o aqui e agora? Não tinha como ficar melhor do que aquilo. Os Hamptons. Sol. Todd. Com um sorrisinho, ela estendeu a mão para pegar a dele.

– Parece perfeito – respondeu ela, deixando que ele a levantasse. – Onde está Marty?

– Com uns meninos da idade dele. Os pais deles têm uma casa de veraneio no fim da rua.

– Que bom.

– É, vão ficar aqui um mês. Com sorte, vão fazer companhia pra ele. Aí não fico me sentindo mal por ficar aqui só no fim de semana.

Ao se aproximarem da água, ela saiu correndo e deu um sorrisinho atrevido por cima do ombro.

– O último a chegar paga um champanhe no Onyx.

Todd riu e correu atrás dela, chapinhando e chutando deliberadamente a água, fazendo-a se encolher e gritar com os esguichos gelados.

Ainda na frente dele, diminuiu o passo quando a areia molhada envolveu seus pés e respirou fundo ao sentir a água gelada na pele quente de sol.

– Frio, frio, frio – guinchou ela.

Sophie se debatia por entre as ondas e encolhia a barriga como se isso adiasse o contato com a água.

Todd a alcançou e puxou a mão dela outra vez para tentar atrasá-la.

– Isso não é justo – gritou Sophie, o cabelo grudando no rosto ao virar-se para ele.

Todd meneou a cabeça e indicou algo acima do ombro dela com um sorriso de orelha a orelha. Quando ela se virou, viu uma onda enorme se formar na direção deles.

Enquanto se preparava para o impacto, Todd a segurou pela cintura. A força da água foi maior do que ela esperava e a derrubou de joelhos. A espuma se chocou com os ombros e o peito dela, deixando-a debaixo de uma muralha de frio imediato e transformando seus mamilos em pequenos cristais doloridos. Sophie ficou feliz com a ajuda de Todd, porque a água já puxava a areia sob ela.

– Tudo bem? – perguntou ele, uma vontade de rir evidente no olhar.

– Sim.

Ela sorriu para ele, empolgada com a adrenalina. Hesitou por um breve momento, o corpo gelado, mas então se ergueu e mergulhou, antes que outra onda furiosa quebrasse. Ela nadou pela crista da onda, torcendo para que seus músculos a aquecessem.

– Frio. Frio. Frio. Frio – guinchou outra vez.

Ela ofegava, a respiração presa no peito, o tórax quase congelado.

Todd ria e nadava ao lado dela como um golfinho experiente.

– É claro que está frio. Estamos no Atlântico.

Felizmente, não demorou muito para ela se aquecer, e os dois nadaram juntos pelas cristas das ondas conforme elas se formavam e ganhavam impulso para quebrar na praia. Sophie tinha esquecido como era gostoso nadar no mar, mas não era nem de longe tão boa nadadora quanto Todd, que furava as ondas. Ficava agradecida por ele permanecer perto dela, mesmo havendo um salva-vidas na praia. O mar ali estava muito mais forte do que ela estava acostumada.

– Quer almoçar daqui a pouco? – sugeriu Todd, enquanto eles boiavam preguiçosamente de costas.

– Humm – respondeu Sophie. Estava de olhos fechados, a cabeça erguida na direção do sol. – Seria legal.

– Legal? Não deixe Mahalia ouvir isso.

– Bem, espero que haja muita coisa, ainda mais depois de carregar aquela caixa até aqui. Parecia pesar uma tonelada.

– Seria uma mácula mortal para Mahalia se alguém ficasse com fome. Você precisa ouvir as discussões entre ela e Rick. Ele é o cozinheiro, mas minha mãe insiste em dizer que é chef – contou Todd. Depois, em um falsete, imitou: – "Você não põe o suficiente nos pratos. Quer que as pessoas morram de fome?" Ela deve ter nos mandado comida suficiente para uma viagem até Marte.

O estômago de Sophie roncou.

– Agora você me deixou com fome – reclamou ela. – Faz horas que comemos os pãezinhos de canela.

– Aliás, estavam uma delícia. Você podia fazer de novo.

– Eu podia, né? – provocou ela.

Divertia-se com a confiança de Todd de que ela faria os pães.

– Depois daquele pudim de Yorkshire que você me prometeu, quero comer os pãezinhos de novo.

– Vai ter que esperar até o outono, vou fazer um assado. Convide a Bella e quem sabe...

Sophie não pôde terminar a frase. Outra onda se formara bem na frente deles, maior do que todas as anteriores. Paralisada por um segundo, Sophie a observou crescer cada vez mais enquanto se aproximava dos dois. Todd mergulhou por baixo dela como um peixe, enquanto Sophie torceu para conseguir pulá-la, mas perdeu o momento certo.

Quando a onda a alcançou, Sophie foi atingida pela espuma branca e, antes que percebesse, estava debaixo da água, sendo jogada para lá e para cá como se estivesse em uma montanha-russa, até que foi cuspida para a frente, deslizando pela areia. Ela emergiu ofegante, imaginando que devia estar parecendo um rato molhado, enquanto tentava disfarçadamente tirar a areia que se acumulara na parte de baixo do biquíni.

– Você está bem? – Todd chegou saltando pela água, um quê de ansiedade no rosto. – Isso foi...

A voz dele sumiu assim que Sophie se levantou.

– Ah, a-acabei de recuperar o fôlego. – Ela tirou o cabelo molhado do rosto, tentando sorrir enquanto gaguejava. – Isso com certeza me acordou.

Sophie não sabia se ele estava prestando atenção. Todd parecia estranhamente tenso. Então seus olhos brilharam, fazendo algo vibrar dentro do peito dela.

– Hummm, e eu... – Ele exalou o ar com um meio sorriso vacilante e apontou a cabeça na direção do peito dela. – Talvez você queira... Talvez seja melhor... Antes que você faça a alegria de metade das pessoas aqui hoje.

Sophie baixou a cabeça e corou, ajeitando a parte de cima do biquíni às pressas.

– Ah. Foi mal.

– Não precisa pedir desculpa. – Os lábios dele se curvaram em um sorriso largo. – Aliás, não tem nada de irregular nessas delicinhas.

O ardor na voz dele fez os mamilos dela formigarem e, para horror de Sophie, eles enrijeceram como se respondessem, travessos, "Me pegue, estou aqui", o que foi enfatizado pela lycra delicada.

Sophie desviou o olhar e se concentrou em passar pela espuma branca e voltar para a areia, lutando contra os montinhos que afundavam sob seus pés.

Atrás dela, outra onda a acertou e ela caiu mais uma vez, arrastando Todd junto.

Ele a ergueu de novo e, assim que ela ficou de pé, mais uma onda se chocou contra ele, fazendo com que Todd caísse por cima de Sophie e ela, de costas na areia. Ao tombar por cima dela, ele imediatamente se apoiou nos braços, para evitar que seu peso a esmagasse.

Por um momento, Sophie ficou deitada ali, os olhares dos dois fixos um no do outro. Ela sentiu a respiração presa na garganta, seu corpo imóvel, os sentidos alerta, enquanto eles se encaravam. O coração dela disparou e a adrenalina correu por seu corpo.

Quando ele começou a baixar a cabeça, sem romper o contato visual, ela mal conseguiu respirar.

Sophie sentiu um aperto no peito ao primeiro roçar leve dos lábios dele, tão suave, tão lento, tão vacilante. A boca de Todd estava fria, mas sua respiração era quente. A pulsação dela protestou ao sentir que ele tinha parado em um breve momento de hesitação. Sem pensar, ela deslizou as mãos pelos ombros dele, mesmo sabendo que aquilo era um grande erro; só que também era um erro delicioso, mais gostoso ainda quando, com um gemidinho, ele a beijou com mais intensidade, os movimentos certos e lentos, uma provocação demorada junto aos lábios dela. Apoiado nos cotovelos, Todd deixou a boca pairar sobre a dela, com uma calma de quem tem todo o tempo do mundo e uma minúcia, uma determinação e uma serenidade que a abalaram.

Apesar do cuidado e da tranquilidade, aquele era o beijo mais apaixonado que Sophie já recebera. Mesmo sabendo que era errado, não podia evitar. Com um suspiro, ela derreteu, rendendo-se à pura sensação, o corpo totalmente entregue.

Cada terminação nervosa estava ciente do corpo dele. A aspereza dos pelos da coxa de Todd, o encontro dos quadris e a estranha sensação de calor e frio causada pelo toque das peles molhadas.

O gemido sincero que ele deu quando ela pressionou o peito contra o dele fez o coração de Sophie disparar, e sentiu o coração de Todd martelar também.

Acima deles, uma gaivota grasnou, entrando na consciência de Sophie.

O que ela estava fazendo? Aquele era Todd. Eles eram amigos. Ela enrijeceu e começou a se afastar, os olhos descendo até o peitoral dele para evitar encará-lo.

– Acho que a gaivota gritou "Vão para um motel" – disse Todd, com sarcasmo.

Ele rolou para o lado, se ergueu depressa e estendeu a mão para puxá-la.

O rosto de Sophie ficou vermelho, e ela manteve a cabeça baixa ao segurar a mão dele e se levantar.

– Bem, isso foi...

O tom rouco de Todd quase fez o coração de Sophie parar. Ela fechou os olhos e engoliu em seco, o coração disparado. *O que tinha feito?* Aquilo era ridículo; Todd estava fora de alcance. Ele era mais bonito do que deveria e do que a paz de espírito dela aguentava. E muito, extremamente inebriante. Ah, meu Deus, ela precisava se acalmar. Aquilo devia ser comum na vida dele.

– Muito bom – completou ela. De repente, abriu um sorriso torto e desesperado. *Fique calma, Sophie. Fique calma.* – Agora entendi o que tantas mulheres veem em você.

Teria sido bom acreditar que uma breve insegurança surgiu nos olhos dele antes de dar lugar ao sorriso de sempre, que iluminou seu rosto, mas Sophie sabia que não.

– Está incluso no serviço, inglesinha. Venha, vamos ver o que Mahalia preparou pra gente. Estou morrendo de fome.

Os dois voltaram juntos para a areia, onde Marty estava sentado em uma toalha, de costas para eles, com fones de ouvido conectados ao celular, balançando a cabeça em um ritmo inaudível. Ele ergueu os olhos quando a sombra de Todd o cobriu.

– Oi, gente. Estou morrendo de fome – falou Marty.

Sophie ficou impressionada por ele ainda não ter mexido na caixa térmica, que Mahalia se esforçara para preencher de modo a deixá-los orgulhosos. Enquanto Todd desembrulhava o almoço, Sophie tentou se concentrar em arrumar os diversos potes de plástico na toalha, mas não conseguia evitar uma espiada em Todd. Ela se viu atraída e ficou observando os lábios dele ao provocar o irmão, que estava ocupado com vários sanduíches bastante recheados, devorando-os como se não comesse havia semanas. De vez em quando, Todd olhava para ela e, várias vezes, Sophie ficou morta de vergonha por não conseguir desviar os olhos a tempo.

Assim que acabaram de comer e Marty desistiu de conseguir uma garrafa de cerveja com Todd, o garoto avistou os amigos, que também tinham parado para almoçar, e saiu correndo para se juntar a eles, jogando areia nas toalhas.

Enquanto Sophie guardava tudo, Todd deitou de costas, os braços atrás da cabeça e os olhos ocultos pelos óculos escuros. Com uma sensação natural, ela percebeu que ele a observava. Apesar do sol a pino e do calor constante, ela estremeceu. Guardou tudo bem depressa.

Precisava esclarecer as coisas. Tampou a caixa térmica e se sentou nos calcanhares, os lábios contraídos.

– Inglesinha. – A voz baixa e a expressão séria nos lábios dele fizeram o frio na barriga dela se espalhar por todos os cantos. – Está pensando tão alto que estou ficando com dor de cabeça.

– Desculpe – disse Sophie. – A gente não deveria ter feito aquilo.

– Feito o quê?

A boca de Todd se repuxou em um canto, mas, com os óculos escuros, ela não conseguia ver direito o rosto dele. Sentiu-se em desvantagem.

– Você sabe – disse ela, séria.

– Inglesinha, está tudo bem.

– Ei, vocês aí, a gente vai jogar vôlei. Precisamos de mais duas pessoas no time. Vocês jogam, né? – gritou Marty, alguns metros adiante.

– Claro que sim – respondeu Sophie.

Ela se levantou depressa, fazendo uma chuva de areia cair em Todd.

– Se bem que acho que não estou com roupas adequadas.

Marty deu de ombros, como quem diz "Não tem problema". Todd semicerrou os olhos para o decote de Sophie e procurou algo embaixo das bolsas até encontrar a própria blusa.

– Pegue. Use isto aqui. Não vai se queimar.

Capítulo 19

Sophie notou o brilho na pele ao entrar no chuveiro, as pernas doloridas pela inesperada maratona de vôlei. Tinha que agradecer aos céus por Marty, os amigos e sua fonte inesgotável de energia. Graças a eles, não tivera tempo de pensar no beijo, mas agora não conseguia tirar da cabeça a imagem do corpo dourado de Todd quando ele tirou a blusa.

Bufou, irritada consigo mesma, puxou a toalha supermacia e se enrolou. Não tinha mais 15 anos, pelo amor de Deus! Ela encarou o próprio reflexo no espelho e, hesitante, passou os dedos pelos lábios. Não, sem dúvida, não tinha mais 15 anos: aquele fora um beijo bem adulto.

E ela era uma mulher adulta. Estava além daquele tipo de... paixão. Era só uma paquera. Hormônios desobedientes distraídos pela incrível aparência de Todd.

Sophie se deitou na cama e pegou uma das três revistas que havia em cima da mesa. O jantar só seria servido às seis e meia. Sobravam umas horas de folga. Depois de folhear algumas páginas, ela largou a revista com desgosto. Que inferno! Por que não conseguia parar de pensar em Todd?

Suspirou e pegou o celular.

– Oi, Sophie. – O rosto de Kate surgiu na tela. – O que manda?

– Nada. Só pensei em ligar daqui... dos Hamptons.

– Mentira! Como foi parar aí?

– Fui convidada para passar o Quatro de Julho aqui. Olha.

Ela se levantou da cama, virou o celular e fez um tour pelo quarto e pelo enorme banheiro para Kate ver.

– E veja isso.

Sophie foi até a ampla varanda de madeira com vista para a piscina. Droga, lá estava Todd, atravessando a água com braçadas vigorosas.

– Uau. Sua sortuda! E quem é o gostosão na piscina? – quis saber Kate.

– Todd – respondeu Sophie, torcendo para que a voz não entregasse sua agitação.

– Aquele é o tal Todd?! Todd, uau. E você está com ele nos Hamptons? Não me disse nada. O que aconteceu com Paul?

– Não aconteceu nada com Paul, só que ele tem uma vizinha esperando por ele, então não seria conveniente que passássemos o feriado juntos. Todd me convidou pra vir pra casa dos pais porque eles vão dar uma festança aqui.

– Para tudo. Paul tem uma vizinha esperando por ele? Como assim?

– É, parece que há um "acordo" entre eles.

Ela fez o sinal de aspas com uma das mãos.

– E como você está em relação a isso? – perguntou a amiga.

– Quando ele me contou, de cara não dei importância, porque só vim passar seis meses aqui. Mas, depois de pensar melhor, eu me senti meio idiota. É como reviver o que passei com James.

– Ai.

Sophie deu de ombros.

– E o maravilhoso do Todd? Ele convidou você pra ir à casa dos pais.

Sophie desviou o olhar na direção da piscina.

– Ele... ele é um amigo.

Kate deu um sorrisinho.

– O que foi? – perguntou Sophie.

O sorrisinho virou um grande sorriso de provocação.

– Você gosta dele.

– Quantos anos você tem, Kate?!

O que era irônico, já que tinha se feito a mesma pergunta pouco antes.

– Alerta de técnica de distração. Eu conheço você.

Sophie fez beicinho, mas Kate lhe lançou um olhar penetrante. Droga, na maioria das vezes a ligação de vídeo travava e ficava desfocada, mas hoje o sinal estava perfeito.

– Ele me beijou.

As palavras saíram atropeladas.

– Quem? O Todd?

– É.

– Bem, você não está com cara de quem gostou muito. Ele beija mal? Tem bafo? Baba?

Sophie riu.

– Quem me dera.

– Espere aí. Repita, por favor. Você quer um cara que babe?

– Não. – Sophie parou, sentindo-se corar ao se lembrar daquele beijo de tirar o fôlego e fazer o tempo parar. – Foi sublime. O beijo dele é sem igual, de deixar os hormônios em polvorosa. Esse é o problema. Não era pra ele me beijar. Não quero que ele beije bem.

– Por que não? Ele parece bem gato.

– Isso aí é outro problema. Ele é gato demais.

– Ninguém é gato demais.

Sophie pareceu melancólica. Todd era demais em tudo. Tinha "perigo" estampado em cada gesto. Era um perigo para a prudência dela, totalmente diferente de James e Paul, que pareciam algo seguro. E olha só no que deram.

– Quando conheceu Ben, você... teve certeza?

Os dois pareciam se encaixar tão bem agora, embora não tivesse sido uma história fácil.

Um brilho afetuoso iluminou os olhos de Kate e ela sorriu. Sua expressão ficou serena na mesma hora.

– Quando eu o conheci, achei que pudesse ser ele. Na primeira vez que ele me beijou, tive certeza.

Sophie fechou os olhos por um instante. Merda.

– Como foi beijar Todd?

A pergunta de Kate lhe deu um susto e ela arregalou os olhos.

– Como despencar de um penhasco.

Pronto: tinha dito, tinha confessado.

– Ah – soltou a amiga.

Kate suspirou, dando um sorriso.

– Não, sem "ah"!

Sophie balançou a cabeça, sentindo-se um pouco nauseada.

– Ah, sim.

– Kate, ele não entra em relacionamentos. – De repente, havia desespero na voz de Sophie. – Ele tem um harém nos contatos do celular.

– Você quer um relacionamento? – indagou Kate, o rosto preenchendo quase toda a tela.

– Não.

– Então.

Kate se recostou de novo, para alívio de Sophie. A sensação era a de estar em um microscópio, como se Kate pudesse ver muitas coisas.

– Então o quê?

– Não acredito que esteja sendo tão lerda, Sophie. Vai ficar aí só mais quatro meses. O que tem a perder? Divirta-se. Se joga. Curte a viagem. Viva um pouquinho.

– Kate, mais um clichê e eu jogo você da varanda.

Sophie balançou o aparelho para completar a ameaça.

– Está tentando me distrair de novo. Mas, falando sério e sem clichê: James te machucou, e você vai levar um tempo pra superar isso. Talvez ter uma bela aventura amorosa te faça bem, principalmente porque você já sabe que não vai dar em nada. Por que não? E se Todd é tão lindo quanto parece...

– Ah, ele é, pode acreditar – falou Sophie, observando a forma esguia que cruzava a água lá embaixo.

– Então... se joga.

Todd fez uma curva e nadou de volta por toda a extensão da piscina. Dava para ver os músculos das costas e dos ombros trabalhando, conduzindo-o pela água. Sophie sentiu a boca ficar seca ao se lembrar de quando ele tirara a blusa. Não havia como negar que ela o achava atraente e que aquele beijo significara algo.

– Sophie?

– Humm?

– Ainda está aí?

– Ainda estou aqui. – Ela suspirou. – Sabe de uma coisa, Kate? Estou pensando seriamente em seguir seu conselho.

– Você sabe que faz sentido.

– Não fique toda convencida, mocinha. Eu falei "pensando".

– Quem, eu? – rebateu Kate.

– E como está o Ben?

– Está ótimo – disse alguém com uma voz arrastada, e o rosto de Ben apareceu ao lado de Kate. – E horrorizado com vocês duas objetificando esse coitado.

Uma batida forte à porta deu um susto em Sophie.

– Ah, tem alguém na porta. É melhor eu ir.

Ela se despediu às pressas e largou o celular. Ao abrir a porta, encontrou Mahalia segurando algumas toalhas.

– Trouxe um estoque recém-lavado. Quer que suas roupas de praia também sejam lavadas?

Enquanto dizia isso, Mahalia já disparava em direção à varanda, onde o biquíni molhado de Sophie fora pendurado em uma cadeira.

Ao pegar as peças, Mahalia olhou na direção da piscina e observou o ritmo incansável de Todd.

– Esse garoto... tem alguma coisa o perturbando. – Ela balançou a cabeça, seus olhos escuros exibindo uma sombra ao fazer uma avaliação sóbria para Sophie. – Alguma preocupação. Ele é uma alma atormentada. Precisa de um pouco de afeto na vida, de um coração amoroso.

Sophie fechou os olhos para se afastar daquele olhar direto. Mal ouviu quando a governanta saiu do quarto.

Com um floreio rápido, Sophie tirou seu vestido novo do armário. Observou a seda esvoaçar com o movimento, depois segurou a peça na frente do corpo. Sentiu uma vontade súbita de ficar maravilhosa.

Com um cardigã curto e as sandálias novas de salto baixo, ficou mais delicada do que sexy. Prendeu o cabelo no alto, deixando algumas mechas soltas, passou uma última camada de um batom suave e mandou uma mensagem para Todd avisando que estava pronta. Tinham combinado que ele a buscaria em seu quarto para irem jantar.

Uma leve batida à porta segundos depois anunciou a chegada dele. O coração de Sophie disparou de ansiedade. Havia uma clara desconexão entre seu cérebro e seu corpo naquele momento. Do pescoço para baixo, tudo parecia em desordem. Sophie engoliu em seco, respirou fundo para se acalmar e abriu a porta. Para sua surpresa, Todd trajava uma blusa surrada e uma bermuda, que pareciam ter sido usadas por alguém enquanto consertava carros.

– Ah.

Sophie olhou para baixo e alisou o vestido.

– Você está ótima – falou Todd, fazendo uma careta. – Eu... Você está linda. Eu...

O rosto dele se contorceu. Sophie ficou intrigada diante do conflito que via nele.

– Meus pais se arrumam para jantar – disse ele.

– Arrá.

Todd desviou o olhar de um jeito incomum. Em geral, ele era receptivo, extrovertido e transparente. Ela franziu a testa e estava prestes a perguntar se estava tudo bem, mas ele se endireitou e lhe ofereceu o braço com o mesmo charme e elegância que usaria se estivesse de terno.

– Vamos? – Todd, o playboy, estava de volta. Os olhos brilhantes, o sorriso largo. – Gostaria de tomar um drinque no terraço? A vista para o mar é bem bonita e vai ter uma garrafa de champanhe gelada.

– Por que não? – Sophie reprimiu a breve apreensão e deu o braço a ele. – Só me prometa que não tem nada misturado na bebida.

– Nem uma palavra sobre o champanhe preto. – Ele estremeceu de modo teatral. – Minha mãe adoraria a ideia. Ela ama coisas temáticas. Já estou até vendo. Batcaverna McLennan. Nem dá pra pensar nisso. Só Mahalia consegue controlar minha mãe e mantê-la no estilo brega básico.

Sophie gargalhou com a atitude dramática de Todd enquanto eles desciam para o térreo. Ao fim da escada, Todd a conduziu pelo corredor. Os dois estavam prestes a virar à esquerda, passando por uma porta entreaberta, quando ele estacou em uma espécie de parada cômica, só que não havia nada de engraçado. Lá de dentro vinham vozes sussurradas com amargura em um tom baixo e malicioso.

– Você não precisa exibir suas vadias na minha frente. Me respeite.

– Respeito... Que absurdo! Respeito se conquista. E ela é minha secretária, então faça o favor de ser educada.

Uma expressão de indiferença tomou o rosto de Todd, como se uma borracha apagasse o brilho solar a que Sophie estava acostumada. Ela ficou desconcertada com a inexpressividade no rosto dele. Foi como se alguém o tivesse desligado.

– Secretária... Uma ova!

A fúria transbordava das palavras.

– Igual às últimas três secretárias que você teve.

– Você é neurótica, Celine. Paranoica. E, já que estamos falando em números, perdi a conta dos seus treinadores de tênis.

– Eles eram *treinadores de tênis*.

– Assim como minhas secretárias são *secretárias*, pelo amor de Deus, mulher.

Um bufar zombeteiro soou em resposta. A voz masculina retomou:

– E não parecem ter ajudado muito na sua técnica de jogo. Espero que tenha feito nossa inscrição para duplas mistas no torneio dos Allenbrooks.

– É claro, sempre nos inscrevo – retrucou a mãe de Todd com frieza. – Mas, se sou tão ruim, por que quer jogar comigo?

– Porque você é minha esposa. E é isso que fazemos. Dá pra imaginar como seria se os McLennans não comparecessem ao evento? – Ele fez uma pausa. Quando voltou a falar, a voz saiu mais baixa e com um quê de ameaça: – Espero que se comporte. Os Allenbrooks são grandes patrocinadores do clube de golfe. Sem contar que Jeff Allenbrook agora é CEO do banco. E Jeanie Allenbrook parece gostar de você.

A última parte foi dita com uma incredulidade sem dúvida grosseira.

– Ora, obrigada. Fico feliz por ter alguma utilidade. – Celine cuspiu as palavras. – Você não faz ideia, não é? Não tem noção do trabalho que dá administrar esta casa. O apartamento de Manhattan, o chalé em Aspen. Acha que tudo aparece como em um passe de mágica em cima da mesa? Que os menus se escolhem sozinhos? Que os designers montam as decorações sem nenhuma instrução? – O tom dela ficava mais agudo a cada frase, com a potência de uma soprano. – Acha que é fácil entreter seus convidados importantes, seus contatos de negócio? Parece que você pensa que eu fico aqui sentada, sem fazer nada, o dia inteiro.

– Está ficando transtornada de novo, Celine.

– Transtornada – guinchou a mãe de Todd. – Acha mesmo que *isso* é estar transtornada?

Todd fechou os olhos e se encolheu, paralisado pela expectativa.

Algo se espatifou com um barulho bem alto.

– *Isso* é estar transtornada.

– Controle-se, mulher!

Todd ergueu os olhos de repente e, seguindo o olhar dele, Sophie viu Marty concentrado no celular descendo a escada. Todd agarrou a maçaneta e entrou no cômodo.

– Marty está chegando. Tentem parecer civilizados ao menos na frente dele – rosnou Todd com um tom que Sophie nunca o ouvira usar.

Celine suavizou a expressão na mesma hora, enquanto uma versão mais velha de Todd suspirou com impaciência.

– Vamos tomar algo no salão enquanto Mahalia limpa isso aqui – decretou o homem. Ele olhou direto para o chão, onde milhares de cacos de cristal estavam espalhados. Havia uma marca na parede logo acima. – E agradeço se não voltar a se dirigir a nós nesse tom, Todd.

– Marty, querido, tire esse fone ridículo.

A voz de Celine de repente estava doce como mel.

– É, filho. Fica parecendo um delinquente – acrescentou o pai. Deu uma rápida olhada no jovem, de cima a baixo, para ver se era digno de aprovação. – E ponha a camisa para dentro da calça. Você não é mais criança. Não seja como seu irmão, que parece ter esquecido que nós nos arrumamos para jantar.

Marty colocou a camisa para dentro. Seu rosto era uma cópia exata do rosto do irmão, totalmente inexpressivo.

Sophie percebeu que tinha chegado bem perto de Todd. Nem a mãe nem o pai dele notaram a presença dela, o que a deixou extremamente grata. Foi como se tivesse caído de paraquedas em uma peça de teatro, como atriz substituta e sem roteiro. Ela também se deu conta de que, até então, Todd sempre se vestira de forma impecável.

– Pai, esta é minha amiga Sophie. Ela está morando no apartamento da Bella, em cima da padaria, por alguns meses. É da Inglaterra. Sophie, este é meu pai, Ross.

– Inglaterra! Londres? – Com um sorriso charmosíssimo, como se os últimos dez minutos não tivessem acontecido, ele deu um passo adiante e trocou um aperto de mão com ela. – Isso significa que você gosta de gim?

Temos uma seleção excelente, não é, Celine? Acho o de ruibarbo muito bom.

Um sorriso amável alterou a fisionomia da mãe de Todd, e Sophie ficou perplexa com a mudança completa de tom e de atmosfera.

– Eu... Ah, sim – disse Sophie, confusa.

– Excelente.

Seguro de si, elegante e alegre, ele conduziu as duas mulheres na direção do salão.

– Venha, vamos tomar um drinque antes do jantar.

Os sofás no salão tinham sido projetados em nome do estilo, não do conforto, e Sophie teve que ficar ereta, segurando seu gim enquanto a conversa fluía. Por sorte, os anos de treinamento surtiram efeito, e ela conseguiu navegar aquelas águas turbulentas exibindo seu melhor traquejo social.

– Todd, você poderia avisar ao chef que estaremos prontos para o jantar em vinte minutos?

– Achei que já tivesse...

– Todd, faça o que sua mãe disse.

Apesar da ordem ríspida, Todd se levantou devagar e cruzou o salão sem pressa. Na porta, ele lançou um rápido olhar de desconforto para Sophie e ela respondeu com um sorriso tranquilizador.

– Celine me disse que você trabalha... – Ross fez uma pausa, como se trabalhar já fosse bem ruim – ... que é colega de Todd na revista.

Ele e a esposa estavam sentados lado a lado, de repente unidos em uma pose imponente que fez Sophie pensar em retratos de família históricos. Ela não achou que aquilo fosse inconsciente.

– Sou, sim.

– E o que você faz? – perguntou Celine.

– Sou jornalista de culinária.

Sophie sorriu, exalando serenidade.

– Que maravilha! – Celine se inclinou para a frente, os olhos brilhando com um súbito interesse. – Então conhece todas as tendências culinárias? O próximo sucesso?

– Acho que sim – respondeu Sophie. – No trabalho, a gente conhece muita gente do mundo da gastronomia, então acaba captando esse tipo de coisa.

– Excelente, porque estou farta de quinoa e goji berry.

– Por favor, me diga que a carne vermelha está de volta à moda – pediu Ross, um brilho divertido iluminando seu rosto e lembrando Todd. – Não que eu esteja reclamando. Celine é ótima em administrar a casa. – Ele se aprumou e olhou a esposa com carinho. – Todo mundo sabe que ela dá as melhores festas. As pessoas adoram vir jantar aqui.

– Ora, querido. Tenho certeza de que está exagerando.

Ela pôs uma das mãos sobre a dele e os diamantes em sua aliança reluziram.

Sophie se controlou para que sua perplexidade não ficasse estampada no rosto. Não tinha nem dez minutos que eles pareciam prestes a se matar.

– Ah. Todd.

– O chef disse que vai servir o jantar agora – informou ele.

Celine revirou os olhos e suspirou de um jeito charmoso, como quem diz "Fazer o quê?".

– Ah, esse homem. Só o aturamos porque ele cozinha divinamente. Ele tem uma tendência pavorosa a esquecer que trabalha para outra pessoa. Mas é o preço que se paga para se ter o melhor.

Celine passou a mão pela testa em um gesto de cansaço. Sophie teve que contrair os lábios.

– E eu pago bem – acrescentou Ross. – De todos os chefs da ilha, ele é o que tem o melhor salário.

A última frase foi dita com um tremendo orgulho.

Eles passaram para a sala de jantar e se sentaram a uma mesa posta formalmente. Apesar de serem apenas cinco pessoas, havia um conjunto completo de taças de cristal, um jogo de talheres ornados que pareciam folheados a ouro e guardanapos rosados dentro de anéis para guardanapos no formato de folha de louro.

O primeiro prato, um caldo suave de açafrão com mexilhões, foi trazido por Mahalia com grande pompa. Sophie teve que admitir que o chef era ótimo.

– Que sabores você percebe, Sophie? – perguntou Celine, observando-a enquanto a jovem tomava uma colher cheia.

– Erva-doce? Creme de leite também.

– Sim! – Celine bateu palmas, maravilhada. – Você entende mesmo do assunto.

– Fico feliz por ver que estacionou aquele carro hediondo fora da nossa vista desta vez.

A voz de Ross foi cortante e, sem dúvida, houve uma pausa no tilintar dos talheres na louça, uma tensão inegável no ar.

Todd olhou o pai com frieza e continuou a comer.

– Pelo menos, demonstra um pouco de maturidade – prosseguiu Ross. – Devo presumir que esteja colocando a cabeça no lugar e considerando um emprego útil?

– Eu tenho um emprego útil. Recebo um salário todo mês.

– Uma ninharia. Você precisa ganhar experiência corporativa. Tenho conversado com Wayne Fullerton...

– Pai, não vou trabalhar em um banco. Nem agora, nem nunca.

– Você entende como as suas ações refletem em mim? Parece um inconsequente. Ir a festas não é trabalho de homem.

– Ross – interveio Celine. – Ele está conhecendo algumas das pessoas mais bem relacionadas de Manhattan. Mês passado, Joyce Weinerberg disse que ela e o marido encontraram Todd no evento do Guggenheim.

– Maravilha. Quando ele vai usar essas conexões? – Ross fuzilou Todd com o olhar. – E que tipo de exemplo está dando para Marty? As notas do garoto estão terríveis. Ele vê o irmão mais velho farreando pela cidade. Onde está o incentivo para ele se sair melhor? Não é de admirar que tenha tirado 7 em todas as provas.

Marty baixou a cabeça.

– É, você mesmo – reafirmou Ross.

– Pai, acho que agora não é o momento para conversar sobre isso – falou Todd, com firmeza.

– Não, tem razão – disse Ross. – Vamos falar dos filhos de Wayne Fullerton. O mais velho acabou de entrar para Harvard. O mais novo tirou a nota mais alta do estado nos exames para a faculdade. O neto de Joyce Weinerberg está estagiando na Goldman Sachs e a neta dela toca violoncelo com a Orquestra Filarmônica de Nova York.

– Essa menina é muito talentosa – comentou Celine. – E o neto não conseguiu uma bolsa de estudos em Princeton?

– Acho que sim.

Sophie atraiu a atenção de Todd. Por que ele não contava sobre os prêmios que recebera? Havia uma porção deles na prateleira atrás da mesa de Todd. Ele era um jornalista talentoso e várias matérias dele tinham sido publicadas no *The New York Times*.

Ross e Celine continuaram a listar as conquistas dos filhos de vários amigos, enquanto Marty parecia se encolher na cadeira.

– Uau, essa carne está com uma cara incrível! – elogiou Sophie, quando o prato principal foi servido. – Não como tournedos há anos. É um prato clássico. Sabiam que ele foi criado em homenagem ao compositor italiano Rossini?

– Eu não sabia – falou Celine. – Ouviu isso, Ross? Essa jovem sabe tudo de comida.

– Tenho experimentado comidas muito boas em Nova York.

– Sim, temos alguns dos melhores restaurantes. Acabaram de inaugurar um novo. Ross prometeu me levar lá, não é, querido?

– E vou levar assim que conseguir uma reserva.

O beicinho de Celine renderia uma foto.

– Querida, eu prometi a você. Vou dar um jeito – justificou Ross.

– Quando conseguirmos ir, já não vai ser novidade.

– Onde fica? – perguntou Todd. – Talvez eu possa ajudar.

– Duvido – respondeu Ross, comendo seu bife com gosto. – O Onyx está lotado por meses.

– Ah! Todd me levou lá duas semanas atrás. Nossa, o bife de kobe era magnífico. – Sophie deu um largo sorriso para Todd, do outro lado da mesa. – E o que era aquele prato maravilhoso que você pediu?

A boca de Todd se repuxou.

– Deve estar falando do *velouté* de alho-selvagem e berbigão. E não se esqueça do seu creme de lagostim com camarão e caviar – lembrou ele.

– E do champanhe preto – acrescentou Sophie, com um brilho maroto no olhar.

– Champanhe preto!

Todd tossiu, segurando o guardanapo na frente do rosto.

– Parece divino. Que ideia fabulosa! Preto e dourado – disse Celine. Ela bateu palmas. – Sophie, onde compro champanhe preto? Ross, acha que pode comprar alguns para a festa de amanhã?

– É claro, querida. Vai ser bem chamativo. Aposto que Jeff e Jeanie Allenbrook não vão servir champanhe preto no torneio de tênis.

O resto da refeição foi tomado por esse assunto e pelas considerações de Celine a respeito do que mais poderia arrumar para completar o tema. Por fim, Mahalia veio buscar os pedidos do café e Marty anunciou que tinha um dever de casa para terminar e saiu batido.

– Está a fim de uma volta na praia? – perguntou Todd, quando Sophie terminou de tomar o café.

Ela sentia o comecinho de uma dor de cabeça. O convite para fugir para a praia era muito oportuno.

– Seria ótimo – disse ela, levantando-se em um pulo.

Ah, meu Deus, era tão óbvio assim que estava desesperada para ir embora?

– Obrigada pelo jantar maravilhoso. O creme turco estava uma delícia. Tentei identificar a fruta. Era limão-japonês? Eu adoraria conversar com seu chef em algum momento – acrescentou ela.

Suas palavras saíram às pressas, porque ela já se retirava do cômodo.

Assim que deixaram a sala de jantar, Todd pegou a mão dela e eles correram para fora da casa. Continuaram correndo até chegarem ao caminho que levava à praia.

– Olha, me desculpa.

Os ombros de Todd estavam caídos quando eles por fim se sentaram lado a lado na grama baixa do topo de uma duna.

– Eu não deveria ter deixado você passar por isso – prosseguiu ele. – Sempre que vou embora, acho que não pode ser tão ruim quanto me lembro. Mas cada vez que volto é pior.

– Não... não é... – Não, ela não podia mentir. – É, é bem ruim – admitiu.

Sophie chegou mais perto até se encostar nele, para amenizar o impacto de suas palavras tão atipicamente diretas. Não podia mentir para Todd, mas era contra sua natureza fazê-lo se sentir ainda pior.

Ela entrelaçou o braço ao dele e sentiu um aperto no peito por Todd.

– Será que eles têm ideia do que estão fazendo com Marty?

– Você viu? – Sem parar de massagear as têmporas com a mão livre,

Todd virou o rosto para Sophie e disse: – Ele é superinteligente. É meio que um gênio da informática, mas meus pais nem desconfiam. É de propósito que ele não tem se esforçado na escola. Não faz os trabalhos. Não chega a se meter em confusão, então está sempre fora do radar, mas só faz o básico. Ele quer fazer o mínimo possível para não ser expulso nem chamar atenção. Acho que é o jeito dele de insultar nossos pais. Vocês não me enxergam, então não vou fazer nada para tentar agradá-los.

Todd suspirou de repente e chegou mais perto dela.

– Não é nada engraçado – prosseguiu ele. – Fico preocupado de verdade que um dia ele se meta em problemas sérios. Medo de que ele pule as pequenas encrencas e vá direto para algo grave. Marty entrou no computador do meu pai, resetou todas as senhas, acessou a conta bancária dele e triplicou a mesada que recebe todo mês. Meus pais não faziam ideia, até que obriguei Marty a contar para eles. Meu pai achava que minha mãe tinha feito a alteração e ela presumiu que fosse coisa do meu pai, então meu irmão se safou por meses. Como você deve ter visto, a comunicação ali é... confusa. Supus que, se eles soubessem o que Marty consegue fazer, se preocupariam e ficariam de olho nele, impediriam que ele fizesse algo estúpido de verdade, tipo hackear o Pentágono. Mas eles não entenderam a gravidade da situação.

– Pelo que vi do seu pai, não consigo imaginar que ele tenha sido compreensivo.

Sob o charme boêmio de Ross McLennan, havia uma necessidade inflexível e inclemente de ser o maioral.

– Meu pai deu uma bronca nele. Um sermão de uma hora sobre Marty ser uma decepção, mas foi fogo de palha, tipo "menino levado, não faça isso de novo". Pegou o Xbox e o trancou em um armário por um mês. – Todd suspirou e acrescentou, com uma risada relutante: – O garoto comprou outro e uma TV novinha em folha com o cartão de crédito do meu pai e colocou tudo em uma das suítes do último andar que quase nunca é usada. Ele tinha tudo armado. Meus pais nunca perceberam, e eu não me dei ao trabalho de contar.

Sophie riu e tapou a boca com a mão.

– Ops, eu não deveria rir, mas achei legal Marty conseguir sair por cima. Só que é meio que trágico seus pais não terem ideia de que ele fez isso.

– Estão ocupados demais com a própria vida.

– É – respondeu Sophie. – Eu... é...

– Não se preocupe, não vou me ofender com nada que diga sobre eles.

– Eles parecem muito... hum... autocentrados.

– Está sendo boazinha.

– E não consegui entender. Eles se amam ou se odeiam?

– Sei tanto quanto você. Acho que nem eles sabem.

Todd parecia cansado. Com um braço entrelaçado ao dele, Sophie o puxou mais para perto e pôs a mão sobre a de Todd, que estava apoiada na coxa.

– Uma hora, estão se esganando, na outra, fazem gestos extravagantes. Meu pai vai dar um carro novo ou brincos de diamante pra minha mãe, mas todo mundo sabe que vai ser *surpresa*. – Ele entrelaçou os dedos nos dela quase sem perceber. – Parece que eles adoram um drama. É horrível conviver com isso quando se é criança. As brigas e as discussões constantes e depois as demonstrações exageradas de afeto. Você pisa em ovos o tempo todo. É por isso que me preocupo com Marty. Ele não tem ninguém. Eu pelo menos tive a Bella e os pais dela.

Não era de admirar que Todd fosse tão descrente em relacionamentos. Agora a conversa que tiveram no brunch fazia muito mais sentido.

– Sinto muito. Deve ser bem difícil. Meus pais sempre tiveram uma relação sólida. Me deram uma boa noção de quem eu sou. Eles se amam e se respeitam de verdade.

– E é por isso que você é uma pessoa tão legal. Mais do que legal. É gentil, cuidadosa.

– Eca, me sinto uma avó assim.

Todd se virou, olhou para Sophie e ergueu a mão que ela segurava, beijando os nós dos dedos dela um por um, antes de erguer a outra a mão e tocar seu rosto, hesitando por um instante.

– Sophie, você não tem nada de avó. – A mão dele foi descendo até aninhar o rosto dela. – Você não é... não é como ninguém que eu conheço.

O tom rouco fez Sophie sentir um frio na barriga. Em um gesto nervoso e inconsciente, ela contraiu os lábios. O olhar dele seguiu o movimento.

– Quero beijar você de novo... e sei que não devo – confessou Todd.

Sophie reprimiu um sorriso, encantada pelo acanhamento dele. A testa

217

franzida de Todd tinha algumas linhas, e ele parecia irritado e chateado de um jeito adorável. Era gratificante e bem fofo.

– E se eu quiser que me beije?

Sophie cravou as unhas nas palmas ao enfiar as mãos sob as coxas, tirando-as de vista, os nós dos dedos frios no contato com a areia úmida.

– Sophie... Você... você...

Lampejos de esperança e negação se estamparam igualmente no rosto dele, dizendo a ela tudo que precisava saber.

As palavras de Mahalia voltaram à sua mente. Depois daquele jantar tenebroso, ela entendeu. Todd precisava mesmo de um pouco de afeto na vida. Ele era fácil de amar, mesmo que achasse que não. E ela não deveria amá-lo, mas podia lhe dar o cuidado e o afeto que ele merecia.

Estava à beira do precipício. Era pular e voar ou recuar e ficar em segurança. Sophie podia deixar que ele a convencesse a desistir ou podia deixar que a própria boca agisse. De repente, não se importava mais com o futuro, os meses seguintes, as semanas que se aproximavam. Ela queria que Todd a beijasse, queria ceder àquela sensação inebriante de se deixar levar por luxúria, vontade e desejo e lhe dar o que ele precisava: alguém que cuidasse dele e demonstrasse se importar.

Sophie colocou uma das mãos sobre a dele, se aproximou e colou os lábios nos de Todd em um beijo suave. Ele correspondeu ao beijo por alguns segundos, mas então se afastou.

– Você – sussurrou.

Todd franziu a testa e ergueu a mão, levando o indicador até os lábios dela. Parou por um instante antes de delineá-los com delicadeza.

– Eu... eu não sou de relacionamentos, compromissos... e você parece ser do tipo que se compromete – lembrou ele.

Todd suspirou e deslizou o dedo pelos lábios dela outra vez.

– Você merece coisa melhor. Mas eu...

O dedo dele parou. Seu toque disparou breves descargas elétricas pelo peito de Sophie.

– ... não sei se... consigo me afastar – enfim acrescentou ele.

– Talvez não precise – sugeriu Sophie, com delicadeza, sem se mexer.

Tinha a sensação de que, se fizesse qualquer movimento em falso, ele recuaria como um gato arisco.

– Não posso dar o que você quer.

Por um segundo, ela sentiu raiva.

– Como sabe o que eu quero?

– Sophie, você é do tipo que busca um amor.

– E se eu decidir viver um pouco? Me divertir, namorar sem consequências. Parece que todo mundo acha que é disso que eu preciso.

Ela virou a cabeça para o outro lado e observou o mar, vendo as linhas prateadas do luar dançarem nas ondas que quebravam na areia.

– Estou cansada de não me arriscar – explicou ela. – Fiquei nessa por dois anos. E sabe de uma coisa? Foi um saco.

O sexo era sempre burocrático com James. Indiferente e, pra ser sincera, sem paixão. De repente, Sophie queria saber como era se divertir um pouco.

– Eu quero *viver*. Pular da porcaria do penhasco. E, vou falar uma coisa, Todd: se não quiser me beijar, vou encontrar alguém que queira.

Com um movimento rápido, ela se virou, o empurrou na areia e subiu em cima dele.

Os olhos de Todd pareceram apavorados por um segundo, então um sorriso lento surgiu enquanto ela baixava a cabeça bem devagar, mostrando sua intenção.

Seus lábios estavam prestes a se tocar, a milímetros um do outro, quando ela parou.

– Última chance – sussurrou Sophie.

As mãos de Todd deslizaram pelo cabelo dela e ele puxou sua cabeça para dar fim àquela pequena distância entre eles.

Quando enfim se afastaram para recuperar o fôlego, havia um sorriso zombeteiro no rosto de Todd. O peito dele subia e descia como se ele tivesse corrido. Sophie pôs uma mão em cima dele, sentindo um quê de possessividade e orgulho.

– Nossa, onde aprendeu a beijar assim, inglesinha? Quase me deixou maluco.

Ela deu de ombros de um jeito bem feminino e sorriu para ele, que estremeceu e balançou a cabeça.

– O que eu faço com você?

Sophie suspirou.

– Nada. Eu sei que não é do tipo que assume relacionamentos. Também não sei se eu mesma ainda acredito em compromisso. Depois de...

Não ia estragar o momento dizendo o nome dele.

– Nas últimas semanas, percebi que eu passava o tempo todo esperando que ele estivesse por perto – explicou ela. – Não vivia direito, não me divertia. Nunca mais vou fazer isso. Vou viver o agora. Aproveitar e me permitir curtir, em vez de colocar tudo em modo de espera até que as coisas certas aconteçam. Vou ficar aqui só até novembro. A última coisa que eu quero é algo que me prenda. Da última vez que fiz isso, cometi um erro terrível.

– Você não cometeu um erro terrível, Sophie, ele que cometeu. E ele perdeu você, o que foi o maior erro da vida dele. Não sou o melhor do mundo em relacionamentos, mas trato bem as pessoas. Não entendo por que alguém faria isso. O que ele ganharia... A não ser que fosse uma quantidade absurda de sexo, e ainda assim tem maneiras mais fáceis de conseguir isso.

– Com certeza não era por isso – rebateu Sophie, revoltada. – Ele sempre estava cansado demais. E agora eu sei o motivo.

Os lábios dela se curvaram de desgosto. James sempre dizia que sexo não era importante, que o carinho valia mais – e a idiota achava fofo. Ela se sentou, endireitando-se, furiosa.

– Todo aquele tempo pensando em quanto eu queria... – Não, ela não podia falar isso. – E ele estava cansado demais. É claro que estava, porque estava dormindo com a esposa. Engravidando a mulher. E eu... eu ficava pensando que eu não era muito...

Ela contorceu a boca. Todd ergueu as sobrancelhas.

– Eu achava que eu não... era muito... – tentou completar.

Todd continuou esperando. Ele não ia ajudá-la.

– Enfim, que eu não era muito atraente sexualmente – desabafou ela. – Aposto que todas as suas Amys, Charlenes e Cheries são supermodelos magras, elegantes e com cabelos sedosos.

– Sophie, Sophie, Sophie. – Ele soltou um suspiro reprimido e balançou a cabeça. – O babaca imbecil com certeza nunca viu você de biquíni, linda. – Ele parou e ergueu um dedo, traçando o contorno do decote dela. – Ou melhor, sem ele. E, se foi esse cara que falou que você era desproporcional, o sujeito deveria ser espancado.

Todd se inclinou e a beijou com suavidade, depois com firmeza.

– E ele na certa nunca viu essa sua bunda deliciosa em um short de lycra – completou Todd.

As mãos dele aninharam o rosto dela ao sustentar seu olhar. Havia um brilho divertido e travesso em seus olhos.

– E essas pernas... Já fantasiei algumas vezes com essas pernas ao redor... – Os dedos dele acariciaram a linha da clavícula dela. – Ah, essas pernas...

Sophie o encarou. As palavras dele eram um bálsamo para a constante sensação de culpa que ela carregava em relação ao sexo com James. Sempre existira um quê de decepção, de culpa, de uma leve vergonha, de que ela estava errada em sentir que deveria receber mais. O sexo com James sempre fora apressado, na cama, no escuro e nunca falavam sobre isso. Agora ela percebia que provavelmente era uma manifestação da culpa dele.

Ela abriu um sorriso hesitante.

– Inglesinha, você nem faz ideia. – Ele beijou o canto da boca de Sophie, seus dedos desenhando o contorno do lábio inferior. – Se bem que deve ter algo a ver com esse seu sotaque todo fofo. Você parece toda contida e certinha, mas, como deu pra ver hoje na praia, com o corpo de uma deusa. E esses... – As mãos dele desceram com um toque macio por cima da seda do vestido dela e sua boca se curvou em um dos seus sorrisos mais delicados. – ... seios irregulares são lindos.

– Ah.

Sophie suspirou, sentindo-se zonza e desconectada do mundo, como se uma brisa pudesse erguê-la e levá-la embora.

– Você é linda e... – Todd afastou a mão de seu rosto e entrelaçou os dedos nos dela. – Sophie, isso... isso pode ser um erro.

– Não.

Ela se endireitou com uma sensação súbita de pânico. O que quer que fosse aquilo que tinha com Todd, fazia Sophie se sentir mais viva do que nunca. E daí que não duraria? Ela não fazia ideia do que o futuro guardava, então por que não viver o momento? Ficou empolgada diante dessa possibilidade. Queria se agarrar com unhas e dentes a essa sensação, aproveitá-la ao máximo.

– Todd. – Sua voz soou clara e determinada. Tinha se decidido. – Eu já cometi erros. Tive algo sério por dois anos. E aonde isso me levou? Eu quero me divertir. E estou falando de me divertir *mesmo*.

Ela lhe lançou um olhar que não deixava dúvidas.

– Não quero algo sério. E com certeza não quero um compromisso – insistiu ela. Erguendo a cabeça, Sophie olhou diretamente para ele, desafiadora. – Se não está interessado, é só me falar agora.

– Uau! Você fica ainda mais sexy quando dá uma de arrogante e mandona pra cima de mim.

Quando ele se inclinou para a frente, com um sorriso travesso nos lábios e os olhos cheios de intenção, Sophie sentiu um tremendo alívio e teve a sensação de que escancarara uma porta com um chute.

Quando Todd colou os lábios nos de Sophie, ela se sentiu estremecer, consciente apenas do toque dele, determinado e provocante. Ele subiu as mãos pelo cabelo dela, segurando com delicadeza, mas também com firmeza, e inclinou a cabeça para intensificar o beijo.

Ela enlaçou o pescoço dele e o puxou, querendo mais, mesmo sem conseguir articular o que era esse mais que salvaria sua vida. Era quase como se ela não conseguisse chegar perto o suficiente. Quase como se ele sentisse o desespero dela. Algo mudou, e a boca de Todd começou a explorar a dela com uma delicadeza ardente, que fez seu coração bater tão rápido que ficou difícil respirar.

Uma das mãos de Todd deslizou pelo pescoço de Sophie e foi descendo, roçando na ponta de seu seio de um jeito atormentador, então seguiu até o quadril para segurar o traseiro dela, puxando-a para si. O movimento sedutor e hesitante dos dedos dele e o toque provocante na pele dela por cima do vestido fizeram Sophie ansiar por mais. Com uma audácia repentina que a surpreendeu, ela lambeu e acariciou o lábio inferior dele, insistente, exigente, até que ele abrisse a boca e sugasse sua língua.

Assim que Sophie reassumiu o controle, o beijo se tornou obsceno. Ela o aprofundou, sentindo-se feminina, pressionou os seios no peito de Todd e rebolou sobre a ereção dele, roçando-a por cima da roupa. Quando

Todd soltou um gemido, ela se comprimiu ainda mais contra ele, seu coração disparando com uma sensação de deleite.

– Meu Deus, Sophie! – murmurou ele no ouvido dela quando os dois se afastaram, ofegantes. – Está me deixando maluco.

– Ótimo! – respondeu ela, puxando a boca dele para si.

Fora boazinha por muitos anos. Aquele homem sabia beijar e ela iria aproveitar cada segundo.

Foi Todd que, por fim, pisou no freio, desviando a boca e colocando uma distância entre os dois. À luz da lua, Sophie viu a artéria pulsante no pescoço dele e o peito subir e descer.

– Sophie, a não ser que queira que nossa primeira vez seja indecente e na areia, a gente precisa parar.

Naquele momento, o bom senso dela tinha evaporado. E ser indecente parecia bem convidativo para alguém que sempre seguira a decência.

Inclinando a cabeça em desafio, ela o encarou.

– É sério, Sophie.

– Estou dentro – respondeu ela.

Ele grunhiu.

– Está tornando a situação bem mais difícil.

– Ah, tomara que sim – falou ela, com um sorriso cativante.

Ele pegou a mão dela.

– Vamos dar uma volta.

– Está acabando com a festa. Aqui estou eu, aquela que, nas últimas semanas, acreditou que você fosse um playboy que tem uma fila de mulheres na sua lista, e você quer *dar uma volta*.

– É, Sophie, eu quero dar uma volta. – Ele pareceu quase irritado. – E, como nós dois sabemos bem, já faz um tempo que... Então, a menos que queira que eu pareça um trem expresso, me dê um instante.

Ela sorriu e apertou a mão dele, bem satisfeita consigo. Todd puxou a mão dela, conduzindo-a pela areia. Ao se aproximarem da beira da água, a lua saiu de trás de uma nuvem, iluminando o mar com uma iridescência prateada. O som do vaivém das ondas era quase hipnótico e criava uma atmosfera incrivelmente calma.

– Nossa, isso aqui é lindo! – afirmou Sophie. – A gente quase esquece que existem cidades. – Havia poucas luzes, vindas das casas ocultas atrás das dunas de areia. Ela comentou: – Parece impossível Nova York ficar no mesmo litoral, cheia de gente e prédios.

Todd assentiu, mas não falou nada, apenas observou o horizonte, onde nuvens com contornos prateados deslizavam em volta da lua.

– Preciso... – balbuciou ele.

Todd se deteve, e Sophie, olhando o perfil dele em contraste com a areia pálida, iluminado pela lua, o viu engolir em seco, o pomo de adão tremendo.

– Preciso dizer que... isso, entre a gente, é... é... Eu não quero... não quero que entenda mal. Eu gosto de você. Bastante, mas... nunca vou... ser algo permanente. Estou sendo sincero. Já fiquei com mulheres que pensaram que podiam me mudar. O amor de uma boa mulher, essas coisas. Não estou sendo um babaca. – Todd apertou a mão dela. – Pareço um babaca, mas só estou tentando ser totalmente honesto. Se quiser pular fora agora, não tem problema... Mas você precisa saber: *não* vou me apaixonar por você.

Sophie sentiu uma pontadinha de pesar, não por si mesma, mas por ele, por ser tão inflexível quanto a nunca se apaixonar. Por ser tão contrário a isso. No momento, ela não estava morrendo de amores pela ideia, não queria se machucar daquele jeito outra vez, mas, um dia, estaria pronta de novo. Havia esperança. Todd, porém, havia se fechado para qualquer tipo de esperança.

– E eu não quero me apaixonar por você. Já passei por isso. Mas quero curtir. E você não faz meu tipo, nem um pouco – mentiu Sophie.

– Faço, sim.

Sophie semicerrou os olhos, tentando ver se ele falava sério ou não.

– Não, não faz.

– Faço, sim, inglesinha. Eu vi você me secando na primeira vez que nos encontramos.

Ele a cutucou com o braço.

– Eu não estava secando você, estava tentando impedir que comesse meu cupcake, caso não se lembre.

– Não, estava flertando comigo no começo.

– Não estava.

– Estava, sim.

– Todd McLennan, você se acha demais. Se pensa que bastam só uns olhos azuis, um sorriso encantador e os dentes de uma estrela de

Hollywood para fazer as mulheres caírem aos seus pés, precisa de um choque de realidade.

Ele gargalhou.

– E é por isso que eu gosto de você.

– Eu já cometi o erro de me apaixonar por alguém que não merecia. Não vou fazer isso de novo tão cedo – falou Sophie. Então, preocupada em soar muito amarga, ela acrescentou às pressas: – E, sim, em um bom dia, bem de longe, se eu forçar bem a vista, posso ver uma quase semelhança com um Rob Lowe mais jovem, então talvez eu ache você bonito só um pouquinho de nada, mas não deixe isso subir à cabeça. Meu tipo é mais Ed Sheeran.

Todd riu.

– Ora, isso me põe no meu lugar.

Sophie piscou para ele, ignorando a voz zombeteira lá no fundo da mente que perguntava por quanto tempo ela achava que conseguiria mantê-lo no lugar dele. E se ela tivesse amor suficiente por eles dois?

Capítulo 20

– Bom dia, Marty.

Sophie se sentou à mesa do café da manhã depois de pegar um pouco de iogurte e algumas frutas no aparador atrás deles. O dia já estava maravilhoso e ela dormira bem, embora tivesse levado um tempo para pegar no sono. A mente ficara muito ocupada revivendo os beijos de Todd e pensando em cada palavra que trocaram. Sophie acordara cheia de esperança e com uma alegria louca que zunia em sua barriga, como uma mariposa desmiolada.

– Oi – murmurou ele, com a boca cheia de bacon.

O prato do garoto tinha uma pilha de bacon e waffles nadando em xarope de bordo.

– Parece gostoso – provocou ela.

Ele olhou de modo furtivo ao redor e deu de ombros.

– Minha mãe ficaria maluca. Ela é toda "Você é o que você come". Mas não vai se levantar tão cedo, e meu pai já foi pro campo de golfe.

O garoto afundou na cadeira.

– Não vou contar nada – garantiu ela. – Mas talvez eu seja chata com essa coisa da fruta mais tarde.

Ela piscou. Marty a encarou, pensativo.

– Todd e eu vamos ao farol agora de manhã. A gente sempre vai lá.

Havia certa provocação no tom dele, como se a desafiasse a contradizê-lo.

– Deve ser divertido. Quando vou para casa, meu pai e eu sempre vamos para os estábulos. Não que a gente tenha cavalos ou algo assim. Só é uma coisa que a gente sempre faz. Tipo um tempinho entre pai e filha.

Marty assentiu.

– A gente vai à praia depois. Quer ir?

– Parece uma boa ideia.

– O quê? – perguntou Todd, entrando na sala.

Sophie ficou sem ar. Uma onda de sensações a atingiu. Recém-saído do banho, ele parecia apetitoso demais.

– Vocês dois estão fazendo planos sem mim? Cara, não vai fugir com a minha amiga, vai?

– Não – falou Marty, dando um sorrisinho. – Se bem que ela fica melhor comigo.

– Ainda está de pé o farol agora de manhã? – conferiu Todd.

Ele pegou umas fatias de bacon e alguns waffles, olhou para o irmão e acrescentou tomates grelhados e duas bananas.

– Segure aí, garoto. – Ele jogou uma das bananas perto do prato e dos talheres de Marty. – Pra dar força.

Marty revirou os olhos.

– Quer vir com a gente, Sophie? – convidou Todd.

Ele se sentou ao lado dela, fazendo seus tornozelos se tocarem. Sophie olhou para Marty, agora com os ombros caídos.

– Sabe, se não se incomodar, vou ficar por aqui. O dia está incrível e, sendo bem egoísta, seria maravilhoso descansar na piscina lendo um livro. Nós, britânicos, não costumamos ver um clima assim. Quero aproveitar ao máximo todo esse sol.

Marty a encarou em parte aliviado, em parte culpado. Todd percebeu e ergueu uma sobrancelha, mas não falou nada.

– Pode vir se quiser, Sophie – disse Marty, de repente.

Com um sorriso delicado, ela balançou a cabeça.

– Não quero atrapalhar os irmãos. Todd nunca me perdoaria se eu chegasse à conclusão de que gosto mais de você do que dele.

– Tá legal. Praia de tarde?

– Parece uma boa ideia.

Depois de uma manhã preguiçosa na piscina – em que Mahalia levara para ela um almoço irresistível e delicioso, seguido de um cochilo –, Sophie foi dar uma olhada na biblioteca, pois terminara de ler seu livro. Lá havia uma boa seleção de títulos e, ao escolher um deles, decidiu voltar para o quarto e ficar na varanda por um tempo. Ao passar pelo salão, entrou em um segundo lounge, que se lembrava de ter visto no tour que Todd fizera com ela. O lugar tinha sido transformado, e Sophie parou para admirar a belíssima mesa organizada para um chá da tarde.

Bandeirolas vermelhas, brancas e azuis tinham sido penduradas na borda de uma mesa forrada de branco. Em cima dela, taças de champanhe e belas xícaras de porcelana estavam dispostas junto de garfos de sobremesa e pratinhos elegantes na cor marfim, intercalados com guardanapos de estampa floral. Ela olhou uma segunda vez ao reparar nos bolos em cima de suportes de vidro e, intrigada, cruzou o salão para examiná-los.

– Surpresa! – gritou alguém atrás dela.

– Bella! – Sophie se virou e, antes que pudesse dizer qualquer coisa, se viu em um grande abraço. – O que está fazendo aqui?

Bella deu um enorme sorriso, os olhos brilhando, travessos.

– Entrega pessoal. Tia Ce viu meus bolos no Facebook da minha mãe e quis alguns.

Bella enxugou a testa de um jeito dramático. E Sophie deu um sorrisinho, feliz por ela estar ali.

– Sério, achei que eu já tivesse superado essas coisinhas malditas, mas se tia Ce quer, tia Ce consegue – explicou Bella. O rosto sardento demonstrou alegria. – Tio Ross mandou o Lear me buscar com os cinco bolos. Não estou reclamando, vai ser uma propaganda e tanto.

– Quem é Lear?

– O jatinho, meu bem. Bem-vinda aos Hamptons.

Ora, aquele era mesmo outro mundo.

– Estou aproveitando bastante até agora. Ah, Bella, é tão bom ver você!

– É bom ver você também. E aí, o que está achando?

– Tudo certo – comentou Sophie.

Sophie ficou apreensiva de repente. O que Bella diria a respeito de Todd e ela?

– Espero que não se importe, mas a casa está bem cheia, então me ofereci para dividir o quarto com você.

– Tudo bem. Ah, Bella, tem uma...

– Ah, aí está você, Bella. Esqueci totalmente de perguntar. Pode me dizer se há algum aditivo na cobertura? O corante é natural? E você fez também uma versão sem glúten?

Celine apareceu usando um vestido de linho branco que realçava seu bronzeado e sua juventude e a fazia parecer jovem demais para ser mãe de Todd. Ao mexer no cabelo louro, a única peça de joia que usava no pulso – uma pulseira de diamante – cintilou à luz do sol que entrava pela janela.

– Sim – respondeu Bella, com uma paciência que sugeria que aquelas perguntas já tinham sido feitas algumas vezes.

Sophie lançou a ela seu olhar incrédulo, que Bella revidou com a maior inocência.

– Fantástico. Eles parecem maravilhosos. Vejo vocês mais tarde. O chá é às quatro. – Ela fez um som de reprovação. – Eu deveria ter marcado para as três. Soa melhor.

Celine deu um longo suspiro e se afastou para ajeitar as taças de champanhe e mexer nos pratos.

– Vamos dar o fora – sussurrou Bella.

Foi só quando chegaram ao pé da escada que Sophie a cercou.

– Corante alimentício natural azul?

Bella deu de ombros, parecendo uma fadinha marota, os cachos ruivos quicando quando ela balançou a cabeça com desgosto.

– Duvido que alguma das amigas dela toque neles, por causa dos carboidratos. Ela queria um bolo vermelho, branco e azul. Ela agora tem um bolo vermelho, branco e azul.

Marty e Todd ficaram felizes ao ver a prima, e os três trocaram novidades de família andando pela praia. Levando seu body-board e uma toalha, Todd ficou provocando Bella enquanto andava ao lado de Sophie, seu braço esbarrando no dela várias vezes de propósito, para deixá-la ciente de sua presença. Ah, ela estava ciente, sem dúvida. Cada toque dos pelos suaves dele em sua pele disparava nela um calor estonteante e tornava seus passos mais leves. Tinha algo de especial na companhia de Todd que a deixava feliz, apesar da breve apreensão que sentia toda vez que pensava em contar para Bella.

Por sorte, embora esse não fosse bem o termo certo, o segredo foi revelado e ficou bem explícito quando eles pararam em determinado ponto e Todd deu um beijo rápido na boca de Sophie, saindo correndo com Marty para surfar, as pranchas já a postos.

– Ah, meu Deus, parece *Baywatch: S.O.S. Malibu* – falou Sophie.

Ela observou os dois enquanto sentia o rosto corar e se ocupou em pegar a própria toalha e estendê-la na areia, escondendo o rosto ao tirar a blusa.

– So-phie – repreendeu Bella.

Com um suspiro, ela se virou para encarar as consequências enquanto tirava o short.

– É sério isso? O *Todd*? Depois de tudo que eu falei?

Bella fincara os pés na areia e as mãos na cintura. Não parecia disposta a sossegar enquanto não tivesse uma resposta.

– Sou bem crescidinha, Bella – disse Sophie. Ela virou a ponta da toalha, sentou e pegou o livro na bolsa. – Sei o que estou fazendo – garantiu.

– Sério? – Bella se jogou na toalha, apoiando-se nas mãos e nos joelhos para encarar Sophie. – Por favor, não seja como as outras, não fique achando que ele vai mudar. Ele não vai. Você já deve ter visto a tia Ce e o tio Ross em ação.

Sophie ergueu a cabeça e levantou os óculos escuros.

– Bella, eu não sou como as outras. Sei o que estou fazendo.

– Aham. – O rosto de Bella se contorceu de desgosto quando ela se sentou apoiada nos calcanhares. – Sei que você não é como as outras. E é isso que me deixa ainda mais preocupada. – Ela encarou Sophie com um olhar avaliador. – Em geral elas são elegantes, sofisticadas, do tipo que só quer Todd pela... Ah, droga, vou ter que falar... aparência dele – explicou Bella. – Quem não ama aqueles olhos azuis lindos e o maxilar marcado? Sem falar no pequeno bônus do status e da linhagem. Você tem noção de que o pai dele está na lista de homens mais ricos da *Forbes*? Em determinado círculo social, Todd é considerado um partidão.

– Bella. – O tom de Sophie era firme e gentil. Não queria que a amiga levantasse todas as dúvidas que ela também tinha. – Sei que Todd não é do tipo que namora. Ele pode ser um bom partido para essas mulheres, mas, pra mim, ele é um peixe que vou devolver pro mar.

Sophie deu um sorriso triste para a amiga antes de contar:

– Depois do meu último namorado, estou fora do mercado de relacionamentos sérios. Eu quero me divertir um pouco. – Sophie travou a mandíbula diante do olhar cético de Bella. – Eu amava de verdade meu ex-namorado. Acreditava que fôssemos nos casar e tudo mais. E aí descobri que ele me traía. Foi tão perturbador que fiz as malas e fugi. Não o vejo desde então.

– Nossa! Como você está?

Sophie deu de ombros e encarou o mar, quase conseguindo ver os cabelos escuros de Todd e Marty balançando nas ondas cheias de espuma.

– Você ainda ama esse cara? – questionou a amiga.

Com sua franqueza de sempre, Bella dirigiu a Sophie um olhar que não lhe deixou alternativa.

– Eu não deveria, depois de tudo que ele fez, mas... – Ela se virou para Bella com um olhar suplicante. – Sei que acha que vou me apaixonar por Todd, mas não vou. Vou levar um bom tempo para superar James. Todd é o extremo oposto dele. E não é um cara com quem eu sairia normalmente.

– É tipo uma terapia, então.

– É uma boa definição. Quero me divertir. Aproveitar enquanto estou aqui.

– Tá bom.

Bella fez uma careta e franziu a testa.

– E agora estou no estranho papel de quem precisa dizer: não machuque meu primo, mesmo sabendo que ele é do tipo que foge de relacionamentos sérios. Ele é... como um irmão pra mim.

Sophie esticou a mão e deu tapinhas carinhosos na de Bella.

– Não se preocupe, vou cuidar bem dele.

– Cuide mesmo – disse Bella, com um quê de ameaça na voz.

Ela se deitou de costas, apoiando-se nos cotovelos e erguendo o rosto para o sol.

– Meu Deus, isso aqui é lindo!

Capítulo 21

Bendita Nordstrom Rack. O vestidinho preto de Sophie, nada menos que um Calvin Klein, estava perfeito. O fato de ter passado a última hora rindo até a barriga doer enquanto ela e Bella se arrumavam também ajudara. Sem dúvida, era uma das vantagens de se dividir o quarto. Agora, entrando no salão lotado de mulheres vistosas com vestidos pomposos e diamantes que deixariam no chinelo as joias da coroa britânica, ela se sentia totalmente relaxada. Festas formais não a deixavam desconcertada, ela já fora a muitas.

Embora conversasse com um casal mais velho, Todd a avistou na mesma hora e exibiu um sorriso cheio de afeto que a deixou de pernas bambas. Não ajudou nem um pouco o fato de ele estar de smoking e se parecer ainda mais com um astro de cinema.

– Feche a boca – murmurou Bella em seu ouvido. – Ah, droga. Acabei de me dar conta. Vocês já foram pros finalmentes?

– Bella!

Sophie deu um soquinho no braço da amiga.

– Achei mesmo que não. – Bella deu um sorrisinho sem remorsos. – E eu acabei atrapalhando sua vida. Desculpe.

– Essa frase é horrível. E acho que eu não conseguiria... na casa dos pais dele. Não na primeira vez.

– Ah, Sophie, você é tão fofa. Esse é o lado bom dessas festas em casa. Há camas disponíveis a qualquer momento do dia. E ninguém sabe onde ninguém está.

Sophie deu uma risadinha.

– Parece uma festa de um romance de época. É bem óbvio que as coisas não mudaram tanto, Bella.

– Graças a Deus, mudaram, sim. Você e eu provavelmente teríamos sido copeiras se pesquisássemos nossas árvores genealógicas. Meu avô ganhou dinheiro com tecnologia e construiu uma grande empresa de telecomunicação. E papai e tio Ross fizeram com que ela crescesse ainda mais.

E o que Sophie poderia dizer diante disso? Qual seria a reação de Bella se contasse que, pela parte do pai, ela conseguia rastrear sua árvore genealógica até 1660, época do primeiro conde de Hanbury?

– Bella, querida! – chamou Celine, chegando para interrompê-las, com uma mulher ao lado. – Sandy, esta é minha sobrinha muito, muito inteligente.

– Ah, eu amei seus cupcakes. Sabe, vou dar uma festa em breve...

Sophie saiu para o terraço com vista para os jardins e ficou desfrutando o burburinho de conversas e risadas ao fundo. O ar noturno refrescante trazia um leve aroma de pinheiro, o que era muito bem-vindo depois da mistura estonteante de perfumes fortes no salão.

– Estou começando a querer estar em Nova York de novo – disse Todd.

Ele chegou por trás e enlaçou a cintura de Sophie, colando a bochecha na dela.

– Por quê? – perguntou ela, virando-se com um sorriso de flerte.

Ele a beijou com vontade nos lábios.

– Porque aí vou ter você só pra mim.

– E por que iria querer isso?

A voz de Sophie saiu um pouco ofegante e rouca, o que não era sua intenção – ou, pelo menos, ela achava que não.

Os olhos de Todd se nublaram e seu sorriso sincero demonstrou um pouco mais do que um leve ardor, o que fez Sophie engolir em seco. Minha nossa, o homem exalava sensualidade, e ela estava embriagada com ele.

Com o toque leve como uma pluma, Todd acariciou o braço dela com uma das mãos, o polegar roçando a lateral de seu seio. Em geral, ela não bancava a sedutora, mas, quando o sorriso dele ficou mais ardente, quase perto da combustão, ela sorriu de volta, permitindo que os olhos transpareçessem seu desejo – o que foi bem complicado, já que estava quase vesga de tanta luxúria.

– Precisa mesmo que eu responda? – perguntou ele, autoconfiante, olhando-a a pouquíssimos centímetros dela.

A *femme fatale* de Sophie se levantou e foi embora. Todd tinha muito mais experiência nesse tipo de coisa. Mordendo o lábio, ela meio que deu de ombros, desviando o olhar.

– Ei. – Ele pôs a mão no queixo dela, virando-a para si, e lhe deu um beijo delicado. – A gente tem bastante tempo.

– Desculpa – murmurou ela.

Sentia-se tola e sem jeito e, de repente, com vontade de chorar.

– Não se preocupe. – Ele deu um beijo na testa dela. – Foi mal. Provavelmente ainda é cedo demais. Venha, vamos socializar.

Aquilo não era o que ela queria de jeito nenhum, mas Todd já a conduzia de volta pelas portas francesas e para o meio da multidão. Devia ter pelo menos umas duzentas pessoas ali. E, claro, todas queriam conversar com Todd. Quem não iria querer? Ele era, de longe, o sujeito mais bonito da festa.

– Está vendo Marty em algum lugar?

Sophie deu uma olhada pelo salão.

– Estou preocupado que ele esteja armando alguma coisa – contou Todd.

– Tipo o quê?

– Vindo dele, pode ser qualquer coisa. Mas ele parecia um pouco feliz demais quando chegamos da praia. E, quando fui ao estúdio dele, estava no laptop e o fechou bem rápido, como se escondesse alguma coisa.

– Você quer...

– Sophie! Sophie Bennings-Beauchamp. É mesmo *você*. Por Deus, o que está fazendo aqui?

– Margery!

– Minha querida menina, está lindíssima! E que festa maravilhosa, não é mesmo? Você não adora essa imprudência natural dos novos-ricos? Meu bom Deus, champanhe preto em taças douradas. Que engraçado! E quem é esse jovem lindo?

Sophie não conseguiu conter um sorriso. Margery Forbes-Bryson era uma das amigas mais antigas de seus pais e famosa por suas gafes. Por sorte, tinha um traquejo social tão caloroso e encantador que suas observações sem tato – mais provenientes do entusiasmo do que da indelicadeza – logo eram esquecidas.

Ela lhe deu dois beijos no rosto, depois deu um passo para apresentar Todd.

– Margery, este é um de nossos anfitriões, Todd McLennan. A festa é dos pais dele.

– Ooops – falou a mulher, dando tapinhas no braço de Todd. – Prazer em conhecê-lo. Não ligue para mim. Sou renomada por falar besteiras sobre tudo. Sophie, eu não fazia ideia de que estivesse aqui. Estou hospedada com minha querida amiga Cissie Newham, que se mudou para cá tem mais de quarenta anos. Ela é filha do Johnny. Era Cissie Blenkinsop. Você não se casaria só para se livrar desse sobrenome? Ele causou um tremendo escândalo no casamento de Diana e Charles. Lá está ela.

Margery começou a acenar para a mulher do outro lado do salão.

– Cissie! Cissie! Venha cá! – gritou com sua voz potente. – Venha conhecer Sophie, lady Bennings-Beauchamp. Você se lembra de Freddie, o conde de Hanbury? É a filha dele.

Sophie quis abrir um buraco no chão quando metade das pessoas ali pareceu se virar para observá-la. Ela registrou a boca aberta de Bella, surpresa, e o sorriso maravilhado de aprovação de Celine. Felizmente, Cissie vinha chegando com seu corpo de grandes proporções e protegeu Sophie dos olhares curiosos. Ela não se atreveu a olhar para Todd, embora tenha sentido a mão dele se encaixar na sua e apertá-la.

– Ah, meu Deus. Freddie. Eu não o vejo há séculos. Ele ainda é um velho depravado? – Cissie soltou uma gargalhada excêntrica. – Se bem que eu não deveria perguntar isso à filha dele. Meu bom Deus, Margery, lembra quando você, Freddie e Charlie deram um mergulho no lago do palácio de Buckingham?

Por sorte, as duas se perderam em lembranças e tudo que Sophie precisou fazer foi assentir e sorrir, vendo, de esguelha, Bella se aproximar.

– Ora, alguém fez o dia da Celine – murmurou Bella, no ouvido de Sophie. – Ela está contando para todo mundo que você conhece o príncipe William. Você não conhece, não é?

Sophie baixou a cabeça.

– Ai, caramba, conhece! – exclamou Bella.

Sophie se afastou das duas senhoras, agora entretidas em uma conversa, para encarar Bella e Todd, que vinha atrás da prima.

– Bella...

– *Lady* Sophie. Esqueceu de mencionar isso, não é mesmo? – Embora houvesse um quê de provocação nas palavras, a voz dela falhou de leve, e Sophie entendeu que estava magoada. Antes que pudesse dizer qualquer coisa, Bella se virou para o primo e perguntou: – Você sabia, Todd?

– É, sabia.

Sophie olhou para ele uma segunda vez, mas sua atenção estava voltada para Bella, que piscava rápido.

– Bella. – Sophie esticou a mão e tocou no braço da amiga. – Eu não estava escondendo isso de você.

– Achei que fôssemos amigas.

– Nós somos... Eu nunca contei para ninguém. De verdade. Kate só sabe porque viu meu passaporte. As pessoas do meu trabalho em Londres não têm a menor ideia. Não é importante para mim, mas para os outros... Bem, isso afeta a visão que têm de mim. Olhe só a reação da Celine.

– Então seu pai é um... sabe... um lorde de verdade?

Sophie sorriu diante da timidez repentina de Bella.

– É, o décimo quarto conde de Hanbury. E ainda sou exatamente a mesma pessoa que era alguns minutos atrás, antes de você descobrir.

Sophie deu uma espiada no perfil de Todd. Para seu alívio, ele se virou para ela com uma piscadela e um sorriso carinhoso.

– Uau! – disse Bella. – Caramba, décimo quarto! Você é mesmo uma aristocrata. Não seria uma copeira. E você tem uma casa que nem a de *Downtown Abbey*?

Sophie gargalhou.

– Não, não tem nada disso! Aquele é o castelo de Highclere, que é enorme e é mesmo uma mansão. Felton Hall é... Bem, não é tão grande assim.

– Não é de admirar que não tenha ficado de queixo caído com a casa dos meus pais – comentou Todd.

– Está brincando? Felton Hall é clássica, mas nem chega perto de ser grande e luxuosa como a casa dos seus pais. Não tem piscina ou acesso particular à praia. – Sophie gargalhou. – Posso contextualizar melhor? – pediu ela. – Meu pai é conde e a primeira esposa era lady alguma coisa antes de se casar com ele. Quando se separaram, ele se casou com minha mãe, que é uma pessoa comum. Ela era governanta dele antes de ficarem juntos.

– Então você é só meio chique – concluiu Bella. – Ufa!

– Isso melhora as coisas? – perguntou Sophie, com um sorrisinho.

– Sim, posso lidar com meio chique, mas não conte isso pro Wes por nada no mundo. Ele nunca mais vai falar com você.

– Por quê? Alguma convicção política radical ou algo assim?

Sophie franziu a testa. O rapaz grande e gentil parecia muito tímido e atencioso para se envolver com uma política mais extremista.

– Não – falou Bella com um tom amargo. – Mas ele não acredita que pessoas com origens muito diferentes sejam compatíveis. É por isso que tenho tanto medo de chamá-lo pra sair.

– Ainda não chamou, então?

– Não, porque sei o que vai acontecer. No ano passado, eu chamei o Wes pra vir aqui e foi aí que tudo desandou.

– Ah. Ele ficou um pouco desconfortável quando viu a casa? Acho que isso é natural, quando se está fora da zona de conforto.

– Está brincando? Wes ficou apavorado só de pensar que a casa era nos Hamptons. Não quis nem sair do Brooklyn. Homem cabeça-dura.

– Está pegando pesado, Bel – interveio Todd.

– Não, ele é um idiota. Disse que a gente era muito diferente. Mas eu sei que ele ainda gosta de mim. Orgulhoso pra caramba. Quem perde é ele.

A bravata de Bella não convencia. De repente, ela mudou de assunto.

– E como é que Todd sabia? – questionou.

– É – concordou Sophie, franzindo a testa. – Como você sabia e por que não falou nada?

– Você nunca comentou, então eu também não.

Sophie semicerrou os olhos.

– Quando? E onde...?

– No trabalho. A documentação do seu visto. Trudy comentou em uma reunião. Muito tempo atrás.

Sophie soltou um grunhido e cobriu o rosto com as mãos.

– Todo mundo sabe?

– Nunca ouvi ninguém falar sobre isso, e éramos apenas quatro na reunião. Trudy, Paul, eu e uma mulher do RH.

– Paul sabia.

Sophie fez uma careta, perplexa. Agora, alguns comentários dele faziam sentido. Não era de admirar que tivesse sido tão afável. Ele e o plano de sete anos. O sujeito devia ter achado que o nome dela abriria portas.

– Lamento – murmurou Todd.

Ela respondeu com um sorriso triste.

Todd podia não ser do tipo que se comprometia ou tinha relacionamentos duradouros, mas pelo menos era honesto em relação a isso. Com ele, Sophie sabia exatamente onde estava pisando. Não precisava esperar nada dele, porque não faria nenhum investimento emocional. Dali em diante, ela manteria as coisas leves e divertidas.

Capítulo 22

Assim que a edição especial da revista sobre o dia de Ação de Graças ficou pronta, na manhã da segunda-feira seguinte, Sophie já se encontrava imersa no Natal – mesmo com as temperaturas do lado de fora batendo 40ºC.

Ir para o trabalho de repente tinha se tornado um desafio. Julho chegara com tudo. Andar pelas ruas era sinônimo de ficar suada e com calor, ao passo que entrar no metrô era quase o mesmo que se meter em uma geladeira. Por conta disso e das temperaturas mais amenas nos escritórios, decidir o que vestir era uma tarefa complicada.

Na sexta, para falar a verdade, Sophie estava mal-humorada. E... ela sabia bem o motivo. Não tinha sinal de Todd desde domingo. Era como se ele tivesse desaparecido. Ela não recebera sequer uma mensagem, e ele não aparecera no escritório a semana toda, o que era duplamente irritante, porque Sophie ainda atendia as ligações de Amy, Cherie e Charlene.

Para fugir do trânsito, Todd voltara dos Hamptons no domingo de manhã. Estacionara em frente à padaria e subira carregando a bolsa de Bella, mas a entregara à prima diante da porta de Sophie. O olhar mal-humorado que a confeiteira lhe lançara tinha feito Sophie conter um sorriso.

– A ajuda não passa desse andar, é?

– Agradeça por eu ter vindo tão longe. Da última vez, larguei você do lado de fora e, se bem me lembro, você ficou mais do que feliz por ganhar uma carona pra casa.

Bella jogara a bolsa por cima do ombro.

– Juízo, crianças. Não sei a quem devo alertar primeiro. – Com uma careta engraçada, ela olhara de um para outro e apontara um dedo. – Se não conseguirem se comportar, sejam cuidadosos.

– Dá o fora, Bel.

– Tô indo, tô indo. Fui.

Ela trotara escada acima parecendo um dos sete anões carregando um fardo pesado.

Quando eles passaram pela soleira do apartamento de Sophie, ela prendera a respiração, como se pudesse abalar o ambiente. O apartamento lhe transmitira a sensação de total imobilidade, de estar parado no tempo, como se nem mesmo uma poeirinha tivesse se mexido desde que ela saíra.

Sentada agora em sua mesa no trabalho, ela se permitiu um sorrisinho ao se lembrar de Todd largando a bagagem dela, que caíra com um baque nada charmoso.

– Venha aqui. – Todd a puxara para seus braços. – A volta pra casa tranquila que eu tinha planejado antes de a minha prima estragar tudo foi pelos ares. A ideia era almoçar em West Hempstead, e eu queria ter levado você a uma pequena cafeteria que é ótima.

Ele baixara a cabeça e roçara os lábios nos dela.

– E eu tinha planejado muitos beijos – acrescentara.

– Muitos beijos?

Ele assentira, solene.

– Uma quantidade absurda de beijos.

– Ah, então você já está atrasado nisso.

Sophie envolvera o pescoço dele com os braços.

– Bem atrasado. Alguma sugestão?

– Provavelmente estou sem ideias porque ainda não recebi uma quantidade suficiente de beijos.

Ela dera uma espiada nele e vira um brilho travesso em seus olhos. Todd dera seu melhor para remediar a situação e Sophie fizera tudo que podia para ajudar. Remexendo-se na cadeira agora e olhando para a janela atrás da mesa de Todd, ela se lembrou de quanto as coisas tinham começado a esquentar.

– Temos duas opções – dissera ele. – Ou eu posso continuar beijando você e negligenciando minhas tarefas domésticas, o que significa que amanhã terei que ir para o trabalho sem cueca...

– Eca! Por favor, diga que você não faz isso.

Sophie corara ao olhar para a calça jeans de Todd, a pele à mostra onde a blusa dele tinha subido.

– Não gostaria de descobrir?

O sorriso travesso dele quase a enlouquecera.

– Preciso organizar algumas coisas. Jantar? – dissera ele, se detendo. – Ah... Que tal sábado?

– Sábado? – *Droga, ficou parecendo desdém.* – Sim, sim – concordara Sophie, recuperando-se rápido. – Seria... ótimo.

Sábado estava longe à beça. Quase uma semana inteira. Estava na cara que era assim que as coisas se desenrolavam quando se tinha um relacionamento sem compromisso.

Todd franzira a testa de leve para ela.

– Tem alguma coisa errada?

– Não, não. Bom, preciso me organizar também.

Só depois de fechar a porta, recostando-se nela, Sophie acabara cedendo um pouco e dando um sorrisinho tristonho. Sábado estava ótimo. Se decepcionar não fazia parte do acordo. Ela era uma tola por criar expectativas. Todd tinha deixado tudo bem às claras.

E ele se mantinha fiel a isso, pensou Sophie mais tarde, naquela manhã, quando, exasperada, falou com Charlene na terceira ligação do dia.

– Ele deve ter deixado o celular cair no vaso sanitário.

– Pode avisar a ele que eu liguei? – insistiu Charlene, como se Sophie fosse assistente de Todd ou algo assim.

– Já deixei três recados na mesa dele, mas não o vejo desde semana passada – respondeu Sophie.

– Ele tem ido ao trabalho?

– Não faço ideia. E, para ser bem sincera, não estou nem aí. Lamento, mas tenho trabalho a fazer. Tenho certeza de que ele vai ligar quando reaparecer.

Sophie desligou o telefone com talvez um pouquinho mais de força do que Charlene merecia. Onde é que Todd estava? Ela já tinha bastante coisa para fazer sem ter que ficar atendendo o telefone dele a cada cinco minutos.

Com um sobressalto, ela percebeu que eram 11h10, e precisava comparecer a uma reunião para finalizar os projetos das páginas de receitas para o Natal. Com um longo suspiro, pegou seu caderno e olhou com raiva para a cadeira vazia de Todd. Ela já estava de saco cheio – sem trocadilhos – do Natal. Quando o feriado chegasse, já estaria de volta em casa. Tudo aquilo ficaria no passado, e ela não queria pensar no assunto.

Bufando, Sophie deixou sua mesa. Em geral, ela adorava essas datas festivas, mas agora estava irritada com a indecisão da equipe editorial responsável pela sobremesa que encerraria a matéria. Eles ainda precisavam decidir se deveriam focar no bolo ou no pudim para a edição de dezembro.

Sophie sentou-se à mesa na sala de reunião com um baque sonoro. Sentiu-se culpada quando Paul lhe exibiu um sorriso caloroso.

– Tudo certo? – perguntou Trudy.

– Tudo bem – disse Sophie, cerrando as mãos embaixo das coxas.

Já tinham debatido a questão. Sophie achava de verdade que não precisavam mais repassar o assunto.

Em cinco minutos de discussão, quando já estava praticamente decidido que o destaque da edição de dezembro seria uma matéria com uma receita de bolo clássico, Madison resolveu se pronunciar.

– Vocês não acham que isso tudo está um pouco ultrapassado? – perguntou ela, com o escárnio e a superioridade de sempre. – A gente deveria revolucionar os bolos de Natal. As pessoas não querem frutas secas tradicionais. Elas querem bolo de chocolate. Pão de ló. Só gente velha quer esse tipo de coisa que estamos propondo.

Ela olhou ao redor da mesa, jogando o cabelo louro por cima dos ombros cobertos por roupas de grife, o que fez Sophie se lembrar do fim de semana e dos outros convidados na festa de Celine.

Na mesma hora, ela pensou em uma música da banda Arctic Monkeys e sua mente improvisou uma adaptação. *Aposto que você fica bem nos Hamptons*. Bateu uma leve revolta e Sophie fez uma pausa, mas foi do tipo que não era suficiente para impedir que alguém falasse o que não deveria. Sophie cerrou as mãos com firmeza e de repente se ouviu dizendo:

– Na verdade, você está errada. As pessoas querem a nostalgia no Natal, a tradição. Querem reproduzir o que suas famílias faziam. Querem que o bolo seja especial, não algo que podem fazer no resto do ano. Elas querem passar um tempo se dedicando a isso, querem que seja feito com amor. Acho que os leitores querem mergulhar suas frutas no conhaque, preparar o bolo durante algumas semanas. O bolo de Natal perfeito é quase um antídoto para a tecnologia e o ritmo acelerado em que vivemos. Preparar esse bolo requer tempo e cuidado.

– Perfeito, Sophie. – Trudy colocou a caneta na mesa. – Aliás, acho que é um tema que pode ser explorado na edição toda. Abandonar os celulares, se reconectar com a família. É exatamente isso que as pessoas buscam no momento.

Quando Sophie saiu da sala para voltar à sua mesa no fim do corredor, sentiu as costas pinicarem. Era difícil não imaginar Madison disparando olhares furiosos em sua direção, mas ela estava satisfeita por ter dito o que pensava, mesmo que agora coubesse a ela propor uma receita tradicional que envolvesse deixar as frutas de molho durante vários dias e também fosse tarefa sua criar uma decoração de bolo extraordinária. Felizmente, tinha Bella e seu talento com coberturas. Sophie iria se aproveitar mais uma vez do conhecimento da amiga no fim de semana.

Estacou de repente ao avistar Todd do outro lado do escritório, equilibrando-se em apenas duas das pernas da cadeira. Ele parecia relaxado e à vontade. Ela engoliu em seco e se abaixou para mexer no pé, como se algo em seu sapato a tivesse feito parar. Apostava que, ao vê-la, os batimentos cardíacos de Todd não faziam coisas idiotas. Na verdade, era provável que estivesse falando com Amy ou Charlene naquele momento, arrumando um tempo para encontrá-las no fim de semana. *Aja naturalmente. Como se estivesse feliz por vê-lo.*

Sophie se endireitou e continuou andando. Passou por entre as mesas e colocou um sorriso casual – e nada verdadeiro – no rosto.

Todd sorriu ao vê-la e acenou para ela com o telefone preso entre o ombro e o queixo. Estava sendo simpático, como tinha sido em todas as semanas anteriores.

– Oi – murmurou ele quando ela se sentou à sua frente.

De alguma forma, ela se viu fazendo aqueles acenos fofinhos, chegou a cadeira para a frente e abriu o laptop.

– Claro... Seria ótimo... Sete... É... Vejo você lá.

Sophie manteve a cabeça baixa de propósito enquanto conferia seus e-mails. Conseguiria lidar com isso.

Quando ele desligou, ela não ergueu a cabeça, só continuou digitando.

– Oi, inglesinha, como está?

– Bem, obrigada.

Sophie conseguiu armar um sorriso radiante para ele, como se dissesse "Isso não é divertido?". *Sem mágoa, sem decepção, sem promessas.* A última coisa que queria era que Todd percebesse que, na verdade, ela estava um pouquinho decepcionada por ele não ter dado nenhum sinal de vida desde domingo. Nem mesmo uma mensagem ou ligação. E estava tudo bem, porque, no fim das contas, eles combinaram que aquilo não seria... sério. Ela não tinha o direito de se sentir daquela forma. Haviam deixado tudo bem claro. Aquilo era qualquer coisa, só um caso. Só que... quando eles estavam nos Hamptons, longe da rotina, Sophie não tinha pensado na dificuldade que seria sentar-se de frente para ele no escritório, ou que seria igualmente complicado não o ver diante dela no trabalho.

Não era culpa de Todd. Ele fora honesto. Ela que nunca havia tido uma relação casual. Ia se acostumar.

Tratando-o como um colega, Sophie assentiu de leve e voltou a atenção para a caixa de entrada de seu e-mail, que não tinha nenhuma novidade. Nenhum problema com o qual precisasse lidar.

– Está tudo bem, inglesinha?

Sophie notou que ele balançava uma das pernas com vigor. *Ah, meu Deus, será que Todd percebeu que estou chateada com ele?*

– Comigo? Sim, tudo bem. Ocupada. Natal. – Sophie tinha que fazer melhor do que isso. No momento, estava agindo como se esperasse algo dele. *Lembre-se das regras, Sophie.* – Fala sério, dá para fritar um ovo no capô de um carro lá fora e eu estou escrevendo sobre como fazer bolos de Natal.

– Ainda está de pé amanhã à noite? – indagou ele.

A testa de Todd estava marcada por um leve vinco.

– Amanhã à noite?

– O jantar – lembrou ele.

– Ah. – Sophie franziu a testa como se tivesse esquecido. Todd parou por um momento, os olhos buscando os dela. – Sim – disse ela enfim.

Agora era Todd quem parecia confuso.

Trabalharam em silêncio, um silêncio tenso. Sophie não ousava olhar para ele. Ela estragara tudo, tudo mesmo. Sentindo-se um pouco enjoada, ficou ainda mais nervosa em sua cadeira.

– Está com fome?

Todd se levantou em um pulo. Antes que ela pudesse responder, ele já estava ao seu lado, com uma das mãos no cotovelo dela e erguendo-a com delicadeza.

– Aposto que comeu a semana toda na sua mesa, não foi? Já falei que isso é ruim pra você. Venha, vou levá-la a uma barraquinha de comida mexicana fantástica na esquina e a gente come no parque.

Dando de ombros, ela concordou. *Agora vou levar um fora. Ele sabe o que está acontecendo.* Com passos relutantes, ela o seguiu por entre as mesas, até o elevador.

Eles aguardaram diante das portas e Sophie ficou bem ereta, para evitar qualquer toque acidental. Não que ele parecesse ter percebido. Assim que entraram no elevador, ele se inclinou para apertar o botão do térreo e roçou a mão na barriga dela.

Sophie ficou tensa, mas, assim que as portas começaram a se fechar, ele virou Sophie na sua direção.

– Quanto tempo, inglesinha – murmurou.

Todd já estava baixando a cabeça para beijar Sophie, que sentia pequenas explosões de alívio no coração, quando as portas se abriram outra vez. Olhando por cima do ombro dele, Sophie viu a expressão de extrema perplexidade de Madison, a boca aberta em um "O" de surpresa. Então, sendo quem era, a estagiária recuperou o equilíbrio e a frieza e entrou no elevador.

– Todd. Bom ver você – disse ela, ignorando solenemente Sophie. – Ouvi dizer que esteve nos Hamptons no último fim de semana. Descobri que temos amigos em comum.

– Temos, é? – perguntou Todd.

Ele se virou para a jovem com seu traquejo formal e educado, que Sophie sabia ser seu jeito de demonstrar que não estava nem um pouco interessado.

Sophie olhou para o chão quando o elevador começou a descer naquela velocidade vertiginosa.

– Sim, minha amiga Stacy Van der Straten estava na sua festa.

– Bem, tecnicamente, a festa era dos meus pais.

Sophie arriscou um olhar para o rosto dele e viu seu sorriso simpático, usado para tranquilizar Madison, a julgar pelo sorriso amarelo da garota. Mas Sophie pensou, cheia de si, que aquele sorriso não tinha a faísca eletrizante que lhe dava um frio empolgante na barriga.

– Stacy disse que foi fabulosa. Foi uma pena eu ter ficado na cidade para o aniversário de 60 anos do meu pai. Foi uma festa de família no Metropolitan Club. Tenho certeza de que eu teria me divertido muito mais na sua casa.

– Como eu disse, a casa é dos meus pais. Eles são os responsáveis pelas frivolidades.

– Quem sabe ano que vem? – ronronou Madison.

A estagiária lançou um olhar de triunfo para Sophie, como se dissesse "Porque ainda vou estar por aqui e você, não".

Com um solavanco que significava que eles tinham chegado ao térreo, o elevador parou e, assim que as portas se abriram, Todd saiu andando feito um homem com um intuito em mente.

– Bom ver você, Madison. Venha, Sophie, a gente vai se atrasar.

Sophie teve que se apressar para acompanhá-lo enquanto eles saíam do prédio, dando de cara com o ar quente e denso de fumaça e o som de sirenes e buzinas. Ele reduziu o passo quando foi atingido pelo calor e pegou a mão dela, entrelaçando seus dedos.

– Ela é chata pra caramba. Sabe quanto tempo faz que eu te beijei?

Um raio de sol se acendeu dentro dela.

Parecia que quase todos os trabalhadores do centro de Manhattan haviam tido a mesma ideia: praticamente todas as sombras ali perto estavam ocupadas. Com uma confiança imbatível, porém, Todd a levara até uma parte da grama que ficava próxima à água cintilante.

– Venha aqui.

Todd a puxou para seus braços e lhe deu um beijo cheio de intimidade, que deixou os dois meio atarantados. Ele afastou uma mecha que fugira do rabo de cavalo de Sophie e olhou nos olhos dela com a testa meio franzida, antes de dizer bem baixinho:

– Fiquei com saudade.

Sophie o apertou com delicadeza em resposta, sem querer dizer nada, como se qualquer coisa pudesse espantá-lo. Ele parecia tão surpreso com a revelação quanto ela.

– Você vai ou não me alimentar? – perguntou Sophie, dando um beijinho no canto da boca de Todd.

Ele revirou os olhos e exibiu a sacola de papel que carregava.

– Você só pensa em comida.

Eles se sentaram lado a lado na grama e Todd logo desembrulhou um interessante conjunto de bandejinhas de plástico. Ele insistira em escolher petiscos para ela na barraquinha para que o "almoço fosse surpresa".

– Prove este aqui, inglesinha. Experimente.

Todd pegou uma pequena tortilha repleta de feijões, chilli, coentro e lascas de limão e a levou em direção à boca de Sophie, mas, antes que ela pudesse comer, ele lhe deu um beijinho, o que a deixou com um frio na barriga.

Ao provar a mistura deliciosa, Sophie fechou os olhos em êxtase.

– Humm, isso é divino! E é uma boa mudança de ares em relação ao peru. Ando bem ocupada organizando a edição de Natal. Parece maluquice fazer isso em um clima como esse, não é?

– Parece mesmo.

Os dedos de Todd passearam pelo lábio inferior dela, provocando-a. Sophie encarou o queixo dele enquanto seu coração disparava.

Todd deslizou a mão sob o queixo dela e o ergueu bem de leve, para que tivesse que encará-lo.

– Onde você gostaria de ir jantar amanhã? Imagino que não em um restaurante especializado em coxas de peru, não é mesmo?

O calor no olhar dele logo foi substituído por um ar de travessura sedutor.

– Está brincando. Existem restaurantes assim? Os pratos seriam enormes.

– Ah, sim, são mesmo impressionantes. Então, amanhã... Tem um lugar incrível para aperitivos, ou um italiano que faz uma pizza boa demais.

Todd se recostou na grama ao lado dela, apoiando-se nos cotovelos e erguendo o rosto para o sol. Ficou imóvel e parecia cauteloso.

– Sabe de uma coisa? Não como pizza há séculos. Seria perfeito.

– Ufa! – Ele relaxou. – Porque é um baita estresse levar uma amante da gastronomia pra jantar. Passei os últimos dois dias procurando recomendações – confessou ele.

– Passou?

De repente, toda a hesitação e a insegurança que ela vinha sentindo desde segunda-feira desapareceram tão rápido quanto o fogo de um fósforo sendo apagado.

– Sim, é difícil demais. A não ser que seja algo de trabalho, um lançamento ou uma inauguração, no futuro é você quem vai ter que decidir aonde a gente vai. Tem ideia de quantos restaurantes existem no Brooklyn?

– Já ouviu falar no Trip Advisor? – perguntou Sophie gargalhando.

– Já – respondeu Todd, sentando-se e envolvendo-a com um dos braços. – E aí você se vê tragado e lê todas as avaliações. Quando acha que já sabe exatamente o que fazer, vê alguém dizendo que foi a pior comida que já experimentou na vida. Aí risca esse da lista. E como é que a gente sabe que essas pessoas são confiáveis?

– Você não está tentando me impressionar, né?

– Claro que estou – respondeu Todd, o brilho de volta ao olhar. – Eu tenho uma reputação de playboy a zelar. – E emendou: – Que horas busco você amanhã? Não vou vê-la mais tarde hoje. Vou sair mais cedo do escritório pra ir até o Queens. Tem um evento de lançamento para a imprensa, algum produto de higiene novo para o público masculino. Devo voltar cheirando a "coragem", "masculinidade" ou "nobreza". Esses comunicados de imprensa são bem engraçados.

Sophie fez uma careta.

– *Produto de higiene novo* nunca soa muito bem. É como se a gente fosse um poodle ou algo assim – comentou ela.

O semblante de desânimo no rosto de Todd foi cômico.

– Cheiro de cachorro molhado? Você faz um bem enorme pro meu ego.

Quando Sophie voltou para o trabalho, seu ânimo estava nas alturas; achava que talvez até conseguisse flutuar para o escritório, sem precisar pegar o elevador. Era evidente que Todd estivera pensando nela e no encontro deles. Sentada à sua mesa, passou meia hora olhando pela janela, revivendo a conversa do almoço e o jeito como a camisa de Todd subira, deixando um pedacinho tentador do abdômen bronzeado à mostra. E o modo como os olhos dele tinham brilhado mais ainda ao flagrá-la observando-o. Ainda estava um pouco desconcertada e sem jeito. Era errado ficar tão ansiosa para a noite do dia seguinte? Tinha que se lembrar de trocar a roupa de cama. *Epa! Sophie, de onde veio esse pensamento?* Virara uma depravada. Mas merecia se divertir, e os meses seguintes seriam divertidos.

Sophie quase ignorou o toque do telefone, até que se deu conta de que era o dela, não o de Todd.

– Sophie, estamos com um problemão. Enroladinhos de salsicha. – A voz de Trudy tinha um tom furioso.

– Sim...?

– Diga como é um enroladinho de salsicha.

– Salsicha chipolata envolta em bacon.

– Você tem ideia de como é um enroladinho de salsicha nos Estados Unidos?

Sophie parou e fez uma pesquisa rápida no Google.

– Ah, droga...

As salsichas envoltas em massa eram, sem a menor dúvida, bem diferentes.

– Você não viu as fotos da sessão de ontem para o Natal, viu?

– Não – respondeu Sophie.

Ela preparara o peru e os legumes para a estilista e tinha aprovado os suportes e o cenário. O fotógrafo era experiente o bastante para assumir a partir daquele ponto, e Madison insistira que ficaria satisfeita em ficar lá e supervisionar o trabalho.

– Acho que você vai querer vir ao meu escritório para dar uma olhada e me explicar como faço para arrumar mil dólares extras para pagar outra sessão de fotos.

Capítulo 23

– Eu achei de verdade que seria demitida. Trudy estava furiosa – contou Sophie, aninhando uma xícara de café entre as mãos e inalando o aroma familiar.

Ela seguira Bella até a cozinha, atraída pelo cheiro acolhedor de algo no forno.

– Eu estava preocupadíssima até chegar em casa, meia hora atrás.

Tinha sido a tarde mais longa de sua vida, passada com Trudy, irada, e o fotógrafo enquanto eles procuravam toda e qualquer forma de editar as fotos para remover os itens ultrajantes.

– Foi só quando cheguei em casa que recebi uma mensagem da Trudy pedindo desculpa. Lauren, uma das tecnólogas de alimento, tinha estado com ela. A mulher estava lá quando passei minha receita para Madison, que comentou como era diferente na versão americana. E também estava lá quando a estilista ficou em dúvida se era pra usar aquilo e Madison insistiu que era o que eu tinha dito para fazer. Então, em vez de salsichas finamente envoltas em bacon, o que a gente usou foram aquelas coisas enroladas em algo massudo que não tinham nada a ver com a cena.

– Que ridícula! Ela é muito podre! – Bella andava para lá e para cá na cozinha, gesticulando com um saco de confeiteiro. – Que babaca! Não dá pra acreditar que ela armou pra você.

– Não pegou nada bem, porque Trudy falou na cara dela que sabia que ela havia feito aquilo de propósito. Quando Madison tentou rebater, Trudy falou "Você contesta tudo que Sophie diz nas reuniões editoriais, qual é a diferença agora?". Parece que isso a fez ficar calada.

– O que você fez pra irritar essa garota?

– Acho que ser convidada pra ir aos Hamptons com Todd não foi uma jogada de mestre.

– E isso é culpa sua?

– Talvez não, mas, depois de hoje, acho que ela vai se armar até os dentes contra mim. Ela flagrou Todd me beijando no elevador.

– Sua safada! Como ele está? Não o vejo desde que ele deixou a gente aqui.

– Hoje foi o primeiro dia que encontrei com ele desde domingo. Vamos sair amanhã. Quer que eu mande um beijo pra ele?

– Não, tranquilo. Bem, vou fechar a padaria. Na verdade, vou sair hoje à noite. – Bella se alegrou. – Vinho e comida feita por outra pessoa.

– Com Wes?

– Nem pensar. – A boca de Bella demonstrou seu desânimo. – Perguntei se ele não queria sair pra beber alguma coisa, mas Wes me rejeitou de novo.

O primeiro gole no vinho branco gelado foi tão bom, que deu até vontade de virar o resto da taça e tornar a enchê-la na hora. Parecia que o calor do dia tinha se acumulado e tomado o apartamento, e o estresse deixara Sophie inquieta, sem conseguir se acalmar. Ela já sentia um novo fiozinho de suor escorrer pela nuca, onde a ponta do rabo de cavalo encostava. Era noite de sexta, pelo amor de Deus. Ela deveria sair. Não tinha nada de bom passando na TV, o livro que ela pegara da biblioteca de Celine no fim de semana não estava prendendo sua atenção e as famílias vizinhas curtindo o comecinho da noite em seus jardins deixavam Sophie desanimada, sentada sozinha no terraço.

Ela levantou a barra da blusa e se abanou, tentando se refrescar um pouco. Até pôs a taça de vinho gelado na barriga. Uma batida à porta a pegou de surpresa. Com o susto, a taça virou e derramou o vinho gelado em sua pele, que escorreu pelo short de algodão, fazendo parecer que ela fizera xixi na calça.

– Droga.

Provavelmente era Bella indo ver como ela estava antes de sair.

Ao abrir a porta, Sophie se viu cara a cara com uma blusa de linho azul-marinho e precisou erguer os olhos.

– Todd!

– Oi.

Ela se sentiu derreter por dentro. O cabelo dele estava úmido nas pontas, mas ele tinha aquele ar delicioso de homem recém-saído do banho, uma combinação de cedro, sândalo e algo indefinível.

– O que você...? – disse Sophie, a voz sumindo.

Todd deu um passo à frente e baixou a cabeça como se estivesse acanhado.

– Eu estava... é... passando. Fiquei pensando se você... hum... gostaria de tomar alguma coisa. – A voz dele ficou um pouco mais firme. – A noite está linda.

– Ah. – Ela baixou a cabeça e deu uma olhada em si mesma. – Não estou vestida direito. E acabei de derramar vinho. Eu não...

– Dá pra ver – disse ele, com a voz grave, antes de ser denunciado pelos lábios levemente retorcidos. – Não sei se quero que se vista ou não. É bem atraente a...

Ele meneou a cabeça na direção da blusa curtinha. Ela não precisava olhar para saber que os mamilos davam um espetáculo à parte. Tentar se cobrir parecia uma timidez ridícula.

Sophie se virou de costas para ele, dizendo por cima do ombro:

– Quer entrar? Acabei de abrir uma garrafa de vinho e tem cerveja na geladeira.

– Cerveja está ótimo. Está quente... lá fora.

Sem olhar para ele, Sophie foi depressa até a cozinha e abriu a geladeira com força, agradecendo pela corrente de ar frio que a atingiu. A temperatura no apartamento tinha acabado de chegar a mil graus Celsius ou era só impressão? A qualquer instante, ela poderia entrar em combustão espontânea e, pelo que parecia, não era a única. Tirou a tampa da garrafa de cerveja e a encostou no rosto, então se virou e descobriu que ele a seguira até ali.

– Pronto.

Ela lhe entregou a garrafa. Com calma, Todd pegou a cerveja da mão dela e a colocou no balcão, depois deslizou as mãos ao redor da cintura de Sophie por baixo da blusa e a puxou devagar em sua direção.

– Desculpe, eu deveria ter ligado, mas fiquei o dia todo pensando em você... – Os polegares dele traçavam pequenos círculos na pele dela. – E a noite de amanhã parecia...

O que quer que parecesse, Sophie nunca descobriu: ele parou de falar quando seus lábios pousaram nos dela com uma precisão magnética. Como um girassol, ela ergueu a cabeça em uma expectativa feliz e, no instante em que a boca dele tocou a dela, Sophie sentiu um frio intenso na barriga e o coração disparou como se estivesse correndo uma maratona.

Não dava para negar: a excitação que a deixava sem ar só de beijar Todd McLennan era viciante demais. Talvez fosse devido à técnica de playboy dele, talvez fosse porque eles dessem certo juntos, ela não sabia dizer, mas a sensação era de que fogos de artifício e raios de sol apareciam cada vez que se beijavam. Pequenas explosões borbulhantes e um aconchego maravilhoso.

Todas as articulações dos braços e pernas de Sophie pareciam ter se desintegrado, e ela corria o risco de se dissolver nele, mas nesse momento os dois foram de encontro ao balcão e o som de algo tilintando os fez voltar à realidade. Em um movimento rápido, Todd esticou o braço e conseguiu evitar que a garrafa, que transbordava espuma de cerveja, caísse no chão.

Por um instante, ele ficou ali com espuma de cerveja no pulso.

– Parece que há um alto índice de desperdício de álcool entre nós – brincou Todd, dando um gole rápido para conter o fluxo da bebida.

Por um momento, Sophie considerou lamber as gotas de cerveja que escorriam pelo braço dele, e seus olhares se encontraram. Ela corou quando ele ergueu uma sobrancelha, como quem diz "Eu sei o que você está pensando".

– Vamos para o terraço? – convidou ela, afoita.

Antes que Todd pudesse responder, Sophie já tinha pegado sua taça de vinho e passado pela porta.

É claro que ele parecia estar se divertindo muito quando a seguiu. Nada daquilo era novidade para Todd, enquanto ela se sentia um pouco inexperiente. James era do tipo luzes apagadas e dormir no escuro, mas Sophie tinha a sensação de que Todd era do tipo martíni: a qualquer hora, em qualquer lugar.

– Achei que você talvez tivesse ficado sabendo da catástrofe de hoje no escritório.

– Não. O que houve?

Sophie mordeu de leve o lábio, sentindo um frio na barriga ao olhar para ele. É, Todd era total e absurdamente lindo, ainda mais meio desarrumado. A blusa de linho estava amassada na barra, que ela levantara para tocar a pele dele e passar as mãos pela cintura esguia. Sophie sentiu a boca seca, quis pôr as mãos nele de novo. Sentiu-se corar outra vez ao pensar em correr os dedos pelo abdômen de Todd, pelo peitoral. Aqueles dias na praia haviam mostrado o que ele tinha a oferecer.

– Quer saber? Não quero falar disso agora. Prefiro fazer outra coisa.

Sophie se levantou e pegou a garrafa de cerveja da mão dele, colocando-a na mesa. Algo brilhou nos olhos de Todd quando ele ergueu a cabeça para ela. Ainda sentado, ele sustentou seu olhar. Sophie sentiu a respiração presa no peito. O próximo passo era dela. Grata por ele deixá-la no controle, ela estendeu a mão.

– Você vem?

Ele engoliu em seco, arregalou os olhos e assentiu sem palavras, o que fez Sophie sorrir, sentindo uma onda de orgulho.

Todd segurou a mão dela e se deixou ser erguido com delicadeza até ficar de pé.

A cada passo, ela se sentia dominada por uma excitação maior, junto com a súbita confiança de fazer a coisa certa. Sim, ele estava fora de alcance a longo prazo, mas ela aproveitaria tudo que pudesse no presente. As coisas podiam mudar num piscar de olhos e ela não queria desperdiçar nem mais um minuto da vida.

Infelizmente, sua confiança foi embora no momento em que seus pés chegaram ao quarto e ela se virou para encarar Todd. Mas nem precisava se preocupar. Como se soubesse como ela se sentia, ele aninhou o rosto dela nas mãos e a beijou com delicadeza.

– Acho que eu deveria ser um cavalheiro e perguntar se tem certeza. – Ele respirou bem fundo. – Mas acho que isso pode acabar comigo...

Sophie pousou um dedo nos lábios dele, o ardor florescendo diante de suas palavras.

– Shhh – sussurrou ela.

Por um momento, entorpecidos pela expectativa, eles se olharam com uma promessa solene. O coração de Sophie bateu tão forte que ela sentiu a vibração por todo o corpo.

Então os dedos dele deslizaram por baixo da blusa dela, passando pelas costelas, uma a uma, subindo e arrastando o leve tecido junto. Ele tirou a blusa pela cabeça de Sophie, que soltou um pequeno suspiro quando Todd encarou seus seios. Com uma lentidão infinita, ele deslizou as costas da mão pelo pescoço dela, descendo até o vale entre os seios, os dedos se esticando para roçar em cada um antes de continuarem a descer.

Segurando um minúsculo arquejo, Sophie ficou imóvel enquanto ele tirava sua calcinha. Antes que ela pudesse pensar duas vezes, Todd a pegou no colo e a deitou na cama. E, antecipando qualquer vergonha ou constrangimento que Sophie pudesse sentir, ele começou a desabotoar a própria camisa.

Aquilo era um playboy em sua excelência, não era? E, quando um pensamento venenoso surgiu, logo foi apagado pela visão dos dedos dele tremendo enquanto se atrapalhavam com os botões.

– Ah, que se dane – disse Todd, e tirou a camisa, quase caindo ao tentar se livrar da bermuda enquanto vasculhava um dos bolsos. – Eu nunca quis tanto ficar sem roupa quanto agora.

E, bem nesse momento, o clima mudou. Já não era mais tão assustador ou importante que ela precisasse fazer tudo certo. Sophie deu uma risadinha.

– Está rindo de mim? – grunhiu ele.

Todd despejou alguns preservativos na mesinha de cabeceira dela, se jogou na cama e a tomou nos braços.

– Não – murmurou ela.

Sophie tentou manter uma expressão séria, mas não durou, e ela riu de novo ao vê-lo fingir indignação e começar a fazer cócegas nela. Em algum momento, a luta boba se transformou em carícias provocantes, antes de virar pura sedução.

Fazer amor com Todd foi uma revelação e tanto. A princípio, ele foi generoso, cuidadoso e atencioso ao deixá-la confortável, suas mãos dançando pela pele de Sophie, acendendo as terminações nervosas dela. Então ele partiu para a descontração: falando, provocando e frustrando-a ao atormentá-la com delicadeza, concentrando-se em cada zona erógena dela e em mais algumas que ela nunca conhecera. A temperatura subiu, seu desejo foi nas alturas e uma necessidade ardente surgiu. Todd riu quando ela entrou no jogo, as mãos explorando, traçando os contornos do peitoral dele, deslizando pela cintura e descendo mais ainda.

Rolando por toda a cama, eles se emaranharam nos lençóis, um pouco suados por causa do calor da noite. Em algum momento, o clima se tornou sensual, como se tivessem acionado um botão. De súbito, estavam sem ar, a necessidade tão forte quanto os batimentos disparados, e os beijos e carícias apaixonados ficaram mais intensos.

De repente, os dois pararam. A mão dele no seio dela, estimulando o mamilo, enquanto Sophie gemia e ofegava segurando os testículos dele.

Todd gemeu, movendo os quadris em um ritmo exigente. Quando ele tentou abrir o preservativo, Sophie não conseguiu reprimir um sorriso diante da falta de jeito dele.

– Você sabe o que está fazendo? – indagou Sophie, provocando-o enquanto o acariciava.

– Com você, humm, fazendo isso... N-não sei nem meu nome direito.

– Fazendo o quê? – provocou ela, passando o polegar em círculos bem na ponta do membro dele.

Todd tentou se desvencilhar dela, que desceu ainda mais a mão e passou a acariciar a parte interna da coxa dele.

– Caramba, Sophie! – Ele abriu a embalagem com os dentes. – Eu deixaria você fazer isso, mas não sei se saio vivo.

Todd desenrolou o preservativo com agilidade e deslizou a mão entre as pernas dela.

– Tem alguém pronta – constatou ele.

Seu dedo percorreu o ponto de prazer, quase enlouquecendo-a de luxúria. Sophie só conseguia ofegar. O toque dele a levava ao desespero.

Ergueu os quadris, quase incapaz de se controlar, e as necessidades de seu corpo assumiram o controle.

– Gosta disso, né?

Todd retirou a mão.

– Por favor – implorou ela.

O apelo desesperado de uma Sophie ofegante a pegou de surpresa, mas ela mal conseguia pensar direito.

– Por favor o quê, Sophie?

Ela fechou os olhos e choramingou.

Os dedos dele a provocaram de novo, mergulhando e depois recuando, depressa, em movimentos que a faziam erguer os quadris, fora de si. Mas, cada vez que ela se erguia, ele recuava.

– Acho que você deveria ficar bem parada.

Era quase impossível. Todd a enlouquecia. Se ela se mexesse apenas um centímetro, ele recuava de novo. Logo ela estava sem ar, a pele coberta por um leve brilho.

– Por favor – implorou outra vez, arquejando.

Ele exibia um sorriso tenso quando baixou a cabeça para sugar um mamilo com força e avidez. Sophie deu um gemido alto e incoerente. Ele continuou a sugar no mesmo ritmo dos dois dedos que deslizavam sem trégua, entrando e saindo.

Sophie arfava e tentava escapar do toque e da ofensiva persistentes. Todd a observava o tempo todo, mas sua respiração era pesada.

– Todd, agora, vai, vai, vai, vaaaaai.

Em um movimento fluido, ele foi para cima de Sophie e deslizou para dentro dela, preenchendo-a enquanto incendiava os nervos já sensíveis. Então ele recuou e deslizou para dentro outra vez, mas muito lentamente...

Sophie mal conseguia suportar. Ávida, ela o segurou pelos quadris.

– Mais? – perguntou ele, a voz tensa.

– Siiiiiiim, por favor.

Sophie ergueu os quadris e Todd foi ao encontro deles, acelerando. A cada investida, ela se erguia para recebê-lo, e ainda assim parecia que não era suficiente, nunca seria. E então, de repente, como se estivessem além das nuvens e vissem o sol, eles pegaram o ritmo, encontraram a cadência perfeita ao se movimentarem juntos. Com um grito de entrega, ela se dissolveu, as ondas daquela sensação a dominando quando ela atingiu seu clímax. Ele ficou rígido, chamando o nome dela com um gemido sincero, alto e demorado. Por um momento, os dois continuaram deitados, o suor escorrendo por causa do ambiente úmido, o som da noite de sexta entrando pela janela aberta. Sophie ponderou se deveria se mexer e decidiu que não queria. Aquilo era quase o paraíso e tinha mandado pelos ares qualquer outra experiência sexual que tivera.

Eles deviam ter cochilado juntos por um tempo, porque, quando ela abriu os olhos, eram sete e meia da noite.

– Uau – comentou Todd.

Ele se moveu para sair de cima de Sophie, mas deixou a coxa sobre a dela e uma das mãos em sua cintura.

– Acho que você acabou comigo, mulher. O que foi isso?

Sophie sentiu um frio intenso na barriga com as palavras sinceras de Todd.

– Eu acabei com você? Acho que foi o contrário. Você e suas habilidades de playboy.

Ele apoiou a cabeça em uma das mãos, a outra deslizando pelas costelas de Sophie, indo repousar nos quadris dela.

– Juro pra você, nunca transei assim – falou ele. – Isso é padrão patricinha intergaláctica. A sensação que dá é que meu corpo todo saiu dos eixos.

Sophie baixou a cabeça, permitindo-se um sorrisinho bem de leve, mas muito presunçoso.

– Orgulhosa? – perguntou Todd. Ele subiu a mão pelo corpo dela para erguer seu queixo e encará-la. – Por deixar um homem incapacitado intelectualmente? – Cada palavra dele era pontuada por um beijo rápido nos lábios de Sophie.

– Acho que sim.

Sophie abriu um sorriso preguiçoso, o olhar passeando pelo corpo dele.

– Melhor tomar cuidado – disse ele, baixando a voz. – Para não colocar um monte de ideias na cabeça de um homem.

– Que tipo de ideias? – A voz de Sophie estava rouca do jeito certo.

– Tenho certeza de que consigo pensar em algumas.

Todd deslizou o braço por baixo da cintura dela e a puxou para perto, aninhando o nariz em seu pescoço.

Ela passou os braços em volta do pescoço dele, roçando o peito no dele. Com um gemido, Todd a beijou de novo.

– Quer a segunda rodada agora?

– Por que não?

Ela sorriu para ele.

– Tem certeza de que está pronta? – perguntou Todd, um sorriso convencido surgindo nos lábios.

Corando, ela assentiu.
– Manda ver.

Quando enfim se desemaranharam dos lençóis, Todd insistiu que ela tomasse banho com ele, onde a terceira rodada aconteceu com muita risada, espuma e brincadeiras em geral. A noite era uma criança e estava bem mais fresca, então eles decidiram sair e comer alguma coisa.

Capítulo 24

— Gostaria de chocolate ou canela para polvilhar? – ofereceu Sophie.

Ela parou um momento para remexer os ombros antes de pegar os potinhos. Sentia o corpo cansado, consumido.

— Vou querer os dois, minha querida.

A mulher deu uma risadinha, um som cheio e retumbante que combinava com a pele de ébano e o sorriso aberto e amistoso. Ela era alta e, como diria a mãe de Sophie, tinha uma estrutura larga.

— E que sotaque bonito o seu. De onde é? – indagou a mulher.

A animação dela era tão contagiante que, apesar de já terem lhe feito aquela mesma pergunta pelo menos umas quinze vezes só naquela manhã e de Sophie começar a sentir um pouco de cansaço, ela respondeu com alegria. Estava no atendimento desde as oito horas e já tinha ajudado Bella por uma hora antes na cozinha, assando várias fornadas de cookies e bolos. Dormir era coisa do passado. Quem precisava disso quando se estava envolto em uma empolgação e uma felicidade deliciosas? Ainda zunindo, Sophie corou ao relembrar a noite anterior. O que menos fizera fora dormir.

Depois de jantar, Todd a levara de volta ao apartamento. Tinham combinado que, já que ela trabalharia com Bella na manhã seguinte, eles se encontrariam para jantar à noite. Contudo, assim que ele a beijou diante da porta do apartamento, todas as boas intenções dos dois se esvaíram como fumaça. Beijos suaves passaram a tórridos em menos de um minuto. Quando pararam para tomar um ar, já estavam na cama de Sophie outra vez.

— Então você não é a Bella?

Havia um brilho malicioso bem característico no olhar da mulher, quase como se pudesse ler os pensamentos de Sophie. Claramente, aprontava algo.

– Não – respondeu Sophie, encantada com o ar travesso da outra.

– Meu nome é Dessie.

A mulher olhou para trás, por cima do ombro, como uma espiã sem jeito, para conferir se ninguém a ouvia. Embora a loja estivesse cheia, a movimentação matinal de fregueses tinha diminuído, já que passava das dez horas. Aquele era o período que antecedia o café das onze e era frequentado, em sua maioria, por solitários leitores de jornal, pessoas com seus laptops e sonhadores, além do pessoal que vinha depois da academia. Todos ficavam absortos no próprio mundo.

– Acho que está segura – provocou Sophie.

Dessie se inclinou por cima do balcão.

– Sou mãe do Wes – disse a mulher, assentindo como se dissesse "Isso fica entre nós".

– Ah, que prazer em conhecê-la. Ele esteve aqui mais cedo.

Sophie parou. Wes aparecia ali todas as manhãs, sem falta. Em geral, era o primeiro cliente do dia e aguardava do lado de fora, pacientemente, como um cão leal. Bella o deixava esperando até ter acendido todas as luzes, colocado o açúcar e os vasinhos em cada mesa e preparado a máquina de expresso. Era seu jeito sutil de puni-lo. Coitado! Não conseguia ficar longe dela, tampouco era capaz de se aproximar.

Pela manhã, ele parecera agradecido quando Sophie o abordara para perguntar se ele tinha capim-limão, pimenta vermelha, manjericão-tailandês, gengibre fresco ou coentro. Wes ficara impressionado quando ela dissera que queria fazer um autêntico curry verde tailandês. Ele tinha tudo que ela pedira e ainda se oferecera para entrar em contato com um amigo e arranjar um pouco de jurubeba para entregar na parte da tarde.

– Vim descobrir o que anda deixando meu menino tão infeliz.

O sussurro encenado e ridiculamente alto de Dessie ecoou pela loja, fazendo várias cabeças se virarem. Sophie até teria rido, mas Bella, que estivera limpando as mesas, tinha parado bem atrás da mulher mais velha, uma expressão severa no rosto.

– Eu sei, eu sei – falou Dessie. – Estou me intrometendo, mas tem algo errado e aquele menino é teimoso demais.

– Nisso a senhora não está errada – falou Bella, com rispidez, largando a bandeja e colocando as mãos na cintura. – Eu sou Bella.

Sophie observou enquanto as duas se encaravam. Eram quase opostos: a pequena Bella com seu cabelo ruivo-dourado e a pele branca e Dessie com seu porte de amazona e pele escura.

– Você é tão miúda!

O sorriso largo de Dessie afastava qualquer tom de ofensa de suas palavras.

– É – disse Bella, os lábios se curvando para baixo de um jeito triste. – O que nos torna um casal bem estranho.

– Ele com certeza não liga para isso.

– É um fator.

Dessie franziu a testa.

– Criei meu menino para não dar atenção a coisas assim.

– Então talvez devesse perguntar a ele qual é o problema.

– Bom, se fosse simples assim, minha querida, eu não teria me despencado até aqui quando deveria estar em um evento beneficente da associação de resgate de gatos de rua. Sinceramente, os filhotes de gato estão mais bem-alimentados do que metade das crianças do bairro, mas a porcaria da escola continua optando por isso como caridade do ano.

– A senhora podia comprar alguns cupcakes. Me dê meia hora e faço algumas orelhas e bigodes de gato neles. Tenho algumas dezenas de bolinhos lá dentro só esperando pela cobertura.

Dessie inclinou a cabeça para um lado.

– Fechado. Que tal a gente bater um papo enquanto faz isso?

Bella arqueou uma sobrancelha.

– Quantos vai comprar?

– Gostei de você, querida. Vamos começar com uma dúzia. – Ela entrelaçou o braço confortavelmente no de Bella. – Acho que vamos resolver esse problema em dois tempos – falou a senhora.

Por cima do ombro, Bella ergueu as sobrancelhas para Sophie enquanto a mulher mais velha andava a seu lado até os fundos da padaria.

Sophie observou as duas. Coitado do Wes, não teria muitas chances contra aquelas duas.

Dez minutos depois, ele estava na porta da frente com uma cesta cheia de temperos frescos, olhando para todos os lados, menos para Sophie.

– Cadê ela?

– Bella? – perguntou Sophie, bancando a inocente. – Isso é para mim?

– Minha mãe.

– Sua mãe?

– Sim, a mulher de vestido vermelho e nariz bem grande.

– Ah, aquela... – Sophie enterrou o rosto nas ervas aromáticas. – Cheiro de manjericão-tailandês não é incrível?

Wes cruzou os braços, mas, mesmo com seus quase 2 metros de altura e os ombros mais largos do mundo, não parecia nem um pouquinho intimidante. Não mais. Sophie nem acreditava que se assustara com ele naquela primeira noite, quando Wes surgira no meio da escuridão. Como um homem que cuidava de suas ervas com tanto amor e carinho poderia ser uma ameaça?

– Oi, Wes. Oi, Sophie.

O coração dela disparou como uma gazela, saltitando ao ver Todd.

– Oi – guinchou ela, a voz de repente meio descontrolada.

– O dia estava demorando pra passar. – Todd passou a mão pelo cabelo, parecendo evasivo. – As ervas estão muito viçosas, Wes.

– São para Sophie. Ela vai cozinhar para um cara hoje à noite e quer impressionar. – Wes cutucou Todd. – Ela está indo com tudo, usando ingredientes autênticos. Olha só: jurubeba. – Ele deu uma piscadela para Todd. – Ingrediente superespecial.

Sophie quis abrir um buraco no chão diante da provocação inconsciente de Wes.

– Ela quer impressionar, é? – falou Todd com um sorrisinho. – Jurubeba. É afrodisíaca ou algo assim, Sophie? Quais são seus planos?

– Curry verde tailandês. E não, não é afrodisíaca – disse ela, reprimindo-o. – E, se não se comportar, não vai comer nada.

Wes ficou boquiaberto ao olhar de Todd para Sophie e de volta para ele.

– Tá legal. Acho que já vou.

Ele olhou de novo para Todd, controlando-se para não sorrir.

– Aproveite o curry. E diga pra Bella que estive aqui, por favor. Vou lidar com ela mais tarde.

A última parte foi dita com um quê de ameaça.

– Perdi alguma coisa? – perguntou Todd.

– Eu explico depois – respondeu Sophie, assim que Wes foi embora.

Ela entregou a cesta de temperos para Todd.

– Então, quer me acompanhar na avaliação de um lugar? – convidou ele. – É um bar no topo de um hotel sofisticado. Seria uma noite perfeita. Podemos tomar algo, depois você me arrasta pra sua casa e faz o que quiser de mim.

– Suas chances de ser alimentado, com afrodisíaco ou qualquer outra coisa, estão diminuindo bem rápido.

– Inglesinha, você não vai bancar a difícil, vai? Vou ter que implorar?

Sophie riu.

– Tenho que ajudar Bella a fechar a padaria. E preciso de um banho rápido. Vou estar pronta às cinco. Você pode colocar os temperos na minha geladeira se quiser ajudar.

– Tá legal. E aí eu posso esquentar o chuveiro pra você.

Sophie sentiu as bochechas ficarem bem rosadas.

– Acho que o coitado do chuveiro merecia uma folga esta noite.

– Que estraga-prazeres! – Todd fez uma leve careta, depois sorriu. – Olha só, vou guardar isto aqui e dar um pulo em casa para buscar alguns suprimentos.

– Que tipo de suprimentos?

– Mais gel de banho. O seu está acabando.

Sophie arremessou o pano de prato nas costas dele, que já estava saindo.

Todd dirigira até o Westlight, um bar na área externa do último andar de um prédio sofisticado e maravilhoso ao norte de Williamsburg. Sophie sentia que começava a entender o Brooklyn, que agora percebia ser muito maior do que Manhattan.

– Você ainda não viu nada – respondeu Todd, diante da observação de Sophie enquanto voltavam para o apartamento dela. – Na verdade, sei aonde a gente vai amanhã.

– Aonde?

Ela sentiu um lampejo de alegria por ele já fazer planos para o dia seguinte. Depois da última semana, em que só no sábado ele dera um jeito de encontrá-la, Sophie meio que presumira que ele quisesse manter as coisas bem casuais.

– Surpresa.

– Com você, tudo é surpresa – murmurou Sophie.

– Você não gosta? – perguntou ele.

– Adoro quando elas acontecem, mas não que me digam antes que vai haver uma surpresa, porque aí tenho que esperar e sou impaciente.

– Tá legal. Você gostaria de sair amanhã?

– Adoraria. Para onde?

– Ainda não decidi – disse ele, bem afetado, ajeitando a postura diante do volante e, de propósito, não olhando para ela.

Sophie caiu na gargalhada.

Gargalhar parecia a palavra de ordem da noite. Enquanto Sophie preparava o curry, Todd ficou sentado no balcão da cozinha, bebendo cerveja e farejando o ar com gosto enquanto os aromas sutis do capim-limão, do gengibre e do manjericão-tailandês dominavam o ambiente. Ele se mostrava interessado e fazia várias perguntas, como: por que ela usava chalota em vez de cebola? Por que socar o capim-limão antes de cortá-lo? E, enquanto ela respondia – explicando que a chalota tinha um sabor mais intenso que a cebola, de modo que era preciso usar uma quantidade menor dela, o que deixava a massa menos aguada, e que amassar o capim-limão o amaciava e ajudava a liberar seus óleos naturais –, ele prestava toda a atenção. Sem dúvida, Todd sabia como fazer uma mulher se sentir satisfeita consigo mesma.

Depois de comerem, ele se ofereceu para lavar a louça e ela se sentou no banco diante do balcão brincando com a haste da taça de vinho. Sophie o observou arregaçar as mangas e tentou não se fixar nas mãos dele, que lhe lembravam o toque experiente da noite anterior.

– Você usou uma quantidade absurda de coisas.

Todd franziu a testa, olhando ao redor da cozinha. Sophie, que se orgulhava de sua organização enquanto cozinhava, ficou um pouco irritada.

– Não está renegando a convenção internacional que diz que o cozinheiro não lida com a louça, está?

– Não, mas acho que, em nome da igualdade das relações anglo-americanas, devemos deixar isso mais interessante.

Havia algo de malicioso no brilho do olhar dele.

– Como é que lavar a louça pode ficar mais interessante?

Sophie se inclinou no balcão, uma das mãos no queixo enquanto a outra pegava a taça de vinho.

– Bom, por exemplo, esta panela de arroz vai dar um pouco de trabalho. Vou precisar de um incentivo.

O quê de desafio na voz dele não passou despercebido.

– E o melhor curry tailandês que você comeu fora do Sudeste Asiático já não é um bom incentivo?

Todd deu de ombros.

– Mas agora eu já comi.

Sophie olhou direto para o prato vazio na pia.

– Comeu mesmo.

Ele repetira três vezes.

– Você tem que tirar uma peça de roupa.

Sophie engasgou com o vinho.

– Perdão, o que disse?

– Você fica tão sexy quando fala assim, inglesinha.

Ela o encarou, os lábios contraídos.

– É uma panela grande. Precisa esfregar bastante.

Ele inclinou a cabeça. Ela tirou um sapato e o entregou a Todd.

– Isso vale um talher. Qual é, essa panela vai dar trabalho!

Sophie deu um longo gole no vinho, a cabeça a mil por hora.

– Tudo bem, mas vai ter que continuar lavando até terminar tudo.

– É claro.

Sem pensar duas vezes, ela tirou o vestido e o jogou no balcão, ocultando um sorriso presunçoso quando ele arregalou os olhos e engoliu em seco. Ah, sim, ele tinha mesmo engolido em seco.

– Panela.

Sophie assentiu na direção da pia.

Ele se dedicou à panela de arroz sem falar mais nada e, quando a colocou no escorredor, disse com uma voz rouca:

– Próxima.

Ela deu mais um gole no vinho, os olhos grudados nos dele, e, sem hesitar, tirou a calcinha de renda e a colocou no balcão ao lado do vestido. De repente, Todd pareceu um pouco tenso. Não que ele conseguisse vê-la atrás do balcão.

– Continue – disse ela, com uma timidez proposital.

– Certo – concordou. Ele pegou sua cerveja e deu um gole rápido. Quase engasgou. – Tá. Legal.

– Algum problema? – perguntou Sophie.

Ela cruzou as pernas, mexendo-se bem devagar.

– Não.

A negação em um tom grave saiu bem diferente de seu costumeiro tom confiante.

Todd pegou a tábua de cortar. Sem hesitar, Sophie deslizou uma das alças do sutiã para baixo, parando e o olhando, e ela o observou enquanto ele a observava. Sophie desceu a outra alça e, sem pressa, levou as mãos às costas para abrir o fecho.

– Não pare por minha causa – instruiu ela.

Sem desviar o olhar, Todd enfiou a tábua na água cheia de espuma. Sophie abriu o sutiã e o deixou cair. Ele largou a tábua na água, fazendo barulho.

– Com cuidado – repreendeu ela.

Ele pegou um pano de prato para se secar e contornou o balcão, arrebatando Sophie em um beijo ávido.

O balcão se mostrou um apoio muito útil.

Sophie acordou na manhã seguinte com o sol entrando pela janela. Por um instante, ficou deitada curtindo o braço de Todd em seu quadril e o calor de outro corpo aconchegado ao dela. Quando os dedos dele começaram a acariciar sua pele, ela se virou e o viu sonolento e desgrenhado, com um sorriso bobo no rosto.

– Bom dia, inglesinha.

– Bom dia. Que horas são?

Ela estava confortável demais para se esticar e pegar o celular.

– E faz diferença? Temos o dia todo.

– Temos?

Ela não se programara tanto assim.

– Você não tem nada planejado, tem?

O rosto cheio de expectativa de Todd fez o coração dela disparar de alegria.

– Nada muito interessante.

– Agora tem. Está na hora de levantar essa bunda preguiçosa mas muito deliciosa da cama. – Ele deu um tapinha de leve no traseiro dela. – Você é uma péssima influência, fica me arrastando pra cama.

– Eu?!

No entanto, Todd já se livrava dos lençóis e a pegava pela mão.

– Vamos pro banho. Tenho planos... pra você.

– No banho?

Ela inclinou a cabeça para o lado, sentindo um arrepio de expectativa.

– Nossa, mulher!

Ele a colocou de pé encostada em seu corpo nu.

– Sua mente é muito poluída. Não vai sobrar nada do meu antigo eu se você continuar exigindo tanto do meu pobre corpo, sua insaciável.

Sophie remexeu os quadris. Se ele ia sugerir que era uma libertina, ela ficava mais do que satisfeita em entrar no jogo.

– Meu Deus, mulher, você quer acabar comigo. Entre no chuveiro antes que eu a arraste de volta pra cama. Nosso dia está todo programado.

– Está?

– Está.

Do alto da roda-gigante Wonder Wheel, a multidão lá embaixo parecia um monte de formigas ocupadas. Para Sophie, Coney Island era como um resort de verdade no litoral, com as lanchonetes, os fliperamas cheios de diversão e as praias lotadas.

O vento bagunçou o cabelo dela quando a cabine em que estavam balançou de leve ao chegarem à parte mais alta da roda-gigante. Ainda bem que, ao contrário de sua amiga Kate, ela não tinha medo de altura. Sophie esticou o pescoço, ansiosa para absorver o máximo da paisagem, e pegou o celular para tirar uma foto. Com um sorrisinho, mandou a imagem para Kate pelo WhatsApp, provocando a amiga na legenda: "Você iria adorar isto aqui." Era bom se sentir normal de novo e não apenas fingir que estava se divertindo. Segurando o telefone, ela cutucou Todd para tirar uma selfie.

Desde que tinham chegado, ele segurava a mão dela enquanto caminhavam juntos, absorvendo paisagens e aromas. O cachorro-quente parecia ser a escolha mais popular, o cheiro de cebola frita permeava o ar enquanto as pessoas passeavam segurando seus lanches em guardanapos, a mostarda muito amarela escorrendo. Ser parte de um casal no meio da multidão feliz que aproveitava o fim de semana era uma bela mudança de perspectiva.

Depois da roda-gigante, eles foram para o bate-bate e então se viram diante da terrível volta na Thunderbolt.

– O que acha? – perguntou Todd, olhando para a escalada vertical que desafiava a morte, os vários loopings e as ondas no trilho de aço laranja.

– Se você topar, estou dentro – respondeu ela, lembrando-se da última montanha-russa em que andara, na Dinamarca. – Eu sobrevivi à The Demon, nos Jardins de Tivoli, ano passado.

Ela tirou mais uma foto e mandou para Kate.

– Você é uma mulher corajosa, inglesinha – disse Todd, observando o carrinho subir lentamente pela rampa rumo ao topo antes da queda.

– Não é coragem se você não tiver medo – ponderou Sophie, percebendo uma leve tensão na expressão dele. – Coragem é quando você tem medo e, ainda assim, faz algo, é quando você enfrenta. Isso é coragem de verdade. Minha amiga Kate andou na Demon ano passado, mesmo tendo pavor de altura e sem nunca ter andado em uma montanha-russa antes. E aquela não é a melhor para se andar pela primeira vez, mas Kate não queria estragar o clima para outra pessoa do nosso grupo. Aí ela foi. Isso é coragem.

Todd ergueu o queixo.

– Sempre achei que ter coragem fosse reconhecer os próprios limites. Saber que você não precisa fazer algo só para provar que tem coragem. Digamos que eu tenha medo de montanha-russa e conviva com isso. Vou ser fiel às minhas crenças e não vou me forçar a andar em uma.

– Não tinha pensado por esse lado. – Sophie olhou para cima, direto para a altura. – Mas, às vezes, o benefício vale o risco – comentou ela.

– Humm, sei não. Você quer ir?

O tom pretensamente casual não a enganou.

– Não muito. Prefiro pegar um cachorro-quente.

O alívio fez Todd relaxar os ombros. Ali tinha coisa.

– Cachorro-quente saindo agora mesmo.

– Tem mostarda no seu rosto.

Todd meneou a cabeça na direção do queixo dela e, com um movimento rápido do dedo, limpou a mostarda e levou até os lábios de Sophie.

A fim de "expandir o paladar" dela, ele insistira em levá-la ao Nathan's para comer o melhor cachorro-quente da ilha. Agora os dois estavam sentados na areia perto do calçadão.

– Humm, obrigada.

– O prazer é meu – respondeu Todd com um sorriso caloroso que evidenciava uma torrente de pensamentos nada castos. – Parece que você está mesmo gostando.

– É uma delícia – disse ela, atenta e na mesma hora ciente do duplo sentido. – E, em Londres, eu provavelmente nunca comeria um cachorro-quente.

– Ah, isso é porque você nunca colocou a boca... em uma salsicha americana antes.

– Não comece com esse besteirol! – alertou-o Sophie, cutucando-o.

Ela corou na hora ao se lembrar do que tinham feito durante o banho pela manhã e, sem querer, olhou para a virilha dele. Parecia que ela deixara toda a inibição no aeroporto de Heathrow ao embarcar.

– Besteirol? – disse Todd, imitando o sotaque ela. – Vamos chamar assim?

– Shhh! – ralhou Sophie, corando ainda mais.

O sujeito não deixava passar uma.

– Besteirol de banho.

Todd assentiu com seriedade, o olhar mais intenso, de propósito, enquanto ela tentava dar outra mordida no cachorro-quente.

– Pare com isso. – Ela inclinou a cabeça para o lado. – Nunca vou conseguir terminar de comer se não parar de me olhar assim.

– Tá, mas você fica tão lindinha envergonhada...

– Comporte-se.

Sophie lançou a ele um olhar de repreensão e estava prestes a dar mais uma mordida no pão quando Todd disse, em um tom de voz rouco e sugestivo:

– Adoro a sua boca.

Ela se remexeu na areia. Começava a sentir-se quente nos lugares certos. O que havia em Todd que fazia isso com ela a qualquer momento?

O olhar sagaz e malicioso de Todd sugeriu que ele sabia exatamente o que estava fazendo, então ele franziu as sobrancelhas em uma expressão exagerada.

Sophie entrou no jogo. Com um sorriso travesso, ela ergueu o cachorro-quente, assoprou a salsicha por um segundo, tentando parecer sensual e provocante, abriu a boca e... deu uma mordida forte, que chegou a estalar.

Todd jogou a cabeça para trás.

– Ai!

Sophie caiu na risada.

A bobeira continuou até que ela terminou de comer e ele recolheu as embalagens para jogar na lata de lixo mais próxima. De alma leve e sorriso largo, ela o observou andando pela praia.

Quando terminaram de comer, os dois se sentaram lado a lado na praia, Todd com um braço ao redor dela, observando as pessoas no entorno e curtindo os raios de sol. Sophie apoiou o queixo nos joelhos, feliz em observar as crianças na beira da água, que entravam e saíam do mar, guinchando quando as ondas espirravam a água fria do Atlântico nelas. Sophie ergueu o rosto para o sol, satisfeita por ter passado protetor solar.

– Posso tirar um cochilo? – perguntou Todd, deitando-se. – Estou exausto.

– Exausto?

– É, você me deu uma canseira, inglesinha. É uma mulher exigente. Não sei se consigo acompanhá-la.

– Todd – disse Sophie.

– Sim?

– Vá dormir – falou ela, por cima do ombro.

– Sim, senhora.

Todd se esticou ao seu lado, um braço ao redor do traseiro de Sophie como se quisesse se ancorar a ela. Sophie deu uma olhada no celular, curtindo a sensação de tê-lo por perto e sabendo que Todd queria mantê-la por perto também. Kate tinha respondido.

Minha nossa, mulher. Você não falou que ele era lindo assim.

Sophie deu um leve sorriso e olhou para Todd. Em alguns meses, isso seria só uma lembrança boa.

Pela primeira vez em meses, Sophie acessou o Facebook pelo celular. Ela não postara mais nada desde que deixara Londres.

Selecionou uma foto da Thunderbolt para seu perfil e escreveu: *Curtindo a vida em Nova York. Um dia de passeio por Coney Island. Nada a ver com Blackpool.*

Como se tivesse esfregado uma lâmpada e deixado o gênio sair, ela começou a rolar o feed do Facebook. Uma onda repentina de saudade de casa a dominou, deixando-a sem ar ao pensar nos amigos e na família. Ela sumira e nem pensara no que eles estavam fazendo. Havia várias mensagens, inclusive de Angela e Ella, do escritório. E lá estava também uma enxurrada de mensagens que James mandara pelo Messenger.

No apartamento. Não consigo entrar. Quando você vem pra casa? Bjs, J

Cadê você? Bjs, J

Sophie, a gente precisa conversar. Eu te amo. Parece clichê, mas posso explicar tudo. Bjs, J

Querida, estou preocupado com você. Por favor, dê notícias. Ao menos me diga que está bem. Bjs, J

Por favor, não me corte da sua vida. Foi tudo um engano terrível. A gente tem que conversar. Bjs, J

Mais um monte de mensagens desse tipo vinha na sequência, depois havia um intervalo de alguns meses. Então, na semana anterior, chegara outra.

Sophie, eu te amo. Quero você de volta na minha vida. Sem você, fico vazio. Não sou nada sem você.

Com os lábios franzidos, Sophie bateu na tela, o coração doendo por causa de sua estupidez. Investira tanto naquele relacionamento! Tanto amor, tanta esperança, seu futuro. Seis meses antes, nunca sonharia em estar ali. Se alguém perguntasse na época, ela diria que sua esperança era ficar noiva, que James finalmente a pedisse em casamento. Ela estivera tão convicta de que ele faria isso... Como tinha entendido tudo errado desse jeito?

Ela olhou para Todd e percebeu que ele a observava com os olhos semicerrados.

– Você está bem? – perguntou ele, fazendo círculos demoradamente na coxa dela. – Parece meio triste.

– Estou bem – respondeu Sophie, mantendo a animação na voz e tentando impedir que as lembranças acabassem com o dia.

– Você quer uma cerveja gelada? Ou dar mais uma volta, talvez? Quer ir ao bate-bate?

E essa, ela percebeu, era a diferença. A palavra mágica "você". Todd podia não levar nada a sério. Podia ser só diversão, focado em viver o momento e curtir tudo que a vida tivesse a oferecer. Mas se importava com ela, fazia as coisas por ela. Até na noite anterior, quando a levara para a cama, ficara perguntando o tempo todo se ela estava feliz, se estava confortável.

Até com seu harém era solícito. Ele se certificava de levá-las a lugares de que iriam gostar, cuidava das pessoas. Todd podia não perceber, mas era um verdadeiro cavalheiro. Atencioso e cortês. Só não era alguém que ficaria para sempre na vida dela.

– Quero ir ao bate-bate – disse Sophie, levantando-se num pulo. – Adoro bate-bate.

Capítulo 25

– O que acha de uma viagem na balsa de Staten Island? – convidou Todd, terminando de tomar seu café e já se levantando. – Se formos agora, poderemos chegar antes da multidão de turistas.

– Ah, quero ir. Sempre quis fazer isso, desde que vi *Uma secretária de futuro*. – Sophie olhou para o relógio. Ainda era cedo. – Prometi à sua prima que ia ajudar mais tarde. Eu negligenciei Bella um pouquinho esta semana.

Eles estavam terminando de tomar café da manhã no terraço, depois de começarem com muita preguiça aquela gloriosa manhã de sábado. O sol ia subindo em um céu superazul e as nuvens cinzentas da semana enfim tinham ido embora.

Desde o passeio em Coney Island, os dois haviam passado os fins de semana explorando o Brooklyn, mas tinham decidido que nesse, se o tempo estivesse bom, iriam a Manhattan. Tinham assistido a um jogo de beisebol no Barclays Center, onde Sophie passara mais tempo observando a multidão do que vendo o jogo em si, que era incompreensível para ela. Foram a um cinema ao ar livre em uma cobertura, comeram pizza, comida libanesa e brasileira e passearam no lago do Prospect Park, aproveitando ao máximo os dias quentes e agradáveis.

Na semana que se passara, o tempo tinha mudado e nuvens cinzentas cobriam o topo dos arranha-céus do centro, deixando a vista das janelas borradas com os respingos. Não que eles tivessem reparado. Aquilo significara que a pausa para o almoço fora feita em uma aconchegante delicatéssen italiana que Todd apresentara a Sophie. E, claro, era uma ótima oportunidade para fazer várias perguntas a Mario. Ele era a quinta geração de proprietários italianos e, para deleite de Todd, o homem gostara de Sophie logo de cara e puxava uma cadeira para se sentar à mesa deles e conversar sobre comida e receitas. O local se tornara mais um dos favoritos de Sophie. Ela começava a se sentir tão bem em Manhattan quanto no Brooklyn.

Em seu íntimo, Sophie sentia-se maravilhada e surpresa com a forma como Todd e ela tinham criado uma rotina tranquila. Todas as noites em que ele estava no escritório, os dois iam juntos para casa, parando no mercadinho perto da estação de metrô para comprar algumas coisas. Em um acordo tácito, não tinham tornado o relacionamento público para o pessoal do trabalho, embora Sophie quisesse muito saber se Madison dissera algo. Se dissera, ninguém comentara nada. Às vezes eles iam para o apartamento de Todd, que ficava a apenas dois quarteirões de lá. Olhando as paredes muito brancas e os poucos móveis modulados, Sophie entendia por que ele preferia ficar no apartamento dela.

Na maioria das noites, Sophie cozinhava para Todd, enquanto ele ficava sentado no balcão, observando-a, ou roubando beijos e reclamando quando ela o colocava para picar legumes. Ele nunca deixava de lavar a louça e arrumar tudo depois, e sempre sugeria que ela tirasse a roupa. Só parou com isso quando, uma noite, depois do jantar, ela vestiu várias camadas extras de calcinha. Sophie rira até a barriga doer ao ver Todd, exasperado, começar a pegar colheres limpas da gaveta da cozinha para lavá-las, já que tinha fracassado em deixá-la nua.

Ele passava todas as noites na casa dela. Não que Sophie estivesse reclamando. Sua parte favorita do dia era acordar ao lado dele.

Todd veio por trás e se aninhou no pescoço dela, as mãos deslizando até sua cintura.

– Tem certeza de que quer andar de balsa agora de manhã? – Os lábios dele capturaram os dela em um beijo. – A gente podia ficar aqui – murmurou ele.

Com um suspiro, ela o encarou, os olhos brilhando.

– Se começar a fazer isso, nunca vamos sair.

– Eu não vou reclamar – respondeu Todd, as mãos se movendo pelas costelas dela. – Você vai?

Sophie respirou fundo quando os dedos dele roçaram seus seios.

– Digo, se você tiver alguma reclamação, fico mais do que satisfeito em lhe oferecer uma segunda dose... Talvez eu precise praticar... – comentou Todd.

A mão dele se fechou sobre o seio dela, o indicador e o polegar capturando o mamilo.

Sophie se recostou nele, ofegante, começando a se sentir quente. Eles tinham saído da cama fazia apenas meia hora, mas ela já o queria outra vez. O sexo era uma aventura constante: intenso e selvagem em alguns dias, suave e delicado em outros, mas sempre uma revelação. Era como se ela não se cansasse dele.

O som estridente do celular de Todd os interrompeu. Ele franziu a testa ao olhar para o aparelho na mesa. Relutante, tirou as mãos da cintura dela.

– É o Marty. Desculpe, é melhor eu atender. – Ele pegou o telefone. – E aí, carinha. Tudo certo? O quê?

Todd se virou e saiu do terraço, encolhendo os ombros ao entrar de volta no apartamento.

Sophie pegou seu suco de laranja e se recostou na cadeira para observar as crianças brincarem no quintal duas casas depois do prédio dela. Com uma leve pontada, pensou na filha de James. Será que ele ainda estava com a esposa e Emma? Se a mulher não a tivesse confrontado, por quanto tempo James ainda manteria a vida dupla? Sophie ainda sonhava de vez em quando com o futuro deles, com filhos.

Ela fez uma careta. Com um movimento rápido, bebeu o que restava do suco de laranja. Filhos. Todd teria filhos lindos. Se é que ele teria algum.

Foi dominada pela tristeza. Não por si, mas por ele. Todd merecia ser amado e feliz. Na última semana, tinham passado cada momento livre juntos e ele fora um amor. Podia não perceber, mas, quando o assunto era relacionamento, ele era bom nisso. Quem sabe um dia mudasse de ideia, se desse conta de que o amor valia a pena e que nem todos os relacionamentos eram tóxicos como o de seus pais. Sophie não era tola a ponto de achar que seria ela a mudar isso.

– Marty está com problemas de novo. Vou ter que deixar o passeio de balsa pra outra hora. Preciso ir ao Upper East Side. Meu pai está fazendo milhões de ameaças. Marty está péssimo.

Sophie deu um pulo. Estava tão perdida em pensamentos que não o ouvira se aproximar.

– O que ele fez?

– Você parece toda animada e cheia de energia. – A provocação de Bella recepcionou Sophie assim que ela entrou na cozinha da padaria. – Está com aquela cara de êxtase total.

Sophie pegou um avental e deu um sorriso iluminado.

– Meu primo está mantendo você... ocupada – acrescentou ela. Dessa vez, havia um quê de cinismo implícito em suas palavras. – Estou surpresa que a novidade ainda não tenha passado.

– A gente está se divertindo, Bella.

Sophie tentou não soar na defensiva, mas estava ficando um pouco cansada dos constantes avisos de Bella.

– Eu já entendi – afirmou Sophie. – Todd não entra em relacionamentos. Ele não vai se apaixonar por mim. Eu sei disso tudo. Também não vou me apaixonar por ele.

– Desculpa, querida. – Bella se aproximou e a abraçou, apertando Sophie de leve. – Isso foi maldoso. Não quero ser cruel. Eu me preocupo com você. Acho que nunca vi Todd tão atencioso... mas sei como ele é. Eu amo meu primo demais, mas ele não é do tipo que namora. Só Deus sabe como seria ótimo ter alguém como você, mas ele é... Bem, você já viu os pais dele em ação. Todd aprendeu que o amor é uma ferramenta de chantagem.

– Não fico nem um pouco surpresa. Eles sempre foram assim?

Sophie e Todd quase nunca conversavam sobre a família dele.

– Sempre. A gente está sempre pisando em ovos perto deles. Numa hora, estão prestes a se matar e contratando advogados pra pedir o divórcio; na seguinte, estão loucos um pelo outro de novo. Nos últimos anos, eles deram uma acalmada. – Bella suspirou. – Eu me lembro de uma vez. Era Natal, meu Deus. Ross fez um daqueles comentários depreciativos e Celine ficou enlouquecida e derrubou a árvore de Natal. Tinha enfeite quebrado por todo lado. Ela saiu toda nervosa e se recusou a descer de novo. Dá pra imaginar como foi a ceia?

Sophie estremeceu, imaginando um Todd mais novo.

– Então, cadê o bonitão hoje? – perguntou Bella. – Preciso dizer: ele parece mais atencioso que nunca. Ele foi pra casa esta semana? Acho que vou ter que dobrar seu aluguel, é como se ele tivesse se mudado pra cá.

– Ele foi para a casa dos pais. Marty está com problemas de novo. Parece que ele hackeou algumas contas do Facebook de uns convidados da festa. Acrescentou chifres e rabo nas fotos da mulher do sócio de Ross. Não pegou muito bem.

Bella começou a rir e a cantar uma música sobre uma mulher diabólica. Sophie balançou a cabeça.

– Não foi só com ela – prosseguiu. – Vários convidados da festa foram visitados pela fadinha do Photoshop.

– Só pode ser brincadeira... Ah, Marty. – Bella pôs a mão na boca para esconder o sorriso. – Ele é um...

– Ele está com um problemão... de novo. Todd foi até lá para ajudar.

– Isso é hilário – falou Bella. – Eu queria ter visto. Algumas daquelas pessoas são bem idiotas, cheias de pompa.

– Infelizmente, Celine e Ross não pensam assim. Estão furiosos. Marty ligou chorando para Todd hoje de manhã.

– Coitadinho. E que esperto. Escolheu o calcanhar de aquiles deles pra mostrar o que pensa. Eles são obcecados por viver de aparência. É bem inofensivo, levando tudo em consideração.

– Sim. – Sophie suspirou. – Mas a preocupação do Todd é ele se meter em um problema maior ainda.

– Eles deveriam dar um pouquinho mais de atenção ao garoto.

– É o que Todd fala.

– Humm... ele não está errado. Mas estou feliz por ele ter saído correndo para ajudar. Isso significa que vou poder usar e abusar de você.

Naquele dia, a prioridade de Bella era fazer a cobertura do bolo de casamento da designer de interiores e decorá-lo. Assim, pelo resto da manhã, as duas ficaram absortas em transferir para cada camada do bolo os padrões de três papéis de parede que a noiva tinha escolhido. Sophie ficara com a tarefa de desenhar o padrão na pasta americana, que já fora esticada. O trabalho minucioso exigiu toda a sua concentração enquanto ela usava um alfinete para fazer furinhos no papel de parede, que apoiara em cima da pasta.

Quando fizeram uma pausa para o café, foram com a bebida até a loja. A equipe de sábado de Bella estava ocupada, mas lhes arrumou uma mesa nos fundos.

– E quais as novidades com Wes? – perguntou Sophie.

Bella sempre tinha muito a dizer sobre Sophie e Todd, então ela ficava à vontade para também perguntar sobre as novidades da amiga.

– A mãe dele apareceu de novo? – quis saber Sophie.

– Não, o que é uma pena, porque ela é uma fofa.

– Sério? A palavra que eu usaria é "imponente".

– Sim, mas de um jeito positivo. Ela achou que eu estava enrolando o bebê dela.

Sophie cuspiu o café ao pensar no gigante Wes sendo descrito como um bebê.

– Ela é louca por ele... menos quando ele banca o idiota – comentou Bella.

– E o que ele falou sobre ela ter vindo procurar você?

Os olhos de Bella brilharam com uma alegria repentina.

– Eu não encontro com ele faz uma semana, mais ou menos. De propósito. Avisei às meninas do balcão para ficarem de olho. Cada vez que ele entrava, eu corria para os fundos. Dessie sugeriu que eu estava facilitando muito as coisas para ele. A ausência faz o coração sentir falta, é o que dizem.

– Estratégia interessante – disse Sophie, pensando em James na mesma hora.

A ausência tinha clareado muito a mente dela.

– Sempre faça com que eles se rendam – disse Bella com uma confiança afiada. – Ou pelo menos foi o que Dessie me falou. E ela deve entender dessas coisas, porque é conselheira matrimonial, ou foi o que contou. Eu podia jurar que Wes me disse uma vez que a mãe dele era professora. Talvez eu tenha entendido errado.

O celular de Bella tocou.

– Ah... Merd...

– Parece que você vai poder perguntar a ele – comentou Sophie, divertindo-se com a expressão de puro pânico no rosto da amiga.

– Não. Ah. Eu não quero... – A confiança de Bella tinha desaparecido. Ela estava pálida. – O que eu digo? Ele vai ficar furioso por eu ter conversado com a mãe dele.

– Beeeeella.

A confeiteira afundou no assento e Sophie se levantou.

– Vou deixá-la sozinha.

De volta à cozinha, Sophie continuou a trabalhar. Ficou imaginando como Todd estaria. Ele tinha prometido mandar mensagem para atualizá-la, mas o celular dela não tocara nenhuma vez.

Quando chegou a um estágio em que não podia continuar sem Bella, Sophie percebeu que já se passara uma hora. Ao voltar para o café, não viu sinal da amiga.

– Ela saiu com Wes – explicou uma das garçonetes. – Disse que volta mais tarde.

No fim das contas, Sophie recebeu notícias de Bella muito antes de qualquer sinal de Todd. A amiga lhe enviou uma breve mensagem desculpando-se por deixá-la sozinha.

Vendo-se de repente sem nada para fazer, Sophie decidiu levar a roupa para lavar. Pegou também as de Todd que tinham se acumulado durante a semana e que ele jogara no cesto dela. Não havia nada de esquisito nesses detalhes domésticos. Desde a primeira semana em que ele dormira lá e levara escova de dentes e o kit de barbear, as coisas dele tinham espaço garantido no banheiro de Sophie, ainda que toda noite Todd perguntasse se estava tudo bem se ele não voltasse para a própria casa.

Enquanto caminhava pelo bairro agitado, ela se maravilhou com quanto se sentia em casa em comparação aos primeiros dias. Alguns rostos já eram até familiares.

Havia um agradável burburinho de pessoas cuidando de seus afazeres numa tarde de sábado, então Sophie decidiu seguir até a Union Street para ir a um supermercado interessante por onde passava algumas vezes durante a corrida matinal com Todd. Quando terminou as compras, desejou que ele estivesse ali para ajudá-la a carregar tudo para casa. À noite, iria preparar uma das receitas que Mario lhe dera. O clima ainda estava quente demais para fazer pudim de Yorkshire, apesar de Todd pedir todo dia, sempre que ela perguntava o que ele queria comer.

Quando chegou em casa e largou as compras, Sophie olhou o celular outra vez. Ainda nada de Todd. Digitou uma mensagem rápida para ele.

Pelo resto da tarde, ela ficou no terraço com um livro e o celular ao lado. Quando ouviu uma batida à porta, sentiu-se aliviada e correu até lá, mas não era Todd.

– Oi, posso entrar? – perguntou Bella.

– Claro. Como está Wes? Você me deixou sozinha.

Bella entrou no apartamento logo trás de Sophie.

– Ele queria conversar.

– E a ausência fez o coração dele sentir sua falta?

Sophie abriu a geladeira.

– Depois de ficar bem irritado, sim – respondeu Bella, com um sorrisinho de triunfo.

– E aí? Quer uma bebida gelada?

– Progredimos. Vamos ter um encontro de verdade na sexta. Um copo de água seria ótimo. – Bella ficou um tempinho ali e agradeceu pela ajuda com o bolo. – Se puder me ajudar por algum tempo amanhã, seria ótimo – prosseguiu. – Preciso entregá-lo semana que vem, mas saber que ele está pronto vai aliviar a pressão.

– E a Cinderela pode sair na sexta – provocou Sophie.

– Bem, também tem isso. – Bella deu uma piscadela. – Se bem que já estou começando a ficar nervosa. O que eu vou usar?

– Roupas?

– Muito engraçada. Sabe do Todd? Como está Marty?

– Nada ainda.

Não aconteceu mais nada pelo resto do dia. No fim das contas, depois de assistir só a besteiras na televisão a noite toda, sempre de olho no celular, Sophie foi dormir.

Capítulo 26

– Bom trabalho, Sophie.

Trudy assentiu de seu lugar à mesa enquanto encerravam a reunião sobre a edição de janeiro. Como aquilo tinha acontecido? De repente, o tempo começara a voar. Já era setembro.

Assim que saiu da sala de reunião, Sophie avistou Todd, recostado na cadeira dele, os pés em cima da mesa, falando ao telefone. Ela sentiu um frio na barriga quando uma repentina onda de saudade a atingiu. Que ridículo. Como podia sentir falta dele em tão pouco tempo? Não tinha notícias de Todd desde a manhã de sábado e quase não esperava vê-lo no trabalho na segunda. As coisas deviam ter sido bem ruins na casa dos pais dele, mas ela estava louca para saber se Marty estava bem.

– Seria ótimo, Amy. Que horas? Oito? Por que não marcamos seis e meia, Amy? Aí podemos jantar depois. – Segurando o telefone com o queixo, ele olhou para cima e deu um aceno casual para Sophie. – Ora, Amy, não fique me dando ideia.

Todd riu, sem olhar para Sophie.

Com uma pontada de raiva, ela se aproximou da própria mesa e, de repente, se deu conta de que cerrara os punhos. Não era ciúme, garantiu a si mesma. Flertar era como respirar para ele. Sophie estreitou os olhos. Não, não estava com ciúme, mas estava um pouco irritada por ele não ter contado o que tinha acontecido com Marty e os pais. Talvez estivesse chateado demais para conversar.

Observou o rosto de Todd. Sim, havia pequenas linhas ao redor dos olhos dele. Parecia cansado. Tenso.

– Tim-tim, Amy. Até mais tarde. – Ele desligou. – Oi, inglesinha, como você está?

Sophie ergueu uma sobrancelha, sem acreditar nem por um instante naquele jeito casual premeditado.

– Estou bem, e você?

– Tudo bem.

– Que bom. Ótimo. E Amy... Bom saber que não esqueceu o nome dela.

A boca de Todd virou uma linha fina e tensa. Será que ela soara como uma namorada ciumenta? Ele não tinha feito nenhuma promessa, mas, nas últimas semanas, os telefonemas tinham parado.

– E Marty? – perguntou ela, determinada a ser agradável. Todd franziu a testa, tirou os pés de cima da mesa e puxou o laptop para si. – Todd? – insistiu Sophie.

Ela não ia deixar passar.

– Deixa pra lá, Sophie.

– Deixar pra lá?

Agora ela estava confusa.

– Tenho muito trabalho pra terminar hoje. Preciso me concentrar aqui.

Sophie deu um passo para trás, com a sensação de que ele lhe dera um soco.

– Tudo bem.

Sem dúvida, o fim de semana tinha sido bem pior do que ele queria revelar. Sabendo como ele e Marty eram próximos, ela ligou o laptop e se dedicou ao trabalho o melhor que pôde.

Na hora do almoço, Sophie ergueu os olhos. Todd estivera trabalhando com afinco, digitando. Ele encontrou o olhar dela.

– Vou sair para almoçar – informou ela. – Quer vir?

Com um dar de ombros brusco, ele balançou a cabeça.

– Muita coisa pra fazer. Vá você.

– Todd não veio hoje? – perguntou Mario, enquanto ela brincava com uma xícara solitária de expresso.

Sophie desistira do chá desde que chegara a Nova York. Quase sempre tinha um leve gosto de café ou era feito com água quente, não fervente. Mas o café era sempre bom. Com cafeterias em cada esquina, a cidade parecia movida a cafeína.

– Ele está ocupado – disse ela, ignorando a pontada de dor diante da estranha indiferença dele.

– Você podia levar um pedaço da minha lasanha ou o cannoli da minha esposa para ele.

Todd adorava aquela comida, talvez isso o animasse. Sophie depositou a xícara no pires com um ruído quando foi acometida por um acesso de vergonha. Ela, mais do que muita gente, sabia o efeito que os pais de Todd tinham sobre ele, testemunhara em primeira mão, e ali estava ela, voltada para sua mágoa quando ele precisava de apoio.

– Vou levar uns cannolis.

Mario saiu apressado, satisfeito com a própria sugestão, e Sophie deu uma olhada no celular para ver o Facebook e as mensagens de WhatsApp. Ela vinha postando muito mais nos últimos tempos. Colocava fotos dos lugares que visitava e interagia no FoodLovers, um dos grupos de que fazia parte. Seu post mais recente, sobre um restaurante libanês, junto com uma receita que ela conseguira com o proprietário – um egípcio gorducho e calvo que ficara encantado com o interesse dela –, tinha conquistado um número recorde de curtidas e compartilhamentos. Enquanto olhava os muitos comentários, ela se endireitou no assento. Droga! Havia esquecido que a empresa de James tinha uma conta que seguia grupos e blogs gastronômicos.

Bom ver você aí, Sophie. Bjs, James

Sophie revirou freneticamente seu post. Tudo bem, era óbvio que estava em Nova York, mas era difícil que um restaurante a entregasse. Pensando rápido, tentou lembrar o que mais tinha postado nos últimos tempos enquanto rolava a página com suas atualizações. Fotos dos bolos do Quatro de Julho confeitados por ela em uma caixa com o logo da Padaria da Bella. Fotos de bolos de casamento que ela pesquisara enquanto tentava ajudar Bella com o design do bolo. A maioria eram coisas bem triviais, e então ela parou, o dedo na tela, ao se deparar com uma conversa com outro colunista de culinária que perguntara onde ela estava. E, de forma bem direta, Sophie respondera que estava em Nova York em um intercâmbio profissional de seis meses. Será que James tinha investigado sua conta? E importava mesmo que ele soubesse onde ela estava? Com sorte, quando Sophie voltasse para Londres, ele já teria se esquecido dela. As tentativas desesperadas de entrar em contato pelo Messenger tinham parado fazia dois meses. Ele não ia simplesmente bater em sua porta quando ela voltasse para casa. E, se batesse, Sophie estaria pronta para enfrentá-lo.

Todd estava recostado na mesa de Madison, brincando com um par de bolinhas antiestresse, enquanto a jovem estagiária ria dele. Sophie passou por eles sem olhar duas vezes. Muito ocupado? Não parecia.

Magoado ou não, Todd não tinha o direito de ser grosseiro com ela. Ignorando o gosto amargo na boca, Sophie andou calmamente até sua mesa e largou a sacola de papel ali em cima enquanto guardava a bolsa ao lado da cadeira. O cheiro do cannoli preencheu o ar. Com os lábios franzidos, ela jogou a sacola no lixo entre as mesas dela e de Todd. Tudo bem, compreendia que ele estivesse chateado. Sophie entendera direitinho, mas ele não precisava descontar nela.

Ainda bem que tinha uma sessão de fotos para supervisionar na cozinha de testes. Ela achava que não teria estômago para vê-lo flertar com Madison a tarde toda. A sessão lhe tomaria o resto do dia.

– Um pouco mais de chocolate derretido – falou Sophie para a estilista de alimentos.

Conseguir o brilho certo no molho era um exercício frustrante que envolvia uma alquimia cuidadosa e o acréscimo da quantidade correta de chocolate para fazer o líquido parecer aveludado, uniforme e brilhante sem ficar com uma coloração mais escura.

– Tem certeza? Se acrescentar muito, não vai ficar com a cor certa.

– Bem, vai ter que ser um molho escuro – rebateu Sophie.

O tempo delas estava se esgotando. A mistura logo começaria a engrossar e perderia a aparência brilhante desejada.

– Ande logo, senão vamos ter que começar tudo de novo.

Seguiu-se um silêncio de estupefação. O rosto de Sophie queimou de vergonha.

– Ai, meu Deus, me desculpa. Estou um pouco estressada – confessou ela. Sophie olhou para os rostos surpresos ao redor. – Me perdoem.

– Ei, Sophie, está tudo bem – falou a estilista. – Já ouvi coisa pior. Você precisava ouvir Brandi falando. A cada duas palavras, uma era palavrão.

– Mas eu... Nossa, me desculpem.

Uma das outras meninas deu tapinhas delicados em seu braço.

– Acho que merecemos beber alguma coisa depois disto aqui. Na Flute, duas taças de champanhe saem pelo preço de uma. Que tal irmos lá?

Sophie assentiu. Ora, por que não? Ficara muito tempo com Todd. Devia expandir os horizontes, passar mais tempo com os colegas de trabalho.

Pelo resto da tarde, ela teve o cuidado de se controlar, ainda que por dentro estivesse irritada por ter se decepcionado. Aquilo lhe servira de lembrete. Ela se acostumara a ter Todd por perto, talvez um pouco de espaço fosse bom. Era difícil acreditar que já estava ali havia quatro meses.

Sophie precisava lembrar que, acima de tudo, ele fora um bom amigo e que, quando o que estava acontecendo entre eles chegasse ao fim, ela seria adulta o suficiente para se concentrar em todas as coisas boas. Se não fosse por ele, ela nunca teria ido aos Hamptons ou a um jogo de beisebol. Nunca teria andado de bicicleta no Prospect Park e dado uma volta no lago. Nunca teria experimentado sexo selvagem e desinibido na cozinha, no chuveiro ou no terraço à meia-noite.

Droga, ela com certeza precisava sair com as meninas.

Duas taças de champanhe acabaram virando três ou quatro e uma porção de petiscos. Sophie tinha se esquecido de como era bom sair com um grupo de mulheres. Desde a viagem para a Dinamarca, ela ficara muito amiga de Kate, e as duas viviam se encontrando com outras pessoas que tinham conhecido em Copenhague: Avril, apresentadora de TV, e Eva, sócia de

Kate. Sophie sentia saudade dos encontros regados a champanhe, em que Avril as entretinha com histórias de celebridades que entrevistava no café da manhã do programa de TV.

Animada outra vez, ela seguiu no metrô junto com uma das outras meninas pela maior parte do trajeto até em casa. A colega planejava uma viagem para Londres e passou o caminho todo pegando dicas com uma Sophie levemente embriagada sobre os melhores lugares para comer, debatendo se deveria visitar a Escócia para experimentar bucho de ovelha recheado.

Eram quase oito da noite quando Sophie pôs a chave na porta do prédio. De fora, viu as luzes da padaria acesas. Talvez chamasse Bella para tomar algo. Depois de curtir companhias tão boas, ela não sabia se queria passar o resto da noite sozinha.

Enquanto subia a escada, ouviu um barulho e olhou surpresa para cima. Todd se levantou, cada pedacinho dele parecendo cansado e perdido.

– Todd! O que está fazendo aqui? O que aconteceu? Não era para você estar com a Amy?

– Sinto muito.

A voz dele reverberava culpa.

Sophie o encarou. Camisa amassada, cabelo desgrenhado e olhos vermelhos. Estava com uma postura de desânimo e derrota tão evidente que Sophie quis envolvê-lo em um abraço apertado, mas se deteve, insegura. Não era da sua natureza guardar rancor nem chutar cachorro morto, mas a indiferença de Todd naquele dia tinha destruído a relação descontraída e fácil que havia entre eles. Aquilo a magoara.

– Há quanto tempo está aqui?

O tom de voz dela era inflexível e distante.

– Que horas são? – perguntou ele.

– Dez para as oito.

– Desde as seis, eu acho.

A tontura agradável causada pelo champanhe e pela noite animada sumiu na mesma hora.

– Seis! – exclamou ela.

Sophie passou por ele para abrir a porta da frente. O pôr do sol entrava pelas janelas, lançando um brilho dourado e indefinido pela sala.

– É melhor você entrar – sugeriu.

Ela largou a bolsa no sofá e tentou se preparar para controlar a atração que sentia por ele. Só depois se virou para encará-lo. A luz sépia que entrava tinha intensificado as olheiras de Todd e, por mais que quisesse abraçá-lo e fazer sumir aquelas linhas tensas ao redor dos lábios dele, Sophie se conteve.

Ele ficou ali sozinho, cercado pelas partículas de poeira que giravam nos raios de sol, parecendo perdido e abalado. Ela quase sentia uma dor física só de olhar para ele, mas tudo perdeu a importância quando ele deu um passo em direção a ela e estendeu os braços.

– Me abraça, Sophie. Preciso de você.

Como poderia virar as costas para ele? Aqueles olhos aflitos a comoviam. Quando ela deslizou as mãos ao redor dele, entrando no abraço de Todd, ele a puxou para si na mesma hora e enterrou a cabeça no pescoço dela, segurando-a com um quê de desespero. Ela beijou o rosto dele e o abraçou apertado. Apesar de tudo, a sensação era de voltar para casa.

– Eles... – A voz dele falhou, e Sophie o sentiu estremecer em seus braços com um soluço contido. – Marty... Eles mandaram Marty pra longe.

– Ah, Todd.

O coração de Sophie amoleceu diante da agonia dele. Ela o segurou por mais tempo, sentindo que ele tentava ficar ainda mais próximo. Quando Todd se acalmou, Sophie o levou até o sofá, acomodando-o como uma boneca de pano, e se sentou ao lado dele, segurando sua mão. Os dois ficaram juntos ali, ele de cabeça baixa, até que ele endireitou a postura e a beijou no rosto.

– Obrigado, inglesinha – sussurrou ele.

Sophie apertou sua mão.

– Me conta: o que aconteceu?

Ele respirou fundo e assentiu.

– Quando cheguei, meus pais estavam discutindo feio na frente do Marty, ameaçando se divorciarem, um culpando o outro pelo comportamento do meu irmão. – Todd se encolheu. – Falaram que ele era uma decepção pra família.

Ele apoiou a cabeça nas mãos antes de prosseguir:

– Foi horrível. Meu pai falou que ia mandar Marty pra escola militar. Disse que isso ia discipliná-lo. Nada de computador, nada de contato. Finalmente transformariam meu irmão em um homem, ensinariam a ele os valores certos. Passei o dia todo lá, e os ânimos enfim se acalmaram. O coitado do garoto estava exausto, desmaiou de sono no quarto. Fiquei lá até ele dormir.

Todd fechou os olhos.

– Então fui confrontar meu pai e perdi as estribeiras – contou ele. – Falei para os dois que a culpa era do casamento de merda deles. Como você pode imaginar, isso não pegou muito bem. Droga, foi horrível! Passei a noite e o domingo todo lá. Mas, quando fui embora, achei que tinha convencido meu pai de que a escola militar não era a solução, que talvez um terapeuta pudesse ajudar, algum tipo de terapia. Eles pareciam convencidos.

A boca de Todd se contorceu com amargor.

– É claro que pareciam. Fazer terapia é parte do estilo de vida nova-iorquino. Mas achei que alguém assim pelo menos identificaria o problema de verdade, e meus pais talvez escutassem um profissional – explicou Todd. – A última coisa que minha mãe falou foi que, de manhã, tinha pegado algumas indicações de psicólogo pro Marty.

Todd se virou para ela.

– Me desculpa, Sophie. Estou com muita raiva do meu pai e preocupado com Marty. Ele vai odiar. Eu falhei com meu irmão. Eu deveria ter dito alguma coisa pros meus pais antes, ter feito com que eles percebessem.

– Acho que não havia como impedir isso.

– Não, talvez não... mas eu deveria ter te mandado uma mensagem, ligado. Só que eu estava tão arrasado que nem consegui pensar direito.

Sophie acariciou os dedos de Todd e ele deu um leve sorriso de agradecimento.

– Tudo bem.

– E hoje no trabalho... – Ele lhe deu um beijo na testa. – Eu fui um babaca. Fiquei... apavorado, eu acho.

Todd a fitou nos olhos e Sophie viu o pânico fugaz neles. Um sinal de pavor que a atingiu em cheio, quebrando a pequena barreira que ela tentara erguer ao redor do coração.

Aquilo venceu o obstáculo e, com isso, um alarme estridente soou, reverberando por todos os poros de sua pele, junto com o golpe forte da compreensão.

Ela o amava. Estupidamente, tinha se apaixonado por ele.

Sophie viu Todd engolir em seco. Pôs um dedo nos lábios dele, para impedi-lo de falar mais.

– Então... eu liguei pra minha mãe. Depois do t-trabalho. Ela me contou. Meu pai levou Marty hoje de manhã. Ela n-não... não me disse para onde. Só que eles tinham decidido fazer isso. Ele foi embora. Eu decepcionei meu irmão. Eu não sabia... o que fazer. Para onde... – murmurou ele.

Todd ergueu a cabeça e seu olhar era só medo e confusão.

O instinto de consolá-lo dominou Sophie e prevaleceu sobre qualquer outro pensamento quando ela o abraçou e colou os lábios nos dele, colocando todo o seu amor no beijo. Todd se agarrou a ela, segurando-a com força pelas costas, puxando-a para si como se tentasse absorvê-la em seu corpo. A necessidade começou a crescer entre os dois, a força ardente do desejo encontrando-se no conforto e na saudade.

Ainda beijando-o, Sophie fez Todd se levantar. Com uma submissão incomum, ele a deixou tomar as rédeas da situação e ser guiado até o quarto. Quando Sophie o fez se sentar na cama, ele ficou parado enquanto ela se ajoelhava e tirava os sapatos dele. Sophie tirou suas meias, e Todd esticou a mão trêmula para acariciar o rosto dela, um toque muito suave, como se ele pudesse quebrar caso se mexesse muito. Sophie afastou as pernas dele e se colocou entre elas, levantando-se para desabotoar a camisa de Todd. Ele não fez nada para ajudar e não desviou os olhos dela nem por um minuto. Quando deslizou o tecido de linho pelos ombros dele, Sophie o ouviu suspirar seu nome, enquanto seus dedos tocavam a pele quente de Todd.

Ela se despiu rapidamente e o fez deitar de costas na cama. Abriu o short dele, e Todd ergueu os quadris para que ela pudesse tirá-lo com um movimento só. Então Sophie subiu na cama e se deitou ao lado dele, que a abraçou, puxando-a até que suas peles se tocassem e não restasse um centímetro sequer entre os dois. Ele a abraçava apertado, como se tivesse medo que ela pudesse ir embora.

Todd roçou os lábios na testa dela, acariciando seu cabelo, a respiração leve e entrecortada.

– Sophie – sussurrou ele.

– Tudo bem. – Ela lhe deu um beijo no pescoço e depois roçou os lábios nos dele. – Está tudo bem – reafirmou Sophie.

Com um forte suspiro, sentiu a tensão ceder, o abraço ao redor dela menos desesperado. Quase sem querer, Sophie acariciou as costas dele enquanto estavam deitados, a cabeça aninhada entre o pescoço e o ombro dele, e não havia mais nada, a não ser o som de suas respirações no quarto fechado.

Em algum momento, Todd mudou de posição. Beijou o pescoço dela e foi descendo, para depositar beijos por todo o seu colo, sussurrando seu nome. A visão do cabelo escuro dele sobre seu corpo fez surgir uma onda de ternura quase insuportável e uma avidez quente entre as coxas de Sophie. Ela o puxou para cima de si, erguendo os quadris em um convite tácito, abrindo as pernas. Todd ergueu a cabeça e a encarou. Aquele diálogo rápido, sem palavras, só com o olhar, fez o coração de Sophie disparar, a sensação de amor aflorando tão intensa que era quase mais do que poderia suportar. Com um gemido abafado, ele abaixou a cabeça e a beijou com força, a língua mergulhando por entre os lábios dela.

Ele se ajeitou e, devagar, deslizou para dentro de Sophie. Diferentemente das outras vezes, o ar estava carregado de emoção, como se a gravidade do momento tivesse se infundido no quarto. Cada estocada era lenta e lânguida. A sensação de calor na pele ia se construindo com lentidão e certeza, e a cada arremetida o coração de Sophie era inundado pela emoção. Sustentando o olhar dela, os olhos de Todd se nublaram. Um gemido apaixonado escapou quando as sensações começaram a se intensificar, uma onda avassaladora chegando cada vez mais rápido até Sophie. Ela puxou o ar quase como se estivesse em pânico, uma ligeira pontada de medo de que aquilo fosse demais – demais para aguentar, para suportar.

Então foi atingida: um golpe de prazer que enviou ondas elétricas por todo o corpo dela e que se espalhavam em ondas menores, tão intensas que eram quase dolorosas. Com um tremor e um gemido gutural, Todd deslizou para dentro dela mais uma vez. Os braços fraquejaram e ele se deixou cair sobre Sophie. Ele a preenchera, e o peso de seu corpo era a mais bem-vinda comprovação.

– Eu te amo.

As palavras escaparam em um sussurro de pura alegria. Ela não podia mais guardá-las, assim como não podia parar de respirar.

Todd a abraçou ainda mais apertado e rolou para o lado, levando-a junto. Sua respiração errática roçou o rosto dela, mas ele não falou nada. Não importava. Sophie não estava arrependida. Ela o amava, de corpo e alma e naquele momento.

Deu um beijo no pescoço dele e se aninhou em seus braços, tomada por uma sensação de plena satisfação. Estranhamente confiante, ela sorriu para si mesma, orgulhosa por conseguido dizer aquilo. Tinha dito a verdade. Se Todd não podia lidar com isso, era problema dele.

Como se estivessem exaustos pelo peso da emoção, os dois adormeceram.

O cheiro do café a acordou junto com o declive do colchão. Quando Sophie abriu os olhos, Todd sorriu, uma xícara na mão, sentado na beira da cama e virado para ela.

– Bom dia.

O timbre rouco de sua voz tinha um quê de timidez.

– Oi – respondeu Sophie, as palavras suavizadas pelo sono.

Todd parecia bem melhor naquela manhã: o olhar estava menos atormentado e as olheiras, menos evidentes. A sensação familiar de desejo a cutucou quando ela viu seu peitoral nu.

Ele vestia apenas uma toalha enrolada na cintura. Sentindo-se feminina e com uma pontada de orgulho por ter aquele homem lindo só para si – soubesse ele disso ou não –, Sophie se sentou e se recostou no travesseiro, cobrindo-se com o lençol.

Pegou o café da mão dele.

– Obrigada.

– Não, eu que agradeço. – Ele se inclinou para a frente e afastou o cabelo do rosto dela. – Me desculpa, eu...

– Shhh. Que horas são?

– Sete.

– Preciso me arrumar para o trabalho. Você vai ao escritório hoje? – perguntou Sophie enquanto apreciava o café.

– Vou, só não sei se consigo render muito. Ontem foi um dia perdido, mas preciso fazer alguma coisa.

– Não sei, não. Parece que você aprimorou suas artimanhas muito bem.

Sophie ensaiou um sorriso provocante que não deu muito certo.

Todd se encolheu.

– Me desculpa, eu fui...

Ela estava prestes a dizer "Não se preocupe, eu o perdoo", mas não era certo, e ele precisava saber. Se tivera coragem para dizer que o amava, então também precisava ter para dizer o que ele a fizera sentir.

– É, foi. Sei que estava chateado, mas me magoou. Não importa o que aconteça, somos amigos. Não é assim que a gente trata os amigos.

Ela ergueu o queixo, impassível, e o encarou.

Todd pegou a mão dela e beijou seu polegar.

– Tem razão. E você não merecia. Você é... muito...

O sorriso dele refletiu tristeza quando ele a fitou.

– Tudo bem. – As palavras pareceram inadequadas. – Eu queria poder fazer algo para ajudar – acrescentou ela.

– Já ajudou.

A pulsação dela disparou diante da expressão no olhar dele.

– Estava lá quando precisei de você ontem à noite. Obrigado – disse Todd. Ele entrelaçou os dedos nos dela e apertou. – Mas isso não quer dizer que... Eu precisava de uma amiga...

Sophie prendeu a respiração. Sabia o que estava por vir. Observando o perfil dele enquanto Todd examinava a parede à sua frente como se houvesse algo fascinante na junção com o teto, Sophie compreendeu que ele estava se debatendo com o que ela dissera na noite anterior. Quase dava para vê-lo lutando com isso.

– Você disse... – O maxilar dele se retesou. – Você...

Sophie tocou no braço dele.

– Eu disse que te amo.

A voz dela saiu incrivelmente clara e tranquila, embora o coração estivesse disparado.

– Isso. É.

Por algum motivo, ela continuou imóvel, como se ele fosse um cervo que ela pudesse afugentar.

Todd se virou para ela, a desolação marcada em cada linha ao redor dos olhos.

– Você não deveria. Eu não mereço.

– Todd – disse Sophie, em um tom gentil. A pena que sentia diante da confusão dele era mais forte do que qualquer coisa. – É escolha minha – lembrou ela.

Só que não tinha sido uma escolha. Não para ela.

Sophie o viu engolir em seco de novo.

– Eu vejo meus pais sempre trocando declarações de amor. E, no minuto seguinte, estão se engalfinhando, mirando nas vulnerabilidades um do outro. É como um campo de batalha, onde o que compartilham quando estão apaixonados dá munição e inspiração para atingir o ponto mais fraco e doloroso do outro. Eles não conseguem se comportar nem na frente das outras pessoas. Fica tudo escancarado. Eu odeio isso. Não suporto a ideia de viver assim. E foi o que fiz com você ontem, eu te magoei.

– Não de propósito. Você estava ferido. É diferente. Muitas pessoas têm relacionamentos felizes, só que o amor deixa a pessoa suscetível a ser magoada. Mas vale a pena, por causa de todas as partes maravilhosas de amar e ser amado.

– Não é um risco que eu queira correr. Passei a maior parte da vida observando a zona de guerra que é o casamento dos meus pais. É como pedir que um correspondente de guerra largue a caneta e pegue em armas.

– Que analogia interessante.

Sophie conseguia pensar em outras bem melhores.

– Sophie, você vai embora em pouco tempo e, sim, eu vou sentir saudade. Eu sei disso. Quem mais vai me manter sob controle? Mas não se apaixone por mim. Eu não valho a pena.

Sophie prendeu a respiração. Queria dizer que ele estava errado, mas foi impedida pela teimosia que se evidenciava na mandíbula firme de Todd e pela tristeza que assombrava seu meio sorriso. Vinte e tantos anos de condicionamento não iam ser superados com facilidade. Só o que restava a ela era compartilhar seu amor, mas não ia negar sua existência.

– Todd, eu sabia disso tudo quando começamos essa história – falou ela em tom firme. – Amar você é escolha minha.

Sophie lhe deu um sorriso deliberadamente provocante.

– Bem, não dá para evitar – disse, acariciando o bíceps de Todd. – Você é irresistível demais.

Um dos cantos da boca dele se retorceu.

– E bem sexy. Também não é nem um pouco feio – garantiu ela, então baixou a voz até virar um sussurro: – E até que é gostoso na cama.

Com uma mudança súbita de humor, Todd tirou a xícara de café da mão de Sophie e se posicionou em cima dela, prendendo-a no colchão.

– Como assim, *até que sou* gostoso? – quis saber ele.

– Razoavelmente gostoso? – provocou ela.

Todd desceu a mão pelo corpo dela, roçando nos mamilos, passando pela barriga, acariciando a pele até chegar entre as coxas, para então subir de novo, fazendo Sophie gemer com um desejo repentino.

– Muito gostoso? – sugeriu ele, com a voz rouca em seu ouvido.

Ele tomou os lábios dela com minúcia, possessivo, a língua explorando-a, enviando arrepios de excitação pelas terminações nervosas.

– Muito. – Sophie ofegou e então se desvencilhou. – E tem gente que precisa ir trabalhar.

Ela jogou o lençol.

– Tenho que tomar banho e me arrumar – explicou.

– Precisa de ajuda pra esfregar as costas? – brincou ele.

E, simples assim, eles tinham voltado ao normal. Ela não deixaria de amá-lo. Todd teria que aprender a conviver com isso.

Capítulo 27

O telefone na mesa de Todd tocou e Sophie esticou o braço para atender. Ao fazer isso, percebeu que ninguém do harém dele tinha ligado nas últimas duas semanas. Nada de Amy ou Charlene.

– Alô?

Houve um silêncio antes de uma voz jovem em pânico perguntar:

– Posso falar com Todd McLennan? Acho que... ele trabalha aí.

– Marty?

– Isso – respondeu o menino em um guincho.

– Sou eu, Sophie. Ele não está aqui no momento, mas sei que ele quer falar com você.

– Quando ele volta? Só tenho um minuto, mas preciso muito falar com ele.

– Ele está em um evento de lançamento, só volta depois do almoço. Você tem o celular dele?

– Não, eu... eu peguei... hum... o celular de uma pessoa emprestado.

A timidez sugeria que o termo *emprestado* não era muito preciso.

– Tem uma caneta? Vou te dar o número.

– Ah, espera aí. – Dava para ouvir o som de gavetas sendo abertas e fechadas. – Achei uma.

Sophie recitou o número, olhando o próprio celular.

– Você está bem? Ele pode ligar de volta para esse número?

– Não pode. Estou em um dos gabinetes. Levei um tempão pra achar o número do trabalho do Todd. Devem me levar pra corte marcial se me pegarem aqui – murmurou Marty, claramente querendo evitar que alguém o escutasse.

– Onde você está? Você está bem?

– Estou bem. – Marty parecia surpreso. – Não é tão ruim. Fiquei com saudade de casa na primeira semana, mas tem uns caras aqui que são legais. A gente faz exercício todo dia. É meio rigoroso, mas eu não ligo. A gente sabe em que pé estão as coisas. É, eu não me importo tanto quanto achei que fosse me importar. Mas não tenho laptop nem celular. Meu pai tirou os dois de mim e falou que era proibido aqui, mas não é. Quero que Todd... pegue os dois pra mim.

Sophie quase riu daquele egocentrismo adolescente. Todd morrera de preocupação com o irmão nas duas últimas semanas, coitado, e o maior problema de Marty era não estar on-line, embora provavelmente isso fosse bom. Todd ia ficar aliviado por saber que Marty estava bem, em vez de profundamente infeliz.

– Se você *não* conseguir falar com ele, vou dizer que ligou. Me dê seu endereço.

Sophie anotou rápido e ele desligou. Com sorte, Marty teria tempo de ligar para Todd antes que fosse pego. Que alívio! Ela mal podia esperar para falar com Todd, mas daria alguns minutos para que Marty tentasse ligar.

Ela acabou sendo chamada para uma reunião com Trudy antes de conseguir falar com Todd e, quando tentou ligar, o celular dele caiu direto na caixa postal. Deixou uma mensagem e torceu para que ele a ouvisse logo, já que não se encontrariam até mais tarde. Eles iam a um encontro duplo – terminologia de Todd – com Wes e Bella, que estavam no quarto encontro e indo devagar.

– Sophie, eu queria falar com você. – Trudy ocupou seu lugar atrás da mesa. – O que está achando do seu período com a gente?

– Está sendo ótimo – respondeu ela com entusiasmo. – Estou amando trabalhar na minha nova coluna.

Sophie tinha se inspirado em Mario e nas histórias que ele contava, sobre a família dele ter montado o restaurante e sobre suas raízes na Toscana. Então sugerira uma coluna periódica para a revista que falasse de um país ou cultura a cada edição e explorasse pratos e restaurantes da cidade.

– Eu sabia que Nova York era diversificada, mas tem muito material aqui. Encontrei um restaurante etíope incrível no Harlem e estou pensando em escrever sobre ele para a edição de março. E tem um lugar português muito interessante com um pastel de nata que é dos deuses.

– Maravilha. Sua matéria sobre a família italiana para a edição de fevereiro está excelente. Você tem um talento natural para tornar a gastronomia mais interessante, é uma das melhores colunistas de culinária que já trabalharam aqui. Vou direto ao assunto: você teria interesse em ficar?

Sophie ficou boquiaberta.

– Podemos prolongar seu visto de trabalho – explicou Trudy. Eu gostaria muito de mantê-la por aqui. O feedback dos leitores sobre sua matéria do chá da tarde inglês foi um sucesso. O diretor editorial adorou e o diretor de publicidade também. Você é talentosíssima como escritora. É um presente divino ter alguém que saiba de gastronomia como você. Por favor, diga que vai pensar no assunto.

– Eu... eu não sei o que dizer. Nunca me ocorreu que pudesse ficar.

– Diga que vai pensar no assunto – pediu Trudy, soando como Angela tantos meses antes.

Sophie pensou no assunto durante todo o trajeto de metrô até o Brooklyn. Pensou até cansar. Todd, Bella, Londres, os amigos em casa, Todd. O que ele acharia? Desde a noite em que ela dissera que o amava, tinham ocorrido mínimas, quase *ínfimas* mudanças. De alguma forma, ele parecia mais tranquilo, mais afetuoso. Os toques eram mais frequentes e mais íntimos. O jeito como ele acarinhava o rosto dela quando a beijava, a forma como a levava para a cama com consideração e cuidado. Às vezes ela se perguntava se ele não a amava só um pouquinho. Eles nunca conversavam sobre o futuro ou se referiam a nada além do final de outubro, quando ela iria embora. Será que podia ficar? Como ele reagiria a isso?

Quando Sophie chegou ao bar, Todd já estava lá e, assim que a viu, ele chamou o garçom e pediu um vinho branco.

– Oi, inglesinha. – Ele lhe deu um beijo provocante enquanto deslizava a mão por baixo do cabelo dela para fazer carinho. – Como foi seu dia?

– Interessante – respondeu ela. – Recebeu minha mensagem?

– Não. Esqueci de carregar o celular de manhã. Eu me distraí, caso não se lembre.

O olhar direto dele a fez corar.

– Não foi minha culpa. Eu estava escovando os dentes.

As pernas dela ficaram bambas ao se lembrar do corpo de Todd deslizando contra o dela naquela manhã, as mãos dele segurando seus seios e sua expressão encarando-a pelo espelho.

– Tem maneiras e maneiras de se escovar os dentes, inglesinha – grunhiu ele.

– Como eu escovo os meus? – perguntou ela, perplexa.

– De um jeito sensual.

Sophie revirou os olhos e então se lembrou.

– Marty ligou.

– Marty?!

Todd ficou tenso na mesma hora, os dedos apertando a garrafa de cerveja com tanta força que os tendões apareceram sob a pele bronzeada.

Ela pôs a mão no pulso dele.

– Ele está bem.

Sophie repassou a conversa rapidamente e percebeu os dedos dele relaxarem.

– Ainda bem. Acho que disciplina pode ser algo bom para ele, no fim das contas – Todd virou a cerveja e deu uma quase risada. – É a cara dele. O que o fez entrar em contato foi querer um computador. A gente podia pegar um voo até Charleston no fim de semana pra ver o garoto.

Ávido, ele puxou o celular, mas sua expressão murchou ao lembrar que estava sem bateria.

– Vou arrumar um laptop e um telefone para ele – sentenciou. – Vamos torcer para que o sistema de segurança do Pentágono seja à prova de Marty. – Ele soltou um suspiro e balançou a cabeça, como se pensasse melhor. – Talvez eu deva avisar a eles.

– Acho que você deveria ir sozinho – respondeu Sophie, com um sorriso gentil. – Vocês devem querer passar um tempo juntos. Ele precisa saber que tem seu apoio.

– Sim, mas ele gosta de você.

– Ele precisa de estabilidade – lembrou Sophie.

Por um instante, Todd a olhou inexpressivo.

– Você é bem estável.

– Exatamente.

Sophie queria sacudi-lo por ser tão teimoso.

– Então, por que não vem comigo? Marty ia adorar ver você. Podemos pegar um hotel legal, passar o fim de semana lá. E saímos com ele pra comer um hambúrguer ou algo legal.

– Todd, se eu for junto, que tipo de mensagem isso vai passar para Marty? O que acontece da próxima vez que você for fazer uma visita e ele perguntar sobre mim?

Todd mexeu no rótulo da garrafa de cerveja de um modo que fez Sophie se lembrar de Marty: rebelde e desconfiado.

O silêncio constrangedor se estendeu e, quando Sophie esticou o braço para pegar a mão dele, Todd pulou, acenando.

– Oi, Bella. Oi, Wes.

Sophie se virou e viu o outro casal abrindo caminho por entre as mesas ocupadas. Bella vinha na frente, a mão agarrada na de Wes.

Aquela era a segunda vez que os quatro saíam juntos. Sophie tinha conhecido Wes um pouco mais. Seu jeito calmo e comedido fazia um bom contraste com a objetividade da ruidosa Bella. Embora fossem diferentes, eles combinavam. A amiga parecia bem menos frenética ao lado dele.

– Entreguei o bolo de casamento para a designer de interiores hoje – contou ela, cheia de orgulho.

– *Você* entregou? – resmungou Wes, com seu tom de voz grave. – Eu podia jurar que tinha colocado uma caixa de bolo grande no banco da frente da minha van enquanto você andava pra cá e pra lá que nem uma mãe protetora, certa de que eu ia matar alguém. Ela me fez colocar dois travesseiros ao redor da caixa e passar o cinto de segurança.

– Eu quis dizer que o trabalho está concluído. E eu não entregaria aquilo a mais ninguém a não ser você, então se considere honrado.

– Sim, senhora – falou Wes, fazendo uma saudação.

– E ela gostou? – perguntou Sophie.

Estava louca para saber, já que Bella tinha lhe dado carta branca para elaborar o design final.

Levara um dia inteiro para dar os últimos toques às três camadas de bolo, mas, quando ficou pronto, as duas se abraçaram empolgadas. Cada camada exibia um papel de parede organizado de maneira diferente em tons de roxo, lilás, prata e branco, e os padrões tinham sido destacados com três técnicas distintas de cobertura. Era simplesmente um triunfo.

– Ela chorou no telefone quando liguei. Adorou. Só me arrependi de não ter estado lá pra ver a cara dela.

Todd tentou trocar um olhar de ironia com Wes.

– Cara, eu entendo o que ela diz – falou Wes, erguendo as mãos em rendição. – Vi o rosto da noiva quando abriu a caixa. Quase me fez chorar.

– É um bolo – disse Todd, com uma expressão de espanto genuína.

– É um símbolo – corrigiu-o Bella, suspirando. – Você não tem um pingo de romantismo, não é?

Ela retorceu os lábios para o primo.

– Eu posso ser romântico – respondeu Todd, cruzando os braços. – Só não sou burro. Tudo faz parte da ilusão. O bolo, o vestido. Mas, quando se trata dos votos, eles não significam nada uns meses depois. A festa de casamento provavelmente piora tudo, com tanto dinheiro gasto, tanta energia focada em detalhes de merda, em impressionar, porque no fim é isso: um grande show. E o casamento dos meus pais foi assim desde o começo, a não ser pelo fato de que o deles foi o maior e o melhor. Pode apostar seu último centavo que o vestido da minha mãe foi o mais caro, as flores foram as mais extravagantes e, sem dúvida, o bolo tinha trinta andares. Diga se isso não é o símbolo de "olhem pra gente, olhem pra gente".

Bella ergueu as sobrancelhas, cética, e pôs as mãos na cintura.

– É fato: você não tem alma, Todd McLennan. Nem um pingo de humanidade. O bolo é a peça central do casamento. O design dele pode representar tanta coisa... Sophie é excelente em entender o que a noiva quer de verdade. O romantismo está impregnado na alma dela.

Por baixo da mesa, Sophie chutou Bella, certa de que Todd não queria saber disso.

– Cortar o bolo é a primeira coisa que um casal faz junto depois que se casa. É um símbolo da união deles, de fazer as coisas em equipe, do futuro compartilhado. E esse futuro inclui a família quando eles distribuem o bolo pros convidados, alimentando seus entes queridos, abraçando uma família em expansão. Tem tanto afeto nisso! Não é só um bolo – rebateu Bella.

– Assino embaixo – acrescentou Wes.

Todd olhou para Sophie como se buscasse apoio.

– Faz parte das armadilhas do dia – falou ele.

– Concordo com eles. Desculpe, acho que o bolo de casamento é uma tradição linda.

– Pelo menos são gostosos – admitiu Todd, um tanto mal-humorado, olhando para Sophie.

– Voto vencido, Sr. Grinch – disse ela, beijando-o no rosto, animada. – E que história é essa de ser romântico? Eu não vi isso.

Os olhos dela brilharam para ele. Ele podia não ser romântico, mas com certeza sabia deixar o corpo dela em polvorosa.

– Não sou do tipo que dá corações, flores ou diamantes e pérolas. Isso é fácil. Qualquer um faz isso. Brigaram? A briga foi feia? Vale um ou dois quilates? Cancelou um encontro porque lhe ofereceram um dia de golfe no Pebble Beach? Tudo bem, um buquê gigantesco com dezenas de rosas resolve.

"Qualquer um" queria dizer o pai dele, supôs Sophie, pensando na pulseira e nos brincos de diamante de Celine.

– Dá pra ser romântico sem gastar dinheiro – falou Bella, com um sorriso saudoso e sonhador que não tinha nada a ver com ela. – Alguém que deixa lavanda no seu travesseiro porque você não dormiu bem... isso é romântico.

Wes baixou a cabeça. Todd lhe lançou um olhar de irritação, como se ele o tivesse decepcionado de alguma forma.

– Virou especialista de repente, Bella? – zombou Todd em um murmúrio raivoso. – Passou um ano arrasada, esperando o Wes se tocar. Reclamava e não fazia nada. Agora, de repente, você é a sabe-tudo.

– Todd!

Sophie ó cutucou, assustada com a veemência dele. Ao menos Todd teve a decência de lhe pedir de desculpa com um olhar, embora não o estendesse para a prima.

Wes pegou dois cardápios no meio da mesa e entregou um deles para Todd.

– Cara, acho que podemos comer alguma coisa. Vocês dois estão muito rabugentos. – Ele piscou para Sophie. – Sem beijos entre primos, então – brincou Wes.

– Eca, não – falou Bella e franziu a testa. Então seu rosto se iluminou. – Mas isso me faz lembrar que Todd sempre adorou fazer minhas bonecas se beijarem. Como é que você falava? "Beija, beija", e esfregava a cara de uma na da outra.

– Eu tinha 7 anos – grunhiu Todd, dando um sorrisinho. – E, quando você tinha 7 anos, passou o verão todo de calcinha e bota vermelha da Mulher-Maravilha, recusando-se a colocar roupas.

Bella riu.

– Tinha me esquecido disso. Eu perseguia você com meu laço especial.

Sophie deu um suspiro de alívio e trocou um breve sorriso com Wes enquanto os dois primos expunham histórias de quando atormentavam um ao outro.

Bella encontrou Sophie no banheiro, lavando as mãos.

– Você está bem? – perguntou ela.

– Estou, por quê? – quis saber Sophie, sentindo que Bella tinha algo em mente.

– Eu... Sabe... A atitude do Todd. Eu estava preocupada. Você faz o tipo tradicional. Sei disso pelo que falou sobre querer se casar com James. Você quer casamento, romance, felizes para sempre. Deve ser difícil, só isso. Acho que, agora que finalmente estou com Wes, quero que todo mundo esteja apaixonadíssimo. Quero que você tenha... sabe... a sensação de ser o centro do universo de alguém. Você estava tão triste quando chegou aqui. Eu queria tê-la alertado melhor sobre Todd.

– Bella, você cansou de me alertar.

Sophie suspirou. Ela só não dera atenção. Apaixonar-se loucamente por Todd nunca estivera nos planos, e ele fora muito honesto com ela. Desde o primeiro dia, tinha deixado claro que não estava disponível para algo de longo prazo. Era melhor saber logo de cara do que descobrir depois, quando fosse tarde demais.

Bella não era de ceder e nunca entenderia, então Sophie acrescentou:

– Olha, Todd não faz mesmo meu tipo. Estou curtindo enquanto continuo por aqui. Meu tipo de homem é sério, estável e confiável. Alguém pronto para se casar, ter filhos. Quando voltar para o Reino Unido, é esse tipo de homem que vou procurar.

As palavras soaram convincentes, mas por dentro uma voz gritava: *Não! Isso é a antiga Sophie.* A Sophie que saía com homens como James. Ela não era mais essa pessoa. Queria alguém que a fizesse rir, que fosse espontâneo, alguém com quem pudesse ser desinibida e apaixonada. Alguém como Todd.

Capítulo 28

Quando viu o nome na tela do celular, Sophie tirou do fogo a frigideira com um frango dourado e atendeu a ligação.

– Kate! Como você está? Deixa só eu desligar o fogo.

– Ah, o que está cozinhando?

– Curry tailandês – respondeu ela, com um sorrisinho.

Era a comida favorita de Todd, um jantar fácil e rápido para o meio da semana, quando os dois estavam distraídos com outras coisas.

– Hum. Eu... eu não sabia se contava ou não, mas encontrei James essa semana. Ele foi até o café.

– James? O que ele queria?

A voz de Sophie tinha um quê de desdém saudável.

Kate sorriu contente para ela a quilômetros dali.

– Nada, pelo que pareceu. Só queria saber de você.

– Espero que tenha dito que estou totalmente maravilhosa.

– Algo assim – disse Kate, e então seus olhos foram tomados por um ar travesso e seu semblante ficou mais calmo. – Você não tem ideia de como isso me deixa feliz!

– O quê?

– Você, com esse tom quase blasé. Como quem diz "Que James?". Eu estava com medo de te contar.

Isso só mostrava quão longe Sophie chegara. Ouvir o nome dele era como uma referência a outra vida.

– Não precisa se preocupar. Eu superei.

A boca de Sophie se curvou em um sorriso de satisfação.

Kate gargalhou.

– Você parece um gato saciado, mocinha. Está se divertindo, não é?

Sophie corou ao se recordar.

– Acho que você economizou na roupa para cozinhar – brincou Kate.

Ela deu uma rápida olhada na camiseta e na calcinha que vestira enquanto Todd dava um pulo na loja de bebidas para pegar uma garrafa de vinho.

– Estava calor quando chegamos do trabalho.

– Aposto que estava – provocou Kate. – Você parece bem, Sophie. Feliz, extasiada. – Kate deu uma piscadela. – Ele lhe faz bem.

– Faz. E acho que eu faço bem para ele. Mesmo que ele não perceba.

Sophie deu um sorrisinho para a tela, feliz pelos quilômetros entre as duas. Se Kate estivesse lá, perceberia a bravata em sua voz. O tempo estava passando e ela não tinha ideia do que ia fazer.

– Kate, me perguntaram se eu gostaria de estender meu período aqui.

– Em Nova York?

– Sim.

Sophie mordeu o lábio.

– Uau, que maravilha! Ai, meu Deus, eu vou te visitar. – Kate chegou para a frente. – Você vai ficar, não vai?

– Não sei. – Sophie fez uma expressão de agonia, olhando por cima do ombro para se certificar de que Todd ainda não voltara. – Por um lado eu adoraria, mas não sei como Todd vai reagir.

– Achei que ele fosse amar.

A voz de Kate tinha o tom indignado de uma mãe protetora.

– Sei lá. Isto, em tese, sempre foi algo temporário. Lembra? Um casinho. Estou com medo de contar e ele sair correndo.

– Sophie, isso é maluquice. Vocês dois praticamente moram juntos. Pense bem. Faz quanto tempo? Dois meses e meio? Vocês parecem inseparáveis. Todo mundo fala besteira num relacionamento. Autodefesa básica no caso de a outra pessoa não sentir o mesmo. Mas é óbvio que as coisas mudaram. Ele seria um idiota se te deixasse ir embora. E ele não me parece burro.

Sophie engoliu em seco, desejando ter a confiança de Kate.

– Ele parece mesmo... Bem, ele nunca fala nada, mas age como quem se importa.

Era só ver as pequenas atitudes de Todd.

– Bem, aí está, coisa de homem. Atitudes valem mais que palavras.

– Falando nele, já está chegando. Estou ouvindo.

– E eu tenho que ir dormir, é quase uma da manhã aqui. Estou esperando Ben chegar em casa.

Todd entrou na cozinha jogando beijos exagerados para Sophie, como se tivesse ficado longe por um dia, e não por dez minutos, depois fez uma mímica como se bebesse uma taça de vinho.

– Dê um oi para Kate, ela já vai desligar.

Sophie virou o celular.

– Oi, Kate. Como está o tempo?

Todd adorava provocá-las por causa da obsessão delas pelo clima.

– Chovendo, ventando e relampejando.

– As coisas não são fáceis aí em Londres.

Ele botou o vinho na mesa e Sophie o observou mexer nas taças no armário, procurando até encontrar a favorita dela. Apesar de provocá-la por ser cheia de frescuras e preferir uma xícara de porcelana não muito pequena nem muito grande e gostar das taças de vinho elegantes, ele sempre fazia questão de pegá-las para ela. O gesto familiar e íntimo a fez sorrir. Eram as pequenas coisas que ele fazia que lhe davam esperança.

– Melhor eu desligar, Kate, preciso alimentar meu homem. Se cuida. Boa noite.

Sophie largou o telefone e Todd a enlaçou pela cintura, enterrando o rosto no pescoço dela.

– Que horas sai o jantar?

– Mais vinte minutos.

– Tem certeza que não...

Gargalhando, ela empurrou as mãos de Todd.

– Se você não quer comer, eu quero.

– Eu sempre quero comer... – Ele fez uma pausa e ergueu as sobrancelhas de modo travesso. – ... curry tailandês – concluiu. – Vou sentir falta da sua comida em Charleston.

Sophie revirou os olhos.

– Você só vai ficar duas noites lá.

– É, mas Marty vai me fazer comer hambúrguer o tempo todo. Vou voltar subnutrido.

Ela balançou a cabeça, rindo da expressão pesarosa dele.

– Tenho certeza de que vai sobreviver. Que horas é seu voo no sábado?

– Às sete. Preciso sair antes das cinco pra chegar ao aeroporto – respondeu ele.

Todd agarrou o traseiro dela.

– Acho que vamos ter que ir para a cama cedo amanhã – sugeriu ele com a voz rouca.

– Você deu sorte. – Ela passou os braços ao redor do pescoço dele, brincando com o cabelo da nuca, e disse: – Acontece que tenho aquela degustação perto do Prospect Park amanhã à tarde. Como fica por aqui, eu não tinha intenção de voltar para o escritório – comentou em um tom provocante.

– Ótimo, a gente pode ir pra cama bem cedo mesmo.

Com o gosto forte de frutas exóticas ainda fresco na boca, Sophie virou na Smith Street, a cabeça com mil ideias sobre como incorporar os sabores de limão-japonês, pitaia, lucuma e goiaba em uma sobremesa. De uma coisa tinha certeza: nunca mais comeria noni. Estremeceu só de pensar no cheiro horroroso.

Ela seguiu para a Padaria da Bella. Como estava encerrando o expediente mais cedo, tinha prometido à amiga que ajudaria a decorar alguns cookies para uma festa de aniversário infantil de sábado.

Ao entrar pela porta, Bella correu até ela.

– Você chegou cedo.

Sophie olhou por cima do ombro.

– Fui embora quando apresentaram o noni, que tem gente que chama de fruta do vômito, porque embrulha o estômago de qualquer um. Eca, aquela coisa é muito...

– Sophie. – Os olhos de Bella estavam arregalados, e ela apontava com a cabeça na direção dos fundos da loja. – Tem uma pessoa que veio ver você.

– Quem?

O rosto de Bella se iluminou com um sorriso de animação.

– Você vai ver.

Quando Sophie deu um passo à frente, Bella lhe deu um empurrãozinho como se a apressasse.

– Boa sorte – desejou a amiga.

Sophie parou de repente ao virar a curva. Um pavor doentio a ancorou no chão.

– Sophie! Minha nossa. Sophie! Olhe só para você. Está incrível. Fiquei com tanta saudade!

Ela sentiu um zumbido no ouvido e a sensação de que seu corpo pertencia a outra pessoa. A boca ficara seca, e a língua parecia feita de chumbo.

Sem conseguir falar, ela viu que alguém pegava em suas mãos e a levava até uma mesa redonda. No meio da mesa, havia uma caixinha azul. Bem no meio.

Ela olhou da caixa para James, ainda perplexa demais para conseguir falar algo.

– Diga alguma coisa, Sophie. – Ele sorriu para ela. – Eu te surpreendi, não foi? É bom ver você.

Ele colocou os braços ao redor dela e lhe deu um beijo na boca, completamente alheio a como ela ficara acuada.

– James. – A voz dela soou seca e tensa. – O que está fazendo aqui?

– O que acha que estou fazendo? – Ele balançou a cabeça, sorrindo com indulgência e paciência. – Algo que eu deveria ter feito há muito tempo.

Ele pegou a caixinha, abriu a tampa e se apoiou em um dos joelhos.

– Sophie Bennings-Beauchamp, me daria a honra de ser minha esposa?

Completamente surpresa, Sophie o encarou, sem conseguir acreditar no que via.

– James?

Ela tentava entender o rosto familiar que, de repente, já não era nem um pouco familiar. Os olhos cinzentos e atraentes agora pareciam seixos pequenos e sem vida. A boca rosa demais lhe dava vontade de estremecer de repulsa.

– Diga que sim, Sophie. Eu sei que você me ama. Parece um clichê terrível, mas eu posso explicar tudo.

Dizer que nunca tinha ficado tão perplexa na vida era pouco. Parecia que um míssil explodira dentro dela, deixando-a desorientada e sem reação.

James se levantou num pulo, ainda segurando o anel em uma das mãos.

Guiou Sophie até uma das cadeiras e puxou a dele para perto. Quando pegou a mão dela, Sophie se retraiu: puxou a mão e a segurou junto ao peito.

– Eu assustei você. Desculpa, mas eu vim assim que descobri onde você estava.

Aos poucos, ela foi se acalmando.

– Sophie, eu sei que você ficou chateada quando soube da Anna – continuou ele. – Mas não era o que parecia.

Ela franziu a testa, o sarcasmo assumindo o controle quando retomou seus sentidos.

– Você não era casado? Emma não é sua filha?

Ele bufou, impaciente.

– Escute, acredite em mim. Eu sempre amei você. Desde o momento em que te conheci. Esse era o problema. Eu te amava tanto que não suportava perdê-la. Isso me enfraqueceu quando deveria ter me dado forças.

Do que ele estava falando? Por que estava ali? Aquela sem dúvida era uma experiência extracorpórea. Sophie via e ouvia uma cena da qual não fazia parte. Era tentador olhar por cima do ombro, porque a sensação era de que ele falava com outra pessoa. Uma versão diferente dela, uma que o amara antes de descobrir o que era o amor de verdade.

– Quando você e eu nos conhecemos, Anna e eu estávamos nos separando. Foi instantâneo. Eu me apaixonei por você. Anna e eu já tínhamos terminado. Só estávamos na mesma casa enquanto resolvíamos a questão do dinheiro. Eu ia deixá-la, mas de alguma forma ela engravidou.

– De alguma forma?

Não tinha graça, não tinha mesmo, mas Sophie riu.

– Você entendeu o que eu quis dizer. – O olhar sério de James vacilou. – Não foi planejado. Eu senti pena dela uma noite e baixei a guarda.

Sophie riu de novo com a visão cômica de James defendendo a própria honra em um quarto escuro, segurando uma espada e um escudo.

– Isso é um novo eufemismo pra sexo – comentou Sophie.

Com muita dignidade, James a ignorou e continuou com seu discurso, muito resoluto e alheio ao total desinteresse dela.

– Fiquei adiando. Então, quando Emma nasceu, foi difícil. Fiquei muito dividido. Anna nunca me deixaria ver minha filha. Eu amava tanto você que fiquei com medo de contar sobre Emma e você me deixar.

Era como se ela ouvisse um completo estranho. Nada daquilo lhe interessava. Tudo que já sentira por ele fora expurgado. Sophie gostava dessa palavra. Completamente expurgado. Expurgadíssimo. Amar Todd tinha deixado seu coração mais leve e a ajudara a superar James. Ela não estava mais nem aí para ele. As mentiras ainda a incomodavam, mas era mais porque acreditara nelas. Eram tantas, e se entrelaçavam umas nas outras com complexidade e desonestidade cada vez maiores. Uma em cima da outra, até formarem uma montanha, alta demais para superar ou ultrapassar.

– Sua mãe não morava na Cornualha.

Ele nunca tinha morado lá. Quantas vezes reclamara da viagem, parecendo muito sincero? Assim como parecia naquele momento. Quantos jantares tinha desmarcado por causa de idas urgentes ao hospital? Dezenas de chamados de ambulância que ele tinha descrito com naturalidade.

James balançou a cabeça.

– Sophie, isso não importa. Eu preciso te contar: larguei Anna. Estamos nos divorciando. Sou livre pra me casar com você. Fiquei tão furioso com ela por confrontar você daquele jeito. Como ela teve coragem?

Sério? Aquilo era um novo patamar de insensibilidade.

– Talvez porque fosse sua esposa.

Sophie piscou de incredulidade. Aquele cara existia mesmo?

– Só no papel. É você que eu amo, Sophie. Precisa acreditar em mim.

Ela teve um estalo.

– Não – respondeu, a voz fria e firme.

Ela se recusava a sentir um mínimo de emoção com aquele homem.

– O quê?

– Não preciso acreditar em você.

– Bem... é... é só um modo de dizer.

– Nunca mais vou acreditar em nada do que você disser. Fui burra de achar que te amava e...

– Não diga isso, por favor, não. Só me dê outra chance. Não precisa dizer que sim agora. Pense no assunto. Podemos passar um tempo juntos. Você me amava, éramos bons juntos.

– Não. – O repúdio sincero o interrompeu. – Não éramos – decretou ela.

James pareceu estarrecido de verdade enquanto a encarava.

– Não seja boba, é claro que éramos. Você não lembra?

– Não éramos – repetiu ela, surpresa com a própria frieza.

Sophie não conseguia nem sentir raiva dele, algo que a deixou bem satisfeita. Raiva daria credibilidade ao que ele dizia. Ficar calma e impassível confirmava o que ela já sabia: era o fim e não tinha volta.

– É claro que éramos. Nunca brigávamos nem discutíamos. A gente adorava fazer as mesmas coisas. Comida, vinho. Somos totalmente compatíveis.

Por algum motivo, a cabeça de Sophie foi inundada por imagens mais recentes. Todd lavando a louça. O farfalhar do algodão em seu ouvido enquanto ela tirava o vestido pela cabeça quando ele a desafiara. Os batimentos disparados ao ver o olhar esperançoso e surpreso de Todd. A praia e a primeira vez que ela o beijara. A sensação da areia fria nas costas. Ele roubando o bife dela no Onyx. Correr juntos no Prospect Park e voltar para o apartamento, tirando as roupas suadas.

– Você já transou no banho? De pé, apoiado no azulejo frio? Já ensaboou o mamilo de uma mulher até ela quase gozar?

– Sophie! – Ele observou ao redor, os olhos arregalados e horrorizados. – Do que você está falando?

– É, achei que não.

Sophie ficou arrepiada, lembranças deliciosas aquecendo-a.

– O que deu em você para falar coisas assim?

– Achei que tivesse dito que éramos compatíveis.

– Nós somos quando você está sendo razoável.

– Não quero mais ser razoável.

Sophie o encarou, de repente sentindo um pouquinho de pena da confusão dele. Como poderia entender? Ela havia superado; ele, não. Com delicadeza, porque sabia que James a enxergava como a Sophie de meses antes, ela falou:

– Não sou mais aquela Sophie. Não éramos bons juntos, só achávamos que éramos. Sou uma pessoa diferente agora.

A boca de James se abriu e então se fechou enquanto ele tentava digerir a informação.

– Você conheceu outra pessoa. – Ele balançou a cabeça com tristeza. – Por favor, não me diga que perdi minha chance.

– Perdeu, James. – Para Sophie, já tinha acabado. – Essa chance foi soterrada pelas mentiras que você contou – afirmou ela.

Sophie se levantou.

– Aonde você vai?

– Para casa.

– Mas e eu?

Ela deu de ombros, mesmo que fosse contra sua natureza. Não o convidara para ir até lá. Não era sua responsabilidade.

– Sophie, eu não tenho onde ficar.

– Tem vários hotéis no Brooklyn.

– Não posso pagar um hotel.

Estava prestes a responder que isso era problema dele, mas ela não conseguia.

– Espere aqui um instante.

Sophie ficou surpresa quando ele assentiu, submisso.

Bella limpava o balcão da cafeteria com um zelo metódico, como se estivesse fazendo a mesma coisa nos últimos vinte minutos.

– Sophie! Como estão as coisas?

– Complicadas.

– Então aquele é o tal James? – A curiosidade emanava dela como se fossem raios. – Seu ex? Ele pediu você em casamento? Eu vi a caixinha. Deve estar falando sério.

– Ele está falando muito sério. Não quer ir embora. Me sinto um pouco mal por ele ter vindo até aqui pra nada.

– Nada! Mas... ele disse que te ama de verdade. Que foi um idiota e deveria ter feito o pedido antes.

– Ele diz muita coisa.

– Mas atitudes valem mais que palavras. Não pode dar uma chance a ele?

Sophie deu uma risada melancólica diante das palavras iguais às de Kate na noite anterior. Agora se arrependia de não ter contado a história toda para Bella.

– Ele é casado.

– Sim, ele me contou, mas está se divorciando. Não viria até aqui se não estivesse. Acho que vocês deveriam pelo menos conversar.

– A gente conversou. Ele precisa ficar em algum lugar. Você se incomodaria se eu o deixasse ficar no apartamento por uma noite?

– Não, nem um pouco. – Bella parecia satisfeita. – O apartamento é seu, pode receber quem quiser.

– Vou mandar uma mensagem pra Todd. Podemos ficar no apartamento dele.

– Todd? Mas... – Bella pareceu furtiva de repente. – Por quê? Achei que você quisesse ficar um tempo com James.

– Todd vai viajar amanhã de manhã. Prefiro passar esta noite com ele.

– Mas... é que... Todd... bem...

Um arrepio de medo percorreu as costas de Sophie.

– Bella?

– Ele... bem... veio aqui. Eu falei pra ele...

– O que você falou pra ele?

Bella não respondeu. Sophie agarrou a camisa dela.

– O que você disse para ele?

Bella se desvencilhou.

– Falei que James estava aqui. Que ia pedi-la em casamento. Que... ele deveria deixar você e James à vontade pra terem a chance de resolver as coisas. Deixar que James dissesse o que precisava.

– E o que ele respondeu?

Um medo gélido se instalou em sua barriga.

– Falou que eu estava certa. Que provavelmente era melhor assim.

Sophie correu o caminho todo até o apartamento de Todd. Ele não tinha atendido nenhuma das ligações dela. Apesar de saber que era inútil, deixou uma mensagem na caixa postal. Depois de arrancar mais informações de Bella, queria pegar a cabeça dos dois e bater uma na outra. Na verdade, enquanto ofegava subindo os degraus da entrada do prédio de arenito onde ele morava, ela não conseguia decidir qual dos dois queria machucar mais.

Bella havia simplesmente contado para Todd a conversa que as duas tiveram no bar. A conversa idiota em que Sophie dissera o que Bella queria ouvir. Acabou que, assim que Bella pusera os olhos em James, seu cérebro voltara às palavras de Sophie: sério, estável, confiável. Bella tinha repetido aquelas palavras para Todd. E o imbecil, o maior imbecil do mundo, acreditara na prima.

Com três interfones para escolher, deu um branco em Sophie, e ela não conseguia lembrar qual era o de Todd. Escolheu o do meio e enfiou o dedo no botão enquanto passava o peso do corpo de uma perna para a outra e tentava recuperar o fôlego.

A porta se abriu e uma mulher loura olhou pela abertura, protegendo a entrada.

– Querida, pode parar de apertar a campainha? A estática que você está provocando me dá dor de cabeça.

– Desculpa. É pra Todd McLennan. Toquei no apartamento errado.

– Não, você tocou no certo. Eu estava de saída, mas dá pra ouvir do corredor. – A mulher suspirou, mas não abriu passagem. – Se eu ganhasse um dólar cada vez que uma jovem vem bater à porta dele... Olha, ele é lindo de morrer, mas não é do tipo pra namorar sério.

– Eu sei exatamente quem ele é, pode acreditar, mas preciso falar com Todd agora.

– Tem certeza de que não está perdendo tempo, meu bem? Eu não deveria deixá-la entrar, mas... – A loura deu de ombros. – E daí? Ouvi quando ele chegou, não faz muito tempo.

Furiosa por Todd ter ignorado a campainha, Sophie subiu a escada correndo até o primeiro andar e esmurrou a porta, ciente de que agia feito uma louca. Ela nunca tinha dado uma de louca na vida.

– Todd McLennan, eu sei que você está aí, então é melhor abrir a porcaria da porta.

Ela continuou socando até que a porta foi aberta.

– Tá, tá. Já entendi.

Todd estava com aquele olhar meio apático e distraído que ela vira quando eles tinham se conhecido.

– Ótimo. – Sophie passou por ele e entrou no apartamento.

– Posso saber o que foi que deu em você? – perguntou Todd, com a voz arrastada.

Sophie semicerrou os olhos, recusando-se a comprar aquela atitude provocativa proposital. Em vez disso, ela pôs a mão na cintura e adotou o mesmo tom calmo.

– E posso perguntar por que você não apareceu na padaria? Achei que fôssemos jantar hoje.

Ela ficou satisfeita ao vê-lo ficar tenso.

– Você estava ocupada.

– Não, eu não estava.

– Pra mim, pareceu que sim.

– Bem, as aparências enganam.

Todd passou a mão pelo cabelo.

– Olha... Eu já sei. James apareceu com uma aliança. Ele é o cara do compromisso. Eu, não.

Contestá-lo faria com que ele se safasse com aquela declaração estúpida. Sophie não faria isso. Ele podia muito bem se explicar. Em vez de responder, ela o olhou impassível, ou pelo menos era a expressão que pretendia.

– Qual é, Sophie. James. Ele deixou a esposa por você. Está oferecendo o pacote completo. – Todd esfregou a nuca. – Nenhum cara atravessa meio mundo com uma caixinha de anel sem estar muito confiante de que seria bem recebido.

Todd começava a se enrolar, mas Sophie se recusava a ajudá-lo.

– O que você quer de mim? – questionou. Ele começou a andar de um lado para outro. – Não posso competir com isso.

Passos rápidos e desajeitados pontuavam suas palavras, seguidos por olhares tensos e irritados na direção dela.

– Eu te disse que eu não... Você vai voltar pra Inglaterra em breve. – Ele parou na frente dela, os olhos quase suplicantes. – É melhor você voltar pro James. Você quer se casar. Quer o pacote completo.

Sophie não sabia quem Todd tentava tanto convencer: ela ou a si próprio.

– James pode te oferecer o que você quer. Muito mais do que eu. Eu sou... eu...

– Acabou? – perguntou ela, com um sorriso gentil.

Todd era tão burro. Ele era um milhão de vezes mais homem do que James jamais seria. Irradiando o calor de quando se está completa e absolutamente certa de alguma coisa, ela deu um passo adiante. Todd era o único homem para ela, mesmo que ainda não percebesse. Conhecimento traz confiança. Ela podia mostrar a Todd como ele estava enganado.

– Você é um idiota!

Sophie sorriu e se inclinou para beijá-lo na boca. Por um instante, os lábios dele relaxaram e ele correspondeu o beijo.

– É você que eu amo, não James.

Todd ficou tenso e a segurou pelos braços, afastando-a de leve.

– Está cometendo um erro. Eu não sou...

– Não é o quê, Todd? – A voz de Sophie ficou mais firme.

– Não sou o cara certo pra você. Isso era pra ser...

– Todd, como pode saber o que é certo pra mim?

De repente, ela se deu conta. Nunca tivera que lutar por nada que quisesse. E, por isso, tinha começado um relacionamento ruim com James e ficado com ele.

– Eu sei o que é bom pra mim – afirmou Sophie. Ela lhe lançou um olhar resoluto, mostrando seus sentimentos. – É você. Eu amo você e não vou pedir desculpa por isso. Você pode lutar quanto quiser, mas isso não vai mudar.

Ela respirou fundo para dizer o que precisava ser dito.

– E acho que talvez você me ame, Todd.

A mandíbula dele se contraiu com força. Sophie viu a negação em sua postura rígida. Ele podia ser muito infantil...

– Sophie, eu não vou fazer isso. Eu avisei. Acho que a gente deve parar por aqui. Você vai ficar melhor com...

– Você é um covarde! – A súbita veemência de Sophie fez com que ele se sobressaltasse. – É. Não tem coragem pra tentar.

Todd corou diante da acusação, contraindo os lábios.

– Já tivemos essa conversa uma vez. Ser corajoso é reconhecer seus limites – lembrou ele.

Com os punhos fechados ao lado do corpo, sua vulnerabilidade se evidenciava nos nós brancos dos dedos. Sua postura oscilava entre lutar ou fugir.

– Não, isso é ser honesto – disse ela, em um tom mais suave.

Parecia que ele sairia correndo a qualquer momento.

– Ser corajoso é reconhecer essas limitações e se arriscar mesmo assim – prosseguiu Sophie. – Você acha que não vai ser bom em um relacionamento sério porque acredita que não merece isso. Você viu a relação dos seus pais e a forma como eles negligenciaram você e Marty com a versão egoísta deles de amor, então não quer ser parte disso. Eu entendo. Mas essa é só uma versão de relacionamento. Do jeito esquisito deles, provavelmente os dois se amam. Ainda estão juntos. Mas você não está se dando uma oportunidade de ser feliz. Quando diz que não entra em um relacionamento sério, está só evitando o problema. Não está preparado para se arriscar. Isso não é ser corajoso.

Todd suspirou e ergueu a cabeça. O coração de Sophie se apertou diante da desolação do olhar dele.

– Obrigado pela meia hora de psicologia barata, mas acho que está sendo ingênua. A Sophie é toda feliz. Quer que todo mundo seja feliz. Você é romântica. Acha que o amor cura tudo. A vida não é assim.

Magoada, ela se retraiu.

– E como você sabe disso? Nunca nem tentou. Pelo menos, eu tentei. Tudo bem, cometi um erro com James. Doeu na época, mas aprendi. Agora vejo que não teria sido feliz com ele, mas pelo menos sei o que me faz feliz. Eu sei o que quero.

Ela parou e engoliu em seco. Apesar do porte rígido de Todd, ela esticou a mão e tocou seu rosto.

– Pode não enxergar, mas eu quero a gente – declarou ela. – Você me fez ver as coisas de um jeito diferente. Sou feliz porque você me faz feliz. – Sophie sorriu ao pensar nisso. Segurando-se nos pulsos dele para se equilibrar, se pôs na ponta dos pés e beijou o canto da boca imóvel de Todd. – Talvez o amor seja tão simples quanto fazer a outra pessoa feliz – concluiu.

Só um observador mais atento poderia ter visto os movimentos sutis, a tensão nos tendões do pescoço, a imobilidade do peito quando ele prendeu a respiração, os batimentos disparados sob os dedos dela, enquanto Sophie segurava seu pulso: a batalha que ele travava ao pesar as palavras dela.

Sophie sustentou o olhar dele, resoluta e determinada.

Quando Todd piscou, ela compreendeu. Mesmo antes de ele falar, o coração dela se apertou, afundando lentamente como um navio destroçado rumo ao fundo do mar.

– Você está errada. – Ele olhou bem para ela, as palavras brutalmente calmas. Cada uma a ferindo de forma dolorosa, como se desferidas por uma faca afiada. – Eu estava bem feliz antes de você aparecer. E ainda vou ser feliz quando for embora.

Se ele tivesse gritado, parecido triste ou rido dela, talvez Sophie tivesse encontrado forças para argumentar, mas, por ironia, a fala sem emoção refletia exatamente o que ela fizera com James.

Com um aceno de cabeça nobre, ela pediu:

– Mande um beijo pro Marty.

Então, mantendo a cabeça erguida, Sophie se virou e saiu do apartamento sem olhar para trás. Desceu a escada, passou pela porta, depois pelos degraus da entrada, um pé depois do outro, forçando-se a manter os olhos bem abertos, permitindo-se piscar apenas quando foi absolutamente necessário.

Capítulo 29

Sophie hesitou no primeiro degrau, arrependendo-se amargamente por ter dito a James que ele podia ficar. Atraída pelo cheiro, deu uma guinada, decidida, e foi até a cozinha de Bella. De pé à sombra no vão da porta, ela espiou o lugar. Bella estava empoleirada no braço do sofá ao lado de Maisie, que era o centro das atenções. Suas mãos gorduchas gesticulavam freneticamente, enquanto Edie se curvava na poltrona rosa, as mãos na barriga como se doesse e um sorriso iluminado no rosto. Ed estava recostado no armário com um sorriso extravagante, observando a companheira.

Como se fosse um abraço delicioso, o cheiro reconfortante dos bolinhos de chocolate esfriando de um lado somado ao zumbido suave da ventilação do forno e ao som de risada e conversa relaxaram a forte tensão que afligia os ombros de Sophie. A fúria que a acompanhara no caminho de volta pela Smith Street ficou um pouco mais branda.

Sem alarde, ela deslizou para a frente, tocou na batedeira vermelha lustrosa e familiar e desenhou com o dedo num rastro no cacau em pó.

– Eu disse a ele que não tinha a menor possibilidade de preparar tanto bolo por menos de 40 dólares. Sério. As pessoas querem... – Bella parou de repente. – Sophie.

Sophie deu um sorriso desanimado.

– Oi, querida. Chegou na hora certa. Deve ter sentido o cheiro de mel – falou Maisie, balançando-se na cadeira. – Bem a tempo de experimentar meu novo cheesecake com mel.

– Gente do céu, é uma delícia – elogiou Edie, que suspirou, erguendo e lambendo a colher, os olhos fechados de satisfação.

– Pegue uma colher logo, menina – falou Ed. – Antes que Edie coma tudo. Suas papilas gustativas vão agradecer por essa delícia.

Sophie fez um muxoxo. Todos estavam se esforçando demais. Bella baixou a cabeça diante do olhar acusatório que ela lhe lançou.

– Deixem a mulher se sentar – falou Maisie, abrindo espaço no sofá.

Ela deu batidinhas no assento ao seu lado, cortou na mesma hora uma fatia do cheesecake e a serviu.

Com todos olhando, a única opção de Sophie foi se jogar na comida e provar, mesmo que pudesse jurar que perdera o apetite. No segundo em que o doce envolveu sua língua, ela fechou os olhos, refreando as lágrimas que ameaçavam cair. Sentiu o corpo caloroso de Maisie ao seu lado, a mão de Bella em seu joelho e ouviu o papo superempolgado de Edie com Ed. Maisie entrou na conversa e os três começaram a falar um monte de bobagem sobre se a receita deveria se chamar favo de mel ou apenas mel.

Abençoados fossem, esforçando-se tanto para agir naturalmente, dando espaço e tempo para ela fazer o que precisava. Uma onda de amor por Bella e sua generosidade aflorou no peito de Sophie. Sem reserva alguma, Bella compartilhava os amigos, a cozinha, a vida. E aquelas pessoas, por sua vez, foram receptivas, a aceitaram de forma tranquila, todas unidas por um laço gastronômico e pelo amor por comida. Com um sorriso triste, ela piscou para eles e colocou a mão em cima da de Bella.

– Obrigada, Bel.

– Você está bem?

Sophie deu um sorriso hesitante.

– Não muito, mas... vou ficar.

– Vai, sim – falou Maisie, entrando na conversa.

– Só não fiquem sendo gentis comigo – ameaçou Sophie, tentando manter o clima leve.

Se cedesse à raiva em suas veias, poderia explodir, mas não queria chatear os amigos.

– Senão vou começar a chorar no colo de vocês – falou ela. – Acho que Bella contou que meu ex apareceu.

– Contei. Eu sinto muito mesmo. Se eu soubesse, nunca teria deixado que ele ficasse esperando por você aqui. Ele pareceu muito sincero. – Bella se lamentou. – Trouxe uma aliança e tudo mais. Merda, não dá pra acreditar. Casado, e você nunca soube, durante todo aquele tempo. Dois anos, e você não tinha mesmo ideia?

Sophie ergueu as mãos.

– O que posso dizer? Sou uma idiota.

– Não, você não é, meu bem – retrucou Maisie, balançando a cabeça com veemência, os cachos escuros se movendo no ar. – Você é legal até demais.

– E como! – disse Edie, com uma careta. – Você deixou o cara ficar na sua casa. Eu teria apontado a porta da rua pra ele... depois de dar um jeitinho nos meninos dele.

– Ai – falou Ed. – Essa é minha garota. Uma guerreira cruel. Eu mantenho as facas longe dela na maior parte do tempo.

– Eu meio que estou arrependida disso agora.

– Do quê? De não ter machucado o cara ou de ter deixado que ele ficasse? – perguntou Maisie, em um tom divertido.

– Os dois, na verdade – respondeu Sophie, com um sorrisinho pesaroso. – Fiquei muito desnorteada quando o vi. Agora tem um monte de coisas que eu queria ter dito a ele.

– Não se preocupe, eu falei que ele tem que sair às oito da manhã – avisou Bella. – Você dorme no meu sofá-cama. Pelo jeito, Todd não estava em casa.

– Obrigada, Bel, seria ótimo – disse Sophie, evitando de propósito falar sobre Todd.

Sophie não tinha certeza se conseguiria se controlar. No momento, estava furiosa com ele, mas isso duraria só mais um pouco. O calor do embate logo esmaeceria. Amanhã seria outro dia, quando ela teria que aguentar o peso da perda.

– Bom, tenho a coisa certa pra você. Ed e Edie estão aqui para dar uma aula magna de preparo de pão pra mim e Maisie. Estamos fazendo pão de fermentação natural. Você pode fazer com a gente.

– Ah, é – falou Edie. – Violência é sempre a resposta. A massa é um saco de pancada perfeito pra esmurrar.

– Dá pra perceber por que eu evito ficar contra ela – falou Ed, com um olhar de ternura que não combinava com suas palavras.

– Imagine que é seu ex. – Edie deu um pulo. – E a gente trouxe provisões. – Com um tinido, ela ergueu uma embalagem marrom ao lado da poltrona. – Meu amigo Jack Daniel's.

No fim das contas, não foi ruim passar a noite fazendo pão, bebendo e rindo.

Fazer pão embriagada deveria ser altamente recomendável, concluiu Sophie na manhã seguinte, embora fosse a favor de evitar qualquer nova associação com Jack Daniel's. Quando abriu os olhos, a ínfima greta de luz que entrava pela janela da sala de Bella a machucou.

– Deus do céu! – balbuciou a amiga, chegando na ponta do pé com duas xícaras fumegantes. – Por favor, diga que está tão ruim quanto eu. E, por favor, diga que eu não imaginei que mandei uma mensagem pras meninas pedindo que elas abrissem a padaria hoje.

– Você mandou mensagem para as meninas. E mandou mensagem para Wes – respondeu Sophie esticando a mão para pegar o café. – Você está a salvo.

– Mas valeu a pena. A gente fez um pão incrível.

– Meus braços estão doendo. Mas quem poderia imaginar que isso seria uma ótima terapia?

Sophie flexionou o bíceps e estremeceu.

– Sova esse homem pra longe da sua vida, Sophie.

– Quem me dera – falou ela. – Sou muito idiota.

– Não é, não. Você continua repetindo isso. Ele não vale a pena – afirmou Bella, categórica. – A esposa que fique com ele.

Sophie lhe ofereceu um sorriso angustiado e, do nada, seus olhos se encheram de lágrimas.

Bella franziu a testa.

– A gente não está falando do James, né?

Sophie fez que não, refreando o choro. Na noite anterior, ela conseguira manter uma fachada de coragem, mas agora, pela manhã, tinha sido atingida em cheio, como sabia que seria. Quando Bella a abraçou, todas as suas defesas desmoronaram e ela sucumbiu e chorou lágrimas silenciosas, angustiadas, de arrependimento e frustração, enquanto Bella a abraçava e esfregava suas costas.

Quando as lágrimas finalmente pararam, Sophie se sentia arrasada e exausta. Afundou a cabeça nas mãos e sentiu as bochechas inchadas sob os dedos.

– Eu sou tão idiota! – sussurrou outra vez.

– Ah, meu bem.

Bella passou o braço pelos ombros dela e a puxou para perto de novo.

– É agora que você fala "Eu avisei".

– Não, é agora que eu falo que meu primo é um idiota.

– Pelo menos ele é um idiota sincero.

– Ainda é um idiota.

– Não vou discordar.

– O que aconteceu?

Bella segurou a mão de Sophie.

– Ele fugiu de medo. Quando nos vimos ontem à noite, ele tentou a cartada do "Você vai ficar melhor com James". E era pra ele fazer mais do que isso.

Bella se contorceu.

– Juro que eu nunca teria deixado James passar pela porta se eu soubesse. Que babaca! Eu também não teria falado nada pro Todd se soubesse. Me sinto tão mal! Me desculpe, de verdade.

– Não seja boba. Não é culpa sua e não teria feito diferença – respondeu Sophie, a desolação ameaçando dominá-la. – Foi o pretexto perfeito pro Todd pular fora.

Ela suspirou e deu um meio sorriso triste para Bella.

– Eu chamei ele de covarde – confessou Sophie.

– Ixi! E como ele reagiu? Não que ele não mereça.

– O que acha? Ele é teimoso, mas, como você disse, é coerente. Falou que não estava interessado em nada permanente. E falou sério. Para ser justa com ele, eu concordei. Sempre existiu um prazo de validade. Não é surpresa.

Ela soava inabalável. Por dentro, porém, sentia-se destroçada.

– Se bem que... – Bella deu um longo suspiro. – ... eu meio que achei que talvez... talvez você fosse a pessoa que faria Todd mudar. Vocês pareciam bem próximos. E você fazia bem pra ele. – O tom de voz dela aumentou, de frustração. – Fazia bem *mesmo* pra ele – enfatizou Bella. Ela abraçou Sophie de novo. – Pelo menos, você só tem mais um mês e meio por aqui.

Sophie assentiu, evasiva, mas de repente decidiu contar para a amiga sobre a oferta de Trudy. O assunto vinha perturbando sua mente desde que a chefe falara com ela.

– Se eu quisesse ficar, você me deixaria alugar o apartamento, mesmo que seu primo ficasse irritado?

Bella se sentou empertigada, a cabeça assentindo, alerta como um passarinho e com um sorrisinho querendo surgir.

– Não tem motivo melhor pra alugar o apartamento pra você. Na verdade, eu faço um desconto se isso realmente deixá-lo irritado. – Bella a encarou. – Está pensando em ficar? Seria incrível.

– Só está dizendo isso por causa da mão de obra grátis – provocou Sophie, animando-se com o entusiasmo incondicional de Bella.

– Lógico. Mas como foi isso?

– Me ofereceram um cargo permanente na revista e eu posso estender meu visto de trabalho por mais três anos.

– E você quer ficar? E quanto ao Todd? – A expressão dela tinha um quê de travessura. – Isso vai ser interessante. Ele pulou fora porque achou que você não ficaria por muito tempo, o que tornava as coisas mais fáceis pra ele. Agora a coisa mudou.

Sophie fez uma careta rebelde e insolente, embora por dentro não sentisse nada.

– Não vai mudar nada pra ele. Todd está decidido. Ele diz que não consegue assumir um relacionamento sério e acredita nisso de verdade.

Ia doer vê-lo todo dia. Sophie não fazia ideia de como lidaria com a situação, mas não ia fugir uma segunda vez.

– Vou ficar. – Sophie olhou pela janela, surpresa com o amor que sentiu de repente pela cidade. – Amo o Brooklyn, amo morar aqui. A padaria virou minha casa. Quando Trudy fez a sugestão, fiquei surpresa. Mas, quanto mais pensava, mais eu queria ficar, mesmo que Todd tenha terminado tudo.

Não havia nada em particular em Londres para fazê-la voltar. Ela gostava de quem tinha se tornado e queria explorar mais essa pessoa. Se voltasse para Londres agora, poderia cair nos velhos padrões, entrar na velha rotina.

– Nesse caso, tenho uma proposta pra você.

Sophie deu uma risada, ainda que parecesse forçada.

– Bella, a mulher de negócios, direto ao assunto – brincou ela.

– Com certeza.

Bella fez um soquinho na direção de Sophie, que correspondeu batendo nele com seu punho cerrado.

– Diga lá, qual é seu mais novo plano maléfico?

– Eu quero muito expandir o negócio de bolos de casamento, mas... bem, você foi certeira no bolo com papel de parede. Você lida melhor com as pessoas do que eu e traduz o que elas querem de verdade. Você ouve, enquanto eu fico achando que sei o que elas querem. A parte técnica pode ser minha praia, mas... e eu odeio mesmo admitir isso... – Ela fez uma careta para Sophie, porém com um brilho no olhar. – ... mas suas ideias são muito melhores do que as minhas.

– Que bobagem, é só olhar o bolo de *Minha bela dama*.

– Não tem nada de mais ali. Peguei a foto como inspiração, depois usei algumas técnicas e montei uma vitrine bonita, mas a criatividade é mérito do estilista daquele vestido. Eu só reuni elementos.

– Não concordo, mas adoraria ser seu braço direito – disse Sophie.

– Maravilha. A gente forma um bom time. – Bella fez uma pausa, olhando o relógio, e um sorrisinho levado ergueu os cantos de sua boca. – O que você vai fazer na segunda, depois do trabalho?

– Bem, desde ontem, parece que a maioria das noites está livre.

O suspiro cansado de Sophie a deixou irritada consigo mesma.

– Ótimo. Bem, não é ótimo por causa do motivo. Quer dizer, eu sinto muito e...

Sophie segurou a mão da amiga.

– Bella, pare. Eu sei o que você quer dizer. O que tem segunda-feira?

– Eleanor está me recomendando, *nos* recomendando, a torto e a direito. Já recebi três e-mails só esta manhã. E, na quarta, vamos encontrar Alessandra di Fagolini.

Sophie assentiu e, de repente, sua atenção foi desviada pelo toque de mensagem do celular.

– Acho que estou dentro.

Ela pegou o aparelho e sua esperança virou uma decepção profunda quando não viu o nome de Todd na tela.

Capítulo 30

Ao sair do elevador na segunda-feira de manhã, o frio em sua barriga era desesperador. Sophie bancaria a tranquila com ele. Desviando-se da primeira mesa, começou a cruzar o escritório e olhou pela janela. Os dois eram pessoas razoáveis. Tinham sido amigos a princípio. Ficaria tudo bem... em algum momento. Ah, merda. Ele estava lá. Sentado à mesa, parecendo... cansado. Parecia o Todd de sempre. Ela sentiu o coração apertar e quase parou. Droga, não era para ser tão ruim assim.

Ela ficara superocupada o fim de semana todo. Maisie tinha alegado uma emergência com a babá no sábado à noite. Encrenca em dobro não chegava nem perto de descrever os gêmeos; cuidar deles fora distração padrão ouro. Wes pedira ajuda para trocar de vasinhos algumas mudas de tempero que entregaria a um cliente e Edie havia insistido para que Sophie os visitasse em sua loja para ver como os bagels eram feitos. Apesar disso tudo, tinha sido impossível não pensar em Todd, mas vê-lo em carne e osso era muito pior. O estômago de Sophie revirava mais e mais a cada passo que ela dava.

Forçando-se a continuar andando, se aproximou da mesa deles e Todd ergueu o olhar.

— Sophie.

O sorriso dele foi contido, e ela se deu conta de que, pelo menos uma vez, ele parecia inseguro.

— Todd.

Ora, ela decidira ignorar os batimentos cardíacos disparados. Conseguiria passar por aquilo. Agiria naturalmente, até mesmo sorriria, ainda que fosse um sorriso falso e nem chegasse perto de se refletir em seus olhos.

– Como está o Marty? Encontrou com ele?

O alívio se estampou no rosto de Todd.

– Ele está bem, bem de verdade. – Todd assentiu com um entusiasmo repentino, os olhos encontrando os dela com um sorriso verdadeiro. – Está feliz, gosta de lá, quer ficar. – Todd riu. – Ele gosta da disciplina, de saber onde está, o que tem que fazer – explicou. – Quem poderia imaginar?

– Bem... que bom.

Que derrota, Sophie, que derrota. Mas era difícil pensar direito com aquele sorriso cálido e repentino. Era por isso que ela amava tanto aquele idiota. Porque ele amava o irmão. E, do nada, ela se sentiu furiosa com ele. A raiva zumbiu como um monte de abelhas enfurecidas em sua cabeça.

– Você podia ter me avisado. Eu também estava preocupada com ele, sabe?

– Eu trouxe café pra você.

A mudança brusca de assunto amainou seu ânimo por um momento. Sophie olhou para o copo térmico na mesa dela.

– Obrigada – conseguiu murmurar, tensa.

– Eu... senti saudade de você no fim de semana.

Ela ficou paralisada. A raiva borbulhou com mais força ainda. A respiração ficou presa na garganta diante do sorriso hesitante dele e um grande peso se instalou em seu peito.

– Eu... Você quer sair pra jantar hoje?

– Jantar?

A voz de Sophie soou indócil e distante, ainda que ela sentisse que, a qualquer momento, sua cabeça explodiria com a fúria de um vulcão em erupção.

– É.

A voz dele ganhara confiança, como se tivesse superado a primeira barreira e o resto fosse mais fácil. Lá estava o charme fácil de Todd. O homem para quem tudo chegava sem dificuldade. Ninguém jamais lhe dizia não.

– Abriram uma churrascaria brasileira na Fulton Street.

– E depois?

O tom de voz de Sophie foi mortalmente baixo.

Todd pareceu confuso e alerta, como um homem segurando uma granada sem saber se ainda estava com o pino ou não.

– Ah... Como assim?

O sorriso obscuro dela ostentava a satisfação de um louva-a-deus prestes a capturar sua vítima. Sophie podia amá-lo, mas...

– E depois do jantar? Vamos pra minha casa? Para transar gostoso? Continuar de onde paramos? – alfinetou ela.

Todd se encolheu diante da sequência de perguntas ácidas. Abriu a boca, como se fosse dizer algo, mas pensou melhor.

– Você não pode dizer que ficou com saudade de mim – falou Sophie, com uma calma mortal. – Você fez uma escolha.

– E se eu errei?

Todd parecia sincero.

– Não é o suficiente. Percebi que sou uma mulher do tipo tudo ou nada.

Todd recuou.

– O que você quer dizer?

– Quero um relacionamento sério. Que tenha potencial pra virar algo mais. Quero permanência, promessas, exclusividade.

O pânico surgiu nos olhos dele.

– Você sabe que eu não consigo.

– Acho que consegue.

Todd fez que não com a cabeça.

– Não consigo.

Sophie pegou seu copo.

– Obrigada pelo café. Você sabe onde me encontrar – disse ela por cima do ombro enquanto se dirigia para as cozinhas de teste, onde passou o resto do dia.

– Sophie?

Uma Bella preocupada a cumprimentou assim que Sophie entrou correndo no saguão do hotel.

– Desculpa o atraso. Fiquei presa no trabalho e ainda teve um problema no metrô. Ela já chegou?

– Não, graças a Deus. Eu não conseguiria mesmo lidar com isso sozinha.

– Claro que conseguiria.

As mãos de Bella tremiam.

– É só mais um bolo de casamento – tranquilizou Sophie.

– Esse, não. Achei que Eleanor fosse grande, mas isso aqui é gigantesco. É Alessandra di Fagolini.

Os olhos arregalados de Bella, feito os de um personagem de desenho animado, mostraram para Sophie que ela não entendera algo ali.

– Tudo bem, não sei quem ela é.

– Você nunca viu *American Next Supermodel*, né? Ela é a juíza principal, mesmo tendo só 26 anos. Ela e o namorado são tipo a realeza por aqui. Ela vai nos entrevistar pra decidir se merecemos uma chance de elaborar o design do bolo.

Aquilo parecia um pouco problemático, mas era o negócio de Bella que estava em jogo.

– E você quer mesmo esse trabalho?

– Você não tem ideia. Isso daria um baita impulso na propaganda do negócio. Eles já venderam as fotos pra uma revista por uma quantia de seis dígitos. Mas meu nome não deve ser importante o suficiente pra eles. Estou surpresa por ter entrado na lista. Eles...

Bella parou, guinchando de repente.

Uma mulher alta e glamourosa, de pele negra, caminhava na direção delas com as longas pernas despontando pela fenda da saia, que chegava a centímetros da virilha. Seus olhos felinos tinham sido maquiados com sombras dourada e verde e o brilho daquele olhar as avaliava de forma demorada, mas a mulher não disse nada.

– Oi, Alessandra. Eu sou a Bella e essa é minha sócia, So...

– Lady Sophie Bennings-Beauchamp – interrompeu Sophie.

Ela estendeu a mão, consciente de que Bella tinha arfado, perplexa.

– Você é inglesa.

O jeito arrastado de falar de Alessandra acrescentava uma sílaba a mais nas palavras, mas seu olhar de indiferença se aguçou um pouco mais.

– Conhece Harry e Meghan? William e Kate?

Sophie deu de ombros com discrição, como se dissesse que era lógico que conhecia, mas não poderia dizer.

– Legal.

Alessandra afundou em uma das poltronas de veludo e cruzou as pernas com a lentidão que não deixava dúvida de que estava ciente de cada olhar masculino que se voltara para ela no local.

Como dois cães de colo obedientes, Bella e Sophie se sentaram de frente para ela. O silêncio dominou o ambiente, como se todos se esforçassem para ouvir.

– É um prazer conhecê-la, Alessandra. – A voz de Bella saiu terrivelmente alta. Ela olhou ao redor. – Talvez você pudesse nos dizer o que está buscando.

– Um bolo – falou a mulher, e ergueu um ombro. – Um bolo fabuloso e surpreendente.

Com isso, Alessandra se recostou, o sorriso sonolento voltando ao rosto. Era impressionante que ela não tivesse adormecido. Estava tão relaxada...

– Muito bem. – Bella bateu no caderno de anotações com o lápis. – Alguma ideia em relação ao tipo de bolo? Frutas tradicionais? Chocolate?

– Ah.

Alessandra murchou, como se levar aquelas informações em consideração desse muito trabalho. Seus olhos vagaram até a mesa da recepção, onde um grupo de pessoas tentava realizar a façanha de olhar para ela enquanto fingia que não.

– Sério? Vocês não são referência? Me digam vocês. Toddy falou que vocês são as melhores.

Ela suspirou e sua boca formou uma linha, curvando-se para baixo em um biquinho consternado, como se tudo ali exigisse muito esforço.

– Toddy?

Os lábios de Bella se comprimiram em um meio sorriso curioso, como se quisesse bufar.

– É, Toddy McLennan. Você o conhece, não? Quer dizer, todo mundo conhece Toddy.

– É claro que conhecemos Todd – interveio Sophie, com elegância, sentindo a irritação crescente de Alessandra.

Ela parecia criança: não prestava atenção em nada por muito tempo.

– Como conheceu Toddy? – perguntou a beldade, franzindo a testa com petulância.

Ou prestava atenção em Todd, ao menos, pelo que parecia.

– Ele é...

Uma lembrança súbita de Todd rindo para ela enquanto lavava a louça, insistindo em merecer um prêmio, quase a derrubou. As palavras ficaram presas na garganta e, por um segundo, Sophie não conseguiu respirar, porque a dor estava muito viva.

– Ele é meu primo – apressou-se a dizer Bella.

Bella lançou um olhar rápido e preocupado para Sophie.

– Legal.

Alessandra se largou no encosto da poltrona.

– Tem água aqui? Já estou exausta.

– Quer que eu pegue pra você?

Alessandra ergueu o pulso magro e forçou a vista ao olhar para o relógio.

– Isso ainda vai demorar muito?

Vendo a tensão ao redor da boca de Bella, Sophie pôs a mão rapidamente no braço dela.

– Não. Acho que já sei o que você quer. Você quer algo arrebatador. O melhor bolo da cidade. Algo que as pessoas vão comentar por semanas.

– Você entendeu.

A jovem jogou o cabelo por cima do ombro, a primeira demonstração de animação desde que tinha chegado.

– Já decidiu seu vestido?

Alessandra descruzou as pernas e tornou a cruzá-las, o rosto de repente cheio de entusiasmo.

– Ah, já – ronronou ela, com um ardor felino.

– Como você fez isso? – perguntou Bella.

Com um estampido, ela colocou uma taça de prosecco na frente de Sophie, que já começara a elaborar um esboço para Alessandra.

Sophie deu uma risada, divertindo-se com o misto de irritação e admiração na voz da amiga.

– É um talento – provocou Sophie.

Bella equilibrava a taça cheia e o laptop enquanto tentava se sentar no sofá em frente à amiga.

– Vai derramar isso – alertou Sophie.

Ela pegou a taça e a colocou na mesa enquanto Bella abria o laptop.

– Humpf! – grunhiu Bella. Ela digitou com um dedo no teclado que se equilibrava mal em seu colo e pegou a taça de volta. – Que diva! Se bem que a ideia de modelar o bolo no estilo do vestido foi incrível! Você é genial!

– Na verdade, não. Não foi difícil perceber que ela não estava nem um pouco interessada no bolo em si. É mais um item na lista, só um acessório. No instante em que ela falou do vestido e se iluminou, eu entendi. Isso é o principal para ela, é o que importa. Ela nem sequer mencionou o noivo.

– Você parece uma incrédula. Achei que fosse a romântica. Homens não se interessam tanto pelo bolo, no fim das contas.

– Eles podem não se interessar, mas o bolo deve ser um reflexo do companheirismo do casal. Deveria ter algum significado, ser um símbolo do amor deles. Eu sei, eu sei.

Bella fez uma careta de nojo e Sophie a cutucou por cima da mesinha de café.

– Eu sei que estou sendo cafona – prosseguiu Sophie –, mas não foi você quem me falou que "bolos têm um quê a mais. Expressam amor. É como se você segurasse um abraço na mão"?

Bella ergueu as mãos, rendida, o laptop se inclinando perigosamente para um lado.

– Tá, tem razão. E você acha que ela não imaginou o noivo nessa coisa toda porque não falou dele nem uma vez.

– Sim. É por isso que o foco deve ser o vestido. É óbvio, sério.

– Ainda acho você genial – elogiou Bella.

– É você que vai trabalhar na cobertura toda chique. – Sophie deu de ombros. – A renda belga parece complicadíssima de fazer.

– É, mas vai ficar maravilhosa – falou Bella. – Você é um anjo. Principalmente por usar a cartada do nome. Ela ficou bem impressionada, lady Sophie. Acho que foi isso que fez com que ela nos ouvisse de cara.

Sophie deu de ombros.

– Precisa agradecer ao seu primo pela recomendação.

A boca de Sophie se contorceu, e a sensação familiar de enjoo atormentou seu estômago.

Bella se inclinou e deu tapinhas na mão dela.

– Ele me deve. Você, não. E eu sei que você evita usar seu título, então agradeço muito mesmo.

Sophie piscou com força.

– Não. Sou eu que deveria agradecer a você.

– Pelo quê?

– Por cuidar de mim nesse fim de semana e também durante a semana.

– Eu preciso de você. Só de olhar pra minha caixa de entrada, meu coração dói. Tem um monte de pedidos. Se bem que alguns são uma maluquice total.

– Sério? – perguntou Sophie.

– Olha este aqui: "Estou querendo um bolo para o fim de semana depois do próximo."

– Duas semanas?

– Claro. Porque, na verdade, eu sou a Mulher-Maravilha.

– As botas vermelhas você tem – lembrou Sophie, provocando-a com um sorrisinho levado.

Bella jogou a rolha do prosecco nela.

– Tá. E este aqui: "Gostaríamos de encomendar um bolo de pão de ló de chocolate com quatro camadas para 250 convidados. Nosso orçamento é 100 dólares."

– As porções são em colher de chá? – zombou Sophie, com outro sorrisinho.

Ela se levantou e foi se sentar ao lado de Bella para ver os e-mails por cima do ombro dela.

– Este aqui não é tão ruim – indicou Sophie.

– Um bolo que sirva pra cachorro também?

– Eu não tinha lido até o fim. E este? "O tema da minha filha é cor-de-rosa e creme e ela gostaria de um bolo de pão de ló tradicional com flores."

– Ah, uma mulher sensível. Gostei dela. Por mim, é sim.

– E este? – Sophie apontou para um e-mail com o título "Bolo com tema de *Star Wars*".

– "Prezado ou prezada, estamos interessados em um bolo com tema de *Star Wars* para o nosso casamento. Você poderia criar um bolo no formato da Estrela da Morte? A noiva vai se v-vestir..." – Bella segurou uma risada enquanto tentava continuar – "... de Princesa Leia e o n-n-noivo, de... Chewbacca."

Ela perdeu a compostura de vez. O prosecco saiu pelo nariz e foi direto na tela do laptop.

Levou um tempinho para as duas se recomporem.

– Ai, meu Deus do céu, este aqui vai ter um bolo. – Bella se abanava com as mãos. – "O bolo tem que ser especial." Que bom que avisaram, porque, em geral, eu faço bolos que não são especiais.

– Não seja malvada – repreendeu Sophie. Ela se inclinou para ler o restante do e-mail. – "No dia do nosso casamento, quero dar à minha noiva..." Own, é um cara. Tá, a gente perdoa. "... o sol, a lua e as estrelas." – Ela leu mais devagar: – "Mostrar que ela faz do meu mundo um lugar mais feliz e que minha vida é infinitamente melhor só por estar nela."

Bella se recostou e as duas ficaram em silêncio por um momento.

– Uau, isso é bem bonito – observou Sophie.

– Lindo – acrescentou Bella. – Mas sem utilidade nenhuma pra elaborar o design de um bolo de casamento.

– Sem dúvida é um desafio. E muito romântico.

– E duvidoso. Este aqui parece mais promissor: "O bolo de Eleanor ficou maravilhoso e, como sou estilista de chapéus, adoraria ver um bolo com esse tema. Quando seria possível marcar uma reunião para discutir ideias?"

Sophie se endireitou, remexendo-se para se acomodar no assento macio do sofá.

– Esse aí é um presente. Eu me lembro de ter visto um bolo lindo que era uma pilha de caixas de chapéu vintage em tons pastel.

– Ah, caixas de chapéu. Perfeito! Vou procurar no Google.

Antes que se dessem conta, já tinham bebido toda a garrafa de prosecco e o caderninho de Sophie estava cheio de anotações, esboços e endereços de sites.

– O que eu faria sem você? – perguntou Bella, quando elas começaram a se organizar.

– Você estaria ótima.

Sophie esfregou os olhos. Ajudar Bella tinha sido a única coisa que a ajudara a passar por aquela semana.

– O que *eu* faria sem você? Eu... eu agradeço de verdade... – começou a dizer Sophie, mas sua voz falhou. – Principalmente por ele ser seu primo. Não fique pensando que não deve se encontrar com ele por minha causa.

– Não quero ver aquele imbecil inútil. Na verdade, talvez eu devesse dizer umas poucas e boas pra ele. Aliás, deve ser por isso que ele está me evitando também. Não apareceu pra tomar café a semana toda.

– Não fique brava com ele. Fui eu que quebrei as regras. Prometa que vai ligar pra ele, que vai se encontrar com ele. Todd precisa de pessoas que o amem.

– Sophie, você é legal demais.

– Não sou, não.

– É, sim. Ele ficou muito mais feliz desde que você chegou. Eu queria que ele enxergasse que precisa de você. Você faz tão bem pra ele!

– Eu também acho, mas ele não ouve. Só me resta ser eu mesma. Eu amo Todd. Ele precisa de pessoas, mesmo que ache que não.

– Repito: você é legal demais. Ele não te merece – insistiu Bella.

– Ah, não estou sendo legal com ele. – Sophie deu um sorrisinho maligno, ou tão maligno quanto era possível para ela. – Ele acha que pode usar o charme dele pra voltarmos a ser amigos. Não se preocupe, não vou facilitar a vida dele.

Capítulo 31

– Ouvi dizer que você e Todd terminaram.

Sophie se virou para ver de quem era a voz que vinha do canto do elevador.

– Paul.

– Você está bem?

– Estou, obrigada.

– Ainda está chateada comigo?

– Na verdade, não. Só cansada de homens em geral.

– Ai. Eu percebi que fui um pouco insensível quando falei da Pamela. Só tentei dizer a verdade sobre o motivo para não convidar você para o feriado. Eu deveria ter explicado. Ela também namora. Não é...

– Paul, não tem problema.

– Está indo almoçar?

Sophie assentiu. Não estava com tanta fome, mas sentar-se de frente para Todd, que estava ao telefone com o mais novo sabor da semana, Letícia, era mais do que podia tolerar. Talvez fosse mais fácil se achasse que ele estava bem. A pior parte era que ele não parecia feliz. Para qualquer um, podia parecer que sim, mas ela o conhecia. A risada era meio forçada, as linhas ao redor da boca estavam mais destacadas e as olheiras pareciam mais escuras a cada dia. Não que ela estivesse muito melhor, bancando a Poliana o tempo inteiro, tentando sempre encontrar o lado bom de tudo.

Ela rangeu os dentes. A situação ia melhorar. Ela não se iludia acreditando que Todd mudaria de ideia, mas, em algum momento, eles retomariam a amizade. Ele precisava de uma boa amiga. E, um dia, ela perdoaria a imbecilidade dele e seriam amigos outra vez. Levaria um tempinho. É claro que ele não fazia ideia de que Sophie decidira ficar e, com certeza, não tinha o direito de saber.

– Nossa, sua cabeça está a mil – comentou Paul, fazendo-a perceber que seu rosto exibia várias expressões.

Com uma risada forçada, ela negou.

– Nada em especial.

As palavras ecoaram em sua mente. Desde que tinha lido o e-mail comovente daquele noivo na semana anterior, ela vinha bolando várias ideias, para desgosto de Bella, que tinha achado as instruções muito cafonas e vagas para pensar em levar aquilo adiante.

– Posso convidá-la para almoçar?

As palavras de Paul interromperam seu fluxo de pensamento, espantando a vaga ideia que surgira em algum lugar da sua mente.

– Por minha conta – acrescentou ele. – Para me desculpar por ter sido um babaca.

Encantada com a inesperada franqueza, Sophie se viu aceitando o convite.

Eles pisaram na calçada com mais uma horda de trabalhadores fugindo de suas mesas, a fim de aproveitar um pouco o sol. O tempo no fim de semana tinha ficado horrível, um arauto do outono que se aproximava.

– Aonde gostaria de ir?

– Que tal um italiano? Mario. Você conhece?

– Nunca fui, mas Trudy não falou sobre ele em uma reunião editorial?

– Sim, estou escrevendo uma coluna sobre ele, a história da família e o restaurante. Quero verificar algumas coisas antes de finalizar o texto.

– Claro. Quem é que não ama comida italiana?

Sophie estava em dúvida entre pedir a lasanha ou o frango à parmegiana. O apetite reaparecera ao sentir os cheiros deliciosos que vinham da cozinha do restaurante, onde dava para ver a esposa de Mario (com quem ele era casado fazia trinta anos) trabalhando arduamente.

– Peça a lasanha – recomendou Paul, fechando o cardápio. – Vou pedir uma pizza.

– Não sei, não. Eu adoro o frango.

Aquilo era tolice: ela sabia que tudo que estava no menu seria uma delícia. Passara um bom tempo ali nas últimas semanas, fazendo refeições e entrevistando a família toda.

– Então peça o frango.

– Não consigo me decidir.

Sophie franziu o nariz e suspirou, o que fez Paul revirar os olhos, mal escondendo a irritação. Ele obviamente não sabia qual era seu papel ali.

– Você já pediu o frango várias vezes. Peça a lasanha. – A voz de Todd veio de trás dela. Sophie se virou, perplexa. – A lasanha, Sophie. Da última vez, você comeu metade da minha – continuou ele, com um largo sorriso.

– Ou Paul pede a lasanha – sugeriu Todd. – Aí você pode dividir com ele e pedir o frango.

– Tenho certeza de que Sophie consegue decidir sozinha – falou Paul, devagar e possessivo, com um desafio no tom de voz e na linguagem corporal. – E estou satisfeito com minha escolha.

– Eu não contaria com isso. A inglesinha aqui é um caso perdido pra se decidir – retrucou Todd, animado, como se estivesse alheio ao clima. – Ela é muito voraz – falou, cheio de autoridade.

Todd puxou uma cadeira para perto de Sophie e se sentou à mesa com sua confiança de sempre.

– Vamos fazer o seguinte: eu peço o frango e você pode pegar um pedaço. – Ele olhou para Mario e acenou. – Estamos prontos para fazer o pedido. Sophie vai querer a lasanha, eu quero o frango e Paul vai pedir a pizza. E uma jarra de água da casa.

Sophie ficaria feliz em estrangular Todd, mas ele parecia totalmente à vontade e nem morta ela iria demonstrar o que sentia. Paul semicerrou os olhos e observou Todd, que agora tinha engatado uma conversa sobre futebol italiano com Mario.

Sophie estremeceu e, em silêncio, murmurou "Desculpa" para Paul, que deu de ombros, discreto.

– Ouvi dizer que o editor da *Supercars* foi embora – falou Todd, assim que Mario saiu com o pedido deles.

Ele se recostou e se espreguiçou, descansando um dos braços no encosto da cadeira de Sophie, o polegar acariciando as costas dela.

Sophie olhou para ele com raiva e chegou para a frente, apoiando os cotovelos na mesa, embora nem precisasse ter se dado o trabalho, já que nenhum dos dois prestava atenção nela. Paul respondera com entusiasmo ao comentário de Todd e falava sobre as vagas em equipes e alterações no escritório. Sophie riu, ainda que relutasse em achar engraçado. Todd tinha feito aquilo de propósito. Qual era a dele?

O que quer que fosse, ela se recusava a cair no joguinho dele. Então ela sorriu com serenidade enquanto comia sua lasanha. E, apesar de ter recusado um pedaço do frango de Todd, ele deu garfadas casuais no prato dela, como se nada tivesse mudado.

Quem ela queria enganar, dizendo que eles seriam amigos? Talvez ela o matasse antes.

Sophie entrou na cozinha pisando duro e jogou a bolsa na mesa de café.

– Dia ruim? – perguntou Bella, desviando os olhos do bolo que vinha decorando com cuidado.

Sophie estava determinada a não falar mal do primo da amiga. Desde o almoço, Todd não lhe dera sossego. Aparecera na cozinha de teste, fizera uma incursão na gaveta da mesa dela atrás de biscoitos e interrompera uma reunião com Trudy.

– Me deixe quieta por um tempo. Vou entrar no ritmo e assar uma fornada de muffins. Que sabor você está fazendo esta semana?

– Canela com laranja – murmurou Bella, inclinando a cabeça para um lado e examinando seu trabalho.

Enquanto zunia pela cozinha pegando e organizando os ingredientes, pesando todos em seu estilo metódico de sempre, Sophie sentiu a irritação começar a se esvair. Cozinhar sempre a acalmava. Bella a deixou em paz, absorta na própria tarefa com uma cobertura complicada que requeria uma precisão quase matemática.

Quando os bolinhos entraram no forno, Sophie se virou para observar Bella, que cantarolava baixinho junto com o rádio ligado no canto da cozinha.

Sophie começou a sorrir.

– O que foi? – perguntou Bella, parecendo confusa.

– Essa música – falou Sophie, e começou a cantar. – "Quero ver o sol depois da chuva..."

Bella a acompanhou:

– "Quero ver passarinhos voando por aí..."

Quando a música acabou, Bella abraçou Sophie.

– Você está bem?

– Vou ficar. Eu vi o sol e vi os passarinhos. Pode estar chovendo agora, mas vou ficar bem.

Bella esfregou as costas dela e largou o saco de confeitar.

– O que acha?

– Nossa, está tão lindo! – elogiou Sophie.

O bolo estava coberto com um azul bem claro e Bella agora usava o saco de confeitar para revesti-lo com uma delicada treliça feita com glacê branco.

– E é bem trabalhoso. Cheguei a um ponto em que preciso dar um tempo. Quer beber alguma coisa?

Enroscando-se no seu lugar de sempre em uma das poltronas rosa, Sophie ergueu sua taça e brindou com Bella.

– Ao seu bolo lindo. Vai ficar maravilhoso quando você terminar.

– Estou bem satisfeita. A noiva queria algo simples e elegante que incorporasse a cor do vestido das madrinhas.

– Acho que você acertou em cheio.

– Esse foi fácil.

Sophie deu um gole no vinho branco gelado e bateu com as unhas na taça, observando a gota de condensação escorrer.

– Estive pensando naquelas instruções. Do pedido que era bem romântico.

– Qual? O do Sr. Especial? Por que é que eu já sabia?

– Porque foi sincero.

– Não, porque eu te conheço. Você é uma manteiga derretida. Anda, me diz qual foi a ideia brilhante que teve desta vez.

– Eu tenho um comecinho de ideia. – Sophie hesitou, insegura, olhando o bolo lindo inacabado. – É meio que meu bolo dos sonhos, mas... estou disposta a abrir mão dele por pessoas que parecem merecer, como ele e a noiva.

– Tem certeza? E qual é seu bolo dos sonhos? O meu muda a cada semana, sempre que vejo todos os designs incríveis que existem por aí.

– Lembra que eu disse que amo aquelas bolinhas prateadas? Eu queria um bolo coberto delas. Só isso. Acho que ficaria incrível.

Bella franziu o nariz.

– Fofo.

– Ficaria, sim – insistiu Sophie, ciente do ceticismo da amiga. – Agora você me deixou preocupada. Olha, já comecei a fazer uns esboços.

Remexendo na bolsa, Sophie pegou o caderno de anotações e deu uma olhada rápida nos esboços iniciais antes de entregá-los para Bella.

– Hum... – disse Bella, virando o caderno para lá e para cá.

– É difícil dar vida a ele só no papel.

– Humm.

– Vai funcionar.

– Tá, mas como vai convencer o casal feliz?

– O que acha de eu preparar uma versão menor dele?

– Isso resolveria o problema. Pode fazer nesse fim de semana? Vou mandar um e-mail pro cara e ver se ele pode vir até aqui pra ver. E eu posso tirar umas fotos pra minha galeria. Vai precisar de um montão dessas bolinhas prateadas. É melhor eu ir até o atacadista. Esse trabalho com certeza vai deixar você bem ocupada no fim de semana!

– A ideia é essa – falou Sophie, pesarosa. – Você se incomoda se eu trabalhar na cozinha?

No domingo, às três da tarde, parecia que as mãos de Sophie ficariam para sempre no formato da garra de uma lagosta.

– Eu queria nunca ter começado isso – gemeu ela, segurando uma pinça, quando Bella entrou com Wes.

– Caramba! Parece que a fadinha da tempestade de granizo passou por aqui – falou ele ao observar o chão.

– Essas coisinhas diabólicas são escorregadias – comentou Sophie.

– Era só jogar as bolinhas no bolo – observou Bella.

– Aí não ia ficar com a aparência certa nem especial – rebateu Sophie, na mesma hora sentindo-se culpada.

Aquilo era tão romântico que precisava ficar perfeito.

– Algumas ficariam sobrepostas, outras não grudariam e isso criaria vãos.

– Desculpa – falou Bella. – Por que não para um pouco? Já comeu?

Sophie balançou a cabeça, olhando um pouco frenética para o relógio.

– Você falou seis, não foi?

– Sim, mas posso telefonar e remarcar.

O noivo levaria a noiva para ver o bolo naquele dia.

– Não. Você não disse que os dois só podiam ver à noite?

– Sim, mas você tem mais três horas. Está fazendo isso desde as nove da manhã. Precisa de uma pausa.

– Nem pensar! A cobertura está começando a endurecer. E só falta fazer o último terço da camada de cima.

Fazer o bolo tinha sido a parte fácil. Na manhã anterior, Sophie preparara três receitas pequenas, cada uma numa forma com raio 2,5 centímetros menor do que a outra. Ainda assim, era um bolo de 30 centímetros de altura. À tarde, Bella ajudara Sophie a colocar um bolo em cima do outro, sustentando cada um com suportes e uma plataforma oculta, para que o peso das camadas de cima não afundasse a base. A cobertura tinha sido mais complicada, já que precisava ter a consistência certa: firme o bastante para garantir que os confeitos prateados ficassem no lugar, sem deslizar nem afundar, e macia o suficiente para não endurecer enquanto ela trabalhava na decoração.

Cada bolinha prateada era colocada com a pinça, já que seu pozinho colorido saía só de tocar nelas. Sophie pensou que poderia ser parente de uma fada, de tanto pó prateado em cima de si.

– Pelo menos beba um café e coma um muffin – falou Bella, com firmeza. – E deixe que eu continue.

Sophie hesitou. Será que estava sendo muito possessiva? A cada bolinha prateada, ela pensava em uma lembrança especial. Os primeiros bolos que fizera com a mãe. O dia em que o pai tirara as rodinhas de sua bicicleta. Sua primeira matéria publicada. O primeiro beijo. O primeiro beijo com Todd. A primeira vez que dormiram juntos. O dia na praia em Coney Island. O dia em Jones Beach. Eram muitos motivos para ficar feliz, muitas lembranças preciosas que ela sempre guardaria com carinho. Todd podia estar fora de alcance, mas tinha mostrado a ela o que era viver. Ele lhe dera uma nova maneira de encarar a vida. Ele lhe dera o Brooklyn.

– Ei, Sophie, Terra chamando.

Bella tirou a pinça da mão dela e reforçou:

– Pode confiar em mim! Pelo amor de Deus, mulher, vá se sentar e tomar uma dose de cafeína. Wes, obrigue essa mulher a obedecer.

– Não me meta nisso – disse ele, com sua voz retumbante, erguendo as mãos e fingindo que se rendia.

– Prometo que não vou estragar nada. Você precisa de uma folga.

Sophie se sentou e, como uma mãe superprotetora, observou Bella assumir o trabalho.

– Que inferno! Essas coisas são... Ah, droga, deixei cair outra. De quem foi essa ideia brilhante?

Sophie flexionou as mãos com cãibra e riu do descontentamento de Bella.

– Espere só até passar horas fazendo isso.

– Eu vou perder a paciência em trinta segundos.

Na verdade, Bella perdeu a paciência em dez minutos, o que deixou Sophie bem contente.

Sophie colocou as últimas bolinhas no lugar e deu um passo para trás. Estava lindo de morrer. Simples, mas cumpria sua proposta.

– Está incrível! – elogiou Bella. – Retiro tudo que disse. Eu nunca teria acreditado que ficaria lindo assim. Isso é especial de verdade.

– Também acho. Espero que ela goste. É melhor manter qualquer instrumento afiado fora de alcance, só para garantir.

– Como é que ela não vai adorar?

– É melhor que ela goste. Eu me dediquei de corpo e alma. É mesmo o meu bolo.

Os olhos de Sophie se encheram de lágrimas ao pensar em cada uma das centenas de bolinhas que ela posicionara à perfeição e milimetricamente perto umas das outras.

– Tudo bem. Temos um último trabalho – anunciou Bella.

Sophie pareceu confusa.

– Isso é uma obra de arte, você não pode deixar aqui. Vamos levar pra padaria. Já fiz Wes arrumar algumas coisas.

– Precisamos levá-lo – falou ele. – E vamos torcer para não cair.

– Nem diga isso.

Sophie estremeceu só de pensar.

Eles ergueram o bolo com cuidado, colocaram no carrinho que Bella tinha para essa finalidade e o empurraram até o outro ambiente.

– Ah, nossa!

Wes tinha feito um trabalho incrível, pendurando várias luzinhas pelas paredes no canto mais afastado. A mobília tinha sido retirada, exceto por uma mesa redonda, que Bella cobrira com uma tolha branca de tecido adamascado.

– Ficou fabuloso! Vai complementar o bolo lindamente.

Sophie deixou Bella posicioná-lo na mesinha e Wes desligou as luzes principais.

Como uma linda estrela prateada, o bolo cintilou sob as luzinhas. Sophie juntou as mãos e soltou um breve suspiro.

– Está perfeito.

Seu coração disparou diante daquela visão linda e ela piscou para conter as lágrimas.

– Bom, não sei quem é o casal, mas espero de verdade que eles se amem loucamente – disse Sophie, intensa.

Wes e Bella se colocaram de cada lado dela. Bella apertou seu braço.

– É lindo e romântico. E olhe só a campainha, bem na hora. Eu atendo.

Tinham concordado que Sophie apresentaria o bolo e Bella trataria de valores e datas. Mesmo que o casal não gostasse, Bella já tinha marcado para segunda-feira uma sessão de fotos profissional para usar em seu site.

Wes foi para a cozinha enquanto Sophie permaneceu ali, dando uma última olhada no bolo. Ela ouviu Bella destrancar a porta da padaria e conversar com alguém em voz baixa.

Então uma sombra se moveu pela loja na direção dela.

Sophie aguardou, retorcendo as mãos, de súbito ansiosa. E se eles não gostassem do bolo? A sombra se aproximou e entrou no círculo de luz, as pequenas lâmpadas iluminando de repente o rosto dele.

– Todd!

– Sophie – disse ele, baixinho.

Onde estava Bella? Ela olhou para o relógio.

– Vamos ter uma reunião com...

A voz dela foi sumindo. Com um sorriso lento e sem desviar os olhos um segundo sequer dos dela, Todd deu um passo à frente e pegou a mão de Sophie.

– Esse bolo está incrível mesmo.

– Está – concordou Sophie, orgulhosa de cada pedacinho.

– E é exatamente o que eu pedi.

– Ah.

A boca de Sophie se abriu e ela mal ousava respirar quando olhou para o bolo e então de volta para ele. A esperança borbulhou, zunindo por suas veias. Os olhos dela se arregalaram ao encará-lo.

Todd levou a mão dela até os lábios.

– Eu quero te dar... – Ele beijou com delicadeza os dedos dela a cada palavra. – ... o sol, a lua e as estrelas – disse ele, ainda segurando a mão de Sophie e sem desviar os olhos dela. – Você faz do meu mundo um lugar mais feliz, e minha vida é infinitamente melhor quando você está comigo.

Aquelas palavras gentis a aqueceram de dentro para fora e Sophie não conseguiu dizer nada. Talvez seu cérebro tivesse entrado em curto-circuito e ela não houvesse compreendido direito.

Franziu a testa, com medo de ter entendido errado. Com um toque delicado, Todd suavizou a linha na testa dela.

– Inglesinha, eu te amo. Eu não te mereço, mas sei que você me ama e eu aceito isso – disse ele, com um sorriso torto.

O momento era tão mágico que ela não queria arruiná-lo. Então apertou os dedos de Todd, sem desviar o olhar dele, deixando transbordar todo o amor que havia em seu coração.

– E nosso bolo de casamento espetacular é perfeito.

A voz dele era tão doce que o coração de Sophie disparou. Ela o encarou de olhos arregalados, mal ousando acreditar.

– Nosso? – perguntou ela, em um sussurro sem fôlego.

Ele assentiu.

– É lindo. Tem a luz das estrelas e amor. Um milhão de estrelas pra fazer um pedido.

Ela sorriu.

– Que romântico.

– Eu posso fazer mais do que isso.

– Por quanto tempo? – perguntou ela, agarrando-se à mão dele, rezando para que não estivesse entendendo errado.

– Que tal pra sempre?

– Pra sempre é muito tempo.

– Tudo ou nada. Eu quero tudo.

– Você quer se casar? – O sussurro de Sophie era pura incredulidade.

Todd assentiu e então um brilho maroto surgiu em seus olhos.

– Tem uma condição: tem que ser com você.

– Por quê? – perguntou Sophie, ainda sem conseguir acreditar que aquele homem lindo a queria.

Ele pareceu perplexo e então olhou para o bolo.

– Porque você é a lua e as estrelas da minha vida e não posso mais viver sem você.

– Tem certeza?

– Nunca tive tanta certeza na vida.

– Mas...

Sophie franziu a testa.

– Eu te amo – disse ele, com um sorriso estonteante. – Amor de verdade.

Todd tocou o braço dela como se quisesse garantir que Sophie não ia fugir.

– Aquele tipo de amor dos livros, das músicas – continuou ele. – O tipo de amor que é altruísta. O tipo de amor que você me deu, que me ofereceu incondicionalmente, mesmo quando eu achava que não podia corresponder. Você se arriscou quando se declarou pra mim. Tinha razão, eu fui covarde. Passei o fim de semana todo pensando no que você falou. Até conversei com Marty. Aliás, ele acha você legal.

– Fico feliz em saber.

Ela sorriu.

– Passei a semana toda tentando arrumar motivos pra não querer ficar com você. Mas eu só conseguia arrumar motivos pra querer ficar. Quanto mais eu pensava, mais queria ver você.

– E o seu harém?

– Desisti dele.

– E...?

– E que tal se você me beijar, Sophie, e aceitar passar o resto da vida comigo?

Entre sorrisos e lágrimas, ela o encarou.

– Parece que temos um plano.

Agradecimentos

Acho que escrever um livro é um processo doloroso. Não foi diferente com este. Por isso, sou grata de todo o coração à minha editora, Charlotte Ledger, e à minha querida agente, Broo Doherty. Sem seu apoio, seu incentivo e suas conversas motivacionais, este livro provavelmente não teria chegado ao mundo. Sou igualmente grata à preparadora Caroline Kirkpatrick por seus comentários encorajadores nas margens do texto. Caroline, você não tem ideia de como eles me deram confiança! Agora (e posso ouvir os "Eu avisei"), depois de toda a angústia que causei, acho que Todd McLennan talvez tenha se tornado meu personagem favorito.

A inspiração para escrever a história de Sophie no Brooklyn surgiu depois que passei férias com minha família em Nova York, alguns anos atrás. Ficamos em um Airbnb perto da Smith Street e vimos que o local tem uma agitação e uma energia maravilhosas, que eu queria muito usar de cenário. De lá, fomos ficar com minha querida amiga, a professora Roberta Elins, e seu marido, Steven, em Amagansett, e tive que incluir uma viagem para os Hamptons.

Sou muitíssimo grata a você, Roberta, que corrigiu minhas gírias americanas. E, apesar de sua generosidade, receio ter roubado descaradamente algumas histórias suas e de Steven sobre o lugar e as celebridades que podem ser encontradas por ali (ora, você não faria o mesmo se Gwyneth Paltrow e Sarah Jessica Parker morassem pertinho?). Muito obrigada pela hospitalidade maravilhosa e por nos deixarem ficar em um lugar tão lindo. Sem dúvida, ter uma casa na praia tem suas vantagens!

Minha imensa gratidão a Sherry Hostler, a designer de bolos mais incrível e talentosa do mundo, que gentilmente compartilhou comigo algumas de suas dicas e, com muita generosidade, me deixou roubar sua ideia fantástica do bolo de casamento com confeitos prateados.

Obrigada também a Nick, meu deus doméstico, que assume o comando do navio quando fico enfurnada na caverna escrevendo, me abastece de gim e, de vez em quando, faz o esforço heroico de passar roupa. Eu não conseguiria fazer isso sem o apoio incondicional dele e de meus filhos, Ellie e Matt.

Por último, mas não menos importante, agradeço a minhas amigas escritoras Donna, Anita e Liz e a toda a turma maravilhosa da Harper Impulse: Jane Linfoot, Caroline Roberts, Zara Stoneley, Debbie Johnson, Bella Osborne e Georgia Hill, que me dão um apoio fantástico... e também escrevem ótimos livros.

CONHEÇA OUTRO LIVRO DA AUTORA

O pequeno café de Copenhague

Em Londres, a assessora de imprensa Kate Sinclair tem tudo que sempre achou que quisesse: sucesso, glamour e um namorado irresistível.

Até que esse namorado a apunhala pelas costas e consegue a promoção profissional com que ela tanto sonhava. Com o coração partido e questionando tudo, Kate decide aproveitar uma oportunidade de trabalho para se afastar do ex.

Quando topa ciceronear um grupo de jornalistas e influenciadores pela linda Copenhague para atender ao pedido de um cliente importante, Kate não imagina os desafios que terá que enfrentar para conciliar tantos egos e exigências.

Ao mesmo tempo, enquanto conhece a capital do "país mais feliz do mundo", ela descobre as maravilhas da vida à moda dinamarquesa. Do costume de acender velas até os vikings simpáticos, altos e charmosos, passando pela experiência de comer o próprio peso em doces, a cidade ensina Kate a apreciar o significado das pequenas coisas. Agora só depende dela retomar as rédeas do próprio caminho e seguir em direção a seu final feliz.

CONHEÇA OS LIVROS DE JULIE CAPLIN

Destinos Românticos

O pequeno café de Copenhague

A pequena padaria do Brooklyn

A pequena confeitaria de Paris

A pequena pousada da Islândia

Para saber mais sobre os títulos e autores da Editora Arqueiro,
visite o nosso site e siga as nossas redes sociais.
Além de informações sobre os próximos lançamentos,
você terá acesso a conteúdos exclusivos
e poderá participar de promoções e sorteios.

editoraarqueiro.com.br